Sabbat Gigante

Néstor Díaz de Villegas
Sabbat Gigante

Libro segundo
Saigón

ISBN 978-94-91515-95-8

LIBRO SEGUNDO

De manera que escribió por dos caminos aquel viaje: el menor fue el fingido y el mayor el verdadero.

Fray Bartolomé de Las Casas, *Diarios*

Advertencia

El Sabbat consiste, básicamente, en una compilación de dramatizaciones concebidas para la radio, o en los que tal vez fueran libretos inconclusos tras la disposición del Locutor en Jefe de la emisora Radio KNEY de cancelar el programa de variedades que Isaac Kámara dirigía. He escogido escenas significativas, compendiándolas con transcripciones de archivo y otras fuentes disponibles en el momento de editar estas analectas.

Diez grandes temas –o *encabezamientos*– se perfilan, casi esporádicamente, en una primera aproximación taxonómica:

1. *Aquí está Rosa.* Pasaje largo y difícil, marcado con ese título tanto en el disco duro de la PC como en las hojas sueltas; el equivalente de una biografía no autorizada de la exilarca Blanca Rosa Cordobero de Ginzburg.

2. *¡Salta aquí!* Serie aleatoria de aforismos, epígrafes y *sketches.*

3. *El Maleficio.* Leyendas del gueto.

4. *Addenda.* Tachaduras, añadiduras, marginalia.

5. *Corrigenda.* Ídem.

6. *Ocultos para ser libres.* Homilías seudomartianas; comentarios legales; discursos políticos; borradores de arengas escritas por encargo del Locutor en Jefe para el segmento matutino *¡Cuba llora!*

7. *Hojas de Rábano.* Letrinalia rabínica.

8. *Las Epístolas*, de Magali Perdomo.
9. Álbum de fotos, intercalado.
10. *El suplicio de los Hernández*. Fragmentos dramáticos.

Por regla general, y a todo lo largo de la trayectoria del yate Efemérides, Isaac Kámara dejó un rastro (los llamados *droppings*) de interpolaciones, bocetos, diálogos, poemas, etc., que introducen «el animal hermético en la jaula patriótica» (la frase es de Isis Mitre).

El estado material de Papelería A ha sido descrito sucintamente en las actas de la comisión investigadora que atendió el sonado caso en el condado de Osceolus. Las lagunas (del texto) corresponden a tachaduras. En las instancias en que las palabras o frases que se intentó ocultar consigan transparentarse bajo la mácula, preferimos (también por regla general) poner entre corchetes el pasaje en disputa:

«La ordenadora PC [fue encontrada debajo de] una capa [de limo] a cuatro metros escasos de la superficie. A un metro ochenta, el muro de la represa exhibe dos ranuras paralelas y equidistantes que admiten el paso del agua.

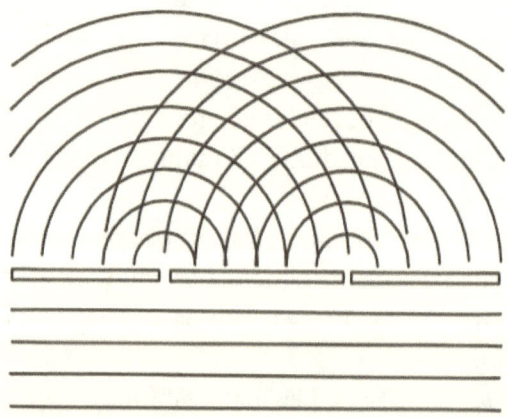

Ambas ranuras estaban atoradas [por lo que más] abajo se designa como Papelería B. La pared interior de la compuerta recibió el impacto de las hojas salientes, disparadas con fuerza a través de las rendijas de acuerdo a un clásico patrón de interferencia…

«Los buzos forenses recobraron todas y cada una de las páginas [que no habían sido convertidas en pulpa o arrastradas por el torrente] a fin de presentarlas como evidencias. El proceso en cuestión se llevó a cabo utilizando una malla de cazar mariposas y un garfio para limpieza de piscinas».

Una vez recogidas, las muestras fueron dispuestas en orden [descendente] contra el teselado del patio del Water Department, Estación 45, Distrito Conehegu, sito en el meandro F6 del estuario de Crong.

El atoramiento del dique alertó al guardabosque, quien, a su vez, puso sobre aviso a la Guardia Nacional, destacada a la sazón en Miami con motivo de las revueltas religiosas del año 2000. Eventualmente, la Guardia dio caza al *Alligator mississippiensis* y descubrió [en su vientre] los cuerpos ultimados de los tres amigos.

Aliuska Valdés Buchaca, PhD
Nuevo Instituto Cubano del Libro
Castillo El Principito, enero y 2026

El suplicio de los Hernández

Me llamo Isis Mitre. Llegué de Cuba al mismo tiempo que el famoso balserito, aunque no en bote, sino *par avion*, por un tercer país, invitada a una conferencia. Estudié filología en la Academia Stalin[1] y me licencié en radiodifusión en los cursos nocturnos para trabajadores de la Universidad de La Habana. El puesto de libretista de radio era mi primer empleo en el exilio, y lo conseguía gracias a la palanca de mi padre (biológico), el musicalizador del programa *La edad de piedra*, que Isaac Kámara animaba.

La tarde que entré por primera vez al estudio aún no sabía que Isaac era una especie de oveja negra. Pocos conocían su secreto, aunque se rumoraba que era «la droga». Qué droga, y si incidía o no en la calidad de su popular programa, nunca quedó claro. Nadie le tocó el tema hasta el día en que lo hizo el Locutor en Jefe de la emisora (que en lo adelante llamaré Radio KNEY: escojo el título y las siglas para ahorrarme explicaciones), entonces se acabó todo. Las consabidas guerras radiales o «luchas intestinas» contribuyeron, sin dudas, a la cancelación. De las «contradicciones históricas» solo hace falta mencionar una: el rapto de El Niño (también omito su nombre por razones obvias).

---

[1]   Los nombres de monumentos, planteles, instituciones, ciudades, provincias y países, así como los de personas, no-personas u otros accidentes humanos o geográficos, han sido alterados de acuerdo al contexto particular del pasaje en cuestión. [*Todas las notas, salvo que se indique lo contrario, son de la antologadora*].

En realidad, había venido a pedirle una entrevista sobre literatura *diaspórica*, un tema demasiado ambicioso del que, de entrada, me declaré ignorante. Tras un momento de vacilación –que, según me enteré después, eran sus «buenos momentos»–, el poeta cambió de humor. Hizo, o se le fue, un comentario soez sobre mi peso (en las notas suyas que sobreviven aparezco, inevitablemente, como «La Gorda»). Mi propósito era hablar de literatura, pero Isaac estaba encasquillado en otro tema: su fantasmagórico paso por la noveleta *Boarding Home*, de Guillermo Rosales. Me lo repitió mil veces, y cuando le dije, exasperada, que no la conocía, prometió conseguírmela. Para mi gran sorpresa, al final de la entrevista no solo me había colocado, sino que me obsequiaba su propio ejemplar del libro.

Cerramos el trato con un apretón de manos. Noté que las suyas estaban sudadas y frías. Semanas más tarde fuimos a ver al personaje clave que aparece en mi artículo «El Negro de *Boarding Home*» (inédito), fruto de aquel encuentro primerizo. Tal vez lo cite más adelante a fin de contextualizar a nuestro protagonista.

185

Primero, una aclaración. Cuando salió a la luz la edición española del libro de Rosales (bajo el facineroso título de *La casa de los náufragos*, Siruela, 2003), nos encontrábamos ya en plena ciénaga, en el gran pantano conocido como los Everglades. Atravesábamos un bosque en llamas amarrados al puente del Efemérides. El fuego forestal lamía el vientre de los nimbos, y de vez en cuando un lengüetazo desgajaba una rama dorada que caía al agua con un chisporroteo. La lluvia de tizones le provocó a Isaac un comentario sobre el *golden shower*, una práctica erótica de sus tiempos de discotequero.

El vicio lo había vaciado. «El vicio vacía», dijo.

Anoté ese epigrama y cuantas eyaculaciones (*ejaculations*, así las llamaba) salieron de su boca en los meses y años siguientes. Mi intención era reunirlas en un libro intitulado (ya diré por qué) *Hojas de Rábano*.

Continuamos callados durante un largo trecho, mientras los resplandores infernales nos moteaban la piel. Estábamos cubiertos de hollín y de cieno. Las aguas podridas del Miami Canal se habían vuelto lava y en los hondos reservorios merodeaban caimanes hambrientos. «La candela trae vida a estos cenagales», anunció mi viejo, Manolito Mitre, apodado el Hombre Rana, un tipo de pocas palabras que conocía la ciénaga como la palma de la mano.

Creo que Isaac veía en mi padre al suyo, y que esa era la razón por la que lo admiraba: dadas ciertas variables, los destinos de los dos hombres pudieron haberse intercambiado. También mi padre había pasado por las prisiones de El Príncipe y La Cabaña, aunque, a diferencia de Saulo Kámara, logró fugarse de la Prisión Modelo, secuestrar una lancha y partir rumbo al exilio. En los Estados Unidos, lo reclutó la CIA. Tomó parte, según su cuenta, en ciento ochenta misiones de infiltración y sabotaje. Atrás quedábamos mi madre y yo, su hija única, nacida en 1962, «el año de la bomba».

Cansada de esperar, mamá decidió unirse a un capitán del MININT[2], antiguo compañero de lucha de papá, que fue el único padre que conocí. Como era natural, el viejo nos excomulgó y nunca más quiso saber de nosotras. Esta

---

2 Sigla del tenebroso Ministerio del Interior cubano.

penosa situación se prolongaría hasta el llamado «deshielo» de los noventa, el momento en que, junto a otros artistas e investigadores, comencé a viajar.

En 1992 llegué a Budapest. Al enterarse de mi deserción, Manolo se encaprichó en reclamarme. Aparentando que asistía a un simposio académico organizado por Alfredito Durán y el Sindicato de Antiguos Galanes, me colé en el baño del aeropuerto de Miami y rompí el pasaporte. Era julio y 1999. Tras siete años perdidos en tierras de Rubik, arribaba al oeste, es decir, al West de Hialeah. Antes de darme cuenta –y a pesar de que el destierro no era lo mío– me había *quedado*. Cuatro meses después trabajaba de libretista en la misma estación donde el Hombre Rana –más viejo, más calvo, y marcado de por vida por un balazo que le desfiguró el rostro– musicalizaba el show de Los Claveles de España.

184

Revivir el episodio de «El Niño», así fuese con el noble propósito de narrar el capítulo culminante de la vida de Isaac Kámara, es algo que me había prohibido a mí misma: tanto dolor me produce ese recuerdo. Ya lo había dicho el Locutor en Jefe en el segmento *¡Cuba llora!*: «Pocas heridas tan hondas... Una puñalada por la espalda, sí. Un golpe bajo, señoras y señores... Un bofetón en la mejilla de un pueblo vejado, que la zarpa del tirano, etc...» [sic].

A pesar de todo, no me queda otra que acometer la tarea directamente. Para nosotros, los tripulantes del Efemérides, el asunto no terminó con el rapto del inocente, sino un poco más tarde y mucho más al norte.

¡Y cómo iba a sospechar que al unirme al programa en calidad de libretista acabaría siendo una simple acotadora, la archivista oficial de la pasión y muerte de un judío errático! Así remonté su calvario y cada una de las estaciones. Así me vi abocada, sin previo aviso, al apoteósico final.

183

En noviembre la emisora nos asignó la cobertura total de los acontecimientos relacionados con la llamada «aparición», y a partir de ese momento pasamos incontables horas «delante de la presencia», cazando la noticia.

Intentaré describir nuestro estado de ánimo: Isaac trataba de no tomárselo a pecho, el asunto lo tocaba de cerca. También él había sido niño en Miami y hasta había asistido a la misma Academia Nixon-Martí adonde mandaban ahora a este otro niño. Era de los que no querían que se quedara. «Quedarse» es un término relativo que, como tantos otros, tiene distinto significado para los exiliados cubanos que para el resto del mundo. Por ahí comenzó el embrollo. Mi padre, sin pensarlo dos veces, decidió que «quedarse» era, en todo caso, «la única opción», la Opción Cero. En cambio, yo no estaba convencida ni de lo uno ni de lo otro: era una «indecisa».

Nuestras coincidencias caían, irónicamente, dentro del terreno espiritual: papá veía en El Niño a Elegua, Isaac a Elías, y yo a una especie de Ismaelillo. En aquellas trágicas jornadas la brujería llegó a adueñarse de todos los aspectos de la vida nacional, de eso no nos cabía duda.

Fuimos los primeros en llegar con nuestros micrófonos a la ciudad de carpas que habían levantado para los medios de prensa frente a la famosa casita: entonces Isaac divisó a su madre dentro del jardín cercado, conversando con los representantes de las asociaciones patrióticas. Hacía veinte años que no se veían –o por lo menos, que no se hablaban, según me reveló allí mismo. Blanca Rosa traía un vestido negro de corte recto y un sencillo collar de perlas. Parecía que acababa de enjuagarse los cabellos grises con agua de violetas. Calzaba zapatos lustrosos, de charol; pero el toque teatral –y podría decirse que miamense– eran unas opulentas gafas negras que le cubrían los ojos como una visera.

Creo que se volvió dos o tres veces hacia nosotros, como mesmerizada por la aparición del hijo. Hablaba con los abogados, con los políticos, con los procuradores y los disidentes, y lo calaba de vez en cuando, pero al final no sé si lo vio. Marieleusis vino a saludarla, y la abrazó y la besó. Lloraron juntas, se separaron, se miraron y volvieron a estrecharse. Entonces las Madres del Calvario Cubano en el Exilio, MACACUEX, salieron del público y formaron un círculo de oración en torno de ellas.

Bendita tú eres entre todas las mujeres
y bendito es el fruto de tu vientre...

Las letanías venían cargadas de profundos significados y la emoción resultó ser demasiado fuerte para Isaac. Le propuse salir de allí, y me contestó que sí, pero que no se atrevía a pasar por el medio de las turbas. Habíamos estacionado a varios kilómetros de la casita, cerca de la Rama Hispánica de la biblioteca municipal –donde después supe que había vivido en su época de vagabundo. Mi padre me contó que pernoctaba en el baño: «Se queda adentro y sale por la mañana. También en el cementerio de Flagra, donde es conocido como Casa Sola».

No pude creerlo.

«¡Está loco!», exclamé.

Papá me advirtió: «Tú no sabes quién es este Isaac, muchachita».

Por la noche, cuando nos reencontramos en la emisora, Isaac lucía desorientado.

«Arrebatado», puntualizó mi padre.

182

«Debí haber nacido muerto. Tenía el cordón umbilical enredado a la nuca. El día de mi nacimiento la comadrona pasó temprano por el frente de mi casa. Mamá estaba baldeando el portal. La comadrona le preguntó si se sentía bien, y mi madre le respondió que sí, pero que no se sentía al niño. La comadrona le ordenó treparse a la mesa del comedor mientras iba por los aperos. Después metió el dedo y tanteó, trasteó (*éramos del interior*), hasta que logró destrabar el cordón. Nací ahogado. Negro como un Judas. Dos milagrosas nalgadas me devolvieron la vida. Un cubo de agua fría, otro de agua caliente, agua fría, caliente, me metieron, me sacaron, me cascaron… Entonces reaccioné, lloriqueé, chillé… Como un cerdo. Nací muerto y negro. Como el ahorcado que bajan del gajo. Me limpiaron, me blanquearon, y ahora estoy aquí, amarrado a un palo mayor. Pero éste que ves no soy yo. Yo soy aquél, (cantó) *yoo sooy aaaqueeel…*[3]

«¡Qué ocurrencias!», pensé al oírlo, y reculé, asustada.

---

[3] «Yo soy aquél», por Raphael Martos; balada romántica del compositor Manuel Alejandro, 1966.

«Nacido en el seno de una familia de polacos», continuó, impasible, afincado a la proa, con un Marlboro en los labios, «en un pueblo chiquito, un villorrio, un *shtetl*, si se quiere, en la provincia de Las Villas. Polacos riquísimos, o eso me dijeron. Zapateros[4]. La madre de mi madre había llegado a Cumanayagua de no se sabe dónde, algún punto vago que nadie localizó nunca. Mi ignorancia le asigna un nombre arcaico y clásico: Palmira, Rodas... Fueron varios hermanos y hermanas, que, empujados por alguna depresión, vinieron a carenar a las tierras bajas... Tan extranjeros en el sur como en el norte, en el este como en el oeste... ¡es lo poco que sé! Hacía siglos que la región adonde arribaban había sido limpiada de taínos y repoblada con colonos gallegos, isleños, catalanes... Quizás los míos fueran portugueses, judíos equivocados. Tenían la piel roja y pecosa y el pelo crespo de un color naranja muy parecido al de Bowie en *Low*.

«Enseguida los apodaron Los Curros, Los Rojos. ¿Motivo de su salida de Rodas, de Palmira? La madre había enfermado... por supuesto que de cáncer. El padre se dedicaba a fabricar curricanes, o eso les dijeron. Como a cada hombre de mi familia, lo acusaban de ser un contemplativo, de dedicarse a perder el tiempo. ¡Perder el tiempo...! Esa mala costumbre pudo haber sido la causa... ¡Ahora entiendo que trenzar cuerdas le permitía divagar!

«El día que la matrona pasó a mejor vida, cerraron la casa y salieron al camino. ¡Era el fin de una época! Ella sola

---

4   «Zapateros fueron Josif Stalin, Chaim Soutine y Jacobo Boehme...», declara Isaac en una nota taquigráfica dirigida a sí mismo. «Había dos tipos de zapateros», escribe, al margen del catálogo *Soutine en Guaos...* «el que hacía la parte superior del zapato y el que remataba las suelas. Uno era tenido en más alta estima que el otro».

había sostenido la familia a base de lavar, zurcir y planchar (*éramos del interior, lavábamos para afuera*). Los varones se quedaron en El Hoyo, el que cogió gangrena y el alto. Un día encontraron al padre colgado del caballete. Las tres huerfanitas, a saber, mi abuela Adah y sus dos hermanas, Esther y la coja Rebeca, fueron a parar al Escombray. Después ocurrió allí una horrible carnicería...»

Así habló Isaac Kámara, ansioso por rellenar las lagunas que dejaba en su currículo la muerte prematura de Blanca Rosa Cordobero de Ginzburg, viuda de Kámara, su progenitora. Pero a esa muerte oficial nos referiremos más adelante.

Entretanto, surcábamos el rosario de lagos que conecta, por canales y presas, la ciudad paradisíaca Miami con el cuerpo esponjoso de la Florida profunda (advierto, mientras escribo estas líneas, que he empezado a redactar como él; que al cabo de tantos años encerrados en el yate he llegado a adoptar sus *manierismos*). Nos habíamos amarrado al palo mayor mientras arreciaba la candela. Quedamos tan cerca uno del otro que rocé sin querer el dorso de sus manos. Entonces me miró: humo, piel, fuego, vellos, ojos, fiebre, cielos, todo revuelto en mí.

Retiré la mano, instintivamente. Me olí los dedos y consideré mi suerte. Contemplé la posibilidad de perecer obesa y achicharrada. Aferrado al timón, mi padre hablaba solo: «Fuego, humo, humo, plomo... bosque... no hay por qué, de qué, que amilanarse... troncos, lianas... sangre y fuego... ¡adelante, adelante...!, alimentarnos de cáscaras, bellotas, curujeyes, pajarillos, ¡adelante!, nosotros, las ardillas, el racún, ya, fuera, ellos... fuego, fuego, metralla... comeremos fango, en el momento, si fuego... ¡adelante! ...la candela... tierra... lucha, lucha, lucha, la lucha... necesaria... fuego, ¡adelante...!»

«Estuve toda la tarde con mi tío Federico», me dejó caer Isaac una mañana de enero del primer año del recién estrenado milenio, cuando ya llevábamos tres meses de montar guardia frente a la casita. Había divisado de lejos a su tío, en las filas de manifestantes, sosteniendo una cartulina con un monstruo comunista trazado a plumón. Federico palmoteaba, chiflaba y coreaba las consignas de rigor, cubierto con peluca rubia y pamela de guano. Así vine a enterarme de la existencia de este pariente suyo, que, andando el tiempo, llegó a convertirse en una pieza clave de mi narración.

Lo saludó con un abrazo y dos palmadas en la espalda, como si hubieran dejado de verse esa misma tarde. Sin más preámbulos, Federico se lanzó a hablar de distintos temas, en un tono desafiante y desmesurado. Le dijo que detestaba por igual a los jenízaros que exigían el retorno de El Niño y a las hordas cumbancheras salidas de las cloacas del Exilio. Consideraba que la única respuesta sensata a la nueva provocación era estarse quietos. ¡Quedarse en casa! Pero que como eso era imposible, allí estaba. ¡Presente! ¡Qué remedio! Los comparó a los ejércitos de Arjuna enfrentados a las falanges de Kurús en las melifluas ilustraciones de un Bhagavad Gitá condensado –con comentarios de Swami Prabhupada– que había recibido de manos de un Hare Krishna en el aeropuerto de Miami.

A propósito, ¿sabía Isaac (lo llamó «hijo») de una raza de conejos, *hare*, que hacía sus guaridas en las pistas del aeródromo? ¿Y qué iban a hacer los pobres conejos? El karma los condenó al aeropuerto igual que había condenado a los cubanos al marasmo. Vivían en sus respectivas madrigueras, acostumbrados al escándalo. Porque aquello, Miami, quería decir, era un escándalo...

Lo invitó a su casa, a seguir conversando, y a consultar el libro de Prabhupada, que yacía enterrado en un estante repleto de libros sin...

180

leer... y el libro de Prabhupada yacía enterrado en un estante repleto de tomos sin leer, porque ya había leído bastante.

Arrojó el sombrero en una butaca, se sacudió la saya y fue a servirse un vaso de agua. Después salió al balcón y miró al cielo, por donde cruzaba una avioneta arrastrando una violenta consigna anticubana.

Las palabras lo habían traicionado, dijo. Los libros, especialmente los libros, le habían fallado. Entonces, ¿para qué leerlos si no podían evitarnos la depresión, ni la bancarrota, ni los barros, ni el destierro, ni el comunismo, y muchísimo menos las debacles periódicas que se nos echaban encima? ¡Otra más! ¡Oh, la más ignominiosa de todas!

Si las concentraciones frente a la casita de los Hernández tenían algún sentido, concluyó Federico, pues que sirvieran al menos para que la gente se reencontrara. ¡Cuánta gente perdida, por dios, cuántas amistades que no veía desde hacía siglos, de tipos de cubanos que creía extintos, de cadáveres vagamente familiares que creyó reconocer entre los rostros anónimos de una multitud imponente, avasalladora, que pasaba arrollando, como una fosa desbordada!

Caminaron por entre los revendedores de camisetas, los agitadores y los fanáticos que repartían estampitas del Santo Niño. Pasaron por delante de bazares donde se pregonaban crucifijos, escapularios, dijes de azabache, manos de coral, frascos de agua bendita. El aire estaba impregnado de hollín, incienso y grasa hirviente. Vieron macilentas cabezas de cerdos con las bocas abiertas, tendidas sobre bandejas abolladas, y hornos humeantes donde se cocinaban mazorcas, tripas y lenguas.

Durante cuadras y cuadras, una solemne multitud cubría las calles y las aceras, atestaba los portales, abarrotaba los parqueos, se apiñaba en las inmediaciones de los comercios, los mercados, las panaderías, las droguerías, las peluquerías y las agencias de viajes. Un millón de latas, volantes y cartuchos atoraba los tragantes. Se oían cumbias y valses por encima de los gritos, las alarmas, las sirenas y los toques de cláxones.

Avanzaron a empellones y, tras ingentes esfuerzos, consiguieron romper los cercos y escurrirse entre los escuadrones de manifestantes. Al fin, por sobre las cabezas apelotonadas, Federico divisó el techito a dos aguas, los ventanucos simétricos. Se paró en puntillas para admirar el desarrollo de lo que, según decían, era un hecho sagrado.

Pero la asediada residencia de los Hernández resultó ser una de esas chozas grises, sin gracia ni denominación, que él abominaba. Una cajita de estuco con dos tiras de yerba seca y muñones de árboles talados en un jardín de cemento.

Las ventanas estaban primorosamente enrejadas.

—¡Solo falta el pesebre…! —exclamó, sardónico, zafándose la pañoleta.

¡Miami: el lugar ideal para recomenzar!, decía el cartel de una inmobiliaria adosado a un poste.

178

Isaac dijo:

«Conforme apretaba el calor, la chusma, que esperaba nada menos que una aparición, fue exorbitándose. Empujaba, brincaba y se retorcía como una piara poseída por mil demonios. Cuando la efervescencia llegó al clímax, un remolino unánime, multitudinario, casi nos arrastra. Entonces, Federico perdió la compostura y quiso escapar, pero se vio rodeado. Soltó la penca de los productos Goya que alguien le había puesto en la mano y trató de engancharse de un brazo, de una pantorrilla, de una manga, del bajo de un pantalón. Lo vi a unas brazadas de mí, y le grité a todo pulmón, pero mis gritos no lograron atravesar el estruendo.

«Cinco horas más tarde conseguíamos volver, por distintos caminos, a su modesto apartamentico de la Pequeña Habana. Sentados frente a un ventilador giratorio, me confesó que mientras rodaba por tierra había aceptado –¡finalmente!– su cruel destino. Había entendido que perder era lo que nos tocó, y que no había dios que pudiera salvarnos. Supo entonces que debía confiarse de su cuerpo, únicamente de su cuerpo *físico*, de sus puños (tenía unas manos enormes), de sus uñas y dientes. ¡Miami era, simplemente, el sálvese quien pueda! Y en ese momento renunció a los desvelos del espíritu, a la moralina cubana, a lo que la canalla sin principios llamaba "patriotismo".

«En medio del caos experimentó una jubilosa postración: *¡A la mierda, a la mierda todo! ¡Aleluya! ¡Aleluya! ¡Abajo Cuba!*

«Un señor de color que, por algún motivo, insistía en seguirla, se le prendió de la falda. Ahora, tras remontar el molote, rodaban juntos, derrotados y extáticos, confundidos en la avalancha».

177

«Cuando volvió en sí, vio una mano negra, como bajada del cielo, que la asía por las greñas de fibra sintética. Sentada en un bache se sintió desorientada y sola. Unos diablitos de pasas rubias –los integrantes de algún conjunto afrocubano– pasaron de largo, azotando tumbadoras.

«Completamente exhausta y desconfiando hasta de su sombra, se dedicó a observar a los agitadores, a los que levantaban pancartas pintadas en trozos de cajas, a los jenízaros que izaban la enseña americana al revés, a las viejas de mirada torva que llevaban las cabezas cubiertas con mantillas. ¡Cualquiera podía ser un espía, un doble, un infiltrado, un provocador, un chivato! Vio a una mujer que enarbolaba un bebé de plástico clavado a una cruz y, por un instante, creyó reconocer en ella a Blanca Rosa, su única hermana. Levantó los ojos al cielo y se topó con una muchedumbre en escorzo, deformada y burlesca, que vitoreaba, tragaba, empujaba y maldecía…

176

«Fue entonces que el caballero de color la levantó de un tirón y, tomándola por la cintura, la obligó a avanzar. Agradeció el gesto solidario y se sintió reconfortada. Se movieron voluptuosamente en medio de un círculo de beatas que decía el rosario, cercados de bidones ardientes.

Pasaron por delante de San Lázaros de distintos tamaños remolcados por penitentes en hinojos. Oyeron a predicadores que blasfemaban por los altos megáfonos. Marcharon a la zaga de abanderados, rengos, protestantes, pachangueros y paramédicos. Un toro blanco que cargaba la imagen de una virgen centroamericana se les atravesó en el camino, justo en el momento en que otro empellón brutal, colmado de toda la saña del mundo, los lanzó dando tumbos contra las pancartas, las ofrendas florales, los altares y las vallas.

«Así, sin proponérselo, se vieron metidos en el meollo de la acción, en el mismo centro del drama del siglo: Lázaro tenía los pies grandes y el bigote desteñido, y Marieleusis lucía rayitos en el pelo. Los vieron de cerca, tal vez de demasiado cerca. Alcanzaban a la turba botellitas de agua por encima de las barricadas...»

No había nada extraordinario en todo aquello, le aseguró Federico a su sobrino. ¡Nada de nada! Era más bien una postal en tercera dimensión, con sus grandes defectos a la vista. Era una escena sacra y profana, barata y preciosa al mismo tiempo, pero desprovista de alcance, de alguna clave, aunque no sabía cuál.

Admiraron, resignados, los retablos policromos que, como grandes frescos, evocaban horrores a la entrada del caserío:

El Neumático Rodeado de Delfines.
El Presidente Clinton, el Diablo y la Fiscal Janet Reno.
La Madre, el Traidor y el Hijo en la Balanza de la Justicia.

Me veo obligada a reproducir aquí, en aras de la continuidad, tres o cuatro capítulos de nuestra exitosa radionovela, *El suplicio de los Hernández*:

Marieleusis llegó temprano al salón de belleza donde lavaba, zurcía y peinaba pelucas.

El establecimiento conservaba intacta la vidriera de la peletería que había operado allí en la época dorada de La Playa. El sol daba en el cristal, y el letrero del *Morgenstern Beauty Salon* arrojaba sombras chinescas en las losas de congoleum.

Dispuestos en los nichos de acrílico de una unidad de pared, había botes de champú y condicioner Mirta de Perales: las botellitas rellenas de químicos cremosos llevaban estampada la cara de la famosa cosmetóloga.

Dos perfiles (uno de dama y otro de caballero) montaban guardia al rótulo y, debajo de éste, en escalinata, sendas hileras de palabras hebreas y castellanas informaban al cliente de los variados servicios:

r_yitos
   thintes
      sheitels
         zejas...

Nurit, la esposa del dueño, apareció en el colgadizo, guiando entre los estropeados sillones a una mujer con la cabeza envuelta en toallas.

–¿Han oído las noticias, muchachas? –preguntó Nurit.
Silencio.

—Un niño apareció en una canasta… —se respondió a sí misma.

—¿En una canasta? —balbuceó una clienta.

La otra habló en yidis, debajo del velo.

—Sí. La madre lo arrojó a la corriente[5].

—*¡Oh, my God!* —gimió Marieleusis.

El astro rey tamborileaba en el gran vidrio. Había desconchado las letras trazadas a pincel por un principiante: los escarabajos de *shin* refulgían a contraluz, y la sombra del *alef* caía como una cruceta en la boca de una mujer dormida.

La muchacha miró al techo.

—*¡Oh, my God… my God!* —repitió, y tuvo que ir a recostarse a una silla, junto a la mesita de las revistas.

Una gran lámpara con la base en forma de pirámide reposaba sobre un aparador niquelado que contenía las obras completas de Jacobo C. Finger.

Entonces, de puro nerviosismo, se quedó dormida.

Roberto el estilista, que entraba en escena, corrió a abanicarla con una revista *¡Hola!*

174

Si la joven peluquera sacaba la carta impregnada de sudor que llevaba escondida en el seno, todo el mundo se enteraría de quién era. Colocó los *sheitels* peinados en las hormas de styrofoam dispuestas a lo largo del entrepaño, contra el trasfondo de la ciudad y sus plazoletas vacías. El domo de plata de la gran sinagoga relampagueó a lo lejos.

—¿Qué te pasa? —le preguntó Robertico.

Despertó acalambrada. No se sentía un brazo.

---

5   *Ya. Die muter hat es in di taykh!*

–¿Cuánto tiempo hace? –respondió.

Abrazado a la escoba, Roberto se fijó en el reloj de pared. Otras mujeres sacaron las cabezas de las escafandras.

Le trajeron un *schnapp*, que no probó, porque el ron de ciruelas le provocaba arqueadas de solo olerlo.

–¿Está preñada?

–¡Nooo!

–¿Ella?

–¡Será del espíritu santo!

La señora Nurit le hizo señas para que lo apurara. La muchacha se mojó los labios y devolvió la copita a las manos de Morgenstern –el nombre que aparecía en las licencias mosqueadas, el propietario del establecimiento– que había salido a ver lo que pasaba.

De mañana las sulamitas dejaban las pelucas para un arreglo y las recogían por la tarde. La joven peluquera miró en derredor: viejas cubiertas con bonetes de nailon esperaban, atentas, lo que ella se disponía a contarles.

–Hace una semana recibimos carta de nuestro primo hermano de la isla.

Un presentimiento colectivo las hizo estremecerse.

–Nos confirmaba que su mujer había embarcado en balsa con el...

Otra pausa.

–¿Con el... Niño?

–Sí, El Niño.

–¿En balsa?

–Sí, en una balsa.

Había llegado la hora de su anunciación.

–Una cámara forrada con un trozo de yute... –detalló, llorando, convencida de que no la entenderían–. Anunciaba que pronto estarían entre nosotros... Muy pronto. En unos días. ¡Oh, Señor! Nos rogaba que estuviéramos alerta.

173

Marieleusis tiró la cartera en el sillón. Después fue a refugiarse en los brazos de su padre.

—¡Papi! —exclamó, entre sollozos.

—¡Quieta! Está todo bien. Lo rescataron los delfines, es un milagro. ¡Un milagro!

—Más tarde iremos...

—¡Prepárate a reclamarlo!

—¡Babalú! ¡Babalú! ¡Babalú! —coreaban afuera.

—¡Déjalos que griten!

—¡Belcebú, Belcebú, Belcebú! El diablo anda suelto —balbució Marieleusis, y escupió en el fregadero.

Le dio la espalda al padre y fue a asomarse al ventanuco. A través de las persianas divisó, del otro lado de la calle, las carpas del circo mediático, las cámaras de los noticieros, el hervidero de la canalla.

—¿Que el diablo anda suelto? —preguntó él.

Lázaro fue a colocar la lonchera en su puesto.

—¡Y hace rato! —estalló ella, sarcástica.

—Alguien llamó... —dijo él.

—¿Alguien... quién? ¿Llamó quién?

—Luis Miguel, otra vez...

—Es su sangre. No lo dudo —dijo Marieleusis, en un tono sombrío.

Lázaro abrió las puertas del aparador. Buscó una tacita confundida entre los frascos de multivitaminas.

—No me extrañaría, para nada, si se decidiera...

Colocó la tacita y el platillo sobre la meseta de azulejos.

—Ya se enteró de la tragedia familiar… —explicó Lázaro—. Le dije que le haríamos una misa. Un niño sin madre, a su tierna edad…

—Es como si nunca la hubiera tenido —se atrevió a afirmar ella.

—Le expliqué que no se había podido recuperar el cuerpo de la pobre Yezabel… —continuó el padre, asomando un ojo a la boca del termo.

Escurrió la última gota en la taza.

—Que la procesión iba por dentro —suspiró.

—Pero yo… yo me encargaré de todo… de pelarlo, de bañarlo, de llevarlo a la Academia Nixon-Martí. ¡Por favor, papá, no les hagas caso!

Lázaro separó las bordadas cortinas. Se asomó a la ventana.

—Buena esa escuela, según me dicen… —comentó, con los ojos entornados—. El uniforme tiene escudo… Hemos prosperado mucho, ¿no? Al principio, recuerdo pasar por allí y comentarle a tu madre, ¿cómo pueden tener corazón para meter a los pobres chiquillos en este corral?

Hizo una pausa antes de añadir:

—¡Quién iba a imaginarse!

Marieleusis tendió en el borde del fregadero la toalla de papel absorbente con que había secado los estantes.

Se volvió hacia su padre. Tenía los ojos anegados en lágrimas.

—¡Los primeros dos años aquí son los más duros! —dijo.

Luego le rodeó el cuello con sus brazos delgados. El varonil mostacho rozó sin querer las hebras castañas bañadas de *spray*. La cara de María, asomada al omóplato, era un óvalo perfecto.

Y en el televisor de la meseta se vieron abrazados en tiempo real.

172

Ellos –les explicó el cura– eran una anunciación. ¡Una anticipación! Lo que le pasaría a todos, a fin de cuentas, pero... ¡a ellos primero!

Con «ellos» quería decir «los cubanos».

–¿Y cree usted, padre, que alguien va a entender el significado de mi nombr...? –le preguntó Lázaro al teólogo, sirviéndole café.

–¡Es muy difícil, Lázaro... –se adelantó el párroco de la Ermita– ...hacerse entender por los extraños! ¡Es mucho más fácil hacerse compadecer!

Hombres trajeados pasaban por delante, o entraban y salían de las habitaciones sin ponerles atención. Miraban el televisor, se escurrían por los corredores, recibían a nuevos visitantes, hablaban por teléfono. La saleta estaba atestada.

–¡Compadecer, compadece cualquiera! –trinó la muchacha.

–Comprender, mejor dicho, el significado de mi nombre –continuó Lázaro, golpeándose el pecho–. Que unos perros lamen mis llagas, que soy un...

–Que eres un emblema de Saturno, o algo así. ¡Oh, vamos, hombre, los más cultos se harán una pálida idea! –el párroco hizo un gesto con la mano, como si espantara una mosca.

–¡No hace falta ser culto, padre, par...! –comenzó a decir Marieleusis.

–Es un hecho, un hecho científico –la interrumpió el cura, irguiéndose en la silla–. Nadie pude meterse en el pellejo ajeno. Existe una moderna teoría, que lo explica muy claramente. Su creador es el filósof...[6]

—Entonces, ¿de qué vale nuestro suplicio? —demandó Lázaro.

Había juntado las manos en un gesto de súplica. Era el mismo gesto de las Manos Santas en un plato de alpaca que guindaba en la pared empapelada.

—Me temo que de nada, hijo mío —respondió el cura, formando un cerco con el pulgar y el índice.

Después miró por el cero, como por un catalejo, hacia la muchedumbre que se arremolinaba en el callejón.

Señaló las carpas.

—¿Qué saben ellos? —preguntó, apuntando hacia afuera—. ¿Qué pueden saber ellos?

Su aliento empañó el cristal acabado de limpiar.

Lázaro señaló una avioneta que sobrevolaba la casa remolcando una larga cinta que decía:

ONE DOWN — 999, 999 TO GO!

---

[6] «El filósofo Thomas Nagel, en su famoso ensayo *What Is It Like To Be a Bat?* afirma que la experiencia subjetiva es un atributo fundamental de los seres humanos y de algunos animales superiores, como el murciélago. Nagel explica que lo subjetivo toma incontables formas, totalmente inimaginadas, en otros planetas y en otros sistemas solares del universo. "Pero no importa cuánto varíe (insiste), el hecho de que un organismo tenga experiencias subjetivas quiere decir, básicamente, que existe la experiencia de *ser* ese organismo". Cree Nagel que, aunque aprendamos todo lo que hay que aprender acerca de los muerciélagos, nunca llegaremos a saber *realmente* lo que es *ser* un murciélago». John Horgan, *The End of Science*, 1974. «Lo mismo podría decirse del gusano...», fue la respuesta lapidaria del párroco [en los *Libretos*].

«¿Cuántos niños mueren a diario con la tripa del ombligo enredada al cuello?», preguntó Isaac, escupiendo ceniza.

Un largo chillido, proveniente de lo alto, nos impuso silencio.

«¿Miles? ¿Cientos de miles? ¿Millones, quizás?».

Los altos cipreses recibían en sus copas el licor del crepúsculo.

«Samuel Beckett dice que donde caiga el semen del ahorcado nacerá la mandrágora».

Era una enciclopedia ambulante. Volvió a tragar en seco.

«¡Judas, Judas! ¡Judas de pinga…! ¡Judas guindados en el bosque…!», gritó a todo pulmón.

Una bandada de torcazas penetró en el tupido follaje. Isaac esperó a que se aquietara para continuar su peroración.

«…de Birnam! Un bosque que avanza y retrocede. Da dos brinquitos hacia delante, y uno hacia atrás. Después de mucho caminar, se planta. Con el tiempo, mi abuelo Abrantes Cordobero adquirió una finca en el monte Guamuhaya, la hacienda que él llamó El Pardes. Construyó una casa de maderas preciosas en lo alto de un pico. En una loma aledaña nacía un manantial, y dicen que allí mi abuela Adah mandó a excavar un pozo y a tapizarlo con lajas. Forzaron la corriente, el manantial colmó el cuenco. Teníamos piscina. La piscina de Adah…»

He aquí el resumen de nuestras desdichas. En sus cinco meses de existencia, el programa *La edad de piedra* fue corriéndose, desde las siete de la mañana hasta las nueve de la noche, después a las diez, y finalmente a las doce. ¡Un programa infantil a medianoche! Cuando el Locutor en Jefe entendió que Isaac no sería capaz de personarse antes del mediodía, aceptó la recesión como «parte de un proceso». Mudarnos a la madrugada fue el último intento, más bien desesperado, por mantenernos en el aire, mientras la situación frente a la casita se agudizaba. Nos salvaron los *ratings*, consistentemente altos.

Como parte del segmento «Clamores populares» transmitíamos a diario entrevistas con gente de la calle. Las llamadas telefónicas desbordaban las pizarras rotativas y los patrocinadores continuaron respaldándonos con sus grandes nombres. Nuestra popularidad nunca decayó.

Aunque, es justo admitir, en honor a la verdad, que si *La edad de piedra* tuvo sus quince minutos de fama, entre tantas rarezas que competían entonces por la atención de los oyentes, se debió a este hecho fortuito: el Locutor en Jefe conocía a los Cordobero. Se dijo que los conocía (al menos, eso fue lo que nos confió Isaac en el yate) *de atrás*. Eran íntimos, «uña y churre». ¡Hasta habían sido compañeros de lucha!

Esa revelación tardía nos tomó por sorpresa.

—¿Compañeros... de lucha? ¿Qué lucha? —quiso saber mi padre.

Atravesábamos un estrecho pantanoso flanqueado por lúgubres espesuras, cuando el poeta decidió explayarse sobre la antigua relación de su familia con el «saboteador de las ondas».

«La revolución se movía como un dial por la extensión de la isla», comenzó diciendo Isaac Kámara, «y la primera emisora rebelde, establecida en Oriente, demandaba un complemento en Occidente. Círculos concéntricos latían en los polos opuestos del territorio nacional. Sucedió a mediados de 1958. Los rebeldes ocupaban clandestinamente los establos de El Pardes, y Baldomero, el guardabosque, les ofrecía refugio, calzado, provisiones...

«Mamá tenía entonces veinte años», declaró Isaac, «y era una joven sencilla, impresionable. Imagínensela por un momento, no como la moribunda que conocieron en el hospital Monte Sinaí después del rapto de El Niño, sino como una bella arriera guiando sus mulos hacia los secaderos de la hacienda».

Algo trepidó en el agua: era un caimán albino. Una garza aleteó y fue a posársele en el morro.

«De pronto, mi madre descubre restos de comida y, más adelante, las cenizas frías de una fogata. Sigue la pista, arma un escándalo, demanda una explicación. Baldomero calla. Mamá insiste. Entonces, el Locutor en Jefe de la emisora clandestina, a quien conoce, por el momento, solo de oídas, aparece detrás de unos sacos. Se descubre, y con el quepis hace una exagerada reverencia. Se declara deudor eterno de la hospitalidad de los Cordobero: si les permitieran colocar sus radios, sus antenas, una planta, unos equipitos por aquí y por allá, no molestarían a nadie…

«Mamá titubea; después los manda a mudar. Exige que desalojen su finca, inmediatamente. Ahora, un combatiente joven de voz excepcionalmente dulce entona un himno rebelde desde lo alto del caballete. Es el Himno Invasor, o cualquier otra marcha de moda. Buscando esa música, mamá gira, con la cabeza echada hacia atrás. Saúl Kámara la observa desde la altura. Los pies le cuelgan. Mamá ve un *samej*, un *nun*, un *dalet*, un *lamed* y un *resh* troquelados en las suelas de las botas, y el sellito del fisco que los peleteros solían arrancar con la uña…»

–Sandal… san…da…lar… –deletreó la arriera.

Isaac relató, a continuación, cómo el sistema de tallas [cifras] secretas había pasado del maestro zapatero Aarón de la Torre a las hormas de su joven abuelo, Abrantes Cordobero:

«El viejo Aarón era dueño de un feo caserón condenado, un antiguo hospital de sangre español ubicado en la calle Real, y mi abuelo Abrantes se encaprichó con el inmueble, insistió en que se lo vendiera. El maestro no podía negarle ese favor a su discípulo, aunque le advirtió que el lugar estaba prácticamente inhabitable. Abrantes había trabajado duro y ahora estaba a punto de establecerse, de casarse con Adah, la fiel empleada salida de la nada. El caserón de los mil ochocientos cubría buena parte de la manzana más céntrica del pueblo. Había permanecido muchos años vacío, en un estado de completo abandono. Después de la Guerra Grande, Aarón lo compró a las tropas de ocupación norteamericanas. Adah y Abrantes lo querían, ya lo habían bautizado, cariñosamente, como el *caserón-cayéndose*.

«Sixto, Esther, Rebeca, Joan Hernán (el maestro de la Academia del mismo nombre), Adah, Cordobero y Tellería (el negro veterano que había adosado su covacha de chapa a la pared oriental del *caserón-cayéndose*, en lo que andando el tiempo sería el Callejón de los Talabarteros) conversaban sentados encima de una loma de tierra. Excavaron, y de entre los cimientos afloraron huesos de soldados españoles. ¡La parejita residiría encima de un cementerio!

«Sixto, el farmacéutico, llevaba en la frente una lámpara de minero. Sacudió una bota y llovieron huesecillos. El pálido académico, con lamparones en las axilas, recitó los versículos de *Yo tengo un amigo muerto*. Cordobero colocó un cráneo anónimo sobre la caja registradora. Guardaron un minuto de silencio. Cerraron tumbas, tapiaron acequias y juraron no contárselo a nadie: ése fue su pacto del zanjón. Después bebieron y bailaron en torno a la fosa. En un parche de cemento fresco, dos corazones entrelazados: Adah & Abrantes, 1937, inscrito con la cabeza de un fémur.

«La Ideal: así bautizaron la nueva zapatería, y allí mismo nació la leyenda de Abrantes el idealista, de Abrantes, el que se levantaba primero. De Abrantes, el que, con tan solo veinte añitos, liquidó a su maestro la hipoteca del antiguo hospital de sangre, el caprichoso *caserón-cayéndose*, su primera y última casa, el hogar donde todos nosotros vendríamos al mundo, y el lugar del que saldrían con rumbo al cautiverio de Sandino, en un día de expiación. Para no regresar jamás...»

170

Hic est Isaac. Ahora atraviesa las turbas de la calle Flagra. Le tocan el hombro, se vuelve, y pierde de vista a su tío Federico. Entonces se mete en la Rama Hispánica de la biblioteca pública, decidido a pasar allí el vendaval. Horas más tarde, tío y sobrino se reencuentran en el apartamento del primero. El travesti le cuenta que acababa de conocer a «Un cubano de Cuba» (título de la XXXVII entrega de *El suplicio...*) He aquí un pasaje:

–Adelante, pelmiso, abral paso...
–¡Dele señor, pase!
–¡Allí ertá!
–Bueno, ¿el qué?
–Er Niño...
–¿El Niño? ¿Dónde? ¡Puñetero...!
–¿Qué?
–¿A qué mierda vengo aquí todos los días? ¡Abajo Cuba!
Entonces, se unieron espontáneamente en una consigna.
Para combatir el sol, Federico llevaba puesta una pamela de yarey: las cerdas del bisoñé asomaban por debajo del ala.

Del monstruo comunista dibujado a lápiz solo quedaba un jirón presillado al mango, pero Federico no lo notaba.

—¡No, no, que bibaaaaaa! ¡Que biba Cubaaa! —gritó el otro.

Federico lo miró de reojo. Le costaba trabajo entusiasmarse. Las consignas se le atoraban en la garganta. Agitó la banderilla, soltó otro berrido.

—¡Bamo, cubano! —el hombre le descargó la mano abierta en la espalda.

Enseguida lo lamentó.

—Peldón, discurpe...

Federico se llevó los dedos a las sienes.

—No, deje, señor, olvídese...

Estaban parados debajo de la lechuza lumínica del Zagami's Supermarket.

—No se ocupe, caballero —exclamó Pilar, escarranchando los ojos—. Más bien, lo que necesito es agua. Agua fría...

El hombre lo ayudó a sentarse en el quicio.

—Nosemuegba. Llabuerbo...

Se perdió entre el gentío.

Regresó con dos frascos de La Cotorra, una antigua marca de agua mineral que, como tantas otras cosas, reaparecía en los mercadillos del Exilio.

—Beba. Toma. Derle. Toma, agua, agua... —insistió el hombre, con una extraña entonación de pregonero que capturó el interés de Federico.

Comenzó a halarlo, amparándolo de los golpes.

—¿Arónde bibeee? —preguntó el tipo, por sobre los gritos.

Caminaban Flagra arriba, con rumbo al *downtown*.

—No lejos, no muy... lejos, pero dudo... dudo muchísimo que pueda... —respondió el viejo, cojeando, tosiendo y abanicándose.

—Alante, amigo. Palante, palante… –gritó el otro, dándole el pecho al tumulto.

169

—¿Bibe solo? –preguntó el sujeto, desde el umbral.

—Con mi sobrino… –mintió Federico, con las llaves en la mano.

—Hijo de mi hermana… –enfatizó, haciendo girar la pata de conejo, para despistarlo.

Hubiera jurado haber visto a Rosa enredada en las patas de la turba. ¿Sería ella la que rodaba por el asfalto, aferrada al crucifijo que tenía clavado un bebé de goma? Tampoco fue capaz de acercársele: dos lustros de inquina y confusión los separaban.

En algún momento, hasta sus pancartas se rozaron.

—Norse moltifique, amigo –le aconsejó el otro.

—Lo sé. Supongo. Porque, ella…

Se pasó la pañoleta por la frente. Las mejillas le ardían. Estaba liquidada. Volvió a estudiarlo.

—Entra… –le ordenó.

—No, me boi… –contestó el hombre.

Hizo como que se marchaba.

—Como quieras. No voy a retenerte contra tu voluntad. Pero, en serio. Está por llegar… Aunque, claro, no sé… digo yo… que hay tiempo, ¿aunque sea para un refresquito? –Federico echó una mirada hacia los cuartos.

—Ertá bien, siurté dirse. ¿Tienargo naturar? –el hombre se abrió la camisa y anunció un pecho flaco y sudado.

La palabra «naturar» cimbreó en el aire un instante.

Después Federico se dirigió al comedor.

De unos tulipanes de cristal trenzado, suspendidos en un
ramo del techo por un tubo oculto entre hojas de tulipán simu-
ladas en bronce, caía sobre la mesa de ónix la claridad ana-
ranjada y suave de la lámpara de luz eléctrica incandescente[7].

168

–¿Er bañ…? –inquirió el caballero.

–Está al fondo –señaló Federico, haciéndose a un lado.

–Glacia –dijo el joven–. Corsur pelmiso.

Se pasó las manos por la cabeza para alisarse el cabello, crespo y brioso. Debajo de unos tatuajes primitivos se le marcaron costillas.

–¿Cómo te llamas? –le preguntó Federico, apretándose contra la pared.

–¿Yo? Gasiel Ribero, pasel-bile. Poro me dicen'er Trirte.

–¡Ah, el Triste! ¡Qué bárbaro! Pues yo me llamo Federico Israel Cordobero, y me dicen… Pilar…

Se miraron de soslayo. Después se echaron a reír.

–Mucho gurto, Pilal…

Ribero entró al baño. Pilar continuó riéndose, apostada detrás de la puerta.

De súbito, regresó en puntillas a la sala. Estaba asustada, y no sabía por qué.

Se tumbó en la vieja poltrona, encendió un cigarrillo.

Al cabo de un rato, Gasiel reapareció envuelto en una toalla. Le rogó que lo perdonara. Se había dado un baño sin pedir permiso.

–Estaba sofocao. Peldón. La lucha…

---

7   José Martí, *Amistad funesta*, Nueva York, 1885.

Levantó los ojos del suelo para fijarlos en los del ama de casa.

—Arreglé la lucha. Recogí ur poco. Pasé baryeta...

Pilar continuó mirándolo. El hombre fue hasta la ventana y señaló un edificio.

—Bibo celca —dijo, apoyando el brazo en el butacón para tomar una cachada del cigarro de Pilar.

—¿Adónde? —preguntó el travesti, presa de la angustia.

—Aimilmo —repondió el Triste.

—¡Tan cerca! —exclamó Federico, y tuvo una corazonada.

—Aquer emilcualto —afirmó el otro.

Su voz traía un eco de tambores lejanos.

—Debo confesarte... —resolló entonces Pilar, dejándose caer en la butaca— que no sé si es por el tiempo... que llevo fuera, o la fatiga, o esta maldita nostalgia, no sé... ¡No me haga caso! Lo que sé es que siento ahora mismo una curiosidad muy intensa, muy extraña, por usted...

—No me dirga urté... —le rogó Ribero, impaciente.

—Perdón, por ti...

Gasiel no dijo nada. Silenciosamente, le devolvió el cigarro. Más allá de los techos oscuros se alzaba la señalada torre de bloques con sus pequeñas ventanas enrejadas, otro de los cuarteles donde el Regimiento de Salvación albergó a los balseros. Enseguida hizo un gesto brusco, como si fuera a incorporarse. La toalla le rodó por los muslos y fue a caer al piso. Gasiel se inclinó para recogerla, pero en vez de alcanzarla, estiró la cabeza. Su lengua negra se abrió paso entre los labios cuarteados del pájaro. El cigarro fue a dar a la alfombra. La quemadura marcó el fin de una crisis —la Gran Crisis— y el comienzo de una nueva tragedia.

¡Aquí está Rosa!

La Guardia Nacional irrumpe de madrugada en la casita.

Blanca Rosa, que asiste en esos momentos a una reunión de emergencia, huye, brinca las vallas, atraviesa corriendo el jardín, se escurre entre los camiones blindados y cae humillada ante el Poder Absoluto de la Nación más Poderosa del Planeta.

Ya en el bulevar, no sabe para dónde coger. De repente, le cae encima una bomba de gases lacrimógenos. Cierra los ojos, se tambalea, vomita hasta la bilis. Pide socorro, y recibe, en cambio, el tanganazo de una silla de patio que vuela por los aires. Caos, oscuridad total. Las turbas la magullan. Humo. Miles de personas la pisotean. Tose, escupe, gime. El pelo le coge candela al entrar en contacto con un latón de basura en llamas.

Cuando vuelve en sí, se ve encendida. Rueda, tratando de extinguirse, pero solo consigue abrasarse más. Entra a emergencias con quemaduras de sexto grado. Le hacen una prueba y le encuentran, de casualidad, un tumor maligno. *Epitelioma*. Algo serio, de nombre griego. «Indigno de mí», susurra, y quiere sonreír. ¡Todavía le quedan ganas!

Después flaquea, ensombrece. Clama. Manda a buscarlo. Explica a los cardiólogos, a los oncólogos, a los sociólogos, a los anestesiólogos, que quiere despedirse de su hijo. De su hijo *único*. Que esa es su última voluntad. La última oportunidad... el último (se ajusta las gafas) chance de que ese degenerado se empate... se empape de su vida...

Si quiere, que venga, que pregunte... Que haga... las ... gran... des... pre... gun...

Estamos en al aire...

«Este es el programa, queridos amiguitos, donde mi destino entronca en el camino de El Niño. El programa especial, inocentes radioescuchas, donde mi sino intersecta el coseno de mi madre...

—Interseca... —me corrigió Rosa, incorporándose en la cama.

(Risas)

«Vuelo a su lado. Instalo los equipos. Me enredo el cordón del micrófono en el cuello, y aparezco así delante de ella, que al principio no me reconoce, porque está turulata y, además, porque no me ve desde hace años... veinte años. ¡Recuérdenlo! Desde que me botó de su casa, desde que me expulsó de su historia...

Éramos tres, rodeándola, acorralándola:

Manolito Mitre, patriota, expreso político, ingeniero de sonido.

Isis Mitre, archivista, editora, filóloga, en los controles.

Y un servidor, ante los micrófonos.

Como una roza entre espinos...[8]

—Hola...

Debería compadecerla, *comprenderla.*

—Hola, hola... —me dice.

Estira una mano vendada para acariciarme la mejilla. La esquivo, me vuelvo hacia la pared.

—¡Estoy trabajando, Blanca Rosa! ¡Por favor!

Retira la mano, se la lleva al corazón. Herida en lo más hondo.

---

[8] *Shir Hashirim*, 2:2; *Sefer ha Zohar*, I, 34.

Guarda silencio. Me doy vuelta. La encaro.

–Primera pregunta. Respóndemela sin titubear. Acaso no entendiste, no *entendísteis*, no les entró en las cabezotas, la necesidad de que el puñetero mocoso se largara, de que tu mojoncito en alta mar se fuera para el recontra-coño-de...[9]

[Exit Isaac. Entra Isis]

–¿De su madre? –lo interceptó ella.

–¿No lo entendieron? –insistió él.

–Pero, ¿esto va a ser un interrogatorio? –pregunta Rosa, forzando una sonrisa.

El dolor la hace contraerse.

–*Ok. So you came for the truz?* –indaga, estoica, cómica, en inglés con acento.

–*Oy, Mom, bullshit!* –protestó Isaac, enjugándose la frente.

–¡Apaga esos micrófonos, bastardo! –gritó ella al mismo tiempo–. Que nadie tiene que enterarse, coño... ¡Apágalos!

–¡Bah, da lo mismo! –se mofó Isaac, sudoroso.

–Es verdad, *yes*. Da lo mismo. Tienes razón, *yes*. Hablo, hablo por tus malditos micrófonos, si eso es lo que quieres. Mira. Mírate en un espejo. Búscate un espejito, anda. *Luk*. Asómate.

–¿Qué voy a ver? –Isaac se palpó la cara.

–Verás a tu abuelo. ¡De seguro has envejecido más que yo! Uno se parece a los abuelos, ¿lo sabías? Yo no conocí a

---

9   Véase *El suplicio de los Hernández*, capítulo LXV, «Un mojón en alta mar». La invectiva –en propiedad, un expletivo establecido como *lugar común* a lo largo de todo este libro– aparece en Lezama Lima, *Oppiano Licario*, 1977. «El gato se apretó todo hacia un punto, como si una bola de fuego lo hubiera magullado, lanzó una fulmínea chorretada de orines, y como rompiendo sus bigotes dijo, con sílabas evidentes y remordidas: –el coño de tu madre–».

los míos, pero heme aquí, en un hospital de mierda, como el antiguo hospital de sangre donde nací... aquel... sepulcro blanqueado, que le decía mi hermano, tu tío Federico. ¿Has localizado a Pilar en esta batahola, hijo? Nuestra casona, el *caserón-cayéndose*... ¡qué clase de casa! Mis edificios, sí... Guardar las apariencias, claro, desde ahora... Un *bildin* reformado. Renovado. En Miami le dicen renovación. Siempre creí que...

—¡Calla, verraca! ¡Contesta! —gruñó Isaac, amenazante.

—Pero si hago exactamente lo que me pides, hijo. ¡Hablo, hablo, hablo, contesto! ¡Cuidado! Ven, échate para acá, déjame tocarte. ¿Qué quieres? Yo no lo sé todo. *I don' no.* No soy dios para saberlo todo...

Soltó una risotada, los ojos ocultos tras los cristales ahumados.

—Pero jugaste a serlo, madre —dijo Isaac, poniéndose serio—. Sí, mamá, ustedes... jugaron sucio, sucísimo...

Había un dejo de rencor en su voz.

—¿Nosotros? ¡Pero si la vida misma es un juego, Isaac! ¡Un juego puerco y asqueroso! ¡Achg, qué inmundicia! Te aconsejo que no nos juzgues tan severamente... podría suceder que... Y, ¿quiénes son ustedes?

Nos fulminó con la mirada.

—¡Cállate! Ahórrame tu labia de vendedora —le exigió Isaac.

—Mira como estás. ¿En qué andas? Es raro verte así. ¡Cuánto tiempo!

Isaac le plantó el micrófono en la cara.

—¡Suelta! No seas idiota. ¡Sabes de sobra que hablo de tu revolución! —chilló el hijo—. ¡De lo único que me importa! Por si no lo sabías, debo informarte que trajiste al mundo a un *fucking* fanático, a un cabrón maniático, que pariste a un mono… monotemático…

–Pero, si hablábamos de renovación, mi adorado fanático… ¡Por dios, qué intransigente eres! –replicó ella.

–Piensa lo que quieras…

–¿Qué deseas saber de la revolución? A ver… –terció la madre.

–Cómo se te ocurrió… –dijo Isaac.

–¿Se me ocurrió? ¿A mí? ¡Pero, por el amor de dios, hijo, de qué hablas! Se nos ocurrió *a todos*. Al unísono. ¿Has visto la película donde muchas personas sueñan con la misma montaña? Bueno, pues, *Har Moráh…*[10]

–¿Bueno qué?

–Bueno, que así fue. Que soñamos con la montaña mágica, con la montaña maestra.

–*¡Fuck you!* ¡Me cago mil veces en tu montaña! No me la menciones, ni jugando. ¡Mira lo que me costó tu puta montaña, madre!

–Todos hemos sufrido parejo –suspiró la enferma.

–¡Yo no estaba supuesto a sufrir por tu culpa!

Rosa estiró la mano para alcanzar el atomizador.

–Me permito recordarte, Isaac, que, *supuesto*, en este caso, es un feo solecismo.

Aspiró ávidamente de la boquilla de plástico.

–Por tu culpa me expreso en barbarismos –exclamó el hijo, fuera de sí–. ¡Por tu *fuckin'* grandísima culpa!

---

10 «Sierra Maestra», en arameo. Aunque es probable que Blanca Rosa se refiera aquí al Har Moriá bíblico, la montaña del sacrificio adonde Abraham lleva a su hijo Isaac, en Br'echit 22:2. El filme a que hace referencia es *Encuentros cercanos del tercer tipo*, de Steven Spielberg, 1977.

–Me arrepiento, entonces, hijo mío –concedió Rosa, golpeándose el pecho–. Me arrepiento, me arrepiento mil veces…

–¿De qué vale tu arrepentimiento, mentirosa? –volvió a exclamar Isaac–. ¡La culpa es toda tuya! ¡Oh, pero la historia te quitará la última palabra!

–¡Já! ¿La historia? ¿De veras, hijo mío? Permíteme sonreírme –lo interrumpió Rosa, recobrando el aliento–. Historia y mierda es lo mismo, Isaac. *Shit*. Solo queda la histeria, por lo visto… Lamento informártelo. A tu abuela y a sus dos hermanas las apodaron las Ondinas solo porque un día las vieron bañándose desnudas en un recodo del Hanabanilla. La historia es un formulismo, Isaac. Pura fórmula…

–Pues bien, entonces, ¡quiero fórmulas! Te lo comunico formalmente, ¡quiero fórmulas!

–¡Bueno, pues ya está! –berreó ella, hablando por la nariz–. ¡Fórmulas, fórmulas!

Se mete la mano en el seno y extrae una cadena de oro de la que pende un mazo de dijes: una islita de Cuba dividida en las seis antiguas provincias, la silueta de una cabecita de niño, el sello de Salomón, dos medallas de oro, un ramito de coral y un azabache. Con dedos nerviosos desengancha un objeto oblongo, un tipo de pendiente parecido a un supositorio.

–Ahí tienes… –dijo–. ¡Cógela! (Se lo tiró). Es la bala con que tu padre pensaba volarse la tapa de los sesos si llegaban a cazarlo. En su segundo alzamiento, claro. Fui a La Campana, a recoger el cuerpo. Allí me informaron que lo habían cogido vivo y que lo habían puesto frente a un pelotón de fusilamiento… falso, claro… Le habían disparado con salvas. ¡Pero, qué farsa! Después, un tribunal lo condenó a treinta años. ¡A Saúl Kámara! ¡A nuestro héroe! ¡A treinta años!

Se echó a reír.

Isaac aprovechó para recoger la bala y metérsela en un bolsillo antes de salir a comerciales.

—¡Eso, mamita! ¡Así! ¡Llora, ríe, habla, habla! —gritó, de salida—. Pero, aguanta un poco hasta que regrese del baño.

166

Fue vergonzoso. Regresó hecho un *mess* (es más fácil decirlo en el ladino miamense, que ya se ha vuelto mi segunda lengua). Mientras tanto, cayó la noche, y en la única ventana de la habitación, que daba al fondo, apareció la Antorcha, también conocida como la Torre en Llamas, o Torre de la Libertad, el santo refugio de los primeros cubanos.

Detrás se encendió la Torre de Pei, lívida y bárbara.

Primero, el pacto: «Yo cuento, tú cuentas».

Isaac entra. Se ha mojado el pelo. Trae la cara húmeda. Va directamente a la ventana y mira la ciudad. Tras los cristales, Miami es una muerta. Una urbe en una caja.

—Seré tu Lydia Cabrera —promete Rosa, queriendo congraciarse.

En la cabecera hay una manguera, relojes, manómetros, pistones de oxígeno. Sobre la mesa constructivista, una jarra plástica color mostaza, como cuenta ella que era el color del sofá, por la época en que cambiaron los muebles de su primera casa.

—Pide. Interrumpe cuanto quieras… Yo cuento, después tú cuentas. Después yo… y tú otra vez… Así, sucesivamente, a ver quién acaba primero… ¡con el otro! ¡Já! A la rusa, ¿no? Comenzaré yo, supongo… veo que no estás en condiciones... ¿Tienen los micrófonos abiertos? –preguntó, lanzándonos una mirada perentoria.

Isaac boqueaba, molía con las quijadas. Encendió dos cigarros y, sin preguntarle, le empujó uno en la boca.

–¡Oh, gracias, muy amable! ¿Qué es eso de hablar de revolución y no atreverse a encender un cabrón cigarro? ¡Erre con erre!

Su risa crujió como un celofán arrugado.

–¡Cierra esa puerta!

Alcé el gajo del micrófono. Papá se colocó la consola en las rodillas y los audífonos en las orejas. Recostada a los raíles estériles de la cama, atrincherada tras sus gafas oscuras, Blanca Rosa empezó diciendo...

165

[*Nota bene*: El núcleo de lo que Rosa expondrá a continuación estaba implícito, básicamente, en el cartapacio de prensa que yo misma compilé por esos días. Acostumbrada a trabajar con el rigor metodológico propio de la academia (húngara), y de acuerdo a unos principios investigativos más que probados –y no al estilo de los periodistas líricos del Exilio– estimo que mi resumen dará una mejor idea del problema en cuestión –la mujer engañada, la patria abandonada, la revolución traicionada– que los balbuceos de la enferma. De vuelta al estudio, nos valimos de una actriz que leyó en cualquier orden los recortes de periódicos. Cito las fuentes por costumbre, por si algún día futuros investigadores quisieran entrar en detalles].

El Cumanayagüense Libre, «La conspiración de Rosa Blanca» [sic], marzo 14, 2000

«Con pocos meses de diferencia, yo y él… Fue sietemesino, del signo del toro. *¿Me?* Escorpiona. Entiendan, nunca me lo ha perdonado. Fui la favorita. De ahí vienen nuestras desavenencias, aunque mi hermano Federico las achaque a la política. ¿Y ahora de qué me acusa? Nunca simpatizó. Nueve y quince meses, respectivamente, después de casados nuestros padres, vinimos al mundo. La zapatería era todo para ellos. Mamá le llevaba la tarea a papá al banco desde muy jovencita, desde que era una simple empleadita en los talleres de Aarón de la Torre, y papá un aprendiz. ¡Cada día de su vida fue una tarea! La pobre, era pequeña, pecosa. El contraste de su claridad natural y la oscuridad de aquel pueblucho mezquino… Tal vez fue eso lo que la empujó hacia mi padre… un hombre alto, rubio, con mis mismos ojos, que sacó mi hijo. ¡No! ¡No me sacó los ojos! Eran como las manzanas navideñas, que venían envueltas en papel azul. Sí, ya sé: cría cuervos… Quería decir, por Navidad, una vez al año. No eran comunes y corrientes, *para nada*. La Ideal llegó a emplear a veintisiete obreros. Fue el fruto de los desvelos, y también del capricho de papá. No sé si lo saben, pero casa y fábrica eran lo mismo entonces, ocupaban un espacio dividido meramente por escaparates y tabiques. Metida dentro de un armario, arrebujada en un abrigo de astracán, mamá vio a mi padre por un hueco de Judas abierto en las tablas. Digamos que papá entonaba el kidush en el chinchal de Aarón, donde ella vivía agregada. Se vivía en la fábrica, se fabricaba en casa, se concebía en el medio… ¡El techo era enorme! De niños nos acostábamos bocarriba a contar estrellas. El cielo empedrado, poniendo cuidado en no partir las tejas, caminábamos por el techo del caserón. Allí encontrábamos cosas perdidas hacía tiempo. Después adquirieron la finca de la montaña. La casa de arriba y la de abajo, les gustaba todo simétrico. Un chalet moderno al fondo de un valle pintoresco, El Pardes. ¡Cosas de mi padre! Abajo, la casa vieja. El salón de las máquinas tenía techo de tabloncillo con coronas de lirios pintadas a mano sobre fondo verde, decían que había sido un hospital de sangre. Lo sostenían ocho horcones recubiertos con tablas de cedro. Cuatro portones altos, dobles, remachados, medio medievales, que se abrían al Prado y daban acceso al recinto interior. Fueron pobres de solemnidad, pero ahora estaban bien, mejor ubicados, en el mismo centro urbanístico de la calle Real. ¿Dije urbanístico? Bueno, pues no es un secreto que me he dedicado a lo inmueble. Compro y vendo casas, sí, las pinto y las reparo para que otros las vivan. ¡Sé que por ahí me dicen la Madre de Las Casas! Entonces, es mi negocio, y no me avergüenzo. Compré y vendí, en mi vida, creo que más de mil. No, dos mil. ¡Saquen la cuenta! Lo que me atrajo de los Hernández no fue El Niño, *per se*, sino la casita. Lo confieso. Ardía en deseos de verla por dentro, de escudriñar sus escrituras. Tal vez no conscientemente… Antes que sean de nadie, las hago mías. Después, ya no me interesan…»

El Mercurio de Hialeah, mayo 17, 1995: «Patriota y emprendedora incuestionable»

«Mis rebeldes pasaron a la historia con el nombre de *comevacas*. ¡Porque vivíamos en una época de vacas gordas…! En medio de la guerra reinó la tranquilidad. ¡La abundancia! Pagamos cada bala a dólar. Batallas ganadas sin disparar un tiro. Ni uno solo…»

¡Despierta, Miami!, «Habla Rosita Ginzburg: ¡Me engaña-ron!», octubre 7, 1970.

«La revolución fue un negocio. Un negocio sucio. Un negociazo. Un mal negocio…»

«La zapatera contestona», Blanca Rosa Cordobero se abre con Rita de Lorca, *Artistilandia*, octubre 24, 1980.

«Desde el momento en que Saulo Kámara descendió del techo de la cuadra y se me plantó delante, y me agarró por los hombros, y me habló de convencer a mi padre, de ganarlo para la revolución […] y desde el preciso instante en que posé los ojos en la estrellita de seis puntas que adornaba su boina roja, terciada sobre la frente, cubriendo apenas la ceja poblada, oscurísima, escarchada de sudor, caí presa de un arrebato, de una fiebre patriótica, que francamente…

Se dio vuelta en la cama y nos encaró:

«…dura hasta el día de hoy, cuando estoy a punto de entrar en el convento. Todavía corre por mis venas ese deseo insaciable, ese mal incurable, una añoranza brutal… Sí, una ardentía horrorosa que continúa quemándome, consumiéndome por dentro, aquí, aquí, a cada instante… Acapara todos y cada uno de mis pensamientos, por siempre, por…

Una risa rabiosa sacudía los hombros del hijo.

«Ríete, ríete de mí todo lo que quieras, bobito… Pero escucha bien: so pretexto de respirar el aire puro de la finca, yo subía a la montaña dos y tres veces por semana. Después cuatro y cinco. Mi primera misión fue transportar bombillas para la planta transmisora de señales de radio. ¡La radio rebelde! Mi paso por el puesto de control de los casquitos en La Campana aseguraba la paz en El Pardes… y, ¿a quién iba a ocurrírsele requisarme a mí, a Rosita Cordobero, una mujer de moda dedicada a las banalidades de la vida? Las postas de Saulo custodiaban el campamento y, mientras tanto, subíamos a la piscina de Adah, merendábamos entre los pinos, nadábamos desnudos en el agua fría y nos abandonábamos a nuestras cuestiones...»

Ahora era la madre la que reía ruidosamente. Isaac intentó ripostar, pero las palabras no le salían. El aire acondicionado de los hospitales, más frío que la muerte, soplaba directamente sobre su cabeza.

Por fin logró castañetear algo ininteligible.

–¿Lo dijo Lenin? –le preguntó Rosa–. ¿Que les vendimos la soga? Pero, ¡qué perogrullada, Isaac! Y, ¿por qué no? Se compra y se vende, como es natural. A lo mejor fue el mismísimo Adonay quien decidió que bajaran al pueblo en la época de las grandes rebajas. ¡Prácticamente en Nochebuena!

Cascabel, cascabel, lindo cascabel...

Cantó enmorfinada.

–Fuiste concebido en el monte, en ese glorioso instante. ¡Por culpa de la revolución llegaste al mundo demasiado tarde! Porque, entonces, de repente, se hizo tarde para todo... Por mucho que tratamos... ¡agrr! En cuanto sentí las primeras contracciones, apreté las piernas. Por tu bien, ¡te lo juro! Lo del cordón umbilical sería un factor, pero solo un factor... Me agarré de él para estrangularte. ¡Es un decir, bobo! La fábula de tu estrangulamiento prematuro... ¡otro invento de tu tío Federico! Te repito que naciste tarde, prematuramente tarde[11]. ¡Tarde para Cuba! Porque debes saber que, para ese entonces, ya estábamos *virados*. Sí, virados. Entiéndelo. ¡Hartos de aquello que tanto habíamos añorado!

---

11 Véase *Protocolos de las comadronas de Sión*, §60.

Era la misma frase que el Locutor en Jefe repetiría unas semanas después, al despedirnos en el embarcadero. Y estábamos en el embarcadero –¡literalmente embarcados!– porque, cuando ya no servíamos para nada, cuando finalizó el «cuento de hadas» y desmantelaron el «circo», y no hubo Niño que anunciar, cancelaron también nuestro programa.

¡Prematuramente tarde!

Entonces las populares entrevistas con Rosita Ginzburg desde el hospital Monte Sinaí, las borrascosas confesiones de Isaac Kámara, la dramatización de *El suplicio*, las horas de micrófono abierto con Federico Israel Cordobero, provocaron la ira, y no la admiración, de los jóvenes radioescuchas. ¡Los oyentes se nos habían virado! Y los patrocinadores «cogieron monte».

«Ya para esa época se habían virado...», exclamó el Locutor en Jefe, frente al embarcadero.

«¿Virado de qué?», demandó Isaac.

«Cogieron monte», suspiró el Locutor, llevándose el pañuelo a la frente.

Rebobinemos: esa madrugada el Locutor en Jefe entró en el estudio dando un portazo. Había venido a ver a Isaac: «Pues mira, que me da muchísima pena contigo, y con la difunta», le oímos decir detrás de los cristales de la cabina, con los micrófonos todavía abiertos, «...esencialmente con la difunta, a quien me une, me unía, mejor dicho, una legítima amistad... Pero, ¡que me parta un rayo si no te vas hoy mismo! ¡Te largas, Isaac! Ruido es lo que has traído a esta emisora, y ruido es lo que nos sobra, precisamente en este momento coyuntural... ¿No ves lo que está pasando allá afuera? ¡La ciudad arde en llamas! Lo dije en el matutino: *El dos mil ha sido peor para Cuba que el cincuenta y nueve....* ¡y lo escribiste tú mismo!»

El pobre escritor no lo recordaba.

«Me pregunto... nos preguntamos todos», continuó el Locutor en Jefe, remangándose la faja de un pantalón color vino que casi le tocaba las axilas, «si puedes captar, digamos, en el estado en que te encuentras, la gravedad de los acontecimientos. Te dimos un chance. Ahora debes entender que *La edad de piedra* se ha trastornado... ¡que diga, trastrocado! Te lo comunico: para los nuevos, Martí ya no es lo que era. Es otra cosa. Una generación desencantada arriba hoy a nuestras playas...» (Le tocó el hombro: Isaac pegó un salto). «Nada de Peter Pans, ¿eh? Un paseo por la tierra de los indios miccosukee te asentará. La naturaleza, ¿no? Regresar a la naturaleza, como dijo el filósofo griego. Solo por un rato, vamos. Te autorizo a llevarte a esos dos (comentó, apuntándonos, a través del vidrio). Coge el Efemérides y piérdete. ¡Piérdete! Date una vueltecita en el yate. Luego, ya veremos...».

Así vinimos a surcar el légamo.

De todas maneras, el Locutor debía viajar a la ciénaga ese fin de semana, a inaugurar una moderna planta y una nueva sala del Museo de Artefactos, y nos dio botella. Apiñados en el asiento trasero de un suburbano que avanzaba por desoladas carreteras, internándose cada vez más en el atolladero, considerábamos nuestra situación.

—Por el momento, debemos escondernos —propuso Isaac, poniéndose serio—. Huir al monte, como cimarrones.

Años más tarde regresaríamos rejuvenecidos, prometió.

—¡Un viaje a la fuente de la eterna juventud! —exclamó mi padre, fingiendo entusiasmo.

—Sí, ¿y por qué no? Se sabe que el tío Adolfo regresó intacto en *Encuentros cercanos del tercer tipo* —bromeó el cinéfilo.

Reímos. El Locutor nos miraba por el retrovisor.

—No, no tengo intenciones de devolver el yate, ¿me acompañan? —volvió a preguntar Isaac, en un susurro.

—Donde sea y para lo que sea —afirmó el Hombre Rana.

Les advertí que no iba a embarcarme revolucionariamente en una nueva aventura condenada al fracaso. Le di un codazo a mi padre, pero no reaccionó.

—Entonces, camaradas, necesitaremos vituallas, linternas, carnadas, mantas, bengalas, un rifle, pertrechos, latería… ¡Ah, y un botiquín de primeros auxilios! Será un largo viaje —me oí decir a mí misma, espantada de constatar la influencia nefasta que Isaac ejercía en los otros. En nosotros.

162

Habíamos llegado a los Kaneyes y arrastrábamos los pies hacia el embarcadero. Más allá del estuario, en la jungla tupida, empezaba el reino de las sombras. Me sobrecogió saber que nos disponíamos a meternos en el gran marasmo. Era la famosa «selva oscura», cuya lobreguez tenía menos que ver con la ausencia de luz que con su inescrutable planicie.

Llegar a la orilla del pantano era como asomarse al confín del universo, a un fósil de la creación, el Chicxulub, o *Big Splash*: un millón de hectáreas aplanadas de un solo viandazo por el impacto de un aerolito. Si esta era «la oscuridad al mediodía» de que hablaba el Locutor en sus arengas matutinas, tenía que darle la razón. La Florida emergió de la Gran Ola durante el cataclismo, y también, según decían, la Isla. Y ese mundo arcaico acogió a los rebeldes, a los viejos revolucionarios que vinieron a carenar al lodazal desde las lujuriantes espesuras del Escombray.

Hombres anfibios entrenados por la CIA se internaron allí, prófugos de la injusticia humana y divina. Y cuando dios los abandonó, cuando sus camaradas los traicionaron, cuando desmantelaron las carpas y desmontaron las cámaras y se cerró el «caso Cuba», y los hermanos Kennedy decidieron devolvérsela a su Padre –afirmó mi padre–, los Hombres Rana y los Hombres Pájaro y los Hombres Topo no supieron hacer otra cosa que seguir buceando, cavando, dinamitando, gateando y aterrizando, a fin de establecer en la selva las nuevas bases de operaciones y, una vez resignados al fracaso, un Museo de la Gesta, con cinco Kaneyes circulares que albergaran las reliquias de la guerra perdida.

«Río de mierda» lo ha llamado Isaac Kámara, el déspotico antipoeta de la Florida, «...en flujo perpetuo, aunque imperceptible, incalculable, que desborda su lecho eternamente, y eternamente desemboca en sí mismo».

Allí estaba, transcurriendo frente a nuestros ojos, «como un ballet cuya coreografía demandara de los bailarines inmovilidad absoluta»[12], la eminencia gris de los Everglades.

---

[12] «Hay posibles ballets donde los bailarines están simplemente parados en escena, congelados en sus posiciones asignadas. Pero, ¿habrá otros ballets similares a los más conocidos, como *El lago de los cisnes*, en los que el mismo patrón de los pasos de baile requiera que nada se mueva realmente?». Palle Yourgrau, *Gödel Meets Einstein*, 1999.

Poco antes de zarpar penetramos en la Galería de los Caídos. Caminábamos despacio, recorriendo cada lugar histórico, revisitando cada batalla y cada reliquia. Bajamos por una rampa hasta un paseo festoneado de bustos que conducía a un muelle subterráneo.

Afuera era de día, aquí era de noche. En la bóveda de un cielo pintado refulgían luceros artificiales. Pasamos por debajo de unos arcos de cristal donde relampagueaban luces frías, fundidas. En las paredes: retratos de combatientes difuntos que la posteridad había captado en fotos tipo carnet.

El Locutor se registró los bolsillos y sacó a relucir un puñado de monedas. Se las puso en la mano a mi padre e indicó una ranura. Las monedas cayeron en el cofre con un sonido bombo:

—Caí en una trampa-pa-pa-pá...

—En una embosca-ca-da-da-dá...

Un muñeco saltó de las sombras y se me echó encima. Su barba hirsuta me rozó la mejilla.

—Condenado a treinta años... a treinta años... aaatreeen...

—tren... tren... tren... blinda-da-do-da-da-do...

—...blin... blin... blin... boing...

Los autómatas repetían estribillos.

—Circulares... perpetuas... circulares... perpe... cir...

—perpe... perpetú... tu-tu-tú...ta-ta-tá...

—Mi madre perpetua...

—Mi hermano me delató... mimela memomotototó...

—Mi padre alante mechó...me... chó...

Fogonazos de luces salían por los cañones de las metralletas.

Ta-ta-ta-ta-ta-ta-ta-ta-ta-ra-tá...

Un soldado gateaba en el cieno, en su sitio.

–¡Abran esos ojos! ¡Ábranlos! –demandó el Locutor en Jefe.

Reflectores antiaéreos cortaban las sombras. Me estreché contra Isaac. El Locutor me echó por los hombros su chaleco de pana. Entonces, nuestros perfiles violentos quedaron recortados en las tablas de palma.

–Como les digo, ya para esa época se habían virado...

–¿Virados contra quién? ¿Contra qué...? –aullé, tapándome los oídos.

–Sí, ¿contra qué? –gritó Isaac, al unísono.

El Locutor en Jefe nos miró fijamente. Después bajó la vista.

–¿De veras quieren meterse en ese atolladero? –gritó, por encima del estruendo.

Se estrujó las manos. Señaló unos muñecos.

–Sí, *virado*, un giro villareño. Me extraña que no lo conozcan. Tellería, uno de los jimaguas del negro remendón que vivía en la casita de cinc, al fondo del Callejón de los Talabarteros... Tu abuelo le había dado empleo al padre, y luego recogió al peor de los hijos, Zutano y Menganejo, no hace falta dar nombres. Uno no puede amilanarse ante los hechos, Isaac. ¡Prefiero serte franco! Tu madre no te contó de la historia la mitad... Cordobero le dio un oficio al viejo, y también a los hijos; los metió en la casa, y ese fue su gran error. El negro viejo había servido en La Ideal, de mandadero, desde los tiempos remotos, cuando excavaron y encontraron toda esa porquería en los cimientos. El hijo bueno se alzó. A favor. Después regresó al monte lleno de odio... en contra. El otro era un cobardón y un entrometido. Pero un día, decide alzarse también. Cordobero convenció a Saulito, tu padre, de que se le uniera, de que se lanzara por segunda vez. Ahora están todos alzados por partida doble, dando vueltas en la manigua, durante la lucha, la gran guerra, la dilatada batalla contra la dictadura…

—¿La dictadura? ¿Qué dictadura? —pregunté.

—Hubo más de una. Por lo menos dos[13]. Soy tan viejo que recuerdo una tercera (soltó un hondo resuello). Tu padre y Zutanejo debían unirse al otro, al que operaba allá arriba con la tropa del Mono Zulueta. Pero el hermano traidor solo buscaba conocer el paradero de la gloriosa columna anticomunista, para limpiarla. Sí, los muy canallas le llamaron *limpia*. Había que deshacerse de tu padre, Isaac, que ya apestaba. Cordobero lo planeó todo. La política es sucia, pero la familia ¡es una pocilga! En fin, ya viste lo que pasó con los Hernández…

160

Tomó un buche de jarabe y recostó la espalda quemada al espejo, con los brazos afincados en el lavabo; se ajustó las gafas frunciendo la nariz. Dejó entrejunta la puerta del baño para hablarnos desde allí:

«Mis úlceras, son antiguas», siguió diciendo Blanca Rosa. «Quiero que sepan que este cáncer me viene carcomiendo desde hace décadas…»

Juntó las manos, como si rezara. Pero ya no creía en nada.

«Los cubanos, todos, padecemos de cáncer terminal. Solo es cuestión de dónde, cuándo, en qué hospital, en qué emergencia. ¡Nos corroe por dentro! (Se pasó un dedo desde la

---

13   «La *unidad* es plural y como mínimo dos», Buckminster Fuller, *Synergetics*, 1975.

muñeca hasta la axila). Es un pulseo, vamos, una guerra de nervios. Una carrera contra el tiempo, a ver quién termina primero, ellos o nosotros. Morir lejos de lo que fui, de lo que conocí, es haber perdido la batalla, quiero que lo graben ahí, que ya estaba muerta, que era una muerta en vida...»

Volvió a reírse. No sé por qué se me ocurrió abrir la boca.

—Interminablemente exterminados —creo que exclamé, o declamé en voz alta, sin poder contenerme.

—¿Qué diablos dices? —preguntó ella, registrando mi presencia.

Sacudió en el piso la ceniza del cigarro y me caló por encima de sus espejuelos de gruesa armadura.

—Nada, señora. Perdóneme. Es un verso, de Neruda. Solo un poema de Pablo Neruda, señora, que me vino a la mente —respondí, asustada.

—¡Vaya, vaya! ¿Con que Neruda? ¡Con que el bandido de Neftalí Reyes! Pero, ¿acaso no entiendes, muchachita, que Neftalí me dio esto[14]?

Se apuntó la barriga.

—Claro que sí, señora, seguro... —concedí, para no contrariarla.

No podía menos que compadecerla.

—¿De veras entiendes lo que acabo de decirte? —preguntó.

—¡Apenas empiezo a entenderlo! —admití.

—¡Pues bien, entiende, que para eso luchamos! ¡Para eso he trabajado tan duro! ¡Para que nos comprendan! Aunque sean unos pocos. La minoría. ¿Cómo te llamas, mi amor?

—Soy Isis. Libretista del programa, hija de Manolito...

—Ahhh —dijo, observándome, aunque sin verme.

---

14 Neftalí [יִלְתְּפַנ], en hebreo en el original, es decir: «Mi lucha».

Enfundada en una bata de lana cuyos reflejos rápidos rebotaban en las losetas de la habitación, Blanca Rosa era como una cobaya de laboratorio. Daba vueltas al cuarto, acorralada. Caía en la cama y se quedaba quieta. Sus músculos flojos palpitaban en espasmos involuntarios. Una mancha oscura ofendía el fondillo de la casaca. Aquí, en el Monte, nos explicó Isaac, se estudiaba el proceso cubano *in extremis*.

—¡Basta ya de llamarme señora! —estalló, engreída, envalentonada—. Puedes llamarme Blanca, si lo prefieres… Te autorizo a llamarme Rosa, o simplemente, Rosie… o Shoshana Cordobero… o Rosa la Red, o *Ruthless* Kámara…

Chupó el cigarro. Le temblaba la quijada.

—Cada vez que en la prensa me ponían un nombrete, se disparaban las acciones de Sabbat Gigante… —botó el humo, lo espantó de un manotazo —que es mi compañía de bienes raíces, no sé si lo sabes… ¿Podrás creerlo? ¡Ah, muchacha, los caprichos de la bolsa! De verdad que ganamos mucho dinero. ¡Muchísimo! El negocio inmobiliario no era lo mío, *you no*, pero mi segundo esposo, el juez Nathan Ginzburg, tenía propiedades en el barrio antiguo. Y en el gueto cubano especulaba por pura codicia…

Tragó en seco. Después apuntó a la ventana.

—Me fui haciendo a ese mundo, adueñándome de las casas… Los confines de una zapatería era todo lo que había conocido… pero, Miami… ¡Miami fue la gran expansión de mi universo! ¡Sí, también fue una contracción, no te vayas a pensar! Nos explayamos, y después nos encogimos… éramos libres, pero la libertad se nos volvió sal y agua… Una playa en la cárcel, o una cárcel en la playa, confinados a las cuatro paredes de este manicomio al aire libre…

Arañó las paredes, pero sin fuerza. Bostezó ligeramente.

—Porque, locos estamos, ¿eh? –dijo, recayendo en el tor-
por–. ¡Todos! ¡La locura! Que no te quepa la menor dud...
Entonces, cayó redonda y se quedó dormida.

159

Me había pedido que le trajera unas películas. Aparté
el micrófono y tomé un receso para bajar a la cafetería.
Regresé de Blockbuster con dos videos para la casetera que
le habían prestado las mujeres del Concilio. Eran películas
de la cineasta nazi Leni Riefenstahl. Se identificaba con ella,
con su fuerza de carácter, con su destino trágico y su entrega
incondicional a la revolución. No era importante si se había
equivocado, dijo, porque al final había rectificado, se había
reinventado. Admiraba la manera en que Leni renació después del fiasco. Conocía, evidentemente, la obra completa
de la actriz, desde *La luz azul*. Había un cierto parecido
entre ambas mujeres: rubias, inteligentes, seductoras. Me
dijo que tenía el libro de los Nuba y el del reino subacuático,
donde Leni reafirma su creencia en la voluntad de Poder,
en una pureza esencial, incuestionable, que se manifiesta lo
mismo en las anémonas que en los negros. La foto de Leni
del brazo de un jefe makuria era el testimonio definitivo
de su superioridad, el mejor comentario sobre su absoluto
desdén por la opinión pública.

«La obra...», decía Rosa, medio moribunda. «El triunfo,
la... la luz...»

Creí que la cabeza me iba a estallar. La obra en cuestión
era «El Triunfo», y debo recalcar que la Riefenstahl estaba
viva, y todavía buceando, esquiando y filmando, con noven-
tiocho años cumplidos, en el momento de nuestra entrevista.

«¡También mi triunfo nuestro tendrá luz propia!»,
exclamó Rosa, saliendo del sueño.

«¡Luz larga!», gritó.

Había una especie de lamento en sus desvaríos.

«A La Habana entraron en enero, hija, pero a Cumana-yagua bajaron un poco antes, el 24 de diciembre de 1958, en Nochebuena, durante la gran marcha, y acamparon en tiendas de campaña, a las afueras… Un desfile triunfal. Las guirnaldas de Pascua, los bellos discursos, la juventud glo-riosa, las insignias, los batallones de estandartes, los himnos, todo aquello… ¡fue bárbaro!»

Entretanto las columnas rebeldes pasaban por delante de una imaginaria tribuna orlada con bombillas eléctricas, ramos y gallardetes. Dos franjas de tela, en los colores de Elegua, presagiaban sangre y luto, dijo.

«Te recomiendo ver esa película. Es un peliculón… ¡no te la pierdas! Podría darte una idea (sonó los dedos, cerró los ojos y volvió a quedarse en blanco)… Mi esposo la pasaba a menudo en el salón de proyecciones de nuestra casa de Kendall. La mirábamos de distinta manera, por cierto, veíamos cosas diferentes. Su familia fue exterminada en Buchenwald, *of cor*, y a Nathan le mortificaba saber que los asesinos habían sido artistas, escenógrafos, cineastas, luminotécnicos. La luz en la pantalla anunciaba que aquel congreso del Partido Socialista sería eterno, que duraría el tiempo que tardara en viajar la luz… ¡Había que apagarlo, cortar la corriente! ¡La luz…! Nathan fue hasta el enchufe, agarró el cable y le dio un tirón… *¡ran!*»

158

Cuando regresé al cuarto, Rosa había pasado al lavado de pies:

«Mamá le entregó a cada uno un par de botas nuevas. Había un banco de limpiabotas en el portal, con cabezas de caballo niqueladas en los estribos, y en ese trono, como dijo la prensa, fueron sentándose ellos, subiendo, uno por uno. ¡Botas de siete leguas! ¡Botas para durar mil años! Les lavó los pies, se los secó, y les curó las llagas, mientras mi pobre padre, humillado, los calzaba...

Carraspeó. Chupó el cigarro.

«Charles, el fotógrafo, hizo un retrato que le dio la vuelta al mundo, se reprodujo en todos los periódicos. Aquel capitán en el banco del limpiabotas no era otro que Saulo Kámara, tu padre, el de los pies grandes, la mirada fija, los bucles negros... Condecorado hasta la saciedad, tocado con una boina y una estrella de seis puntas. Un rayo de sol se filtró por un nudo del tabloncillo, cayó en la estrella y dio en el lente. ¡Un efecto portentoso! ¡Así fue! La coincidencia de estrellas, de cámaras y del carajo divino... conspiró en la apoteosis. Que fueran simples comevacas no mereció la atención del mundo, ni mermó la calidad de la imagen. Era una encantadora mentira, creada para el disfrute de la familia... Todos lo vimos. *Yes, of cor...* Pero, ¿qué clase de preguntas son esas? ¿Que por qué creímos? ¿Y qué querías que hiciéramos? Creer o no creer, hijo, ese fue nuestro dilema...»

157

En vivo y en directo, desde el Nuevo Pabellón Oncológico del Monte Sinaí, esta es ¡La edad de piedra!

«¡No, no! No me vengas tú a mí con Neruda (aún puedo verla levantando el dedo por control remoto, del otro lado de los cables), señora, le grito (le grité al micrófono, al aire, separadas por la chatarra de la ciudad, porque debo admitir que) de señora, nada. ¡De eso nada! Sé lo que te digo, me oíste, se lo dimos todo. ¡Todo! Ya sé que a los radioescuchas no les gustará oírlo. Aquí en Miami la gente se metió en la pirámide y apostó fuerte. Un día amanecieron con la noticia de que la policía había descubierto un cartel de contrabandistas y que todo el que había invertido (se trataba de collares de perlas falsas) estaba arruinado. ¡Un fraude! El FBI investigaba el caso y las posibilidades de recuperar algo eran remotas. Otro atraco. *La gran estafa.* Yo me enamoré de él… de ellos… me entregaron un collar de santajuana y me estafaron. ¡Como a los aborígenes, cariño! Pero, ¿acabarás de enterarte? Me puso la boina roja por si me pasaba algo, y le dije, ay no, mi cielo, nunca. Que este momento dure para siempre[15]. Eso pedí, y no sabía lo que decía. Te amo. Te amo, repetimos. Nos esperan arduas tareas, pero muy lindas. La lucha exige grandes sacrificios. Algo precioso. No te vayas, Saúl, te lo suplico, no te vayas. Despidámonos aquí. ¿Eres judío? Calló. Me puso la boinita, me la regaló, caída sobre la ceja. Te la dejo de recuerdo. ¡Toma! Voy a La Habana y regreso pronto. Subiré al Turquino antes que me otorguen los grados de capitán. He de bajar con las tablas. Se tocó el hombro. Aquí te espero. Entonces nos casaremos. Mi padre le habló, cuando todavía Saulo estaba alzado y era un novato en política. Entraron escondidos a la talabartería, para que nadie escuchara. La restauración de la Constitución del 40, íntegra. Cada palabra, cada letra y cada tilde. Coincidían en todo. Se hablaba entonces de iniquidad, de integridad, pero esos conceptos ya no dicen nada. Ergástula, gángster, demagogo, ¿quién se acuerda? Tendremos cinco hijos y cinco hijas, sí, pronto… Me podré divorciar de tu

---

15 *Verweile doch, du bist so schön!* Rosa recita a Goethe; es aquí una suerte de Fausta. [N. de la E.]

padre, Isaac, ¡pero no de mi vida! (La enfermera entró en el cuarto para darle otra vuelta a la tuerquita). Un pueblo de titanes, pero las mujeres tuvimos que llevar el peso. *Morfina*. ¿Qué padre sensato no sueña con un matrimonio de conveniencia para su hija? Querían un doctor para mí, no me faltaban pretendientes, ¡y la jeta de un cirujano será lo último que vea antes de partir! ¡Qué desparpajo! Pocos tuvieron la inmensa dicha de presenciar el principio de una nueva era. ¡El principio de nada! Dicen que ocurre cada doscientos años, cada cuatrocientos. Raro es el día del triunfo, hijo. Hacía una semana que habían bajado para un mitin secreto en mi casa, en la sala de mi propia casa, y ya estaban ahí, triunfantes. Una noche a las puertas de pueblo, y a la alborada habían asaltado el cuartel, tomado el cine, ocupado el precinto. Fue tan rápido que no nos dimos cuenta, no nos dio tiempo a reaccionar. Reaccionarios, ¿ahora comprendes? Cinco años, entre una cosa y otra. De mis veinte a mis veintipico, pasó lo que pasó, una revolución nada menos y, ¿te parece poco? Entraron por la puerta del fondo y papi puso la tranca. Llovía a cántaros. Por la única ventana, que daba al pasillo, los vimos llegar. Apagaron las luces. Hay una revista *Bohemia* tirada en el sofá: "¡Yo recobré la vista en Lourdes!". Pon un disco, *Tú y la mentira, Cuatro copas*. Música para despistar. Tocadiscos de aquellos con parrilla de lamé y una lira de alambre redorado en las bocinas de alta fidelidad. Ji-Fi. La balada italiana *questa piccolissima serenata con un fil di voce si può cantar… ogni innamorato all'innamorata la sussurrerà, la sussurrerà…* se repite, se repite. Renato Carosone canta. Me muevo, me remeneo, le agarro una mano y me la llevo a…

«El *caserón-cayéndose* pasó por cuatro variaciones. En su aspecto contemporáneo exhibía un juego de sala nuclear y, si mal no recuerdo, un sofá con dos butacones de orlón color mostaza, un material nuevo que nadie había visto hasta que llegaron los muebles a mi casa. Orlón en pueblo de campo, te preguntarás, y dos sillas tapizadas. ¡Pero Cuba no era una caverna! La mesa de centro en forma de bumerán. Una ortiga de aluminio reemplazó la lámpara de lagrimones; las de los lados tenían pantallas modernas, chorreadas de azogue. El registro era neutro. Mamparas caladas separaban las alcobas. La casa, de tan escueta, decía mamá, volvió a ser un hospital. Vivíamos al fondo de la fábrica. El ruido de las máquinas y el tocadiscos, y el aguacero, todo junto, lo recuerdo nítidamente. (Manolín, dale sonido *a todo* lo que va diciendo). Se reían a carcajadas (pregrabadas), se daban trompadas. La *fornica*, se decía en el campo. Por mucho que Federico les mandara a bajar la voz (ellos gritaban). Atravesaron la zapatería apagada, Saulo se me pegó por detrás, y entonces bajé de la nube. Oí la musiquita, la balada me entró en el cuerpo: *questa piccolissima serenata con un fil di voce...* La Ideal, diez horcones forrados con tablas de cedro y un techo de tejas más grande que un municipio. Zapatería La Ideal. Los marchantes olvidarían su nombre y la llamarían *malapata* o cualquier otra cosa, como en Miami le decían La Vaquita al *Farm Store* y Yeyo Pagés al edificio de las *Yellow Pages*. (Fue a levantarse, le dio un cabezazo al micrófono, papá se metió en el baño, Isaac cabeceaba). Historia y mierda es lo mismo, hijo, ¿me oyes? ¿Qué más quieren saber? ¿Que fuimos a llevarlo en el *jeep*? ¿Que de regreso a la montaña cortáramos camino por Rancho Luna? ¿Qué importancia podría tener que trajéramos a Saulo escondido debajo del hule por si nos paraban? Avistamos el litoral, la playa mala, la tormenta del otro lado de la cuesta. Cayó un rayo. (Sí, caen rayos y truena). Encendimos los faroles. Los limpiaparabrisas fallaron, recuerdo ese detalle. ¡Otra centella! Desistimos de remontar la loma, tampoco podíamos dar marcha atrás. Era mejor hacernos a un lado y esperar. Esperar. Ya se veían las luces de un carro del ejército por la retaguardia. Me tenía la mano metida entre los muslos y, de pronto, me deja caer la pistola fría. ¡Auu!, di un brinco. Después él saltó y desapareció en los manglares. El chofer dijo que el carro era el lugar más seguro, pero estábamos a punto de asfixiarnos. Los cristales subidos apenas dejaban una hendija. Hoy se está casando la hija del diablo, comentó alguien. El patrullero tocó con el puño en la ventanilla. Vi las falanges contra el vidrio, el golpe de los nudillos, el cielo encapotado, el ras de mar, el diluvio. Delante venían mi padre, mi madre y el chofer; detrás, mi hermano y yo. Federico dio otro volido y cayó gateando en el fango, salió chiflando hacia los mangles. Siempre fue un cobarde. Se perdió detrás de la cortina de granizo. Los policías fueron (el Hombre Rana chapalea en el tanque). Papá quiso explicarles, oímos tiros. Adah se me abrazó del cuello. Cuando Saulo salió del manglar, con Federico por delante, traía la mano en la oreja, chorreando sangre. Cuando Louis Armstrong llegó a Chicago, preguntó si los rascacielos eran lo que se llamaba *universidades*. Guardo un caudal de sabiduría, un sinnúmero de anécdotas sacadas de lecturas rápidas. Pero uno no puede saberlo todo, Isaac, recordarlo todo, queda una selección de selecciones. ¡Saulo los mató, los remató!

Eran casquitos. En orden de importancia, la foto del álbum que nunca logré sacar de Cuba lo muestra joven, sociable, ya muengo. Saulo los mató, me puso la pistola en la... Se llama Saulo, le dicen Kámara, ¿qué clase de apellido es ése? Tu hermanita lo recogió. ¿En la finca moderna de las lomas? *The Longines Simphonette Recording Society presents George Gershwin's Immortal Rapsody in Blue*, baja la aguja, cae en el surco. ¿Es judío? Es un lunático de Cienfuegos. Vino con el Locutor. En una operación relámpago perdió esa oreja. Tinto en sangre. Pero, ¿qué hace aquí? Federico fue el único que se los tomó en serio. Interceptó a papi en la puerta del refrigerador, me levantó el velo para meterse debajo: ¡tonta, imbécil, comebasura! Frente a la máquina Finger, Adah bordaba un dos, un seis, un dos, un seis, un siete, un siete, una M en los brazaletes rojinegros. Dos, seis, siete, M, dos... rojo, negro. La roja y el negro. ¡Murmuraciones! En eso, la puerta se abrió y el jimagua entró por el fondo. Enseguida lo mandaron a callar, a traer hielo. Ganaron la guerra prácticamente sin tirar un tiro. Después, a bailar *ogni innamorato all'innamorata* y dejarnos caer en el sofá de orlón... Federico los aborreció desde siempre. Con sus barbas sucias, sus cananas y sus collares de mierda. Cuando entraron, se metió en el cuarto, taponeó la bulla con la *piccolissima* que venía de la sala. La música de bayú en mi casa no tenía cabida, pero las baladas italianas eran pegajosas. El mandadero salió por el fondo (chirrido de bisagras) y lo vi completo contra el resplandor de afuera, el viento meneaba las ramas de la acacia, la lluvia bajaba a raudales por la canal. Quiero que sepas que Mamá creyó en ellos, *the new DYNA-ACOUSTIC Process!* Y mira éste, el Locutor abrió la valija donde cargaba la bomba: *Happy Holidays!*».

El hedor de la muerte circulaba por los conductos. Dijo que dios se había cagado en ella. Blanca Rosa vomitó de pie, encogida de hombros, recostada a la persiana, ya lista para partir. «No habíamos hablado», reclinó la cabeza en el marco. Tenía la lengua hinchada. Se miró las manos, como quien dice «¡Bueno, una nunca está lista!». Y volviendo a lo mismo: «¡Es dejarlo todo para siempre!». Expectoró en el pañuelo. En cuanto al formato que mejor se avenía a este episodio en específico, era el melodrama, *of cor*. Pues, si la muerte (y únicamente la muerte, de entre todas las experiencias humanas) era concomitante con la literatura, tampoco debía esperarse que a última hora adoptara un estilo poco familiar, o aun completamente extraño al occiso: «Me despedí de mis compañeras de la Agricultura, de la brigada Johnson, allá, en los surcos. Regresé sola a las barracas, corriendo a campo traviesa, campos de caña con la luna en lo alto, plateada y todo eso. Entonces me tiré bocarriba en la hierba. Me abrí la blusa y respiré hondo. Me tragué el mundo. Tuve tiempo de reflexionar, tumbada allí, de madrugada, porque en casa no se podía. Allá mamá seguía adelante como un robot, colocando cositas de primera necesidad en la valija. Lo otro, lo importante, lo confiscarían de todas formas. Se sabe que Mirta de Perales contrabandeó sus joyas en un pastel de cumpleaños. Anillos, relojitos, dijes. Recuerditos. Pero los milicianos cortaron el merengue con bayonetas. ¡Aquellas salidas! ¡Para qué acordarse! Ya no se sale así. Se sale como saliste tú, hija, y te lo celebro. ¡Es que las cosas han cambiado tanto! De aquel torbellino queda una mancha. Escuchas los pasos del que se levanta a orinar porque no ha dormido, el eco viene de los cuartos, y piensas: Luchar toda la vida, ¿para qué? ¡Para nada! Para estar desvelados, para esto, para separarnos, para que un carro en marcha espere afuera. Mañana no podrás encararlos, porque mañana es nunca. ¿La salida? ¡Y la llegada! Dos caras de una misma moneda. Miami Beach –para nosotros, simplemente La Playa– era el apisonamiento de innumerables camiones de arena traídos de otra orilla. Eso lo cambió todo para mí. Como me sentí defraudada, la pisoteé para ver. Estampé la suela, algo yerto, un telón que abombaba el viento, se engolfaba y se nos echaba encima. Los ilusos lanzaban guijarros rasantes sobre las olas viajeras *que arribarían nunca*, escribí en mi primera libreta de versos, *a la isla vejada (mojada, buscada, besada, violada, burlada, dejada, rosada...)* [sic].

154

«Desperté creyendo que estaba en mi cama, pero no, era la mañana o la tarde del primer día. Un crepúsculo rojo caía sobre la puerta, sobre el número de la puerta, los numeritos metálicos en el estilo de un cierto y determinado período histórico. La sombra de los números se alargaba en la madera, y el primer viejo de los muchos que bañé en mi vida apareció en pijama: "Vengo de parte de la mesera Olga húngara Mészáros cargadora de platos de un hotel que se llama creo el Fontainebleau"[16]. Y sus ojos azules –debió sin

---

16 *Eden Roc, Aladino, Del Annus, Di Lido*, ella «le había visto las entrañas al monstruo». Trabajó de mesera por una miseria, de camarera de banquetes y bar mitzvot, en las enormes cocinas de los hoteles. Cien panaderos horneando sinagogas de masa, rollos de panetela con versículos escritos en tapioca. *Stella, National, Fontainebleau...* hoteles, superhoteles, y en el fondo de cada uno, naves del tamaño de estadios con miles de mesas vestidas, un verdadero océano de manteles.

dudas ser una admirable pintora abstracta– me calaron. La húngara me había explicado algo de cómo bañarlo, cómo afeitarlo, que debía estar al tanto de cortarle el pelo, una semana sí y sacarlo de la cama, cambiarle los pañales una semana no, llevarlo a la mesa y obligarlo a comer si fuera necesario, servirle la papa y la mitad de un Reuben de pavo, pepinillo y oruga, merengue de salmón y volver a lavarlo, y sentarlo, peinarlo y acostarlo, calzarle las zapatillas, las pastillas calmantes, otra vez, y otra vez desempolvar la colección de filacterias antiguas en el corredor; ¿quería leer? Mészáros Olga me prestó los cuentos completos del viejo en un grueso tomo, el viejo Finger, *como la máquina*, y tenía que ser puntual. Lo seguí por el pasillo hasta el vestíbulo y un corredor y después un estudio de paredes empapeladas donde había un retrato de Fidel sobre una loma de revistas *Har Moráh*. Sus ojos claros antiguos me calaron, eran piscinas vacías

---

Rosa volvía de mañana, a la hora en que hombres solos merodeaban el parque del Seagull, y se tomaba un *coffee* en Wolfie's mirándolos coronar, completar sus evoluciones, antes de entrar a su apartamentico: cuatro genios de piedra sostenían una salamandra polícroma en la fachada, y un surtidor derramaba luces sobre las cabecitas de los viejos que habían escapado a la hoguera. Regresaba al alba, «molida a palos», y el portero volvía a saludarla desde un mostrador forrado con un modelo de Formica que no se fabricaba desde la última Depresión. Subía a tirarse un rato antes de salir de nuevo a la lucha: en el marco de la puerta había una mezuzá cubierta con mil manos de pintura. Las escalofriantes escaleras olían a orine y a borstch. De madrugada oía los gritos de las putas, el traqueteo de columbinas estrelladas contra los pisos de abedul. Aquí la había depositado la Agencia: cuarto y comida para judíos errantes. Atravesaba un Mall de jardines colgantes, y bajaba por el callejón de los joyeros, entre hileras de minaretes ruinosos, por una calzada que iba a morir en el mar. *Öd' und leer das Meer...* ¡El mar, el solitario mar! *Epi oinopa ponton!* Lo único auténtico en aquel rastro desconchinflado que era La Playa.

por la estación baja, eran azulejos, azulencos, pupilas frías flotando en un mar muerto[17]. Mientras tanto, tú jugabas y boyabas en la orilla y, cuando fui a sacarte, las piedras saltaron tocando a trechos el agua como si brincaran sobre el mall, mar, mar, mar, mall...[18] Entre ellos puede que esté el mesías, bromeó la húngara de Strandok. Y para mí, sobre estos guijarros levantaré mi templo, el mío, con piedras rodantes. El acopio de ecuanimidad que conseguí entonces redundará en esto o en lo otro, redundará en algo, en este gran país, hablamos a lo loco, aunque sin entendernos, atropelladamente, y con el nerviosismo de mi situación no atiné a descifrar los adornitos de la antesala recalentada por un sol de persianas rotas que caía como bengala. Recogí el pomito, los frascos de mermelada, acomodé almohadillas y culeros, cuántas humillaciones, dios mío, vejaciones que no había conocido nunca, tan inconsolablemente que cuando regresaba al cuarto lloraba, oliéndome las manos, sin poder posar la vista, muerta de vergüenza, ávida de lectura y ahogando un grito. Porque si bien es cierto que apenas lograba ocultar mi antipatía por los anillos de alpaca, las manchas, las glándulas, la mugre en la madera que sucumbía a la caspa, los cartapacios de periódicos muertos, los umbrales en arco, la estufa cargada de íbices, la vegetación caliza, el paño roto por los hombros cuando le teñía los cuatro pelos

---

[17] Aunque los viejos huían de Latvia, de Lodz, de Vilna y Galicia, sus ojos claros, que habían visto el Fin, permanecían en el mismo cuenco, llevaban con ellos «un mar muerto». [*Idem*].

[18] Se refiere al estilo Art Decó marítimo del venerable Lincoln Mall, en South Beach, obra del arquitecto judío Morris Lapidus (1902-2001).

niquelados en la trasquiladora Wahl[19], ¿y esto…? La silueta de la isla, una trapecista de oro suspendida de mis pechos, engarzada con cadenas de eslabón cubano Kub, Kluba, Kuba, entonces Finger habló Finger fingió Finger escupió Finger sacó la lengua por el sesgo de las encías acusándome con el finger, como quien dice *Du izt vorem? Du izt… Vorem… Vorem zu Vorem zu Vorem zu Vorem Vorem! Un varem vorem mit libe mikh tsertlekh un glet…*»[20].

153

El agua: rezago del pasado, anunciaba el cartel. Decían que en ellugar donde cayó el aerolito había un cono de cuarzo que rociaban con sangre en el Salón de los Mártires. Más allá, otro cartel: *Los ojos son de conchas*. Después de iniciados, se les permitía entrar al teocali: «Dios es negro. Rojo y negro». Cien diablitos vestidos de yute azotaban tambores alrededor del micrófono en el Wakomba Room.

Las cortinas rojas se abren, después se parten las cortinas negras… detrás está el Kaney Menora donde reposan los objetos de piedra (no los de plástico, hechos con los tubos que nunca explotaron). Si se oprime el botón, aparece el Locutor en pantalla: «¡Dinamita, señoras y señores, dinamita en tubos! ¡Candela, debajo de cada Circular! ¡Y en cada teatro de la isla, óiganlo bien, en cada teatro de la isla habían reconcentrado a las familias de los condenados! ¡En el Rialto, en el Luisa, en el Negrete, en el Terry, en el Sausto y en el Fausto!».

---

[19]   Alusión al famoso bandido anticomunista Silesio Wahl.

[20]   «¿Eres gusana? ¡Gusana, gusana, gusana y gusana! Tibia gusana mía, con amor y tiernas caricias…». Últimas palabras de Blanca Rosa Guinzburg. En yidis en el original. [*Idem*].

La memoria es un tubo. Un tubérculo o tubillo que se enfanga por dentro. Es un esfínter estrecho que conduce al otro lado. A los niños, esa música les recuerda un antiguo misal, pero se trata simplemente de rocanrol, un ritmo muy popular en otra época. La otra época y el otro lado.

Debajo de los cristales hay objetos embalsamados, versiones rústicas de jaboneras, petacas, peinetas, hebillitas y prendedores tallados en pedazos de tubo gris. Grandes y chicos parecían conocer los objetos sacros, tal vez de antes, de otras celebraciones, y se notaba una malsana familiaridad entre los aspirantes y lo que el Locutor en Jefe calificó de «efectos históricos».

Los mayores se los alcanzaban a los más jóvenes para que los examinaran y después, en arranques de celos, se los arrebataban y los devolvían a un cesto.

Dentro de la choza, los expresos políticos se masturbaban en círculo alrededor del betilo, mientras los actores de reparto gritaban a coro *¡Arriba Kresto!*, *¡Arriba Kresto!*, golpeándose los pechos con canutos de caña.

Los adolescentes son admitidos a la ceremonia de iniciación cuando ya «mean dulce». La pregunta «¿Mea dulce?», a la entrada del Kaney Mayora, situado detrás del Museo de Arte, la propone una vieja con lengua de cotorra. «¿Mea dulce?», y de doce en doce son conducidos frente al betilo para la primera leche y la última lectura. «Esta es la piedra que cayó del cielo, la que creó el pantano con un gran chorro... el Golfo y la Isla, la Isla y el Kosmos».

Después llegaron los extremistas –así llamados por haber perdido alguna extremidad– y los exmilitares, las Hijas del Luto y los exprisioneros encadenados a rejas de hierro. Un hombre vestido de overol, con una gran P marcada en la espalda, señalaba de vez en cuando a un muchacho que huía con un juguete, y enseguida la madre partía tras el fugitivo.

—¡Por aquí, chivatoooón!

«¡No me olvido! ¡No me olvido! ¡No me ol…»», coreaba el público.

Luego de un breve interludio, seguido al órgano por el capellán de la Orden, todos regresaron a sus asientos.

«Sí, efectivamente, desactivamos los tubos. Convertimos los petardos en artesanía. ¡En arte!», gritó el Locutor en Jefe desde la ventanilla. «Los invito a que pasen al Pabellón Artistilandia, como gustaba llamarlo mi difunta esposa, que tenemos aquí mismo, en el Kaney Menora, con todos los adelantos de un museo moderno…»

Afuera gritaban *¡Abajo Kastro!*, *¡Abajo Kastro!*; adentro resonaba el *¡Arriba Kresto!*, *¡Arriba Kresto!*

Durante la preparatoria, los niños ejecutan la Danza de los Patos de la Florida. Los instructores micousukees llevan tiaras de plumas. Se zambullen y salen a la superficie (*¡Everglades y Girón, tierras hermanas!*, dice otro cartelón). Los niños no saben qué conmemoran, o si realmente celebran una victoria. Algunos intuyen que se trata de una derrota, que hay motivos para la tristeza. Después meten la cabeza debajo del agua y vuelven a sacarla.

Break On Through… Break On Through… Break On Through… Break… Through…

Los jefes llevan la cabeza de caimán, que simboliza a Cuba. Se acercan a los patos por debajo, y los atacan. Esta ceremonia paramilitar tiene lugar cada Día de los Inocentes.

Mientras tanto, anticipándose a la conclusión del acto, los veteranos se escurrían entre las arecas y salían a los pasillos, unos apoyados en andadores y otros en los espaldares de los taburetes. El Locutor en Jefe levantó la cortina negra

que cubría una entrada oculta tras las banderas, y un grupito mixto se arremolinó a las puertas de la Galera. Desde
la tribuna, el ayudante les alcanzaba la canasta para que
devolvieran los últimos fetiches.

¡Salta aquí!

Will you smile at the enthusiasm I express concerning this divine wanderer?

Mary Shelley, *Frankenstein*

«¡Casualidad, causalidad…!», exclamó Kámara, quitándose la boina y secándose con ella la frente (lo espantaba saberse único heredero del imperio inmobiliario Sabbat Gigante). «También yo comenzaré hablando de casas, mamá. De una de las tuyas, por cierto. La primera de todas, la más rara, la más ajena. El palacio de Saigón, ¿lo recuerdas? ¿Recuerdas, madre mía, cuando salíamos a buscar un hueco donde meternos? ¿Te acuerdas de cuántas veces atravesamos viviendas vacías anticipando lo que sentiríamos una vez instalados en ellas?

«El juez Ginzburg metió la llave en la cerradura y nos la mostró por dentro. ¿De veras, lo recuerdas? Casas feas, incómodas. Apartamentos americanos.

«Me soltaste la mano y pediste un minuto. Fuiste al baño y entraste en personaje, tratando de imaginarte, de imaginarnos, residiendo en aquel nido vacante…

«Ginzburg bajó a fumar, enderezó un cartel que decía "Vacancy", saludó a los vecinos, escupió en el césped, se ajustó los lentes, miró para arriba, volvió a registrarse los bolsillos y regresó corriendo, como si hubiese olvidado algo. Quería mostrarnos –explicó, jadeando, desde el primer descanso– las llaves de las moradas que sus antepasados habían abandonado, hacía siglos.

«Por eso no se encariñaba con ninguna. Para él eran cajas.

«Cajas fuertes».

–Cómprense una, cuando puedan…

«Estábamos parados delante de la caja y nos sentíamos ridículos».

—Son como una *alkanziya*... —dijo, y me acarició el pelo.

«¿Recuerdas?»

«Y, precisamente, el día que cumplí los veinte años me expulsaste de tu alcancía. Regresé de noche, confiado en que me perdonarías, pero ya habías cambiado el llavín».

—¿Un palacio en Saigón, Kámara? No jodas... —protestó mi padre, fuera del aire.

—¿Cómo era? Descríbelo... —le pedí, apuntándolo con el micrófono.

«Era una reliquia del período romántico —explicó Kámara, mesándose los cabellos —pero tirada al abandono... La cúpula del vestíbulo y la escalera de roble estaban cundidas de comején, los azulejos de los baños manchados de moho, los aparadores y la marquetería del salón tenían parches de plywood, los techos goteaban, y a las ventanas les faltaban paneles o tenían los cristales vendados con teipe. Había sido la residencia de un magnate hotelero en los tiempos heroicos en que Miami era el balneario de América, pero eso fue mucho antes de caer en manos de mi padrastro, Nathan Ginzburg, un empresario al que el desahucio aportaba jugosos dividendos. Todavía recuerdo, mamá, que una vez dijiste, medio en broma, medio en serio, que el juez Ginzburg no amasaba fortunas sino infortunios. Aunque debes admitir que a ti te fue de perillas con él, que estaban cortados por la misma tijera...

«Enseguida empezaste a recaudar las rentas, a podar el césped... en fin, a ocuparte de sus intereses. Aprendiste a traficar con casas desahuciadas. Durante el Mariel, el barrio antiguo se convirtió en una zona de guerra, le decían Saigón. Y mientras los precios se precipitaban, tu estrella ascendía».

—¡Mi estrella solitaria! –prorrumpió la madre, ocupada en otra cosa.

Isaac recostó la espalda a la cabecera de la cama y subió los pies[21]. Todavía llevaba el cordón del micrófono enrollado al cuello.

«Te casaste con el propietario de Sabbat Gigante justo a los dos años de haberle alquilado. Apareciste por primera vez en las páginas de sociedad de los periodiquitos judeocubanos, pues era asombroso que una advenediza atrapara en tan poco tiempo al solterón más codiciado de la industria inmobiliaria. Más tarde irías a vivir a la mansión de Alton, aunque siguieras conduciendo tus negocios desde el palacio de Saigón, que está enclavado en el barrio donde radican tus marchantes. ¡Oh, discúlpame! Quise decir tu clientela histórica, que es como sueles llamarla en esos ridículos infomerciales de la televisión».

—Veo que has seguido con suma atención los pormenores de mi carrera –remarcó Blanca Rosa, soltándole una risotada en la cara.

—¿Y quién te alquiló después, hijo mío, después de la expulsión? –indagó la madre, socarrona.

—Roli Stragnavacca. Un pintor de cierto renombre hace años –afirmó Isaac.

—Soy coleccionista y jamás oí hablar de semejante persona –dijo Rosa, en un tono altanero.

—Pertenecía a la escuela que retomó el conceptualismo en los ochenta –añadió Isaac.

—¡En los ochenta! Bastante tarde, ¿no? –ripostó ella, aparentando asombro.

---

21   «Acerca de esta cama está escrito: "Los pies de ella descienden a la muerte" (Mishlei, 5:5)». *Sefer ha Zohar*, tratado Bersalaj, 97.

–Era otro de los tantos niños cubanoamericanos sin padres, criados por los *yahoos* de la Florida –explicó Isaac.

–¡Vaya, nada menos que un Peter Pan! –concluyó Rosa, con afectado desinterés.

–Entonces, tenían algo en común, después de todo... –observó, bajando la voz.

–*Yeah*, supongo... –admitió el hijo.

Pero Isaac ya no la escuchaba. Rastreaba algo por la alfombra. Varias veces creyó encontrarlo, se lo llevó a la boca y lo masticó.

151

«En fin, mamá...», continuó Kámara, escupiendo boronillas, «donde ahora corren las líneas del metro, en la intersección de la Veintisiete Avenida y la carretera US1, existía entonces un remanente de otra época, un batey de antiguos caserones en el estilo marítimo que trajeron a Miami, a principios de otro siglo, los jornaleros de las Bahamas. Busqué en los periódicos, y encontré un "Se renta" en esa zona borrada. Me instalé en el estudio –también llamado *efficiency*– que había sido el garaje de la casa. Roli, el pintor que no conoces, me facilitó un catre».

Encendió otro cigarro. El primero crepitaba aún en el borde de la cómoda.

«Ahora, escúchame. Hace veinte años existían en Coconut Grove numerosas cantinas que, desgraciadamente, fueron desapareciendo, poco a poco, al paso de la Plaga. Stragnavacca frecuentaba una muy famosa que se llamaba *El Mother*».

–¡Atiza! ¡Sin palabras! Que dios castiga sin palo y sin piedras –clamó la enferma.

Isaac continuó su relato.

«Tal vez por haberse criado entre guajiros, Roli era un tipo bastante parco. Una tarde lo vi acercar la fosforera al cigarro de un muchacho –Stragnavacca frisaba los cuarenta– y ese gesto casual me aclaró su imagen mucho más que las pocas palabras que nos habíamos cruzado en varias semanas de convivencia.

«Me moví por la barra para dejarlos solos y, aparentando que jugaba en una maquinita, me puse a observar de lejos a la concurrencia.

«Digamos que la clientela de El Mother estaba compuesta de jóvenes pálidos, hoscos, y tan parecidos unos a otros que daban la impresión de pertenecer a alguna secta. Acaso para acentuar la uniformidad, usaban el mismo tipo de gorra, la típica gorra de motociclistas. La atmósfera era de logia o de catacumba. Al rato me di cuenta que había caído en una cantina de sadomasoquistas».

–¿Sadomamaquéeee? ¡Por el amor de dios, Isaac! –protestó la madre.

El hijo chupó el cigarro y volvió a su asunto.

«No me atrevía a dar un paso, ni a pedir un trago, y permanecí callado frente a la máquina de juego, guiando la trayectoria de una nave fálica través de un laberinto tachonado de asteroides[22]. Al cabo de una hora, con la garganta seca y aburrido de jugar, grité el nombre del primer cóctel que me vino a la mente –¡un *Cuba Libre, por favor!*–, pero nadie me hizo caso. Absorto en mis cavilaciones, no había notado la presencia de cierto personaje que seguía por encima de mi hombro el trayecto del misil. Estaba tan

---

[22] En el bar se escucha *Rush 'n' attack*, stage i. Véase: Toshio Kai, *Best of Namco Music*.

próximo que sentí su aliento batiendo en mi oreja. Cuando intenté voltearme, una mano enfundada en un guante de cuero salió de debajo de una capa negra, reptó por el borde de la barra y cayó sobre mi mano, que continuaba aferrada al manubrio del colimador».

150

—*Two rum and cocks, sailor!*

«Encontré unos ojos azules dentro del claro abierto en unos cabellos rojos, cortados al rape, que cubrían uniformemente una cabeza clásica y un mentón cuadrado.

—*¡Pronto!*

«Un camarero semidesnudo colocó la orden en el mostrador. El extraño personaje me alcanzó el trago y, después de acomodarse en una banqueta, alzó el suyo: sus negras pupilas reflejaron el lumínico que parpadeaba a mis espaldas.

«Chocamos los vasos».

—Aquí no es igual…

—No hay saboorrr…

«El comentario y los relampagueos venían del fondo».

—No hay hombres, chica, por tu madre… Pero, ¿qué es esto? ¡Son todos pájaros! —le respondieron, entre risas, al que había gritado.

«Un limón envuelto en una servilleta voló por el aire y me dió en la cabeza».

—¡Toma! —gritó alguien.

—Podría ser mucho peor —comentó el pelirrojo, recogiendo la bola de papel y planchándola con la mano.

«Se dirigía a los otros, aunque fingía hablar conmigo. Evidentemente, se trataba de marielitas».

—¿Alguna vez ha imaginado…

«Proyectó la voz».

−…un lugar sin pájaros?−.

«Ahora casi declamaba».

−*Two fifty* −anunció el camarero, deslizando el vale debajo de mi vaso.

−Permítame −me rogó mi interlocutor.

«Saldó la cuenta. El empleado sacudió una campanilla que pregonaba las buenas propinas.

«Después de proponer un brindis en su voz hueca y tomada, mi compañero de barra me susurró al oído:

−¡Son los bárbaros! ¡Salud! *¡The barbarians!* ¡No se extrañe, *sir*, si llegaran a adueñarse de Miami! ¡Destruirán esta civilización! Esperemos que algunos sirvan, ¿eh?… Que sirvan, quiero decir, de lacayos… Porque, habrá que enseñarles, seguramente… Por las malas, si fuera preciso… ¡a pedir perdón! ¡A decir *por favor!*

«Parecía fascinarle la idea de hacerlos sufrir».

−¿Enseñarlos? ¿A qué? ¿Es usted maestro? −le pregunté, aburrido.

−Exactamente, amigo. En este mundo −sentenció− o eres maestro o eres esclavo.

«Hizo otra pausa».

−Y yo, ¿qué le parezco? −inquirió, poniéndose de pie.

«Lo miré: llevaba dormilonas de acero, botas altas anudadas con alambre de púas, guantes de tafilete, una capa negra con vivos de oro y pantalones cortos de gamuza».

−No sé, ¿*slave?*− dije.

−¡Oh no, querido! *Dominus*… ¡Maestro de ceremonias!

«Sonrió. Tomó un sorbo de su trago y volvió a sentarse».

−¡*Cheerios!*

«Brindamos».

—Salí a los cinco... —dijo, cambiando de asiento y de acento— ... y me considero un afortunado, uno de los que escaparon a tiempo.

«Los marielitas se incorporaron y el *dominus* se adelantó para despedirlos con una exagerada reverencia».

—¡Doy gracias a mi santa madre por haber impedido que me convirtieran en uno... —declaró.

«Los marielitas abandonaban el bar».

—...de estos!

—¡Salve! —dijo, levantando la copa para darles paso.

«No supe qué decir. Y, ¿qué iba a decir yo?

«Nos quedamos mirándonos».

—*Cuban, of course* —repondió, tras otra pausa, a una pregunta omitida.

—*Of course* —respondí, riéndome.

«El hombre me echó una ojeada».

—¿Del Cocal? —volvió a preguntarme.

—*What do you mean, sir?* —indagué, sin entender.

—De Coconut Grove, quiero decir —replicó, ajustándose los guantes.

—Del otro lado de la calle. *The wrong side, to be sure...* —bromeé, apuntando hacia los desvencijados caserones.

«Mi impertinencia no pareció molestarlo».

—¿Vive con Roli? —me soltó, a boca de jarro.

—Sí —respondí—. ¿Lo conoce?

«Estábamos sentados frente a un panal de espejos convexos que nos permitía seguir los movimientos de Roli y de su nuevo amigo. Por encima de las conversaciones saltaba la musiquilla de las máquinas de juego».

—Entonces, ¿pintor? —inquirió.

«Vi que tenía los dientes encaramillados».

—Poeta —mentí.

—¡Ah, poeta! ¿Y en qué idioma escribe?

—En cubano —contesté, sorprendido de mi propia audacia.

«El hombre colocó una tarjeta de visita debajo de mi vaso».

—*Ooo-kay… ¡touché!* —exclamó, satisfecho.

—Adán Rueda de Morloc, a sus pies.

«Le dije mi nombre, que pareció intrigarlo».

—Ka-ka-mar… —repitió, revolviéndolo con la lengua, como si fuera un cubito de hielo.

«Enseguida se echó la capa al hombro y se puso de pie».

—Entonces, poeta cubista, ¿viene esta noche? Reunión en mi cápsula, ¡siete en punto!

149

—Llegó a Miami hace unos meses, el muy payaso… ¡viene de Lalaland! —chilló Stragnavacca, sacudiéndose el mentón.

«Después me explicó que Lalaland significaba "Los Ángeles" y que su gesto quería decir "me importa un bledo"».

«Fue hasta el estante donde guardaba la Britannica y me mostró el artículo que hablaba del Averno».

—Conque el lugar sin pájaros, el pantano pestilente… —comenté, repasando mentalmente la frase de Adán.

—*Hell itself…* ¡Obvios! Toma *cuotas* de cualquier *booky* y se hace *so smart* —declaró Roli, en espanglish, desde el espejo.

«Y calándose un viejo sombrero de esparto, exclamó:

—*¡Andiamo!*

«Hicimos a pie el breve recorrido hasta la dirección estampada en la tarjeta. Antes de las siete de la noche nos encontrábamos frente al número 111 de la calle Byrd, en el barrio que Adán había llamado El Cocal».

—¿Aquí es su casa? ¿Has estado antes? —le pregunté a la entrada.

–No –admitió Roli–. Nunca invitó… ¡Nos conocemos de bares!

«Desde la acera, del otro lado de una cerca de hibiscos, divisamos uno de esos feos cajones llamados *duplex* que se repiten con tediosa uniformidad por todo Miami. Enganchada de la cancela había una nota escrita a mano:

HASTA ATRÁS, POR FAVOR

«Nos escurrimos por el largo pasillo que bordeaba el garaje y rodeamos el *duplex* caminando agachados por debajo de una frondosa mata de campana. De salida, Roli me pidió que le sacudiera las flores secas se le habían prendido de la camisa. Cuando se inclinó, vi aparecer ante mis ojos una especie de módulo diamantino que parecía flotar sobre un seto de crotos. Adán Rueda de Morloc asomó a la puerta del artefacto, enfundado en un mono gris y calzando botas plateadas. Descendió de dos zancadas los cuatro escalones que conectaban el prodigioso edificio al borde de una alberca, y nos recibió con los brazos abiertos.

–*Welcome…*

148

«Ya dentro de la cápsula, admiramos los detalles de su fantástica arquitectura: ocho tabiques transparentes conformaban una especie de poliedro conjugado. La saleta estaba dispuesta a manera de foso y ocupaba una depresión en el centro de la nave. Instalados en los suaves asientos de pluma, los hombros nos quedaron al nivel del vestíbulo. La estructura recordaba una jaula, y nos dio la impresión de que colgaba –¡de que colgábamos!– de las ramas de un pinar visible a través de los cristales.

«Entonces echamos una ojeada furtiva en derredor. Entre muchos otros objetos insólitos sobresalían la exquisita consola Casablanca de Ettore Sottsass, un juego de butacas matriz de Florence Knoll, un hermoso diván de Eames y un baúl laqueado de herramientas Craftsman que hacía las veces de cómoda. El sol del crepúsculo penetraba oblicuamente por el techo y las paredes, y el horroroso *duplex* quedaba oculto tras el árbol de campana.

«Antes de servir los tragos, Adán haló unas manijas metidas debajo de una alfombra, y una neverita saltó automáticamente del piso.

«En ese momento descendían de los cuartos, deslizándose por una canal de acrílico, los demás invitados».

—Hola, hola.

—Buenas taaardes… ¡uupa!

«Fueron incorporándose y sacudiéndose».

—¡Vaya, qué maravilla de casa!

—¡Buenísima!

—¡*Oh my god!*

—Está escondida aquí detrás, y quién va a imaginarse. *Really…*

«Adán se adelantó».

—Selma, Fernando… quiero que conozcan al gran Roli Stragnavacca, artista conceptual, y a su inquilino, el novelista Isaac Kámara.

—¿Fernando de Call? ¿El famoso escritor? —preguntó el Hombre Rana, ajustándose los audífonos.

—¡Dios lo tenga en su gloria! —exclamé, erizada.

«Estaba recién llegado de Cuba», explicó Isaac. «En la prensa corrían rumores maliciosos acerca de una cierta noveleta extraviada, o censurada, que Fernando prometía reconstruir… Los locutores de radio comentaban su espectacular travesía en un camaronero, donde había viajado de incógnito».

—La construyó un griego —explicó Adán, asomándose cautelosamente a los cristales.

—¡Otro detalle clásico! —palmoteó Selma.

—Ese detalle —puntualizó Adán— me decidió a comprarla. Aunque es bastante incómoda, déjenme decirles… ¡Ah! ¿Que cómo se sostiene? Pues, lógicamente, cuelga de cables fijados a espigones. Los postes están escondidos allá, en aquellos pinos. Tiene ocho lados, o caras de cristal, y pisos de doble fondo, como las cajas de los magos…

«Pasó un dedo por el ángulo donde caían los vidrios. Después, devolvió el refrigerador a la trampilla y la alfombra a su sitio.

«Selma daba vueltas en redondo, con la cabeza echada hacia atrás».

—¡Es ultramoderna! —exclamó.

«Entonces, por la boca del tubo, salió el último invitado. Era un tipo obeso, rubio, de aproximadamente mi edad».

—¡Hijo mío! —gimió Selma—. ¿Te hiciste daño?

«La mujer se arrojó al suelo. Habló sin mirarnos, sosteniendo el pie del muchacho:

—Ya él regresa mañana… a ese acelerador maldito… ¿Cómo se llama? Sí, el que está allá arriba… o allá abajo… bueno, lejísimo. El caso es que… yo me quedo sola… otra vez… ¡solitaria! ¡Dios mío! *Sorry*, señores… *sorry, sorry, sorry*… esperen ya… vaya… ¡Qué casa tan fantástica!

«Se enjugó las lágrimas y comenzó a reírse sin ganas».

—Por favor, Selma, ¿de qué acelerador hablas? —le preguntó Adán.

«El chico me tendió una mano».

–Soy Benito O'Flatter. El de partículas… ¡ouch! –chilló, tratando de incorporarse.

–Internado allá… –continuó Selma– en el frío Chicago…

«Fue hasta la consola, se volvió de espaldas y alzó los brazos».

–¡Maldito sea el príncipe de Broglie!

«Fernando estudió al muchacho».

–¡Guanajo! –estornudó, cubriéndose la boca.

–¿El de Batavia? –preguntó Adán, al mismo tiempo–. Pero, francamente, querida, no veo qué tenga que ver un acelerador nuclear con el tema de la arquitectura griega…

–Esta cápsula fría, Adán, con nosotros adentro… ¡Te juro que me recuerda un refugio atómico! –soltó la mujer.

«Entonces, declarando el ambiente de la Cápsula "demasiado cargado", Selma O'Flatter quiso iniciar un juego en el que chocáramos unos contra otros a fin de expulsar la energía negativa».

–Me da escalofríos, señores, ¡burr! –prorrumpió Fernando, saliéndose del círculo–. Verdaderamente, esta casa… cosa, gélida… ¡burrr! A mí me eriza…

«Se apretó las sienes».

–¡Este mundo nuevo es un frigorífico! –lamentó.

–No creas, Fernando –ripostó Selma, ya recuperada–. Somos los cubanos los que tendemos a la frivolidad. ¡A la friolera! En mi experiencia personal, te aseguro que…

–La revolución, querido Fernando, es el clásico ejemplo… –señaló Adán, que seguía la conversación sin disimular su impaciencia.

–¿De frigidez? –preguntó el novelista.

–¡Un bajón de temperatura! –confirmó Selma, guiñándonos un ojo.

—¡Un cuento frío! —exclamó Adán—. ¿No entendiste a Virgilio?

—Siempre creí —abundó Fernando— que nos identificaba el barroco…

«Esbozó una sonrisa sin mover los labios».

—…flamígero… —concluyó la frase alargando las sílabas.

—¡Es una falacia! —ripostó Selma.

—¡Un paquete! ¡Absolutamente falso! —replicó Adán, abanicándose con una penca de guano.

«Fernando reculó y fue a caer en una butaca de cartón corrugado que ocupaba el centro del polígono.

«Aproveché el atasco para subir al cuarto.

«Roli se dedicaba a husmear los rincones del aposento alto. Había cuadros al óleo simplemente apoyados en las paredes. Me indicó por señas una foto antigua, exquisitamente enmarcada».

—*Hey, looky here, boy!* ¡Este parece un Mapplethorpe!

—Este lugar es muy cruel —comenté.

«Registramos el cuadrilátero, que pendía —o más bien, flotaba— del centro del diamantoide. Había un desnudo de Plüschow sobre la cabecera de la cama. Un tallo de orquídeas Tolkien salía por la boca de un búcaro».

—¿Dónde estamos? ¡Todo esto es tan *amazing*…!

«Se hacía de noche. Adán apareció encendiendo luces».

—Noguchi, y otra vez Sottsass… —comentó, señalando la lámpara nipona y el florero itifálico que Roli admiraba.

«En la pared del fondo brilló la foto de un adolescente rodeado de libros».

—Es el retrato de un joven bibliófilo yugoeslavo —explicó Rueda, al vernos perdidos en su contemplación.

«Selma arribaba bufando al último escalón».

–¡Qué exquisitez! ¡Cuánta decadencia! Adán, querido, veo que solo te… ro…de… deas… ¡uff! de… cosas… dege… ne… radas…

«Adán sonrió, descartó el cumplido».

–¡Basta, Selma! ¡Verdadera degeneración sería darlo todo a los pobres y no poseer nada…!

«Roli quiso saber lo que significaba el *Ohne Titel* escrito debajo de un óleo que parecía colgar al revés.

–¿Nada?

«Adán no contestó.

«Inmediatamente, nos condujo de vuelta al salón.

«Una vez reunidos, se dirigió a nosotros, como si hubiese esperado por aquel momento para entrar en materia.

–Parece ser –dijo, en confianza– que nuestra crítica en residencia, una tal Selma O'Flatter, prepara un reportaje sensacional sobre los nuevos artistas de Miami. Advierto que se trata de una revista muy importante.

«Encendió un pipa de hachís en un candelabro. Tomó una bocanada y la pasó. Chupé el pitillo cuando llegó a mí».

–Les he reunido –sonrió, con los cachetes inflados y soltando roscas de humo– con la intención de que se deslumbren…

«Selma sirvió la sidra y propuso un brindis. Levantamos las copas».

–¡Mucho gusto!

–¡Deslumbradísima!

–¡Pero si el gustazo es nuestro!

«Selma O'Flatter explicó el proyecto. Se disponía a escribir una amplia reseña sobre "la farándula que había arribado a la ciudad durante el Mariel". Ese hecho fortuito, afirmó, prestaría su "horizonte de eventos" para situar en él "las vidas paralelas de la intelectualidad de la diáspora…" Después, fundaríamos una revista. Una publicación trimestral, literaria… ¡y metaliteraria!

–La farándula significa, entiéndaseme bien, el elemento artístico que el Mariel trajo en la resaca, lo que arrojó a nuestras playas. ¡No importa dónde naciste o cómo llegaste, si coincidiste, aquí y ahora, conmigo!

–¡Con nosotros! –precisó Adán.

«Era cuestión, concluyó Selma, de *synchronicity*.

«Tocaron a la puerta. Adán fue a abrirla.

«En el marco lijado apareció una mujer ladina, ojerosa, de pelo largo, negro».

–¿Reconoce a la bella poetisa Magali Perdomo? –me preguntó Adán al presentármela.

–No, no… –respondí, turbado–. ¿Magali? Un gusto, Isaac Kámara.

«Sin ningún disimulo, Magali posó en los míos sus ojazos vagos. Había sorpresa, y hasta una chispa de azoro en su mirada. Era la primera vez que una mujer me miraba así. No olviden que yo apenas cumplía veinte años y que Magali tendría, entonces, unos cuarenta.

–Y, ¿cuánto tiempo hace…? –indagué, dirigiéndome a Selma, sin poder disimular mi confusión.

–Una semana –repondió, por Magali, la periodista.

«Magali Perdomo –explicó Selma– hacía gestiones para sacar de Cuba a su marido, Humberto Perdomo, el célebre poeta de la resistencia. Tocaba a las puertas de los ricos y de los famosos. Dos senadores la habían recibido. Por mediación de Adán se dirigía ahora a los artistas, ¿aceptábamos firmar una petición de clemencia?

–Sí, apenas una semanita… –repitió Selma, orgullosa–. Por el momento, vendrá a trabajar conmigo a casa, a pasar en limpio las piezas inéditas de mi difunto esposo, el musicólogo. No sé si les conté... Además de mezzosoprano, Magali es poeta y arreglista. ¡Y son miles de partituras! ¡Libertad para Humberto!

—¡Humberto, Humberto! —saludó Adán, alzando la copa.

—¡*Free Humbert!* —repitimos todos.

147

Isaac apagó el cigarro en el marco de la puerta y se lo echó en el bolsillo de la camisa.

«De cómo fui a caer en el meollo de la posmodernidad», empezó diciendo. «¿Sabré narrar, oh, madre mía, los horrores que me deparaban estas callecitas?», apuntó el panel de vidrio que contenía, además de la urbe metida en el reflejo de la habitación, el holograma de una patriota a la que dos enfermeras filipinas cambiaban de traje.

«Pretendo desarrollar este tema...», amenazó, levantando el índice, «¡hasta sus últimas con-se-cuen-cias! No te ocupes, mamá».

Volvió a encender el cabo. Apretó la boca y jaló con saña.

«Me quedé en la descripción de Fernando de Call, pues sin él no hay Mariel, ni marielismo, ni letras cubana del Exilio, o como quiera llamárseles. Ni vida artística, política o sexual. Lo abarcó todo. ¡El destierro tembló a su llegada! Fue una gran conmoción, un escándalo mayúsculo. Y, sin embargo, puedo asegurarles que era el tipo más acomplejado que he conocido en mi vida».

—¿Acomplejado? —repetí, sin poder dar crédito a mis oídos.

—Sí, un Edipo ambulante —reiteró Isaac.

—¿Edipo? ¿Ambulante? Pero, ¿qué clase de epítetos son ésos? ¡Porque, si no me equivoco, estás hablando del primer sicoanalista del Exilio!

Me a citaba mí misma. Desglosaba un ensayito engavetado hacía tiempo. ¡Había caído en su trampa!

–De acuerdo, Isis –concedió Isaac, furioso–. Era un supermán, si eso es lo que quieres que te diga. Pero te aseguro que no se le notaba. Como individuo era esperpéntico y rústico; como novelista, gárrulo y pantagruélico. En cuanto al asunto de su prosa, bueno... pues, ya sabes que Rueda de Morloc dio en el clavo cuando dijo, glosando a alguien, que le faltaba cal y le sobraba arena...

«*Anyhow*... –continuó Isaac, lívido– el hecho es que De Call trabajaba entonces en la reconstrucción de la famosa noveleta que, según decía, le había incautado la Seguridad del Estado. Sucesivas versiones fueron leídas en casa de Adán ante una esporádica concurrencia de fanáticos e imitadores. Cierta noche, durante la sobremesa, nuestro anfitrión le pidió a Fernando que nos regalara otro capítulo y, por supuesto, el gran novelista no se hizo de rogar.

«Pero antes, a petición del público, recité unas estrofas de mi recién terminado *Kamarioka*. Seguidamente, Selma nos aburrió con sus notas deshilvanadas, en perpetuo trance de transmutarse en libro. Stragnavacca, que no entendía ni papa, aprovechó la lectura para despedirse, exhortándonos a que nos encontráramos más tarde en cierta famosa discoteca. Así se lo prometimos y, entonces, sentados en torno al estanque, con la Cápsula en lo alto como una enorme araña opalina, escuchamos a Fernando de Call, que declamó a la luz de las insecticidas antorchas...»

Me pidió que registrara su mochila.

–¡Por fin Selma O'Flatter sacó su dichoso libro! –exclamé, ladeando la cabeza para leer el título.

«Mejor que evocar el ceceo de De Call», prosiguió Isaac, «conviene citar aquí la voz de O'Flatter en su seminal ensayo

Del Parque Engels al coño de su Madre, que es, sin lugar a dudas, el más severo, certero y desapasionado análisis de nuestro novelista. Apareció hace veinte años, en el número cero de la revista *El Mosquito*, volumen uno, invierno de 1980, y fue recogido póstumamente en la separata *Aporías de Key West*. Pero, lee, Isis, por favor, lee…

Agarré el librito y comencé a leer por la página indicada:

–«*Mutatis mutandis*, mutilación de la madre; sacada de la plataforma insular, defenestrada, truncada, desraizada, como ella nos desarraigó a nosotros… constituye, en sí, la venganza más completa contra un enemigo genérico, considerada aquí la patria como entidad ontológica-geográfica-trascendental…»

–¡Ajúaaa! –exclamó Blanca Rosa, aferrada al balón de oxígeno.

Las filipinas corrieron a socorrerla.

Seguían varias páginas ordinarias en las que la ensayista hacía glosa del poema *To Tirzah*, de William Blake, y del misógino pasaje del evangelio de Juan 2:4.

Isaac retomó el hilo de la narración:

«Dejando a un lado los errores metodológicos inherentes a cualquier trabajo de O'Flatter, sería injusto escamotearle a sus tesis eso que los miamenses llaman, macarrónicamente, "el beneficio de la duda". En cualquier caso, la noche terminó mal, pues Adán repitió que las madres nos habían salvado del despotismo, enviándonos por delante al orfanato, y que bajo ningún concepto debíamos menospreciar su sublime desprendimiento.

«Fernando, furioso, decidió concluir la lectura antes de tiempo, aunque después aceptara acompañarnos a la discoteca, considerando castigo suficiente el habernos privado de lo que, ya por entonces, y pese a las mutilaciones, se perfilaba como su *pièce de résistance*…

–¡Calla, querido, calla! –prorrumpió la agonizante, con la voz entrecortada–. ¡No quiero pasar mis últimas horas oyéndote echarle tierra a un muerto!

–¡Sióooo! Paciencia, madrecita –ordenó Isaac, hincado junto al lecho revuelto.

Después continuó:

«Entretanto, Adán dispuso que, por ser el más joven, me tocaría ocupar el asiento trasero de su descapotable –un Karmann Ghia del 61– que no era un asiento propiamente, sino una especie de baúl donde apenas cupe acostado. Por el camino, tras otro altercado, Adán insistió en que Fernando condujera.

«Pronto fuimos a dar a una cuneta, en las márgenes de un lago, contra una flecha lumínica que indicaba la entrada a un lupanar. Cuando por fin logramos destrabar la defensa, eran las dos de la mañana.

«Decidimos bordear las afueras y cortar camino por South River Drive. Cruzamos trechos de muladares y de moteles –*El Nido, El Trago Amargo, El Moctezuma, El Jai-Alai*– antes de entrar en la zona de las chatarreras. Santos, venados, discóbolos, gnomos y niños de bronce sacándose una espina posaban a las puertas de los hornos. Nos llegó un fuerte olor a podrido y, más adelante, vimos las dragas iluminadas raspando el limo negro que yace en el fondo del río Miami. Pasamos por encima de un puente; rodamos sobre baches de lodo; nos metimos por un terraplén que desembocaba en un solar yermo cercado con alambre de púas, y finalmente arribamos a un muellecito. Desde allí divisamos las almenas doradas de la famosa discoteca.

–¡No, vaya, por dios! ¡Calla, te lo suplico! ¡Tapónenme los oídos, señores! Por favor, ptsss... Manolo, mire. ¡Óyeme, chica! Un poco de vergüenza. De cera, está ahí, en la gaveta de la mesita. Dios mío, Isis, no permitas...

–¡Silencio! –rugió Isaac–. ¡Sió, sioooó y sió!

Se cubrió las orejas, corrió por el cuarto. Voló al baño, permaneció encerrado cerca de media hora. Cuando regresó, miraba al techo y hablaba por señas.

Entretanto, la madre se despachaba:

–¡Cambreras, entresuelas, empeines, tacones, cordones, ojetes y lazos! ¡Mapa de Italia! ¡Mapa de la península de Zapata! ¡Comiendo mierda y gastando zapatos! ¡Comiendo mierda y gastando zapat...!

Marchaba acostada, levantando un pie y luego el otro.

Cuando por fin consiguió recuperarse, Isaac habló a lo loco:

«Mucho tiempo atrás, la discoteca había sido una bodega española enclavada al fondo de las dársenas. Debajo de la palabra HOLE, escrita con letras lumínicas, se adivinaba la mancha de otro cartel más antiguo: OLÉ. En el muelle asomaba la proa de un ferry, festoneada de bombillas: *El Bayou Latino*. Las guirnaldas, las lámparas, los focos de la calle y las farolas de los autos estaban envueltos en espesas brumas... Dejamos pasar unos carros salvajes desde donde nos gritaron *"¡faggots, faggots!"* y atravesamos el callejón aprovechando un momento de calma. Alcanzamos las puertas de la discoteca confundidos en un grupito chillón que cantaba y saltaba, aporreando panderetas...

Isaac habló así:

«El hecho de que El Hueco estuviera enclavado en un embarcadero no hizo más que reavivar, con una bocanada de aire fétido, el agonizante espíritu de nuestra época. El nombre del puerto de donde zarparon los marielitas quedó grabado en la memoria del mundo, es cierto... pero era de este lado, en esta orilla, donde los esperaba la solución final. Los *faggots* en cuestión...

—*Give a bleeding whore a chance!*[23] —aulló Blanca Rosa, agitando los brazos.

«...eran campesinos de la Florida profunda que llegaban a Miami en busca de empleo, esparcimiento y aventura. Vestían los mismos pantalones de cuero, las mismas camisetas ceñidas, usaban la misma gorra de motociclistas y lucían el mismo bigotico ridículo[24]. El bar era su búnker, el refugio contra los ataques del mundo. Lo habían excavado durante los años duros anticipando una edad de pogromos que nunca llegaría... o que llegó, ¡claro que llegó!, pero de manera muy distinta a la que ellos preveían. La decoración me resultó familiar, la había visto antes en El Mother:

---

[23] James Joyce, *Ulysses*, capítulo 15. Consúltese también, a propósito del teatro materno, *Matando el Tiempo, la autobiografía de Paul Feyerabend*, 1995: «Mientras trataba de volver a dormirme, murmuré: "¿Por qué no me hablas?". Entonces ella apareció, cuando todavía estaba despierto. Era mi madre, de seguro, aunque desprovista de su humanidad. Un grito de rabia y desesperación le había arrancado la cara y roído las facciones. Visualmente, la imagen era muy débil, tendría apenas cinco pulgadas de diámetro. Era una imagen aterradora. Permaneció a los pies de mi cama alrededor de un minuto, después desapareció». En el mismo contexto, José Martí dice: «Cuba cual viuda triste me aparece».

[24] Véase: Tom of Finland, *Dick*, 1997.

macabras imitaciones de cerveceras alemanas en el estilo patibulario propio de aquella época confusa».

–¿Y por qué Adán no se avergonzó de sus extremidades *inferiores*? –preguntó la madre al mismo tiempo.

Después, con un balido:

–¡Olvidó cubrirse los pieeees!

«En las pistas abarrotadas, los bailadores marcaban los pasos de un ballet mecánico. ¿Tenemos música de Spandau Ballet, Manolo?», preguntó Isaac.

–¡Spandau Ballet, Manolo! –repetí, no sé por qué.

–¿Qué clase de música es esa? –quiso saber el Hombre Rana.

–¡Búrlate, bobito, búrlate todo lo que quieras! ¡Nuestros muertos alzando los brazos!–. Blanca Rosa tiró los bracitos al aire–. ¡Nuestros muertos alzando… los pieees!

Las manillas de oro resbalaron y se le atoraron en el codo. Cantó:

–¡El pueblo de Cuba, sumido en su dolor se siente herido…!

«Noté que no había nada casual, ni sensual, ninguna espontaneidad en el arrebato», siguió diciendo Isaac, «y que, aunque aquí y allá los islotes de marielitas conservaban aún el sentido del ritmo, el tableteo de los sintetizadores los obligaba, también a ellos, a comportarse como autómatas. Hasta los que se mecían, arrinconados, acariciando con la vista a los bailadores, representaban fríamente su desencanto. Traté de imitar los contoneos…

–¡Limpiando con fuego…! –parada en la cama, Rosa se había llevado una zapatilla a la boca–. ¡Que arrase con esta plaga infernal…!

«…pero no me salían. Mientras que Fernando y el escandaloso grupito que se le había unido a la entrada se zambullían en la batahola, yo seguí a Adán hasta una barra. Las banquetas estaban ocupadas por tomadores adictos al escándalo que parecían disfrutar de la confusión. Hablaban a gritos, por encima del estruendo, y barajaban los tragos, acordonando un largo mostrador de vidrio».

El vaho de un Camel inundó otra vez el cuarto.

–¡Mar-chando vamos hacia un ideal...! ¡Co-mien-do-mier-day-gas-tan-do-za-pa-tos! ¡Co-mien-do-mier-day-gas-tan-do-za-pa-tos! –cantaba Rosa.

–¡Un-dos-tres-cuatro...! ¡Comiendo-comien-domier-day-gastan-do-za-pa-tos! –y chupaba el cigarro[25].

Isaac no se interrumpió.

«El repertorio consistía casi exclusivamente en Disco Tex y las Sex-O-Lettes, Paul Jabara, Valentino, Sylvester y las Cockettes. ¿Tenemos algo? Es música antigua, con la que estoy muy encariñado, por razones que me reservo, pues no las entenderías jamás, madre. ¡Jamás!

«*I love the nightlife...* Creo que la tocaron mil veces esa noche. Y también *You make me feel mighty real*».

Bailó en medio del cuarto, con un grotesco contoneo de caderas, antes de resbalar por el piso e ir a parar a los pies de la cama. Desde allí apuntó a la pared desnuda.

«Quiero que veas, mamá, pasarte por delante a las reinas de la noche, vestidas de cuero, de crimplene y trevira, arrastrando trenes de lamé, polainas de poliéster, chaquetas de vinil, de piel de leopardo, cadenas de oro, capas de lente-

---

25   Rosa mezcla aquí las estrofas de la «Marcha del 26 de Julio», de Agustín Díaz Cartaya, con el antiguo lema contrarrevolucionario «Comiendo mierda y gastando zapatos», que satiriza las milicias revolucionarias. Lamentablemente, se ha extraviado el extenso repertorio de coplas, octavillas, bombochíes y otras consignas anticastristas. ¡Una tarea pendiente para los arqueólogos del próximo siglo!

juelas con cuellos victorianos de lycra verde, color vino, gris ratón, camisas a cuadros con mangas cortadas por encima de bíceps grandes, de antebrazos esculpidos en gimnasios baratos. ¡Que palpes esos muslos, esos troncos inflados! Sobre todo, las nalgas. ¡Mira bien las nalgas! Quiero que notes el potro de Jordache, la herradura de Sergio Valente y el cisne de Gloria Vanderbilt…

Fue al baño, arrojó en la taza. Descargó y regresó enseguida.

«Me sentía torpe, observado, incapaz de soltarme. Los brazos me colgaban», continuó hablando Isaac, atropelladamente. «Parecía un autómata, y no conseguía dejarme llevar. Estaba pendiente de la gente, de las luces aterradoras que giraban en el techo como un millón de bólidos. El empellón de un borracho me lanzó al piso. Traté de agarrarme, de romper caída, y di con la cara en el aserrín. Me agarré de un bulto, que seguramente alguien había olvidado debajo de un banco. Tanteé un contorno, palpé un saco de huesos salpicado de virutas y chiclets… Creí apretar un flanco. Apareció un ser pálido, desnudo, echado sobre las ancas. Me recordó a uno de esos seres solitarios que viven en los hoteles del centro. Tendría treinta, quizás cuarenta años, el pelo rubio, grasiento, se lamía las manos… Un notario, un chofer, un portero, deduje, mirándolo de soslayo, mientras que él también me observaba. Las riendas ascendían hacia las banquetas altas y desde allá arriba bajaban lustrosas botas policíacas que taconeaban en los travesaños. Alcé la cabeza, agucé la vista. El dueño resultó ser un hercúleo motociclista que conversaba animadamente con Adán, abrazándole la cintura. Debajo de la barra, el perro les besaba las botas y les lamía las suelas. Al verme en el piso, Adán y su compañero se me aproximaron. Empuñaba, cada uno, un frasquito ambarino. El perro vino a hociquear y recibió un puntapié. Luego nos pasaron las ampollas por las narices, un par de veces. Reían, y nos pasaban las ampollas, una y otra vez...»

145

«Desperté dando tumbos en medio de una pista de baile. La gente se apartaba para dejarme pasar. Yo giraba y saltaba, con los ojos en blanco. Toqué rayón, poliéster, jersey, caqui, cotton, velvet, con la punta de los dedos. Oí *see the breaking glass in the underpass, see the crushing steel, feel the steering wheel...* Sonó un gong. *With a thrill in my head and a pill on my tongue...* Vi una estrella de espejos caer hecha añicos en el piso.

«Remolinos de gente salpicada de luces bajaban por los tragantes. Aproximándome al punto en el que todos convergían, palpé una pesada cortina, hundí las manos en la felpa y penetré temblando en el salón contiguo. Poco a poco, distinguí los bordes de un anfiteatro, el contorno de un público. Por fin, pude orientarme por el resplandor de un EXIT, pero, antes de alcanzarlo, me vi arrastrado hacia el último show de la mañana.

«Dentro de una gran jaula de tela metálica trabajaba una cuadrilla de operarios. Eran talabarteros en delantales largos, entregados a la confección de mandiles, polainas, guanteletes, chalecos y gorras, entre muchas otras piezas de cuero. Parecían haber dedicado sus vidas a la adoración del pellejo. Lo martillaban y lo medían, lo remachaban y lo zurcían, concentradamente. Después iban colgando las prendas terminadas en la cerca de púas.

«Enseguida la multitud le abrió paso a una procesión que circunvalaba la jaula entonando un himno. Traía en andas al perro que había conocido debajo de la barra».

144

—¡Qué horror, pero qué horror! —repetía la madre—. ¡El horror! —se mojaba la cabeza, volvía a remojársela, regresaba a la cama, se peinaba frente al espejo.

—¡El horrooooooróscopo! —gritó, desconsolada, arrojando las gafas.

«Al golpe de un campanazo, los talabarteros abandonaron sus melancólicas faenas y, retirándose a una esquina, fueron a arriar una roldana. La procesión, encabezada por el esclavo, llegaba en ese momento al pie de la tarima. Dos transformistas depositaron al perro en el güinche, y la gente del público se ofreció a colgarlo. Primero le esposaron las muñecas a los tobillos.

—¡Horror de horrores! —gemía la Mater Dolorosa.

«...después le propinaron un empellón que lo lanzó dando tumbos en torno al hemiciclo. Cuando el péndulo se detuvo, el culo cayó debajo del reflector. Entonces colocaron una lata de aceite en el piso, y muchos fueron a meter los puños en la grasa».

143

«Corrí al baño. Arrojé en el vertedero. Me miré en el cuadro de azogue que colgaba encima de una fila de lavamanos. Sentía la monstruosidad todavía apegada a mi brazo. Me lavé con agua y jabón, pero la peste continuaba prendida a la carne. Era un hedor infame, infausto, infinito. Volví a lavarme, a restregarme mil veces, mientras las locas del show (levanté la cabeza y evité mirarlas) me observaban desde el espejo.

«Después salí al aire libre y turbio de South River Drive...»

142

−¿Qué celebran, si se puede saber?
−Una victoria...
−¡Sobre la carne!
−¿En qué sentido?
−Algo tribal...
−No, son ganado.
−¡Son ángeles!
−¿Se salvarán?
−Aunque sean cincuenta, en esta cochiquera...
−No lo sé. Quizás... ¿diez?
−¡Quién sabe!
«Los oí discutir».

«La luz eléctrica ardía bajo el barniz rojo de las bombillas que alumbraban la explanada. Encontré a Adán recostado a la baranda del ferry, con los ojos fijos en el río. A esa hora, las gaviotas hambrientas recogían los grumos removidos por las dragas y las ratas venían a arrebatárselos. Adán observaba el cadáver de un pelícano que yacía en el muelle, sobre una mancha de aceite».

«Descendió la escalerilla y atravesó el pontón. Se aproximó al pájaro».

«Lo volteó con el pie».

«De pronto, oímos graznidos, y otro pelícano cayó del cielo».

«Nos miramos».

—Algo comieron … —comenté, con la boca pastosa y creo que torcida.

—No, no… —respondió Adán, poniéndose serio—. Es una epidemia que anda por ahí.

«Mientras rezábamos arrodillados frente a los pájaros, Stragnavacca se asomó a la torre del barco. Traía con él a los tres marielitas que habían venido a la discoteca con el expreso propósito de encontrarse con Fernando».

—¿Han oído?

—Vengan, pronto… —les ordenó Adán.

—¡Falta Fernando! —vociferó el trío.

—No importa. ¡Bajen! —repitió Adán.

«Juraban haber zarpado del puerto del Mariel en el mismo camaronero en que viajaba De Call. No eran amigos, se apresuraban a aclarar, sino incondicionales, discípulos, fanáticas, antífonas, vasallas, mocos pegados… Se conocían, claro que sí, pero eso era todo. Ellos, pregonaron a gritos, conocían a Fernando desde los tiempos heroicos en que el novelista vivió exiliado en un bosque a las afueras de La Habana.

«El episodio del famoso bosque Engels había salido a relucir durante la última tertulia en la Cápsula y, en esa ocasión, aprovechándose de nuestro cansancio, Selma nos endilgó su más reciente epigrama».

—En un futuro —auguró, volviéndose hacia Fernando —tu bosquecito será otra Sierra Maestra.

«Creo que dijo "mimetizada" o "sublimada", o algo por el estilo».

—Tu bosque maestro… el groto de Fernando… —expuso, pedagógica.

«De Call estaba sentado en el borde del estanque, con los pies en el agua. Las luces de la Cápsula rebotaban en el líquido y le daban en los pómulos».

–¡Y por qué no mimetizas al coño de tu madre, Selma! –gritó el escritor, volteando la cabeza. Sus negras pupilas recularon hacia los cuencos en sombra.

–¡Vamos, querido! ¿Qué te pasa? ¿De qué te ofendes? –preguntó la reportera–. ¿No entiendes el significado de ese bosquecillo en tu biografía!

–¡Es un simple dato, como otro cualquiera! ¡Un detalle! –se quejó De Call–. ¡Llámalo el platanal de Bartolo, si lo prefieres! ¡Estaba ahí, plantado, y lo tomamos sin pensarlo mucho!

–¡Tu gesta, Fernando, entiéndelo! ¡Tu guerrillita en el bosque!

–Cojones, ¡imagínense! –explicaba el cabecilla de los fanáticos–. ¡Lo conocemos desde hace una eternidad!

–Hace un Congo…

–¡Un pingal!

–¡Sabrá dios por dónde anda!

–¡Sí, por dónde pinga anda!

«Entonces estalló una disputa para ver quién iría a buscarlo».

–No, tú ve a buscarlo…

–No, tú…

–Tú, tú, tú…

–No tú, porque yo…

–¡No, pájaro, tú! No quiero provocar…

–Burcalotú…

–Provocar la ira…

–La ira…

–¡La ira de Fernando!

«De Call los ha llamado, insidiosamente, Mayorca, Menorca y Sidonia, que eran nombres de calles estrechas en el gueto gay de Miami. Otras veces les puso Addenda, Corrigenda y Errata, o Mayonesa, Kétchup y Mostaza. Muerto el guía, el público las bautizó, simplemente, como la Troika».

—¡Cómo sufrió, Cristo de Limpias! —rugió Mayonesa, que era la mayor, sudando, enjugándose la frente y olfateando el aire—. Las picadas de mosquitos… cubierto de forúnculos, de nacíos, de pústulas… (Se cruzó de brazos). ¡No, si yo les digo! Lo retraté así una vez, con mi camarita, cuando le llevaba queso crema al bosque…

«Era alta y fornida. Traía una cámara Polaroid al cuello».

—¡Imagínense! —suspiró Corrigenda, que era la mediana, fumando, escupiendo, sentada en la acera, rascándose la barriga, meciéndose, abrazada de las rodillas—. ¡Vivió allí como un estilita!

—*Fernando, a stylist?* —preguntó Morloc, incrédulo.

—Sobre un pilar, como lo oyen. ¡Lo pusimos en un pedestal!

—Bueno, chicos, conmigo no cuenten. Sencillamente, no idolizo a nadie. Además… —sentenció Adán, bajando la voz y mirando para todas partes— me parece que a su estilo le falta cal y le sobra, ya saben…

—¡Qué estilo ni qué pinga! —carraspeó Sidonia, la pequeña, que tenía la cara embotada por el nitrito de isobutilo—. ¡El estilo es tremenda morronga!

«Escupió en el asfalto».

«Adán reculó».

—¡Ea! ¡No se ponga así, señorita!

—Lo curamos una pila de veces –prorrumpió Mayorca–. No se imaginan cuántas veces le bajamos la fiebre...

—¡La fiebre de manigua! –declaró Menorca.

—*Feeveerr* –tarareó Sidonia, borracha.

—Puedo imaginármelo... –replicó Adán, afectando indiferencia.

—Pues, lo pasamos todo a máquina –enfatizó Errata, dando paraditas en el contén–. Nos dedicamos a él en cuerpo y alma...

—Y nos maleó, nos jodió, nos... –berreaba Menorca, golpeándose el pecho.

«La Mediana trató de atajarla antes que metiera la pata».

—Nos clavó... –clamó Mostaza–. ¡Mala Efe!

«A sus espaldas lo llamaban Fu y Mala Fe, y también Efe Fecal, aunque afectuosamente».

—Claro, con el cuento de la noveleta... –estalló Mayorca.

—¡Abandonadas! –se quejó la Menor.

—Las entiendo, queridas... –aseguró entonces Adán–. Las entiendo perfectamente. Es la entrega absoluta lo que promulgan. El sometimiento. La abnegación total. ¿Qué más puede pedírseles?

—¿Mala Efe? Nunca lo entendí, que conste... ni creo que me hiciera falta –declaró un recluta apodado Victrola, que seguía la discusión con la cabeza apoyada en el pecho de Roli–. Así y todo me apegué a él, a su estilo de vida, desde que nos tropezamos una noche, por casualidad, en el dichoso bosquecito... Andaba yo fugado del servicio militar, con una banda de prófugos que frecuentaba el Engels, ese matorral cochambroso que ustedes idealizan. Intercambiábamos yogurt por condones, diazepán por galleticas de soda.

—Y, ¿nunca te interesó? –preguntó Corrigenda.

—Imitarlo, no...

—¿Cómo que no?

—¡Pues, a nosotras sí!

—¡Pues, a mí no!

«Aproveché la confusión para abandonar sigilosamente el parqueo. Regresé a la discoteca, empujé el torniquete y atravesé a paso rápido las pistas desiertas. Salté por encima de los drogados que se desperezaban y sobre los cordones de las aspiradoras de una cuadrilla de limpieza. Las puertas doradas del infame Cuarto Oscuro desembocaban en un largo corredor. Apoyándome en las delgadas divisiones, que se estremecían como si fueran a derrumbarse, me escurrí, encandilado, entre las celdas. Por un hueco abierto en el bagazo asomaba el miembro laxo de alguien que roncaba en el cuarto contiguo. Más adelante vi una hilera de pingas muertas saliendo por troneras. Otras aberturas estaban vacías, o taponadas con pañuelos y prendas de cuero. Un sol cadavérico comenzaba a filtrarse por los paneles altos. Deteniéndome en cada estación pude observar, a la luz mortecina, las gorgueras de verrugas, los hongos venéreos y el liquen escrofuloso que crece en los bálanos. Al final del pasillo encontré a Fernando. Estaba arrodillado, con los puños en el piso, en la pose de una gárgola. Alzó la cabeza y trató de incorporarse. Se enjugó la frente y me hizo señas para que lo sacara de allí».

140

«Cruzamos el estacionamiento con el sol en lo alto del cielo. La Mayor sacó unas gafas oscuras y se las pasó a De Call.

«El novelista se restregó la boca, y de dos zancadas se adelantó al grupo.

«Roli nos seguía, dándole patadas a una lata. Traía con él al tal Victrola, que trabajaba de mozo en *El Bayou Latino*, y que, eventualmente, se presentó también como novelista.

«Victrola venía a la saga, mirando al suelo. Caminaba arrastrando los pies. De pronto fue a chocar contra el trasero de Roli y los dos rodaron por el asfalto, hechos un lío.

«Dispersas por la plazoleta, las Rubio buscaban afanosamente su minúsculo Datsun, perdido entre las rastras que recalaban de mañana en el embarcadero».

–Por aquí.

–¡No, fue por allá!

–No, éste…

–No, aquel…

–No, yo…

–Estábamos más cerca de la cerca, imbécil…

–¿Quién te dijo?

–¿Quién tiene las llaves?

«Atravesábamos mareados las hileras de carros».

–¿Qué llaves?

«El sereno se había condensado en los parabrisas».

–¡Las llaves! ¿Alguien puede decirme quién cojones tiene las llaves?

«Había nombres y números escritos en los vidrios».

–¡*De kiiiis!*

«Cuando nos disponíamos a abandonar los predios del disco, llegaron voces desde el último callejón».

«Corrimos a ver qué pasaba».

–¡No lo toquen! –nos amonestó Adán, que había llegado primero–. Creo que le han partido la crisma…

«Encontramos a un mulato claro vestido con camisa Manhattan y bataholas blancas, que parecía agonizar en pleno terraplén. Era flaco y largo, y calculé que tendría unos cuarenta años. Las moscas comenzaban a rondarlo, le caminaban por la nariz y las orejas. Tartajeaba, como queriendo decir algo, pero solo conseguía resoplar por una horrible puñalada abierta en la garganta. La sangre manaba de la agalla, corría por la abotonadura y se empozaba en el ombligo. Le habían tumbado los dientes.

«Victrola se le acercó y lo volteó con el pie. Los trece botones del pantalón saltaron y un nudo de tripas irrumpió en el polvo por entre los jirones de seda sintética».

«En la calle polvorienta brilló un espejo de sangre».

«Adán se arrojó al suelo».

—¿Quién eres, infeliz? —dijo, con un dejo fañoso—. A ver, a ver, ¿cómo te llamas?

—¡Es el ladrón de prendas! ¡El que viene a asaltar a las locas! —gritó Sedonia.

—¿Seguro que es un ladrón? —preguntó Fernando, recogiendo los colmillos partidos y probándoselos frente al cristal de un carro como si fueran aretes.

—¡Segurísimo! ¡El asaltador! ¡Aquí está! —vocearon las Compañeras, tratando de llamar la atención del custodio.

—¡Cáchenlo! Estoy seguro de que tiene las joyas metidas en alguna parte —dijo Victrola.

—¡Claro que las tiene... dentro! —insinuó Mayorca.

—¡Regístrenmelo! ¿Qué esperan? —les ordenó Adán.

«Fernando fue a recostarse al guardafango de un camión».

—Hay que hacer algo, pronto. ¿No van a llamar al guardia? —preguntó, nervioso—. Hay un moribundo, apuñalado aquí, según veo... Por favor, hagan algo, rápido. ¡Muévanse pájaros! —les ordenó a las Estilitas, y arrojó los colmillos a la cuneta.

–¡Basta, Fernando! ¡Es es un vulgar ratero! ¿No me oye-ron? ¡Que le bajen los pantalones de inmediato, he dicho! –exigió Adán, el maestro de ceremonias.

«Las Hermanastras acataron la orden. Victrola se registró los bolsillos y sacó un tubo de lubricante. Fue hasta donde estaba Adán, le agarró una mano, se la cerró en un puño y la empavesó. Roli soltó una risotada. Los demás nos miramos y retrocedimos unos pasos. Las Triples observaban la escena como si quisieran desentenderse de ella y al mismo tiempo inmiscuirse, pero sin atinar a una cosa o la otra».

–¿Cómo te llamas, imbécil? ¿Quién eres, perro chulo? ¡Habla ahora o calla para siempre! –gritó Adán, pegando la boca a la oreja del maleante.

–Tulle… –gagueó el miserable, cambiando súbitamente de color –Tut, tet, tu…tu.. lle…ría…

–¿Tullerías? ¿Este tipo se llama Tullerías?

«Y diciendo esto, Adán metió hasta el fondo el brazo embadurnado».

–¡Toma!

–Será haitiano… Me suena a francés –afirmó Victrola, tapándose la boca.

«La Menor aprovechó la confusión para abrirse paso entre nosotros. Pateó la gravilla, se bajó el zíper (tenía un miembro pequeño argollado a un anillo de bronce) y tensó las piernas, a horcajadas sobre el vagabundo. Meó un chorro turbio que lo bañó de pies a cabeza. Las Meme corrieron a imitarla, completando un triángulo isósceles alrededor del caco. Era el baño de oro –o baño de plomo– que anuncia-ban los panfletos presillados a las puertas de la discoteca».

«Roli reapareció entonces tras del volante de su viejo automóvil».

—*¡You sick bastardos!* –gritó, con la cabeza fuera de la ventanilla.

«Victrola saltó al asiento del pasajero».

—¡Foto! ¡Para la historia!

«La Polaroid relampagueó tres veces».

—¡Toma! –repetía Adán.

—*¡Essss-tóo!* –bramó el desgraciado.

—*¡Stop!* –repitió Sidonia–. ¡Dice que *stop!*

—¡Pídemelo otra vez! –exigió Adán.

«Desde una rastra en marcha voló una botella que centelleó en el aire y vino a estrellarse a los pies de nuestro grupúsculo».

—*¡Faggots!* –gritaron los rastreros.

—*¡Faggots! ¡Faggots!*

139

—*Maggots, maggots…*[26] –repetía Rosa, con la boca abierta y un ojo bizco.

«Un hilo de baba le colgaba de la quijada».

—*Maggots…*

«Trató de incorporarse y se desplomó».

«Las enfermeras corrieron a calzarla con almohadas».

—¿A esto has venido? –preguntó, mirando al vacío.

«Isaac le besó la cabecita revuelta, después las manos».

«Rosa se sacudió».

—¡A esto, desmadrado!

«Palpó las sábanas, buscando las gafas oscuras».

---

[26]   «*¡Gusanas, gusanas!*». Grito de guerra de las turbas bonchistas revolucionarias, *circa* 1961.

—¿A rematarme? ¿Para eso has vuelto...? —repitió la madre, parpadeando tras los polarizados cristales—. Y... eso... ¿es todo?

«Isaac le susurró al oído:

—No, madrecita, no es todo. Hay más. Recuerda que Rueda de Morloc estacionó en la avenida Collins y que depositó a Fernando, sano y salvo, a las puertas del hotel Ámsterdam.

—¿Entonces? —preguntó Rosa, con los ojos gachos.

—¡Que dios nos coja vacunados! —le gritó Rueda, al despedirlo.

«De Call se volvió para mirarnos. Acto seguido comenzó a ascender las escalinatas de granito, agarrándose del pasamanos».

—¿Por qué no vas mañana a Salud Pública? —volvió a gritar Adán.

«Pero Fernando ya había desaparecido en la penumbra del atrio».

«Atravesamos el viejo pontón de Venecia y entramos al balneario por el corazón del barrio judío. Estaba muerto de hambre. Le pedí a Morloc que me soltara en cualquier esquina».

«Estacionó frente a Wolfie's».

—Me empujaste la mano —le dije, con un pie en la cuneta.

—¿La mano? ¿Qué mano? —exclamó, y volvió a ponerse en marcha

«Tuve que dar un salto y agarrarme del parabrisas para no caer aplastado bajo las ruedas del Karmann Ghia».

—¿Estás loco? —chillé, histérico—. Sabes muy bien de qué mano te hablo, imbécil. ¿De qué mano va a ser? ¡De ésta!

«Cerré el puño, le propiné un trompón. Adán dio un corte, tomó por la Diecisiete, dejó atrás la gran sinagoga y aceleró hacia el viaducto».

–¿Que te empujé la mano? ¡Idiota!

«Me golpeó la quijada. Le devolví el bofetón. Intercambiamos manotazos. El carro avanzaba a cien kilómetros por hora».

–¿Quieres que nos estrellemos? –gritó.

–¡Sí, me empujaste la mano, puerco! –riposté.

–¿De qué me acusas? ¡Te protegí! Parecías una salación.

–¡Aaaahh! –aulló, olisqueándome los dedos.

«Me zafé, escupí hacia fuera».

–¡Suelta, *motherfucker*!

–*¡You, hijoeputa!*

–*¡Nooo, tú, tú, mothafocaaaa!*

«Estuvimos a punto de estrellarnos, a punto de estrellar... estrella... es... trellar... tre...»

Isaac se me derrumbó encima, boquiabierto, sentado en la cama, junto al cuerpo en escorzo de la madre. Estábamos liquidados. Apoyé el micrófono en una silla y me tumbé a su lado. Eran las tres de la mañana. Papá estiró las piernas, bostezó, se traqueó los dedos.

No se cuánto tiempo habría pasado cuando volví a oír la voz de Isaac, que hablaba en sueños:

«...radio... rendido, rad... Adán... claro... carrrro... ruuumm... frena, ronca, aceler... choca, un corte... el choque... el cloche... cloche... descapotable Karmann... lejos, lejos... pinares, yo... echar a andar... nadar... grasa... la costa, yerba... zales... arena... solo... rosada... la rosa... aislada... rosada isla... mía, mía... él... Miami... manada... rozad... ma... ma... rosa... rosa... ma... miiiiiiii...»

«La villa O'Flatter, en Coconut Grove, era una seudo cartuja ceñida por un muro de piedra de coral. Había sido la residencia veraniega del poeta *beatnik* Cornelio FitzGerald y figuraba en los registros del Departamento de Conservación Histórica, por lo que no me fue difícil localizarla.

«Después de caminar toda la mañana, arribaba exhausto a mi destino. Halé una cadena empotrada en la verja, y en el tope de un campanario redobló una gangarria. Enseguida vino a abrirme una criada en delantal blanco».

—Anúncieme, por favor –grité–. Soy Kámara. Vengo a ver a Selma.

—Por aquí, muchacho –me indicó la indiana, que iba cubierta con un típico bombín paraguayo.

«La Paraguaya me condujo a través de una glorieta hasta un amplio vestíbulo. Las vidrieras del fondo tenían las cortinas descorridas y dejaban ver la bahía de Biscayne.

«En las paredes del recibidor se apiñaba un ecléctico inventario de arte cubano anterior a la invasión posmodernista de los noventa. Mientras esperaba por Selma, pude formarme una imagen aproximada de sus gustos. En un tondo barnizado una mulata rusa tañía la vihuela. Había un frutero al óleo, con mameyes y anones cubistas. Un Carlos J. Finlay en estilo académico auscultaba a un soldado palúdico.

«Examiné unas criaturas espinosas, en tonos plastilina, recortadas sobre un paisaje lunar. Había una escena de galleros en una valla y una yunta de bueyes en un melancólico terraplén. Encima de un armario colgaban tres miniaturas de flamboyanes florecidos; un interior de El Cerro en formato toalla; un *frotage* de cenefas coloniales, rejillas de mimbre y puentes de guitarras. Dos diablitos de guinga montaban guardia a ambos lados de una repisa.

«Oí crujir la madera del entarimado. Al momento apareció Selma en el umbral de herradura que conducía a las alcobas.

«Fingió sorpresa».

—*Good morning. Good afternoon, rather…*

«Quería saber —me espetó sin ambages— qué me traía por su casa».

—*Good morning… and good afternoon, Frau Professor* —chillé, encorvándome ligeramente.

—¿Crees que estas sean horas de aparecerse en una villa? —me preguntó Selma, aguzando la vista.

«La irritaba, obviamente, tener que vérselas con alguien que apenas conocía. Se anudó la faja.

«La Paraguaya permaneció parapetada detrás de la puerta todo el tiempo que duró nuestra entrevista».

—¿Qué haces vagabundeando por Miami, Isaac Kámara? *¡En plein soleil!*

«Se mantuvo a distancia, observándome. Hacía calor».

—No has salido nunca de aquí, ¿cierto? —exclamó entonces, incrédula, dándome la espalda.

—No —respondí, desafiante—. ¡Nunca!

«El sol entraba a rayas por las persianas entornadas. La habitación era un penetrable donde nos movíamos en gambitos».

—¡Pues, atrévete! ¡Vete al carajo, lárgate al norte! —me aconsejó, hosca, rayada y levantando la voz—. De lo contrario, te lo advierto, este pueblucho… este condenado hueco… ¡te tragará!

«A la sola mención del hueco, dos gruesas gotas de sudor me surcaron las axilas».

—Ya estoy en el norte, ¿acaso no lo ves, Selma? —contesté a gritos, abrazándome de sus gruesas pantorrillas.

—¡Revuelto y brutal! —continué, volado en fiebre.

«Mi cuerpo y mi mente sucumbían al agotamiento».

—Acuéstate, muchachito, acuéstate. ¿No quieres darte un baño? ¿Qué has hecho? —susurró Selma, asustada.

«La situación nos forzaba a la intimidad».

—¡Pero, dime, por dios, qué han hecho!

«¡La entrevista! ¡El reportaje para la famosa revista había comenzado!»

—Metí el puño en el hueco de un esclavo… ¡Eso! —concedí, abochornado.

«Noté que Magali nos observaba desde la cocina. No sé por qué me recordó a una cierta Señora Calavera que había visto de niño en un show ambulante. Cada noche, por un níquel, La Calavera revelaba su esqueleto rumbero detrás de la sábana donde bailaba desnuda. Al amanecer, salía en ajustadores a la puerta del teatro rodante, montado en la cama de un viejo camión, mientras el marido trajinaba debajo del capó.

«A los niños nos asustaba el olor a talco de La Calavera».

«Blanca Rosa afloró momentáneamente de su letargo».

—No me había acordado de ella hasta hoy…

—¿En el fondillo…? —preguntó Selma, escéptica.

—¡De un esclavo! —exclamó Magali, maravillada.

«Las mujeres estallaron en carcajadas. Eran como las bañistas de un óleo moderno cuya copia a *giclée* figuró también, en otra época, en las paredes del vestíbulo».

—Y, ¿cómo llegaste aquí? —me preguntó Selma, ahogada de la risa, y volviendo a la carga.

—Me trajeron —respondí, sin entender.

–¿De qué…?

«Me agarró por el cuello, apeñuncándome contra su pecho. Vi las chispas de rímel en las esmirriadas pestañas».

–¡Aquí, coño, de niño…! –exclamé.

–¿Que qué?

«La periodista soltó un largo graznido».

–¡Quería decir que cuánto tiempo llevabas parado allá afuera como un sanaco! –gritó.

«Enseguida se abalanzó contra el piano y, pasando el dedo gordo de un extremo a otro del teclado, pontificó de esta manera:

–Me casé… ¿sabes? Clan-clan-clon-clún… –tecleaba y, al mismo tiempo, sollozaba–. Sabes que me casé… clan-clan-clan-clín… con mi maestro, cuando era muy jovenci… clin-clin-clún, …cita, apenas una debutante. Ya sé, Adán te lo habrá contado todo. Era bella… una… bella… debu… ¡coño!… tante… ¡como tú! ¡Me recuerdas tanto clon-clon-clon, a mí! ¡También me trajeron clin, mi marido me arrastró, a este clun exilio, gritando y pataleando, hasta aquí! (Apuntó al suelo. Llevaba un enorme anillo de cóctel en el índice). ¡Basta ya de chantaje! Sufrimos, ¿y qué? ¿No es sufrimiento la vida? ¿No es la vida, cómo dicen, un frenesí? Lo hice, por el apellido, *yeah*, por la ilusión… ¿no me crees? Me sonaba taaan distinguido, Del Mazo, *du Matzot*… ¡Muy exquisito! Y yo era, ¡taan arrooogante…! Apuesto a que ignoras cuál es mi apellido en la vida real. ¿No? ¡Díselo Magali!

–Sánchez. Selma Sánchez –explicó Magali, sin delatar emoción.

–Pero, ¿qué dices? No, no tienes por qué…, ¿eh? No tienes por qué compadecerme. Clin-clin-clan… Tampoco tienes por qué saber tanto… de mí… de una persona que apenas… ¡chuung! Después vino mi unión con el barítono Tim O'Flatter, que cantaba en la coral y que duró muy poco, ¿sabes?, porque me abandonó con un hijo. Me quedé con Benito, y con esto clin-clong-clong… que oyes, clong, con dos, con tres… clong, con clung cuatro, con… con no sé clung cuántos clang-clang coño clung apellidos…

«Agitó unas partituras amarillas delante de mi cara».

–¡Un accidente! ¡Todo fue… te lo aseguro, totalmente… aleatorio! –aulló.

«Berreaba, con la boca desmesuradamente abierta».

–¡Es todo! –exclamó, en un tono lastimero–. ¡Todito! ¡Basura, excremento, cacafuaca! ¡Coño, Coiba, Colba, Mayama[27] o cualquier otro nombre falso! ¡Eso es! ¡Mierda, mierda!

«Di un paso atrás. Nos quedamos mirándonos.

«Pasado un instante, Selma se enjugó la frente, cambió de semblante y regresó al piano. Floreó una antigua canción».

–*Nunca se sabe… no, no, no… nunca, nunca se sabe…* –cantó.

–*Nunca, nunca se-sa-sa-be… cuando perderás your sweet home…*

«Magali y la criada tocaban las claves y el güiro».

–*Dulce hogar…*

–*Should you lose everything… yes, you! Every little thingy…* –improvisó Selma.

«Espantado de todo, me escuché a mí mismo entonando el pegajoso sonsonete de la inmobiliaria Sabbat Gigante».

---

27   «Cuba» o «montaña», en dialecto arahuaco; «Gran Agua», en dialecto calusa, etc.

—Nunca se sabe... lose your sweet home... hi-po-te-ca...
hip-hip... hip... po... teca... Hurrah!

«Seguidamente, O'Flatter me arrastró hasta una banqueta ennegrecida por antiguos sudores».

—Estoy muerto —imploré.

«Había sacado un mazo del tarot».

—¡Vamos a registrarte! Solo un par de pregunticas.

—Para la famosa revista, ¡ea! —bromeó la Paraguaya, enarcando una ceja.

—¡No! —protesté.

—Entonces, Kámara, dime, ¿qué hicieron? —insistió Selma, intrigada, mientras cortaba el fajo.

«Salió el cinco de copas. Dos cálices llenos y tres vacíos, y un hombre de espaldas arrebujado en una capa fúnebre».

—Fuimos a un lugar llamado El Hueco. A la salida encontramos a un esclavo muerto.

137

Isaac se empinó un buche del jarabe que las enfermeras habían dejado encima de la mesilla, apuró dos Benzedrinas y un Flunitrazepam, encendió otro cigarro. Descruzó las piernas, se acercó temblando al micrófono:

«Victrola tomó posesión de mi cuarto la misma Navidad de 1984, cuando ya estaban a punto de desalojarnos para dar paso al nuevo ferrocarril. No había firmado contrato, así que vivía esporádicamente en la casa del pintor. Lamentaba, eso sí, perder de vista la columnata trunca en el preciso instante en que las grúas empezaban a colocar los monumentales arquitrabes. Fue el momento en que la vía férrea arrolló la poca historia de Miami.

«Crucé la US1 y tomé el terraplén de los constructores. Llegué al anochecer a Old Cuttler Road, donde Selma me esperaba —maquillada y perdida— tras el volante de su Volvo chocado. Coloqué mi valija en el maletero, y partimos. Al arribar a la villa, encontramos a Adán en la terraza, vestido de rumbero, con gafas de aviador y pantuflas marroquíes. Sorbía un jaibol».

—Es Combray —se adelantó, cuando quise explicarle de dónde era.

—Magali, por favor, trae esos vasos. No te quedes ahí parada como una momia —le ordenó Selma a su agregada.

—¿Combray? —inquirió la matrona, interrumpiéndose a mitad de frase.

—¡No, Escombray! Un macizo montañoso en la provincia de Las Villas —expliqué.

—¡*Descendez ce cygne!* —me gritó Adán, doblado de la risa.

—¿Es Combray? ¿No Escombray? —balbuceó Benito O'Flatter.

«Adán me preguntó por ti, por tu programa».

—¿Crees que no la he visto? ¿En los infomerciales? Las viejas cubanas la tratan de doctora. Sí, un par de veces... Formidable, y temible... Debe tener un historial... Pero, ¿cómo es que no has escrito nada? Deberíamos plantearnos la edición de un álbum...

—¿De madres gusanas? —interrumpió Magali, desde la sala.

—¿La de Sabbat Gigante? —inquirió Selma—. Claro, Maga, tú también la has visto. ¡No te hagas la boba! La polaca. La que sale por la televisión. La marrana.

«Pero Magali no escuchaba. Iba y venía sin poner atención».

–¡Tampoco así, querida! –la atajó Adán–. ¡Tampoco así! Querrás decir, la hierosolimitana…

«Me apuntó con la boca. Todos sonrieron».

–Bueno, no quise herir sensibilidades –aseguró O'Flatter, y cerró un ojo para defenderlo del sol, mientras revolvía el trago con los dedos.

–Pues nada, vamos, cuenta más… –me rogó Adán–. Nunca había oído hablar de un caso de la vida real, *in the ghetto*…

«Nos divertía verte entrevistando a clientes satisfechos en tu programa de anuncios pagados. Fue el mismo Adán quien me hizo notar, e incluso admirar, tu fanatismo conmovedor, tu vis cómica y tu apetito de reconocimiento, un deseo malsano que, según me explicó, afectaba a todos los desterrados.

«Te habías transfigurado delante de mis ojos en una especie de exilarca, en la pastora del televangelismo cubano. Encarnando el personaje de Rosita Ginzburg, la esposa del juez, llegaste a ser una mujer de éxito. Subieron los ratings y escalaste las cimas de prestigiosas instituciones caritativas. Recabaste donaciones para las arcas de patronatos artísticos y sociedades de atrofias oculares. De subasta en subasta, amasaste tu impresionante colección de arte académico. En los años noventa reencarnaste en el papel de apoderada de los pintores modernistas. Tu melena gris brillaría una vez más frente al pelotón de negociadores que selló la suerte de El Niño.

«En cuanto a mí… pues, nada. Debo admitir… que… ¡ni sé quién soy! Hasta el día de la expulsión traté de pasar por americano… o quizás, por un americanoide de extracción indefinida. Crecí tirado y timado por dos tendencias, por dos apariencias, fingiendo que compartía los caprichos de ambos bandos… La mía, como la de tantos otros niños cubanoamericanos, es una variante poco estudiada del sincretismo…

«¿Cuántas veces no me pregunté, con la cara hundida en la almohada, si la imagen de Cuba que me legaste no sería una falsificación? ¡La leyenda de Cubita la bella! ¡Tu islita barnizada, tu caimancito estofado! ¿A qué atenerme, entonces, madre mía, de qué agarrarme, si tú…?».

–¿Estofado? ¡Querrás decir relleno, idiota! –estalló Blanca Rosa, adueñándose de la cama–. Basta de filmoteca, Isaac… ¡Fuera de aquí! Farsa es lo que tú has montado conmigo…

«Antes de poder arañarlo, cayó en convulsiones y se quedó dormida».

–¿Escorpiona?

–¡La doctora Ginzburg!

–¡Una cazambulancias!

–¡Pero esa mujer es una fiera!

–Magali, que no se te vayan a olvidar las cartas, mi cielo, antes que cierren el correo –insistió Selma–. Y las partituras, ¡no les des más largo a las partituras!

«Cuando regresó con los vasos, noté que también Magali había asumido el talante feroz de los cubanos advenedizos. Iba y venía, cargando bandejas, arreglando butacas, recogiendo y limpiando y, al mismo tiempo, disimulando su profundo desprecio por todo lo que la rodeaba. De improviso, se retiró a un rincón, a la espera de órdenes.

«Para rematar, la Paraguaya se opuso tajantemente a que sirviera los tragos. Le arrebató las copas de baccarat, que la muy plebeya había usado para la cerveza, y fue por la licorera, los vasos de jaibol y la cubeta del hielo.

«Poco más —lamentó la indiana— y se vería en la calle. ¡Magali creía que era la sirvienta de la casa!».

—Ciertamente os digo —nos alertó entonces Adán, escupiendo la semilla de una aceituna en un pozuelito de plata— que el cubano es el único pueblo esclavo que nunca aprendió a servir…

—Falta el limón, Magali… ¡vieja, despierta! ¡Ve a buscarlo! Está en la cestica de frutas. Si lo botaste, tendrás que registrar la basura y lavarlo con agua tibia. Traélo, cariño, ¡y ven a sentarte!

—Señoras y señores, escuchen, por favor —nos exhortó Adán.

—¡Atención, atención! —repitió la Paraguaya.

«Leyó de *Juegos de Kámara*, mi más reciente cuaderno, sosteniéndolo en alto para que los otros pudieran admirar los grabados que Stragnavacca había estampado con aguas negras. El poemario despedía, intencionalmente, un olor mefítico:

¡Oh, Miami, suave pesadilla!
Estamos solos un día soleado…

«Entretanto, desde los patios aledaños, llegaba el ronroneo de las segadoras de césped. Como un armiño tendido sobre el lodo, los lustrosos jardines encubrían el abismo pestífero.

«En lo alto de la torrecilla, el redoble de la gangarria anunció la llegada de nuevos invitados. Seguidamente, la Paraguaya hizo pasar a Fernando de Call y a sus secuaces, que venían escoltados por Stragnavacca y el recluta Victrola».

—¡Sillas, Magali! ¡Hola, Fernando! ¡Magali!

—¿Por qué tardaban? ¿Trajeron los manuscritos? —preguntó Adán.

—Continúen… —replicó el novelista.
—No se interrumpan… —exclamaron las Lúdicas.

136

«Tiraron las galeradas sobre la mesa».
—¡Es un número histórico! —oí que Fernando le bajeaba
en la oreja a Morloc.
—Hiperbólico… —contestó Adán.
«Tres cocoteros, dos sillas y un flamenco ladeado deco-
raban la arena».
—¿Y esto?
«Fernando señaló un folletón que yacía sobre un atril».
—Mi único tratado, perfectamente prehistórico —respon-
dió Adán.
—Sin embargo, el hallazgo de Humberto, nuestro home-
najeado en este primer número extraordinario, es haberse
colado en la historia, digamos, por la puerta del fondo —
comentó Efe, mientras mordía el cabo de un bolígrafo.
«Y antes de que Adán pudiera responder, acotó:
—¡Ya sé que su poesía carece de importancia! Solo su
intromisión, llamémosla así, es necesaria. A Humberto le
enseñan la puerta y se larga, aunque… ¡demasiado tarde!
¿Quién iba a decirlo? ¡Quién iba a decirnos que habría un
antes y un después de Humberto! —lamentó Fernando.
—¡Impensable! —exclamó Menorca.
—¡Indispensable! —murmuró Magali.
—No veo qué otro camino le quedara, a no ser la anti-
poesía —riposté Adán.
—Debió evitar la prosa, a toda costa… —opinó Menorca.
—¡Venir de Cuba a hacer literatura! —se quejó Selma,
barajando las cartas.

—Y, ¿quién habló aquí de literatura? –preguntó De Call.

«Poco a poco, los otros fueron incorporándose a la discusión. Se designó un comité ejecutivo y, precipitadamente, un consejo de redacción. El consejo determinó el nombre, las características y la tirada de la nueva revista. El primer número llevaría un mosquito en portada».

—Límpiense esas bocas… –exigió la Paraguaya, sirviendo el champán.

«Después fue a retirar la hogaza de la candela».

«Un fuego sacro, concentrado en diminutos adoquines, pulsaba bajo la campana de la barbacoa. Jugosos costillares de cerdo servían de pista de aterrizaje a un batallón de tábanos jardineros. Era una nube negra, verde, desubicada».

—¡Miren, observen este cuadro! –prorrumpió entonces Mayorca, espantando jejenes, sin dejar hablar a Mostaza–. Este cuadrado de arena y cocoteros… Un cuadrilátero de lajas, un trozo de mar azul… Tres tristes *chaise longues*, un flamenco de plástico, una mesilla de mimbre y las sempiternas chismosas insecticidas. ¡Adorable! ¿No? ¿Qué tiene que envidiarle esto a Cuba? Y sin embargo, me siento desarraigada…

«Fue hasta la jarra y se sirvió otro jaibol».

—¡Pero desarraigada! –sollozó.

—¡Sí, es verdad, pero se nos olvida! –estornudó Sidonia.

—¡No! ¡Deslenguada! –protestó Menorca, completamente ebria.

«Magali se entretenía en ordenar cartabones y ponchadoras. Pero nadie la tenía en cuenta».

—¡Coño, cómo puede olvidársenos Cuba! Olvidar la patria es traición –denunció Errata, que arrastraba las erres.

—No, no, no –la corrigió Adán– …es adaptación.

«Después escogió una almeja de una latica, pinchó una colecilla, y antes de llevárselas a la boca, las inspeccionó, guiñando uno de sus grandes ojos de avestruz.

«Habló, masticando y chupándose los dedos».

—Se quejan y se lamentan, locas, pero, piensen en cuántas revoluciones no habrán hecho falta para crear uno solo de estos moluscos.

«Un tinajoncito de mayólica contenía servilletas bordadas. Sacó una, se limpió los dedos».

—Hasta forzarlos, uhmm, a adaptarse, ahhh... —continuó, chupándose los dientes encaramillados— ...a cambiar... Patria o muerte, queridas desterradas, es como quien dice *To be or not to be*, lo mismo... Las estrellas son sus depredadoras naturales. Las estrellas de mar, naturalmente. La patria es la infancia, ¡ay, pobre Baudelaire! ¿Qué saben, qué pueden saber de patrias los poetas, esos apátridas? La patria es el agua, señoritas, el instinto de conservación puro. (Señaló las olas) *Quid pro quo*... Eres o, sencillamente, mueres. *To be... or not*. Remas con estos bracitos que te dio dios, o te salen branquias, seudópodos o lo que sea, pero algo pasa. Y he aquí que hemos sobrevivido, como batracios, como anfibios y como mamíferos (sonrió). En Miami, te adaptas o pereces. La cuestión es no diluirte, como aquel que dice, en el potaje...

«Las Líricas orbitaban la mesa, atraídas por las novedades gastronómicas».

—¡Uh, las almejas! —suspiró Sidonia.

—Recuerdo que hace años... ¡añísimos!, encontré en la revista *Correo de la Unesco*... —Menorca empataba una cosa con otra— un artículo dedicado al arte pop. Sí, creo que era el pop... y que había una foto donde Andy Warhol se ahogaba en una lata de sopa. Se hundía, y agitaba los brazos. ¡Mas yo no quiero hundirme en este potaje!

—¡Sánchez, Sánchez, Sánchez! —repetía Magali, ocupada en repasar una loma de periodiquitos que hablaban de Selma.

«Un golpe de viento saltó sobre la mesa y dispersó los recortes».

—¡Recortera! —le espetó la Paraguaya, asestándole un trapazo.

—Creo que la poesía de Humberto se ha vuelto un zapato —opinó Menorca, atarugándose un pepinillo.

—Yo, en verdad, os digo…

—¡Imposible, señores!

—A los comentarios sobre mi libro, respondo con un rotundo…

—Si esta es la segunda ciudad de Cuba, caballeros —gimió Sidonia, oteando el horizonte—, ¡no quiero ver la tercera!

—¡Cuba, la bella! —se burló la Paraguaya.

—¡La belleza de la isla que se la lleve el diablo! —declamó Fernando.

135

«Los cuatro años y cuarenta y cuatro números que duró *El Mosquito* abarcaron el período de mi vida que pudiera calificar, justamente, de "error marielita". Pero, ¿acaso no fue el Mariel (como dijera Rueda) la magna equivocación? ¿La contrarrevolución que se fue a pique? De Miami partieron las oscuras naves que fueron a hundir al tirano… y el tirano nos las devolvió cargadas de matones, impostores y locos.

«Entonces, ¿cómo pude confiarme de ellos? Todavía me lo pregunto.

«Cierta tarde estival, durante otra de las agobiantes veladas en la terraza de O'Flatter, Magali Perdomo abandonó abruptamente la merienda recién servida y, llorando a lágrima viva, penetró en la cartuja».

–¡Termínala! –le exigió Selma, desde su silla de playa–. ¡Termina inmediatamente la transcripción de esa zarzuela, Magali!

«Pero Magali se había parapetado tras los biombos chinos de la antesala. Luego del algún ajetreo, reapareció en la terraza, drapeada en cortinajes, con la barra doselera en una mano y la tapa de una olla en la otra».

–¡Vete al coño de tu madre, Selma! –entonó, blandiendo la alabarda, con los ojos radiantes, pero sin desgalillarse.

«Selma se quedó estupefacta, viendo cómo Magali descargaba en los escachados címbalos una rabia sorda, largamente reprimida. Después cayó hechizada, y hecha trizas, en los brazos afeitados de Adán».

–¡Espía! –le espetó Selma.

–¡Falsa escritora! –cantó Magali–. ¡Comunista!

–¡Perras, perras! ¡Razonen!… –atajaron las Lógicas.

–¡*Free Humberto Perdomo!* –exclamó Selma, mostrándole el dedo.

«Se quedó temblando, gagueando, apuntándola».

–¡Cicatera…! –gorjeó la otra, a voz en cuello–. ¡Nada fue *free*!

–¡*Fue free! ¡Freebird! ¡Freebird!* –pidieron las Paradíscolas.

–¡Tú lo que eres es una chusma, una cualquiera! ¡Una ramera! –arremetió Selma, babeada.

–¿Ramera yo? –preguntó Magali, convulsa.

–¡Ramera tú! –corearon las Tres Brujas.

–Esto no puede ser. El ramo aquí también, ¿hablan en serio? –intervino Fernando, desternillado.

–¡La ramita de María Ramos! –suspiró Adán.

–*¡Hare Ramus!* –cantaban las Condiscípulas.

«Selma levantó los puños».

–¡Plagiadora, arrepentida, santera!

«Magali pasó de largo, soplando una filarmónica».

–*Fuuín-fuuuoón-fuaaaán...*

«Y a punto de salir, afónica, en estilo melismático:

–*¡En afrenta y oprobio sumidaaaa...!*[28]

134

«Entretanto, Huberto Perdomo era indultado y arribaba a Washington, D.C.

"Nos acostumbramos a la idea de la separación, que, a partir de ese momento, dábamos por hecha", declara Selma O'Flatter en la *Catalepta*. Y Magali, en las *Epístolas*: "Eran una secta. Fui la primera en zafarles".

«Tomó el tren de Amtrak, pues sufría de aerofobia, y corrió a reunirse con Humberto. Las Trismegistas la despidieron frente a las puertas mozárabes de la antigua terminal de ferroviaria de Opa-locka.

«Reaparecía, semanas más tarde, en una conferencia de prensa donde corroboró los infundios del gran poeta etílico: "El vehículo será otra revista... otra... cosa... nuestra... que enfoque... destaque, coloque... los esfuerzos... refuerzos, los versos dispersos, esporádicos, diaspóricos... de una novísima literatura... lírica que... de hecho..."

«Le había tocado hacerse cargo del insigne dipsómano, y eso era todo. "La dipsomanía del vate herético –denunció

---

[28] Sexta estrofa del himno nacional cubano: «En cadenas vivir es vivir / en afrenta y oprobio sumidos...»

Selma en un acerbo artículo de despedida –fue el primer síntoma de nuestro preocupante nihilismo".

«Alrededor de 1971 –el año que los Perdomos pasaron bajo arresto domiciliario "en una granja estatal para la cría de cuervos" [sic], cuyo paradero las autoridades cubanas se negaron a revelar–, "Humberto se tiró a la curda" (*op. cit.*, tomo IV; *Primer Exilio: rumores y leyendas*, pág. 817).

«Es cierto que O'Flatter se aprovechó de nuestra inveterada candidez», prosiguió Isaac, «al presentarnos una falsa imagen de opulencia, y que Magali Perdomo especuló con la incurable vanidad de la ensayista… Pero, ¿acaso no era todo Miami tramoya, falsificación y artificio?

«Para rematar, los abogados le habían informado –según me confesó a la salida del teatro, precisamente, la noche en que celebrábamos mi cumpleaños– que la cartuja de Fitz-Gerald era otro espejismo, "un castillo de arena". Antes de quitarse la vida, Carlín del Mazo la había hipotecado, no una, sino seis veces, y mientras la viuda vivía alegremente en sus ruinosos apartamentos, el plazo para la liquidación de la deuda había expirado. Los ladrones de la inmobiliaria (¡y se trataba nada menos que de Sabbat Gigante!) la desalojarían. Al precio de los valores actuales, el gravamen superaba el costo real, etc., etc. No debía asombrarnos si cualquier día encontrábamos en el jardincillo el indecente cartel de *For Sale*.

«Se echó a llorar, y tuve que sentarla en el banco de una parada de guaguas. Se sopló la nariz y me pidió disculpas. Demasiada tristeza, dijo, para un solo día. ¡Y qué noche, qué noche *escura* le esperaba! Su mundo se tambaleó de pronto. Abrigaba la esperanza de que tal vez Magali retornara a casa. Le había escrito, pidiéndole, implorándole casi, que después de recibir a Perdomo, como era natural, lo mandara al carajo y regresara a Miami.

«Me sorprendió oírla proferir la palabra *amor*, al confiarme que estaba dispuesta a tolerar, en semejante coyuntura, la agravante presencia de su agregada. Convencería a Adán de que se les uniera, dijo. Un *mélange a folle*, resolló. ¿Dónde iba a encontrar Morloc, en aquel villorrio convencional, gente exquisita y moderna, de su prosapia? Era la unión perfecta, una trifecta. Se entenderían. Tal vez ya iba siendo hora...»

—Pero, Selma, ¿no te das cuenta? —la amonesté, echándole mi talit por los hombros—. ¿No comprendes que Adán solo se desahoga con sadomasoquistas? ¿Acaso te vas guindar de un guinche?

—Si fuera necesario, me guindaría por las tetas de garfios afilados... —afirmó, jocunda.

«Se rió en mi cara. Después me dio dos bofetones».

—¿Y Magali? ¿Qué vas a hacer con el sátiro de Humberto? —le pregunté, rascándome el cachete—. ¿Lo va a amarrar a la pata de la cama? Vamos, no seas tonta.

—¡Calla, calla! —me reprendió, con otro cachetazo.

«Tenía un brillo malévolo en los ojos».

—¿No estamos buscando todos donde meternos? —inquirió, no sin razón.

«Recordé, entonces, aquella tarde lluviosa en que, habiendo regresado borracho de El Mother, y sin reparar en las consecuencias de mis actos, metí a la Paraguaya en la clausurada alcoba de FitzGerald. Le arranqué el delantal y descubrí, abismado, la cicatriz geométrica de una antigua cesárea en la cerámica roja de su vientre. Primero, tuve que lavarla, y como opusiera resistencia, la empujé a la ducha con excesiva fuerza. Resbaló y dio con la cabeza en el lavamanos. Sonaron pasos en el corredor. Salí a mirar, y topé con el rostro contorsionado y lívido de Magali Perdomo, que regresaba a deshora».

–¡No puedo creerte…! ¡No puedo, coño! –forcejeaba, para que no le tapara la boca–. ¿Has montado a la pobre vieja! ¿La has preñado? ¿Qué le has hecho! ¡Contéstame!

–¡Pero, Magali! –le supliqué–. ¡No grites, podrías embarcarme!

–¡Al carajo, borracho, aberrado, masoquista! –continuó, a grandes voces–. ¡Únicamente a un monstruo se le ocurriría esta canallada!

–Te lo juro. Por dios, ¿cómo piensas…?

«La dejé allí y fui a socorrer a la Paraguaya, que orinaba parada en un rincón. La envolví en la cortina y la obligué a sentarse en un canapé».

–Vámonos, Selma –le dije–. Todo esto me trae malos recuerdos.

–¿El qué? ¿La Playa? –preguntó, absorta, mocosa, apelotonada en el banco.

–Sí, las playas… –recalqué.

«Me suplicó que no la abandonara. Me dijo que en aquel momento difícil se le antojaba ir a cenar al Babalow.

«Accedí por pura indiferencia, aunque no me faltaron ganas de arrojarla al canal, dar media vuelta y abandonarme a la más pura deyección. Felizmente, a la entrada del hotel, un portero cubano nos cortó el paso, recordándonos, atentamente, que el Babalow permanecía cerrado durante el verano.

«Selma ignoró las razones del guarda y exigió examinar los frescos "ardeco" del comedor. El portero se limitó a corregirla –¡Decó, De-có-có!–, y a repetir que el distinguido hotel, como todos los de la cadena Gloria Enterprises, permanecía cerrado durante la estación baja».

–Sin excepciones. Decó, có, cocó...

«Selma volvió a rogar, y el hombre volvió a negar.

«Era todo lo que necesitaba para dar libre curso a mi despecho».

–Selma, cojones, ¡quiero largarme! ¡No seas desconsiderada!

«Mi amiga me rodeó la cintura con uno de sus brazotes».

–¡Mira quien habla! –fue su lacerante comentario.

–A ver, ¿cómo era aquella nana que te cantaba tu mamita?

«Me apretó contra su pecho, tarareando, al mismo tiempo, en un tono arrullador:

> *Naranja dulce, limón partido*
> *dame un abrazo que yo te pido.*
> *Si fuera falso mi juramento*
> *en un momento te olvidaré.*

«Y luego, dirigiéndose al guardia»:

–Por favor, señor gendarme, no provoque un altercado... mire que hoy es el onomástico de este borracho. ¡Paso!

–Como usted diga, *madame*... –repondió el *security*.

«Era una situación insufrible. El portero del Babalow –que, al parecer, había desistido de convencerla– se echó por fin a un lado, no sin antes pronunciar el reglamentario "¡Ábrete, sésamo!". Al trasponer la puerta y comprobar que, efectivamente, el salón de banquetes estaba oscuro y desierto, me dispuse a volver sobre mis pasos. Entonces, desde el pozo de un piano llegaron las notas del aria que O'Flatter había entonado:

Arré pote pote pote
Arré pote pote pá…

«Se encendieron bujías. De los altos espejos colgaban poleas y cinchas que iban a morir a una araña de cristal festoneada de vicarias, pompones y príncipes negros. Debajo de la araña, congregada en torno a una larga mesa de banquetes, apareció, de improviso, la totalidad de mis amigos».

133

«Penetré en el salón y me aproximé a la mesa. Los faros de un auto que pasaba por la avenida Washington alumbraron un *Paraíso de las fábricas* representado al fresco en la pared del fondo. Victrola venía acompañado de un contador de Kentucky, que, según nos dijo, lo había apadrinado al salir de Fort Chaffee y que ahora era su esclavo y preceptor. Las jóvenes Parcas habían traído a sendos pordioseros, alzados en el caserío marielita de la autopista.

«La Mayor, sin embargo, andaba arrinconada y sola.

«Uno de los mendigos era del tipo de negro viejo con facha de estibador que concordaba con mi idea –falsa, sin dudas– del ambiente portuario habanero. Resultó ser un karateka del equipo nacional olímpico que, durante una escala en Ciudad México, había solicitado asilo "en una catedral". Se resistía a ser confundido con los marielitas: él se había quedado. Era otro *quedao*. Comió y bebió sin inhibiciones, empujando de vez en cuando a Menorca, que lo cortejaba.

«El segundo era un mulato chino, compuesto con la estropeada elegancia de los timadores.

«Adán le confesó al primero que lo imaginaba desnudo, cubierto de medallas de bronce. Después quiso levantarlo y ponerlo sobre un pedestal para que le meara en la boca a Fernando. Provocaron una trifulca, en la que Selma terció, accediendo a bailar con el vagabundo.

«Un pianista alquilado tocaba la rarísima *Mazorca* del período repetitivo de Carlín. En algún momento carenó hacia la mesa por la esquina donde Adán y la ensayista se disputaban al negrazo. Nos contó: ¡éramos trece!

«Pasada la medianoche, los operarios de El Hueco, convocados para la ocasión, salieron de la cocina cargando bandejas. Primero nos presentaron, de aperitivo, los mismos taparrabos que llevaban puestos, hechos con ristras de marañones garrapiñados. Lámparas de lava rellenas de flan de calabaza sirvieron para iluminar el banquete. El plato fuerte consistió en un Caín y Abel de pargo enchilado que, comparándose las vergas, eyaculaban compota de chícharos.

«Espantados, vimos a Selma extraer un legajo de la cartera».

—¡El fetiche es la encarnación del misterio! ¡Del misterio de tener! ¡La posesión encarna en la cosa! ¡La posee! —gritó.

—*O Flatter, thou art thick!* —declamó el contador, ponchándose el pecho con el tenedor.

—Digamos que la cosa enferma la rosa —suspiró Victrola.

«Selma ignoró las chanzas.

«Resignados a oírla, le acercamos lámparas».

—La propiedad está posesa... —leyó, en un zumbido, bajo la luz tenue y acaramelada.

Los invitados se quedaron frisados, boquiabiertos.

—Tener o no tener, he ahí la cuestión —terminó de leer el panfleto con la voz quebrada por el llanto.

–¿Te sucede algo? –le preguntó Fernando, encañonándola con una siquitrilla.

–¿Qué sentido tiene todo esto? –fue la morosa reacción del pianista.

–Tener y perder... –sintetizó Selma, sollozante.

–Arque dio selodió, San Pedro sero bengdiga... –sentenció el karateca, alzando una mano hacia el techo y llevándosela después a la ingle.

–La más mínima fluctuación del mercado inmobiliario –le soplé a Adán en la oreja– ¡y nuestra colmena artística podría irse al carajo!

–*¡Amambró cható matarile lire lire!* –cantaba Menorca desde el piano.

–*¡Amambró cható matarile lire lire!* –corearon todos, con brío.

–No pasará nada, zángano...

–Olvídalo...

–Regresaremos al potaje primordial...

–Sácame de este sancocho...

–Okey, si ustedes lo dicen...

«Largas cintas de humo serpenteaban entre las carcajadas».

–¡Nardier dueñon de naiden! –afirmó el karateca, rasgando el humo con el puño.

–Esa es su interpretación –declaró el mulato chino, que fumaba tabaco en una cachimba de tarro.

Tenía un codo apoyado en el muro.

–Está bien, amigo. ¡De acuerdo! Pero, no olvide que usted ni siquiera existiría –intervino Selma, dejando a un lado el manuscrito– si Mayorca no lo saca a la luz.

–¿Sacalme, alalú? ¿A mí? No me diga, oiga... Yo no le dobo naerta señora... pelsona –trastabilló el atleta.

—Le debes la actualidad —afirmó la ensayista, pellizcándole un brazo.

—Yo soy campión derequipo cubano nacioná… ¡qué pasa!

«El negro sacudió los hombros, golpeó el borde de la mesa con la frente».

—Llévatelo ahora mismo… —le exigió Fernando a Separata.

—Me gustaría ver cómo te parte en dos… —comentó Adán.

—¿Llamamos al *security*?

—No hace falta. Aquí estoy.

—¿Otro añejo?

—Una copita de Amaretto, excelencias, si no les es molestia —declaró el policía.

—¡Ayudémonos, caballeros!

—¡Saquen de esto a Efe! —pidió Sidonia—. ¡Saquen de esto a Fufú!

«Menorca había regresado al piano y entonaba el aria de *La Traversée Secrete*. Al oír la musiquilla, el seudoestibador se terció la camisa al cuello y salió al ruedo, dando brincos.

«Adán lo secundó.

«Los sadomasoquistas, que a la menor provocación agitaban panderetas, circularon en fila india por el refectorio.

«Cuando, después de muchas vueltas, regresaron a la mesa, ya el pianista tañía las cuerdas, metido debajo de la tapa del piano. El karateca aprovechó las rimbombancias de la que fuera, en su época, una muy abucheada *Konga Kinética*, para arrimarse a Selma y pedirle otra pieza. Selma declinó, aunque después aceptó. La pareja mezclaba mozambique y coyurde, alardeando de sus extraños acoplamientos. Seguidamente, saludaron a los presentes con un muestrario de genuflexiones sacado de antiguas películas francoitalianas. El atleta persiguió a la doctora, antes de echársela al hombro y salir con ella a la calle. Varias veces rodaron por el granito, y otras tantas O'Flatter gateó en la arenisca, de pura fruición. Los S&M aplaudían desganadamente, mientras mis amigos recogían los tragos y partían tras los juerguistas».

132

«Al amanecer, el Babalow parecía una funeraria.

«De repente, me encontré solo, mirando al techo, donde las guirnaldas de flores pendían, mustias, de las cadenas. Abrazados del traganíquel, Victrola y el contador de Kentucky hacían girar la rueda de los Grandes Éxitos.

«La Paraguaya salió de la cocina y se me aproximó en puntillas. Permanecimos callados un largo rato, atentos al ruido de los camiones de víveres y a las conversaciones de los pasajeros que arribaban a esa hora a la parada. Por último, los lacayos abandonaron el comedor y salieron discretamente a la calle.

«La Paraguaya regresó a la bodega y reapareció al momento, cargando un zigurat de merengue tricolor. Colocó la tarta en la mesa y me plantó un beso en cada mejilla».

—Todo te recuerda mi dulce amor
junto al lago azul de Ypacaraí…

«Victrola y el contador también cantaban. Entre todos me levantaron del sillón y, antes que pudiera zafarme, arrollábamos juntos rumbo a la playa.

«Al llegar a la arena, vimos al estibador con Selma a caballo, a las Tres Villalobos jugando a la quimbumbia, y al Chino recostado a un cocotero, fumando su pipa.

«Desde la caseta del salvavidas, Fernando y Adán loaban al Christo de las Islas Sitiadas.

«Un sol hermético se personó en el horizonte. Tres trasatlánticos quedaron silueteados contra el pomposo amanecer. Entonces, la criada colocó el pastel sobre una toalla estampada con gaviotas, palmeras y mástiles, y encendió las veinticinco velitas. *Un cumpleaños feliz* sonó en el claxon de un carro de almuerzos que pasaba por Ocean Drive. Intenté incorporarme y sentí que la cabeza me daba vueltas. Me hinqué en la toalla, perdí el equilibrio, o quizás alguien me empujó por detrás. Caí de bruces en el merengue, con la boca llena de aire».

El Maleficio

There's no Sabbath for nomads

James Joyce, *Finnegans Wake*

Qué. Hora. Era. ¿Qué hora era? Me levanté, prendí un cigarro, oriné en el estanque. Escuché el graznido de un cao que abrió un ojo para mirarme antes de continuar picoteando un cartucho. Me eché en el banco. Una losa de mármol con un florero de bronce atado a una cadena. El rocío de la tarja me goteó en la cara. Entonces llegó la negra y se me sentó al lado. Me pidió candela. Por entre las tumbas apareció la luna, como una linterna extraviada debajo de un catre.

Miré al agua inmóvil, donde ondeaba la silueta de un pino. Sobre la rejilla del desagüe, el papel de un panqué, una colilla (el papel decía: *Gilbert*; el cabo exhibía marcas de dientes). Le puse la mano en el muslo. Donde caía el dobladillo tenía escrito con tinta: **SANCOCHO**. Me dijo que era el nombre de su marido. Subí la mano: encaje grueso, guisazos, un puñado de lana tibia y algo que me pareció al tacto un canuto de vidrio.

Quería ir a un motel, pero faltaba estilla. Se llamaba Hilde, Hirde Lisa. No quería fumar sola y estaba dispuesta a correr con todo si le daba un minuto. Me pidió que la esperara allí mismo. La esperé sentado. Al cabo de dos horas reapareció detrás del panteón de los Masones. Decidió que iríamos a El Nido.

Tirados en la cama, miramos películas de relajo en un televisor enjaulado. Me puso el canuto en la boca y, sin decirlo, me dijo: «Esto es una pipa». Fumé. Nos enredamos.

Le mordí las orejas, que habían perdido los lóbulos en una bronca. Me engañó. Se la di a otros. Me enseñó a obligarla a salir a la calle para que regresara cargada de piedra. Alquilábamos los baños de las casas de paso y hacíamos lechos en las bañaderas. Una noche se fue como mismo había llegado. Se llevó mi mochila, mis sandalias, mi cuaderno de notas, el primer borrador de *Kamarioca* y mis últimos cinco pesos.

130

Se limpia con un periódico que saca de un latón de basura. También sus necesidades son cosa de la calle, podría desahogarse en un parque o en medio de un teatro. La gente pasa por la callejuela sin prestarle atención. El camión de la mueblería duerme debajo de un reflector. De un lado, el puesto de fritas, la canastilla y la retacera; del otro, la antigua sinagoga y el bar a gogó. Escenografías. Al final del zaguán brilla una bola de espejos.

Entramos. Nos pareció oír el ruido de un capó aplastándose debajo de unas nalgas. Enciendo un cigarro, la empujo, salgo caminando. *¿Entonse, cómo fue?*, canturrea. La observo, brillosa, a contraluz, expulsar con la lengua una hebra de picadura. *No sé decilte cómo…* Me sigue, sin dejar de mirar al suelo. La punta de sus zapaticos arañan el polvo, buscando. Me vuelvo para apurarla. En la bocacalle habla con alguien. Entran y salen de un cerco lumínico.

—*Se llamaba André…*

Tragó en seco, levantó las cejas, frunció los labios.

—Tenía *carrollal arsecuriti duna* caseta *delairla*.

Baja el trago, me mira. Las cejas arqueadas con lápiz.

—¿Un tumbe, dices? —pregunté, ensordecido, el ruido de fondo no dejaba.

Le agarré las bembas, se las mordí. Me chupó las orejas.

–¿Lo mataron? –me adelanté, la mano entre los muslos.

Escupió en el piso. Miró hacia arriba. Apuntó al techo pintado de negro donde giraba la bola.

–*Polsucurpa. Bine. Pá. Pestepaí.*

Relampagueó un diente, reflejo de neón en el esmalte.

–¿Se conocieron en el barco?

–*Ai cruce, delocan matao pola* droga. Cruce ahí. *André...*
Se persignó.

–¡Termina el cuento!

–*Ercallejón der* fondo... –apuntó.

–¿Era masón? –inquirió el barman.

–No inventes –dije, apretándole un brazo.

Le lamí la nuca. El cantinero nos miró por detrás de las copas vacías.

–¿*Glaaan alquiterto, oye?* –se zafó, viró el trago, perdió el equilibrio.

–*Alosei mese ertábamos bibiendo erun malefisio.*

Sabía a colonia, a churre, a papitas fritas.

–¿Y por qué los llamarán *maleficios?* –pregunté.

–*Unerdificio...malo...* –hizo un gesto brusco con los dedos.

–El maleficio, por la novela, asere –intervino el barman, fregando un vaso, los brazos metidos hasta los codos en espuma[29].

---

[29] Fernanda Villeli, *El maleficio*, 1983. «Beatriz es una respetable viuda que desde la muerte de su esposo ha vivido dedicada a la crianza de sus hijos, Vicky y Juanito, junto a su suegra Doña Emilia. Beatriz conoce al poderoso millonario Enrique De Martino quien la deslumbra con sus atenciones y acepta casarse con él. La vida de Beatriz y sus hijos se altera al mudarse a la Mansión De Martino donde entran en contacto con los extraños hijos de Enrique: el perverso Jorge, el dulce

Trompeta, trombones, flautas, bombos. Golpe de platillo. Un piano. La novela.

—*¡Polelamoool dedió!* –le riñó la tía.

Xilófonos, pianolas, filarmónicas, violines. Trepó al escenario, estrechó el tubo, se enganchó por los tobillos.

—*Me trajieron* –le dijo, pero sabía que ella no iba a entenderla, la tía de Andresito.

—*Me dirce: Yalocreo* vieja.

Le dijo:

—*Labieja* serás *yú…*

Se ríe. Hay catarro encerrado en su pecho.

—*Benacá…*

—*¿Y cómo tú sabe?* –la atajó la vieja.

—*Derpué nomerdiga nipinga* –le habló a la mujer.

Fue a parar allí.

Nada más de poner un pie en Miami. No conosía a naidien.

—*Le dirje: «De la profundidade der mar me sarbaste…»*

La Biblia.

—*Aquí sebiene apasal tlabajo…* –ripostó la tía.

Giró, enganchada de la corva. Luego de una mano. Después, enroscada en el poste, sacando la lengua.

Reímos.

—Mala estrella –apunté en la servilleta.

—Aquí cualquiera se estrella –sentenció el cantinero.

—*Boi-a-belo. Bye-bye. Abece. Ar cementerio…* –dijo ella.

_____

pero confuso César y el enigmático Raúl. Beatriz descubre que su esposo puede ser muy ruin y que empujó al alcoholismo a su primera esposa: Nora. Juanito tiene poderes paranormales que se despiertan al entrar en contacto con la atmósfera maligna que rodea a su padrastro. Enrique es un hechicero que ha hecho su fortuna gracias a las malas artes y constantemente acude a brujos de la ciudad de Oaxaca».

A cada rato una india sacaba la cabeza por el hueco de un tabique decorado con quetzales, racimos de frutas y los retratos al óleo de dos caciques, *TODO A DOS COCOS*, menús escritos en rollos de pergamino. Sobre la tarima, una cafetera industrial, con torres de oro y plata: *¡Jai! Mai nei iz Gladi*, anunció, tocándose la etiqueta. ¿Qué hace por aquí?, me preguntó el Chino. Levanté la vista del plato de espaguetis. Era el timador que Menorca había traído a mi cumpleaños. Regresa a tu cueva, muchacho, me ordenó. ¡Anda, a tu caverna!

Encima de la nevera había un altar con dos búcaros de barro, un espejo mosqueado y un busto de Rubén Darío. El Chino obligó el vaso plástico a proyectar un pico y escanció el café en vasitos desechables. Tú no eres de este mundo. Limpió el mostrador con la mano, se chupó los dedos. ¿De las Tres Torres? Ella andaba por acá, en la sinagoga que ahora es un gogó. ¿El bar D'Laila? Ese mismo. La puerta de cristal se abrió para dar paso a una negra en shores que empujaba una bicicleta. Un hombre vestido de blanco se le arrimó. Bailaron, despacio, vueltos de espaldas.

Creo que se llama Hilde, Hirde Lisa. Eso me dijo, mujer de Sancocho. Pero, ¡cuándo! Por el Mariel, vino en barco, con el primer marido. Está enterrado en el Flagra Memorial. Lo mataron. ¿Me suena? Aquí todo el mundo es del Mariel. Por el rectángulo de la entrada pasaba gente deforme. Alguien miró hacia adentro a través del cristal nevado, haciendo pantalla con las manos. En el traganíquel sonó una cumbia y en el televisor el grito de una novela. El Chino le hizo señas a un pordiosero: Guerrita, el lavaplatos, un hombre seco con peste a grasa, expresión perruna y dentadura postiza a la que le faltaban dientes. Seguía el ritmo de la canción dando con la frente en el vidrio. Dentro del traganíquel centelleaba un cancionero centromericano. Bajé de noche aquí, pero no la vi más. Entonces, no debe ser de estos lares. Hay quien ha vivido toda la vida en Miami y jamás puso un pie en Saigón. La pareja de bailadores se dirigió a la puerta. ¿Quién no quiere salir? La sirena de un patrullero nos obligó a callarnos. De aquí se sale, aseguró el Chino, ¡con los pies por delante! ¿Me dices que se llama? Las luces giratorias pasaron por el espejo. Quién sabe, contesté con un pie en el aserrín. El Chino Limosna, el mismo. Mucho gusto. ¡Tranquilo, chama!, me aguantó. Un fogonazo. La puerta volvió a abrirse. Por la rendija empujaron una bicicleta, que zigzagueó y fue a chocar con la barra. Las ruedas siguieron. ¡Para entrarle a esto! Tenía la lengua sucia de café. ¡No te lo aconsejo! La india vino a tomar la orden. Agua fría, mi diosa, y un cenicero.

128

«De esto puede que haga catorce o quince años», me dice, y aprieta el paso, bosteza, se restriega los ojos. «El tiempo va delante, y la gritería…», señala, atravesando el molote, «va detrás».

Lo conduzco de vuelta a la Emisora, desde las salas cubanas de la Rama Hispánica de la biblioteca, por los barrios borrados, aborrecidos, donde sucedieron *las cosas*. «De eso hará catorce o quince años», calcula, y renquea, y mira de soslayo los edificios en ruinas, los garajes cerrados, las canastillas cubanas, las casas de empeño. Todavía las turbas desfilan arrastrando pancartas por la calle Flagra.

Kámara forcejeaba en las veinte cuadras cuadradas de la telaraña que la gente llamaba Saigón, *la enredadora*. Se había hecho a la idea de perderse, se había resignado a escribir sus libretos allí, asentándose finalmente en un cuchitril de la misma casa donde vivió de niño, que los nuevos dueños alquilaban ahora como apartamentos separados, altos y bajos. Cuando lo conocí, Kámara residía en los altos.

¿Quién iba a decírselo? Abrió la puerta de la calle, tiró la mochila en la cama y volvió a salir. Regresó al rato y fue directo al baño. Me quedé mirándolo desde el zaguán. Lo vi sacarse una bolsita de la boca. La rasgó con los dientes, mordió la roca y comprobó, por instinto, que no era esperma. Se había contagiado de ella, lo había enviciado. Llevaba once, contó, doce, trece, tal vez catorce o quince años realizando la misma operación.

Puso la piedra sobre la tapa del tanque, encima de un espejito. Sintió los famosos retortijones de la anticipación y tuvo que regresar gateando al inodoro. Lo dejé solo, no me atreví a acercármele. Fumó sentado, mirándome, para que lo viera. Después se levantó, recogió la pipa y cortó la piedra. Tosió, fumó, tembló, asomado a las persianas del baño… Tembló, tosió, fumó, mirando afuera por el espejo. Fumó, tosió, tembló de cara al vacío de la Pequeña Habana. Así lo sorprendió la mañana, su «compañera de tiznados dedos».

127

—La primera pipa fue una lata… —gritó alguien desde el fondo.

—No. Fue un hueso de aura tiñosa… —aclaró el Chino, recostado al fogón.

Antes de malearse, aquella cuartería había sido un chalet suizo, cuando Saigón era un barrio tranquilo en las márgenes de un río proceloso y turbio. El carro de Batman donde vivía el Filtro, como todos los maleficios de la zona, era una caverna. Una caverna rodante, opinó el Chino.

—Fíjense que también hay cavernas tapizadas con periódicos, cavernas de planchas de cinc, cavernas de nailon, cavernas de cajas de cartón… Eso somos, señores… ¡una partida de cavernícolas!

Durante los preparativos debía arder un cigarro en el cenicero. Se recogía la ceniza en el celofán, se la apisonaba con el corcho y encima se colocaba el trastazo. Con la lata en una mano y los labios apretados contra la boquilla, iba acercándosele la llama de la fosforera. Se aspiraba el vacío. Fumaban piedra desde hacía años. Los años de piedra. ¿Cuántos? ¡Demasiados! El vicio era una condena.

—Esa mujer, ¿no es la madre del Charro?

Las sombras del mundo exterior pasaban por las paredes. El humo anegaba la cueva.

—¿Ulté larconose? —preguntó un crackero refugiado en las sombras.

—No, señol. Esa es La Borracha, lelmana de la famosa Tania la Ratera —murmuró otro.

En la oscuridad centelleó una fosforera.

—¿Ulte noerque *liven* in quarro? —la Enfermera se quedó mirándolo, soltando humo.

—¿En el Cerro?

—Sí, él mismo. Vive en un carro… —tradujo otro.

Recortado en la puerta, a contraluz, alguien carraspeó en la cocina.

—Mamarle la pinga al diablo —explicaba Guerrita, sacudiendo la silla con un pañuelo.

—Era chapistero… —comentó un hombre recostado a la reja.

—No. Es ingeniero mecánico… Convirtió el Chevrolet Monte Carlo en un Batimóvil, es su casa… —explicó el Chino.

—¿La pinga del diablo le dicen a esto? ¿Serio?

—¡Pero qué pinga, caballero! —exclamó otro.

El Filtro me pasó la pipa.

En el hueco se pone la boca, aclaró Guerrita. Se escacha la lata, se le abren huequitos. Con el índice se controla el aire. Se traga el vacío.

Una esclavitud, lamentó el Chino, poniéndose de pie. Por eso era abstemio.

Los lateros, ¡pobres diablos!, los conocía a todos desde la época del Mariel. Sabía cuántos años llevaban condenados a la piedra.

—¡Yo les digo que esto lo inventó Fidel Castro! —proclamó el Puro.

—¡La cantera! —trinó *El Negro*.

—No hables mierda, viejuco. Lo inventó el gobierno de este país, que quiere liquidarnos —aseguró el Filtro.

—Pues a mí, helmano, esto me ha curao. Esto es mi medicina, monina —dijo un jabao echado a los pies del camastro.

No era raro entrar a un círculo cerrado alrededor de la pipa. Cada cual sigue el curso de una persecución que los demás no oyen. Trata de esconderse, en el baño, por ejemplo, que puede estar alquilado a una pareja, o debajo de la cama, o en los estantes de la cocina. El paniqueo. Es difícil disimularlo.

—¡A quién se le ocurre poner un singao aeropuerto en el medio del pueblo! —preguntó el Puro, tapándose las orejas.

—¡Paren el escándalo! —exigió *El Negro*.

El Chino Limosna registró el maletín. Sacó la *Atalaya* que cargaba para confundirse entre los Testigos de Jehová. Luego extrajo un ejemplar, cuarteado y vendado del *Contrapunteo*[30], la primera edición, un cepillo de dientes, un tubo de desodorante, un tenedor plástico, un paño de gamuza, un martillete y un troquel de joyero envueltos en periódicos.

Le había dado vueltas al asunto.

Arrugó la nariz chata, entornó los ojos. Los dientes negros mascaron la boquilla, muelas carcomidas por el café y el tabaco, y por el azúcar (los Tres Elementos) que la india aquella de la ventana enmarañada de coronas, quetzales y el carajo divino descargaba a cucharazos. *¡Cógelo suave, muñeca!* La sustancia de lo cubano, la hoja, el canuto, la borra, las materias primas de trabajos sucios, le hicieron estragos al esmalte. Tenía el pelo lacio, canoso, de cantonés, y los labios amorcillados de la Madre Negra.

Para ellos, bisnietos de esclavos, las artes y oficios que se perfilaban en lo que pudo haber sido un futuro brillante, las distintas formas de buscarse la vida, terminaron con la revolución. Los expulsaron de las universidades, los acosaron, y se fueron todos. El maleficio era, por el momento, su paraninfo.

Sacó del maletín un manuscrito mecanografiado en el reverso de unos volantes.

—Efectivamente, aquí tienen. *Manual del estafador sentimental* —levantó el librito.

---

[30] Fernando Ortiz, *Contrapunteo cubano del tabaco y el azúcar*, Jesús Montero Editor, La Habana, 1940.

De otra manera, probablemente hubiera sido un autor, no un timador, dijo.

—¿Y qué pinga se aprende con eso? —preguntó el Enano, sentado en un cubo.

—A vender fantasía —sonrió el Chino, abanicándose con el folleto.

126

—Bicalbonato...

Los grumos cayeron en el agua con un chisporroteo. *El Negro* revolvió el líquido con un alambre y en el fondo se acumuló la boronilla de cortaduras.

Arriba apareció una estrella de aceite.

—¡Bicalbonato!

Separaron el matraz del fuego.

Soplaron y esperaron.

Dentro de la caldera estaba el pomo de compota Gerber donde se cocinaba el compuesto al baño de María.

—María la Judía —explicó el Chino—. Esto es el rompe y compone...

Se quedó dormido mirando bullir el elixir. Después dio un salto y se volvió hacia mí.

—*Ogbó* —dijo, apuntando la olla con el cabo de la pipa.

Siguieron revolviendo. Echaron hielo. El aceite se apelotonó y unos témpanos grises cayeron en el fondo del frasco.

Era la coagulación.

Entonces los sopladores separaron las heces y colaron el agua.

—¡Mag fuegoo! —los apremió *El Negro*.

Se despabilaron. Encendieron de nuevo el fogón. Volvieron a cocinar la materia prima. Repitieron cada operación: agua, bicarbonato, fuego, hielo.

Como por arte de magia, afloró la piedra.

La pescaron y la escurrieron. Después la dejaron reposar sobre un trozo de espejo. Esperaron ansiosos por el enfriamiento.

–¡Ay, cojoneee! –gritó el Filtro.

–¡El peñón de Gibraltar! –exclamó *El Negro*.

–¡Pingaaa, un pedazo! –atiné a rebuznar.

–Esta palte es faci… –comentó el Puro.

–¡Mi trastacito, asere! –suplicó Guevara, metiendo cabeza.

–¡Mira pero no toque! –le advirtieron.

Antes de fumar, *El Negro* pidió un minuto para ir al baño.

–¡Carajo, profesol! ¡Fó! –clamó Guerrita.

El Negro había caído al piso antes de llegar al retrete. La Enfermera fue a socorrerlo. Un vaho fétido inundó el maleficio.

–Sí, helmana. ¿Qué pasa? –el fumador que llamaban el Filtro le gritó al cristal rajado de la ventana.

Una negra vieja asomó la cara a la cuarteadura.

–Es la Borracha, déjala pasal –ordenó Guevara, el enano que acampaba detrás de la puerta.

Había una colchoneta encima de una tarima. A los pies del colchón, una escoba, un paraguas, una bicicleta, una lata de combustible, un destupidor, un paquete de galletas, un punzón y un bulto de ropa.

Abrieron.

El sol de la calle resbaló en el espejo y cayó en el techo.

–¿Dónde está lo mío? –preguntó *El Negro*, saliendo del baño.

La Borracha sacó una navaja y una pipa, las colocó encima del espejo.

–Nome la limpie, mástel... quiero el sarro –advirtió la vieja.

El Negro se aferró a los aros de la silla de ruedas.

–¡Cállate! –le gritó.

–Nola traquetee –lo amenazó la Borracha, blandiendo la navaja.

El Negro rodó hacia la mesa. Cortó un trozo.

–Por favor, señores, si es posible, quisiera disfrutar en paz de este trastazo. Pónganme el televisor... –les ordenó a los crackeros.

Después prendió la fosforera.

–¡Vaya, quémala!– gritó la vieja.

El Negro se llevó la pipa a la boca.

–¡Quémala, quémala! –corearon Guerrita, el Filtro y la Enfermera.

Pasaron canales hasta caer en una antigua retransmisión descolorida. Era el show de Alfredito Durán, que anunciaba parcelas en rebaja en los remotos parajes de las Carolinas.

El humo voló por el tubo.

El Negro dejó caer los brazos a los costados de la silla. Guerrita le arrebató la pipa, chupó las cenizas frías. Se quedó mirándonos. Nos pedía por señas que nos calláramos. Cuando le llegó el turno, la Borracha empujó el filtro. El estropajo resbaló y el sarro se amontonó. Le pegó candela. Fumó hasta quedar repleta.

Los otros estaban petrificados.

Entonces la vieja se remangó el vestido y se clavó la pipa.

–¡Dalen! ¡Cierren la puelta! –ordenó la Borracha.

—¡Devuélvemela! —bufó *El Negro*, saliendo del sopor.

Guevara pujaba, tratando de decir algo.

—Quítasela, quítasela... —repetía el Filtro.

Entonces la Borracha saltó de la cama y fue a meterse en el estante del fregadero.

125

El Negro habló así:

—¡Yo quiero piedra desde que sale el sol hasta que se pone! Vaya, amigo, me abochorna admitirlo, paqué voy a andarte con cuento. Aunque, escucha bien, primero me envicié al alcohol. Bebía alcohol de reverbero.

Empujó el filtro con el alambre, prendió la fosforera. En el televisor, Alfredito Durán explicaba las ventajas de ser dueño de un terrenito: «Algo que usted pueda llamar suyo».

—El alcohol es del diablo, tú. Acaba con uno. ¿Cómo explicártelo? Tú eres vicioso, pero tienes la dicha de no ser borracho...

Volvió a chupar donde no había nada. Hizo una mueca. Escupió butano. Sacó la lengua.

—La curda... Cruzas las esquinas sin tomar ninguna precaución. Un negro es una sombra, es más bien difícil divisarlo. ¿Verdad? Me atropellaron debajo de un semáforo.

Calló.

Afuera pasaba un carro con el *Noa Noa* sonando a todo volumen.

—Me pasaron por arriba, tú...

Se puso la mano lisiada en la cabeza. La música fue alejándose, hasta confundirse con el eco de Flagra: *Noa Noa... Noa Noa... Noa...* Alfredito Durán dijo: «¡Llame hoy mismo al uno ochocientos tres tres tres...!»

Noa… Noa… Noa… Noa…

−La primera vez estuviste como sei mese en el jóspital, y nadier fue a velte… Namal Político… −comentó el Enano, dándole fuego a un trozo de estopa.

−Sí, Jorgito el Político. ¡Qué buena gente! Un amigo sincero, ahí tienes. Venía a verme. Recuerdo poco de ese pasaje de mi vida, o quizás lo he borrado. El carro iba conducido por otro borracho. Me desguazó esta mano…

Mostró la mano con que empuñaba la pipa.

−Te la despingaron, Negro… Pero te la arreglaron, cabronsón… En el jóspital, y bien. No te queje, ¡batante buena quedó!

El Enano me pidió un cigarro, cogió dos, se colocó otro en la oreja, apretó entre los dedos el que se iba a fumar, le extrajo un poco de picadura y volvió a rellenarlo con la boronilla que quedaba en la mesa.

−Batante bien, batante bien… Pero asere, no puede movel la cabrona muñeca, asere…

A lo mejor era polvo de detergente. Tenía una cicatriz antigua que le partía la mandíbula. Una lágrima tatuada en el pómulo. Llevaba días sin afeitar.

−Coge esta pluma, a vel. Filma aquí…

−No, no puedo…

El Negro trató de juntar los dedos. Alfredito dijo: «…tres cero cinco cinco cinco cinco cuatro…» Un olor a carne refrita, a basura y a incienso irrumpió en el cuarto.

−Para escribir hay que tener agilidad, Enano… Las manos, viejo, los dedos, son fundamentales. Prácticamente, pienso con los dedos.

−¿Qué se piensa con los deos? −preguntó el Puro.

−Por suerte ya tenía escrito *El guardián de la noche*…

—Vendía libro, pero ya no le queda ni cojone —se burló el Enano—. ¿Queda argún libro, tú?

—No, nada.

—Yo lo empecé, ese... —declaró Guerrita.

—No sé cómo puede leerse usted esa cagada... —intervino el Filtro.

—Oye, Enfelmera, dice *El Negro* que es poeta... —comentó el Puro.

—Point *one* faaro-inelcul... —recitó la mujer, como una cotorra.

Rieron a carcajadas.

—¡Por favor, caballeros! ¡Dejen a esa mujer tranquila! ¡Cállense ya! ¡Estoy hablando con Kámara!

Los crackeros se metieron en la cocina. *El Negro* se volvió hacia mí.

—La mano, Kámara, ¿la ves? Después de *El guardián de la noche* no he escrito nada. Lo concibo aquí, en la cabeza, pero no sale... ¡No sale! Nunca aprenderé a escribir con la otra. Me trastornaría la mente...

—¡Qué mente ni que pinga! Coge...

El Enano Guevara torció la punta del cigarro, le dio candela y lo pasó. El aceite manchó el papel. Se apagó dos veces, hubo que volver a encenderlo. La segunda vez la fosforera estalló.

—Este Negro es un tramposo. Te engaña con la muela esa. El que no lo conogca... —declaró el Enano, apretándose el cinto.

El pedernal chocó contra el brazo de la silla. El Enano fue a recogerlo. Levantó la tapa con los dientes, reparó el resorte, pero la fosforera no encendía. La tiró en una caja llena de encendedores rotos. Me pidió otro cigarro, lo prendió en una vela.

–Cuando no hay libro, hay que vendel níspero, asere –explicó, soltando una espesa bocanada de humo–. ¿Cuánto te dieron por aquel libro que nos robamo de la biblioteca? ¡Di la veldá!

–Quince pesos –repondió *El Negro*, escupiendo tizne.

–Seguro que le dieron cuarenta, y se lo echó solo. Es un casa sola. Igualito que tú.

–¡Habráse visto! Oye como me habla este personajillo insulso vendedor de nísperos apolismaos... –exclamó *El Negro*, furioso–. Cálalo bien, figúrate la cantidad de problemas que me ocasiona.

–¡Te traigo puta, sapingo! –gritó el Enano.

–Me trae, me trae, pero también me trae problemas... –protestó *El Negro*, revolviéndose en la silla– ...porque yo no puedo caerles detrás, tú. Estoy preso en este maldito sillón. Las delincuentas me roban. Tengo necesidad... ¿y qué menos puedo pedirle, tú? Es lo mínimo. Si estuviera en mi poder... Este señor Enano, supuestamente vive del níspero. Se cuela en los patios de las casas, y anda en esa bicicleta con una canasta y una vara. Va por los barrios cazando lo que caiga. ¡Es un peligro! En una tarde puede que se haga treinta pesos. Pero, dime, Kámara, ¿qué son treinta pesos en este fumadero? Nada, tú lo sabes. Nos los echamos en cinco minutos. Oye, compadre, mañana nos cortan la luz... La policía pasó ayer por aquí. Preguntó por ti, mi socio. ¡Yo pagué por esa bicicleta tuya!

El Enano me empujó con el codo.

–Es el trato, asere, es el negocio –me gritó en la cara–. Yo duelmo ahí, en el piso, en mi colchoneta cochina detrá de la puelta, y él duelme aquí, en una camona sabrosona...

Golpeó el camastro, que ocupaba el centro de la pieza.

—Traigo droga, traigo jama, te traigo putica, ¿eh? —dijo, golpeándose el pecho—. ¡Negro comepinga, si no fuera por mí, te hubieras ñampiao hace rato!

Fue a ponerse la chaqueta verdeolivo que colgaba de un gancho en el clóset. Montó la bicicleta.

—¡Fíjate como me hablas! —le gritó *El Negro*—. Coge, burro. Trae un par de lager. De las grandes, Budweiser, dos litros. ¡Apúrate, habitante! Y quiero el buerto.

El Enano le arrebató el billete de diez pesos. De salida, le dio un pescozón y se escurrió por la rendija de la puerta.

Nos quedamos solos.

—Esto no es Cuba, Kámara —suspiró *El Negro*, con la cara vuelta hacia la pared—. ¡La Pequeña Habana ni timbales! Es la gran cochinada... ¿No? ¡Como prefieras! Y no es tan chiquita, no creas. Es grande y sucia. ¡La ciudad mágica! ¡Bah!

Se limpió el ojo.

—No te confundas, Kámara. Aquí la magia es lo malo —lamentó.

—¡La magia negra! —me incorporé, tosiendo humo—. ¿Y qué es lo bueno? ¿La buena pipa? ¡Por favor, Negro, desvarías! Esto es lo que hay...

El Negro se echó a reír.

—Recuérdalo —repliqué—, Bertolt la llamó ciudad paradisíaca...

—¿Brecht? —se volteó para mirarme.

—Sí, Brecht, Bertoldo, Bartolo, el mismo. Es Mahagonny, la enredadora. El ciclón del veintiséis pasó por aquí también...

La luz cambió súbitamente. El cuarto se tiñó de rojo, y la parte de la cama donde estaba reclinado *El Negro* quedó sumida en un triángulo púrpura. En el televisor sonaron los familiares acordes del noticiero Telemundo. Era el crepúsculo miamense.

—Oye hermano, ¡pero qué clase de fanfarronadas son esas! ¡No me cambies ahora palo pa rumba! ¡No me convences!

—Negro, dame alivio. Noe comío en tres día… —se quejó el Puro, contando sus últimas monedas.

—Ni dormío. ¡Échate ahí, viejo cabrón! —lo regañó el Filtro.

—Esto es trágico, Kámara —continuó *El Negro*—. De veras, en serio… pero, bien, si a ti te pone *happy*… A mí me produce un ligero, casi… estupor. Porque estamos metidos en esta galera. En la leonera. Aquí todo es bárbaro, hermano, demasiado borroso. ¡Y ahora te ha dado por escribir sonetos! ¿Sonetos, aquí? ¡Quién te entiende!

—Nadie —repondí.

—Mira a ese que está ahí. ¿Puedes creer que escribió la gran novela de Miami?

Señaló un rincón de la cocina donde había alguien que no había notado hasta entonces. Era una mancha, una sombra sin cualidades. La mancha se escurrió hacia la puerta. Tosió, se sacudió la ropa. Despedía un olor terrible.

—Me voy.

El Negro lo miró.

—Vaya con dios…

La puerta volvió a cerrarse.

—Lo sé, Negro. Pero lo que yo quiero es escribir la gran telenovela… —anuncié.

Se volteó hacia mí.

—¿De qué?

—¡Del exilio! —salté.

—¡Tu Éxodo, querrás decir! —concluyó *El Negro*.

—Algo de eso —dije.

–No lo dudo. ¡Para eso, mejor miro por la ventana! Me gusta la piedra, como ya sabes, aunque me mate. Nada que hacer, tú. Es culpa mía y de nadie más. Si sacas la cuenta, llevo un montón de años enviciado, anestesiado, mirando a esta misma calle. A la telenovelita de la calle. ¿Cuántos años llevamos mirando lo mismo, Kámara?

El humo se filtraba por las rendijas, salía por las cerraduras y las persianas, volaba y se les metía en el pecho a las amas de casa que regresaban cargadas de bolsas del Sedano's. Todo el mundo, decía *El Negro*, alucinaba en Saigón, sin excepción, a todas horas… A eso llamaban magia…

–Un largo viaje, Negrete –dije–. Pero, recuerda que nadie mira a la misma calle dos veces.

Se echó a reír.

–Eres un barco…

–Sí, y tú, en esa silla… eres una tortuga… –dije, sin pensar.

Enseguida me arrepentí.

–¿Tú el barco y yo la tortuga? ¡Estás de pinga, Kámara! –ripostó *El Negro*, midiéndome.

El Enano Guevara regresaba con las cervezas.

–No están fría –se disculpó, sumiso, y entregó el vuelto.

–¡Pal carajo! ¡Las cervecitas, la piedra, la magia negra y los enanitos verdes! –clamó *El Negro*–. ¿Estás copiando, Kámara?

–¡No, no, te lo regalo! ¡Dale, Negro, dame un trastazo! –le supliqué.

–Si se te acabó el guano, tienes que irte, asere –me gritó el Enano.

–¡Estate quieto, Enano malcriado! Ven acá, Kámara. No te me pongas trágico –me atajó *El Negro*.

—Señores, francamente, esto no ha sido un paseo –dije, sacudiéndome la ropa y poniéndome de pie para despedirme–. ¡Gracias, pueblo!

Un crackero vino a picarme el último cigarro.

—Bueno, como quieras, oye. Pero, echa pacá, porfiao...

El Negro escanció la cerveza en unos vasos sucios.

—Alguien te busca. Si te esperas unos minutos, viene uno ahí que quiere verte...

Se limpió la espuma de la boca en la manga del pulóver. Le echó el ojo a la puerta. Una cucaracha atravesó corriendo la mesa.

—¿Alguien? –pregunté, y vacié el vaso de cerveza.

—Uno ahí. No sé... Sí, a ti mismo...

El Filtro me habló por detrás: «Es un lámpara. ¡No le hagas caso!».

—¿Pasa algo, Negro?

La Enfermera fue a encerrarse en el baño.

—¡Noo! –*El Negro* sacudió la cabeza–. No, jodas, tú... Todo bien. ¿Qué va a pasar? Simplemente, alguien que viene... no te muevas...

124

«La garganta dañada por dos traqueotomías...». Isaac me describió cómo hablaba, un dato importante que no aparece en la novela de Rosales. El ojo de vidrio. Llevaba las piernas recogidas en el descanso de la silla de ruedas. Era flaco. Había sido alto. Tenía manos largas, delicadas, dientes grandes, blancos, manchados de tabaco y piedra. Bigote entrecano. Las pasas ralas cubrían una cabeza inestable, distinguida. Isaac me dijo que, en el fondo, *El Negro* era un farsante, y que su farsa consistía en mantener vivo a un personaje que había dejado de existir en La Habana de mediados de los setenta.

Por mediación del Chino se conocieron en un fumadero, después que Isaac abandonara La Playa con la cara cubierta de merengue. A los pocos días fueron a visitarlo al asilo de la calle Flagra, en la esquina opuesta al bar Camagüey, no lejos del billar de Fiallo, en una casona convertida en cuartería que en aquel momento era propiedad de un pintor marielita de poca monta. Esa tarde pasó por Libros Españoles y conversó con el librero catalán. El catalán le indicó algunos títulos. Compró –nunca supo por qué– *El tiempo de los asesinos*, de Henry Miller. Después se metió a leer en el billar. Caminaba leyendo, eran los tiempos en que «leía *high*», y antes de llegar a su destino se había echado el libro. Eran casi las tres. El sol rajaba las piedras. Traía a Miller en el bolsillo, el ensayo sobre Rimbaud. Deambulaba entre marielitas.

Miami había caído, había perdido la pelea. Fidel Castro era un demonio, un asaltador, una salación, una fuerza de la naturaleza, un ciclón, una plaga, un cáncer que le caía a las ciudades. Miami era su metástasis y su metáfora. Ya no se sabía quién era quién. A partir del Mariel, todos eran ladinos. Una gran expulsión, dijo Kámara, solo comparable a la de los Reyes Católicos. La calle Flagra nunca se recuperó. Una ola de asaltos, atracos, pillajes y violaciones la trastornó. Entre los recién llegados había gente perdida, gente condenada, actrices olvidadas, artistas menores, espías, indigentes, poetastros y disparadores.

123

Isaac subió los cuatro escalones que conducían al soportal del maleficio. El piso de madera crujió bajo las pisadas de sus tenis *García*, [«¡Camine en libertad!»]. Vivía al garete, sus zapatos tenía huecos en las suelas. Compraba de tercera. El librero catalán le regalaba los libros de muestra, estropeados por el sol de las vidrieras. Isaac operaba a nivel de callejón, un paso en falso y caería en el hueco. Se vio allá abajo, en el fondo del embudo.

Pasó una mano por las columnas. Los capiteles estaban pintados de negro, los plintos de verde, los fustes de oro. En cuestión de meses, las hordas salvajes lo habían mancillado todo. Una ciudad alcanza su plenitud, aviva los deseos o provoca la ira, atiza la envidia de las tribus vecinas. Este tipo de casa, como tantos otros, en una plétora de estilos caprichosos, podía ensamblarse en cualquier parte, fletarse hacia cualquier escenario. Eran casas Craftman, nómadas. Habían sido color humo, crema o melocotón, y ahora estaban cubiertas de óxido, de púrpura, de lacra.

Una música violenta salía del primer piso. Isaac penetró en el largo pasillo, lo que fuera el vestíbulo de la antigua residencia, con puertas estrechas a ambos lados. Miró por una reja y vio a unos hombres descalzos, descamisados, con barrigas hinchadas y miradas enfermas. Reían, comían, voceaban, le hacían gestos para que pasara. También la puerta de la última pieza estaba abierta: había una enfermera mulata que le administraba un suero a un negro. Había botellas de cerveza regadas por el piso. Ahora todos eran consortes de causa, hablaban en caló de cimarrones. La revolución los había hecho sus esclavos. Y el caos, el naufragio y la desbandada era lo que ellos llamaban «el éxodo». Perecieron por millares, acribillados en las calles de la ciudad. Un día *El Negro* fue a bajar del contén y cayó bajo las ruedas de un Chevy Caprice, la maquinaria del exilio lo había molido, la rueda de la Historia, como un trapiche, y lo decía el Chino, el lector de Lee Masters, Lao Tsé y Fernando Ortiz. Tal vez tuviera razón: *El Negro* llevaba el espíritu de la caña en las venas, pasó seis meses en coma. Despertó en un hospicio. A una cuadra de allí estaba internado Rosales. Isaac me describió la pieza de Kienholz donde dos locos comparten una litera, uno arriba, otro abajo: eso habían sido *El Negro* y William. Después sacó el *Boarding Home*, su propio ejemplar de bolsillo en manoseada edición príncipe, y me lo entregó.

122

El Chino dijo: «Hay quién vive toda la vida en Miami y jamás pone un pie en Saigón». Un día, aprovechando que estábamos cerca, nos dimos un salto hasta el asilo tenebroso donde *El Negro* había pasado tantos años, los años en que fue un personaje: el hombre que fue *El Negro*…

El Negro de Boarding Home

Isaac Ka era la sombra detrás de la sombra, el que tejía y destejía el revés de la trama. En camino al maleficio, volvió a hablarme de huecos negros, un tema que se dedicaba a explorar y del que dejó una abundante papelería.

Si el puñado de páginas «premiadas, fracasadas», que me entregaba ahora en la edición Salvat (1987) iba a ser todo lo que quedara de ellos, entonces le interesaba dejar claro su lugar, una claridad que era mucho más que una simple aclaración. Otra vez Isaac comparó su situación a la de aquel que está siempre «por encima, detrás y más allá, cortándose las uñas».

Bordeábamos —y lo sabíamos— el terreno minado del esoterismo, la magia y la transvección, materias oscuras que ocupan, por lo común, el tope de los últimos anaqueles. En *Tumbas borrascosas*, Magali Perdomo había dado a la luz sus entrevistas con los espíritus, pero Isaac se consideraba un pensador científico. Quería entender la estructura del universo en la vecindad de la sombra. Leyó astrología, astrofísica, cábala y metafísica, y concluyó que, desde hacía cuatro décadas, los cubanos orbitábamos una singularidad.

Otra vez, bajando por Flagra, no recuerdo a propósito de qué, me contó que había sido *El Negro* el que abrió el hueco en el pecho de Rosales («Olvidado papel, fresco agujero al corazón...», recitó de memoria[31]), quizás por envidia, quizás por desidia, o quizás —y éste era el gran misterio, dentro o fuera del libro— por treinta dólares. Sí, Rosales completo, por treinta cochinos, terribles, imperdonables dólares.

121

Los fumadores de Saigón se cruzaban chistes por encima de la mesa. Eran expresiones huecas, pues toda su atención estaba puesta en el piso. Podían pasarse días y noches moviendo la boca y emitiendo sonidos que no decían nada: solo les interesaba lo que había caído al piso. Permítaseme ahora, señoras y señores, describir esas mesas, esas intermediarias que de algún modo relacionan a los que convergen en el *fumoir*. Llámese mesa de centro o mesa del café, que teóricamente sirve para poner una taza, un florero, un portarretrato, algunas revistas, pero que en las casas de crack hace las veces de burro de trabajo. Sobre las mesas, recogidas en los muladares, mesas abandonadas a la intemperie luego de hacerse obsoletas, se tiran las

---

31 José Lezama Lima, *Muerte de Narciso*, 1937.

pipas, el estropajo, los tubos de ensayo, se arrojan bolsitas de nailon (vacías o cargadas). Las mesas sirven de banco para la limpieza y la reparación. Sin el fleje brillante que las ceñía y que les daba un toque de clase, sin ese fleje insertado en el borde, eran basura, habían perdido la elegancia, la importancia y todo lo que pudo distinguirlas en otra época. El fleje servía ahora de *pusher* y punzón para empujar y limpiar el filtro, raspar las paredes de la pipa y recolectar el sarro: espátula y cucharilla. El fleje, que era el sello del terminado, indicador de un cierto período artístico, de una determinada fluctuación del gusto, acaso un simple motivo ornamental, una vez arrancado y forzado a doblarse, se volvía nada. Todo valor abstracto se hace tizne y humo en las manos del pedrero. Flagelados, acuchillados y chamuscados, los lomos de las mesas recibían la peor parte. Sin contar con que las mesillas habían sido salvadas del muladar solo por lo atractivo de sus lomos. Las lluvias las hinchaban, como animales muertos, los lomos se pandeaban. Los crackeros les pasaban la mano y consideraban el área, la extensión y el grosor. Los drogadictos empuñaban sopletes y la mesa recibía los primeros fogueos. Un cigarro encendido arde en el borde, permanece allí hasta consumirse. La cáscara que cubre el bagazo mimetiza el cedro, el cerezo y la caoba, pero es papel, y coge candela. El incendio comienza por la tabla, por el lomo de la mesita de centro, en contubernio con el Lysol, el isopropilo y el butano. En las inmediaciones hay cortinas de tul y butacones baratos, todavía metidos en los forros de nailon. El maleficio es una pira que aguarda por el sueño del crackero para manifestarse.

—Figúrate, pagaron una millonada y después mandaron a parar la construcción —explicó *El Negro*, apuntando a una loma de tierra en un solar vacío de la desembocadura.

Cogió otra cachada, descabezó el cigarro en el raíl del puente y se lo echó en el bolsillo.

—Encontraron la rueda allá abajo. ¿No lo vieron? Una ruedota de piedra. Como una rueca, una ruleta. Se llama el Círculo de Miami…

Los pies de los fumadores evitaron el pájaro muerto en el puente.

—¡Esto es un pantano de mierda, primo! ¿Adónde está la rueda esa? —preguntó el Puro, que cargaba sus pertenencias en un carrito del Sedano's.

Se trepó a la baranda y se agarró del pasamanos, columpiándose hacia adelante, como si fuera a lanzarse de cabeza al río.

—¡No juegues, viejo chocho, bájate de ahí!

—¡A que me tiro…!

—¡Dale, tírate, comemierda!

—Baja, viejo cabrón…

Un pelícano de color indefinido se posó en un pino y abrió las alas.

—¿Ahora qué? ¿Dónde me meto? —preguntó el Puro, ensopado.

Un remolcador apareció en el recodo arrastrando una barcaza cargada de contenedores. Comenzó a caer una lluvia pálida, súbita, que percutió en la popa y en la superficie metálica del agua. Entonces, sonó el pito de una caseta de peaje y, a lo lejos, otras casetas respondieron. Eran los alaridos profundos y monótonos de la ciudad, su canción protesta. El río Miami la cortaba como una cicatriz, los relámpagos la atravesaban como cuchillos.

Nos despedimos allí, hasta mañana, o hasta (la Victoria dió un campanazo en nuestras conciencias) siempre, hasta siempre... Antes de cruzar la calle me volví un instante para mirarlos. Por detrás de sus cabezas se abría, como una corona, el puente de hierro que los arrojaba en las márgenes del *downtown*, y lo que vi fue la cara maltratada de Guerrita, con los ojos inyectados de odio; el bigote caído, la saliva seca en las boqueras del Puro; las cejas juntas del Enano Guevara; los cabellos jalados por el viento, proyectándose en todas direcciones, del Filtro; el mentón flojo y los dientes negros del Chino; los tendones saliendo por el cuello raído de la camiseta de *El Negro*, y en la distancia, sobre los techos condenados de la Pequeña Habana, la columna de humo del maleficio en llamas.

119

Bajaron las grises escaleras de metal, fueron buscando espacio entre los pilones. Se acurrucaron en los nichos, abrazados de las rodillas, acuclillados o sentados, cada cual en su cueva. Era la construcción más primitiva: dos horcones de hormigón y un travesaño sostenían las básculas. El engranaje del puente levadizo cancaneaba, chirriaba y ascendía lentamente; después bajaba y volvía a oírse el ruido constante, rodante, de los neumáticos en la rejilla. El cardo, el bledo y el laurel crecían en las grietas. Las ratas, las estrellas y la lluvia serían, en lo adelante, sus compañeros. Encontraron una colcha, un radiecito, un nido de cartones, un anafe, que seguramente otros, más dichosos que ellos, habían dejado atrás. Había firmas trazadas con

humo en la bóveda de concreto. Todo era húmedo, tenebroso y cochino. Era una tumba, en fin, y se prometieron
salir de ella lo antes posible.

En Umócali

Diez o quince o veinte años más tarde arribábamos a
Crong. Isacc se había dejado crecer la barba. El pelo canoso
le salía por debajo de la boina roja y le caía en los hombros.
Papá llevaba su gastado uniforme de camuflaje. Yo había
bajado un promedio de dos kilos por año, así que me sentía
nueva, ingrávida, dispuesta a enfrentar las grandes batallas
que seguramente nos esperaban más allá de los lagos.

Umócali era una parada importante, un hito en nuestro
ascenso[32] hacia las regiones ignotas de la Península.

El paisaje cambió. Ahora eran pálidas inmensidades
lacustres. El acento rústico de los *rednecks* retumbaba en
los 7Elevens, en los puertos vacíos, en las feas gasolineras, en
los expendios de carnadas y anzuelos, en los baños de paso
donde nos deteníamos a reabastecernos y a enjabonarnos los
sobacos peludos, que afeitábamos con cuchillitas desechables. Bandadas de patos errantes sobrevolaban los cúmulos
grises, y el aire era como la bocanada de tizne de un dios
ciego que se hubiera fumado un trozo de esperma creyendo
que era piedra. Una variedad inusitada de azulejos, verdones
y tomeguines salpicaba el trasfondo musical de ibis, torcazas
y quetzales que venían a posarse en la proa del Efemérides.

---

[32] Como el sagrado Nilo, el Gran Canal de los Everglades corre
de sur a norte. [N. de la E.]

Deambulando por el muelle, nos metimos por gusto en algunas tiendecitas. Habíamos perdido la facultad de relacionarnos con los seres humanos. La gentuza nos evitaba. Nos extrañó encontrar una Botánica en aquellos lares y, sin sacudirnos el lodo del camino, penetramos en el santo establecimiento.

El sonido de una oxidada campanilla anunció nuestra maldita presencia. Una señora gruesa, de cara mala, se acercó al mostrador y nos preguntó en un inglés roto si se nos ofrecía *sonsin*. Había una bola de cristal colocada sobre un catafalco de folletines. Isaac hojeó el *Gog*[33], de Papini, el tratado *La bruja*, de Michelet, etc. Después descubrió la edición noruega de *El Monte* (Skògr), de Lydia Cabrera. Contra las tablas desnudas que hacían de improvisados entrepaños había un libraco argollado, malamente mimeografiado, con el rimbombante título de *Epistulae, poematia, fragmenta*. Su autora resultó ser… ¡Magali Perdomo!

Por la puerta del fondo, apartando una cortina estampada con algas, ballenas y gaviotas, salían, en ese momento,

---

[33] *…y saldrá a engañar a las naciones que están en los cuatro ángulos de la tierra, a Gog y Magog, a fin de reunirlos para la batalla.* Apocalipsis 20:8; Ezequiel 38:1. Ernesto Guevara menciona a Gog en un discurso de 1960. «Hace tiempo leíamos un ensayo de Papini, donde su personaje Gog compraba una república…». Este es un discurso para lectores argentinos, consumidores de traducciones baratas, esos «autodidactos de país subdesarrollado» de que hablara Cortázar en su texto sobre Lezama. «Si el Che no llega a encarnar el filisteísmo rioplatense», solía decir Isaac, «tampoco hubiera sido entendido por la burguesía latinoamericana». Y en otra parte: «Igual que Gog, el Che es un caballero andante; ambos son nihilistas y millonarios. Los viajes del Che en motocicleta remedan las andanzas papinescas de *El libro negro*. Guevara estaba consciente de que, en Cuba, él mismo acababa de comprarse una república», sentenciaba el Rábano.

dos mujeres flacas, afásicas, escurridizas. Una fingió estar sacudiendo el polvo con un plumero, aunque en realidad nos vigilaba. La otra fue al refrigerador, sacó una Budweiser de dos litros y le saltó la chapa con la uña.

Glú-glú-glú-glú....

Isaac se quitó la boina y dejó que las greñas le cayeran en la frente. Se acercó a la empleada que se empinaba la cerveza a cun-cún. La miró directamente a la cara, y apartando la botella de un manotazo, exclamó:

—¡Sidonia!

Se echaron al cuello y lloraron a grandes voces. La Mayor vino y los abacoró, rodeándolos con sus brazotes prensiles, y lloró también de buena gana.

117

Blasfemaron, pues, a grandes rasgos, y rememoraron los sucesos acaecidos en el intérvalo, desde la separación, aquel amanecer de mayo de 1984, en La Playa, más o menos veinticinco años atrás. Las páginas amarillas de los cuarenta números de *El Mosquito* languidecían en los infiernos de las bibliotecas públicas. Reconocieron que la polilla había dado cuenta de sus ambiciones. La relatividad dislocó sus respectivos sistemas, que se movían ahora contrafactualmente. El yate Efemérides que arribaba a las costas de Umócali, en el Lago de Crong, retrotraía a un Isaac rejuvenecido, porque ya antes, incluso, parecía un anciano. La edad de las Ecobias (cincuenta y ocho; cincuenta y nueve; sesenta y pico) encallaba en números redondos después de fluctuar en lo indecidible. El poeta, consciente de sus propias fallas, las miró por vez primera con una ñinga de conmiseración, tal vez hasta de abochornada admiración, sabiéndose capaz de decaer él mismo.

Conmovido hasta el tuétano, Isaac escogió algunas cosas de los estantes, y las fue a pagar. Las *Epístolas*, por supuesto; la antes mencionada obrita de Lydia Cabrera; el *Especulum* de Villanova; *El precio del coraje*, de Manuel Márquez Trillo, pero de ninguna manera permitieron las Pécoras que abonara el importe. Luego de las presentaciones de rigor, nos llevaron al fondo del galpón y nos impusieron de los horripilantes pormenores (¡sin ahorrarnos detalles!) de aquellos *annis horribilis*.

Errata, que se había vuelto una sentimental, prorrumpió en alaridos al describir la agonía de Fernando, la escena en que dictaba sus memorias a un enfermero filipino en el Hospital General de Haarlem. Los lamparones le cubrieron el cuerpo, metiéronsele en el esófago, debajo de la lengua, en la tráquea, en la tranca, en la ingle, en el bálano, en el culo, en los ventrículos, la vesícula y los riñones… El escozor del sarcoma de Kaposi lo obligaba a arrancarse las tiras del pellejo[34]. Alrededor de su catre se acumuló la piel «en erizada ceniza / de montículos tétricos», citó Menorca, *verbatim*, de uno de sus *Lamentos*. «Sus negros ojos ya no miroteaban / sino incesantemente adentro, a Pénjamo…», recitó, mocosa. La fiebre era una «araña tejedora empeñada en enmarañarle el celebro» [sic]. Perdió la razón, y pidió una pastilla de estricnina, y que alguien lo asfixiara al mismo

---

[34] «Moritz Kaposi (nacido el 23 de octubre de 1837 en Kaposvár, Hungría, muerto el 6 de marzo de 1902, en Viena, Austria) fue un importante dermatólogo húngaro, descubridor del tumor de la piel que lleva su nombre (Sarcoma de Kaposi). Miembro de una familia judía cuyo apellido, originalmente, era Kohen, pero que, tras su conversión al catolicismo, en 1871, cambió a Kaposi, en referencia al lugar de su nacimiento». [*Medicina Recreativa*, Ediciones Trismegistos, Zaragoza, 1909].

tiempo con una bolsa de Publix. «Murió como una super-héroe», concluyó la anciana.

Analizaron el problema desde la distancia, las razones para la desaparición de unos y la sobrevivencia de otros, y concluyeron que la Peste era una charada, y que, efectiva-mente, la diosa jugaba a los dados. Pero enseguida la Mayor se atrevió a insinuar que los divinos cubos estaban cargados. Que solo a aquellos que habían completado su aprendizaje en la Tierra les tocó partir[35]. Isaac citó Br'eshit 19:24: «Entonces YHIV hizo llover sobre Sodoma y sobre Gomorra», y les enseñó el comentario de R. Abraham ben David de Pos-quieres: «YHIV hizo llover significa que pasó de un atributo a otro atributo». Los querubines del tabernáculo, unidos en acto transexual, simbolizaban, alternativamente, el Rigor y la Compasión de Ha'Shem. Pero, ¡quién iba a saberlo!

La Plaga había estado entre ellos, les había visitado, y sin embargo ellos la habían ignorado. No hubo actos de contrición, flagelaciones ni sacrificios humanos, ni siquiera una mierdera columna conmemoratoria [sic]. La Muerte ninguneada era la negación de la negación de la negación de la negación de la negación, aseveró la Minor.

Algunos, contó después la Medium, se contagiaron de solo haber visto. El horror los mató. Como una Gorgona, la Peste petrificaba a sus testigos. Una edad de desorden y sadomasoquismo, de delito y esclavitud, de recholata y delicuescencia, no podía quedar impune. Dios se había *empingado* con ellas. Compadeciéndose de los redrojos, El

---

35 «Pero, ¿qué me dices del caso de dos hombres justos, uno de los cuales padece enfermedades y tribulaciones, mientras que el otro es tratado con compasión?». *Sefer Ha'Zohar, Pinchas A, 96*. Véase además: «¿Destruirás también al justo con el impío?». Br'eshit, 18:23-24

Shaday, como una gata celosa, se los zampó. Ellas, las viejas que teníamos delante en la trastienda de una Botánica en la apartada comarca de Umócali, transgredieron todas las normas, violaron, olieron, singaron y bailaron sobre las tumbas de los profetas. Maldijeron el mundo real. Pecaron, se arrepintieron, y volvieron a pecar. Las Pobres, les había tocado vivir, efectivamente, en el tiempo de los asesinos.

116

El castrismo es la undécima plaga (Fernando de Call, en su soneto *Síntoma*, afirma: «...ni hubiese contraído enfermedades / ni sufrido de Fifo las maldades...»).

En realidad hubo cincuenta plagas, según la cuenta, en números gödelianos, del Jagadá.

Isaac leía el librito, propiedad de algún judío que vino a morir a nuestras Playas, sustraído subrepticiamente de la mesa de noche del Hospital Misgav Ladash de Jerusalén (Reuben Kashani, Director General); vendido años más tarde como mercadería de segunda por los traficantes de libros del Autocine Tropicaire; regateado finalmente en una venta de garaje por la propietaria de la Botánica Maiorque, en Umócali, Condado de Crong; obsequiado ahora al Rábano, *aka*: Isaac Isidoro Cordobero Bin Kámara:

Rabí Yosí el Galileo preguntó: «¿Cómo sabemos que los egipcios, que habían sido castigados con diez plagas en Mizraím, fueron castigados después con cincuenta plagas en el Mar?».

En Mizraím, ¿qué expresión se usó?

«Entonces los magos dijeron a Paró: Este es el dedo de Dios».

(Shemot 8:15)

En el Mar, ¿qué expresión se usó?

«Y Yisrael vio la gran mano de Dios, que el Señor puso sobre Mizraím, y la gente temió al Señor, y creyeron en el Señor y en su servidor Moisés».

(Shemot 14:31)

Ahora, ¿qué castigo recibieron del dedo?

Diez plagas.

De ahí se deduce que si recibieron DIEZ plagas de un DEDO, entonces, en el MAR, cuando dice MANO, debieron haber recibido ¡CINCUENTA plagas!

«¡Ven y aprende! Esto es lo que se llama en cubano…», expuso el Rábano ante Las Consortes, «la maldita circunstancia».

115

¡Ea, caballeros! ¿Llevamos con nosotros a las Matres Lectionis?

–Tenemos que recoger algunas cositas, despedirnos de este santo lugar –bramó la Vav, visiblemente emocionada.

–¡Péguenle candela! –ordenó Hey, gozosa.

–¡No hay tiempo que perder, compañeras! –las exhortó Isis.

–Bueno, mierda, ¡mucha mierda! –gritó Yod, la Vieja, tragándose un Clorodiazepam, mientras daba glorias al dios de Abrantes, Isaac, Kaposi y Hoffmann-La Roche.

Las Epístolas de Magali Perdomo

Cumanayagua, Las Villas
Otoño y 1971

Mi queridísima Juana:

¡No sabes cuánto agradezco tus líneas, ahora que el mundo nos ha vuelto las espaldas! Nos las estamos viendo negras, para qué voy a andarte con cuentos. Esta situación en que nos encontramos… ¡ni siquiera tiene nombre! No somos libres, ni se nos ha condenado. ¿Qué somos? Me lo pregunto a diario. ¿Qué somos?

Creo que lo peor que pudo pasarle a mi marido es haberse cruzado en el camino de ese demonio. El doctor Chiringa, querida, el megalómano que ahora nos trata como a su caso privado. Como a sus reos, como a sus enfermos. ¿Quién iba a decírnoslo? Pero, bueno, basta de quejas, prefiero hablarte de cosas menos desagradables.

Si te dijera que en este pueblo de viejas supersticiosas la gente se entretiene contando historias de aparecidos. ¡Resulta inconcebible que entre los guajiros la leyenda del jinete sin cabeza se considere autóctona! ¡Jamás oyeron hablar aquí de Washington Irving, mi cielo! Imagínate entonces qué podrán saber de nosotros, de nuestro caso. Después de todo, no vino mal alejarnos de la urbe perniciosa. Por estos lares no conocen el nombre de mi marido y, por supuesto, muchísimo menos el mío. En la librería local no existe ni un solo ejemplar de nuestros libros, y nos tienen prohibido asomarnos por la Casa de la Cultura. ¡Mejor así!

Para entretenerme (y no volverme loca) me dedico a indagar las leyendas locales. He tomado notas sobre la obra de los poetas ingenuos del pueblo. Por cierto, también investigo la historia de la casa donde vivimos, y ese sí, mi amiga, que es un relato de horror y misterio. No puedo definirlo, no sabría cómo, pero aquí se esconde algo muy siniestro. Dicen que los antiguos moradores de este caserón encontraron un cementerio debajo de los cimientos (¡debajo de sus plantas!) y que taparon todo corriendo y lo dejaron como estaba para evitar escándalos. La casa había sido un hospital de sangre español durante la guerra. Parece que tuvieron una vida trágica, que fueron muy ricos e infelices, y que terminaron locos y desperdigados por el mundo. (¡Qué telenoveleta saldría de ahí! Aunque, por ahora, solo tengo empezado un capítulo…).

Es probable que todavía haya uno preso. Humberto teme que aparezca cualquier noche, antes que nuestro cautiverio llegue a su cada día más impreciso término. En su mundo, tan estrecho y materialista, eso equivaldría a una «aparición».

Debo tomarlo todo filosóficamente, Juana. Humberto, que siempre ha imaginado ser lo que no es, y que nunca se ha preocupado de averiguar lo que realmente es, piensa que estamos en alguna montaña mágica o cosa por el estilo. Lo cual viene al caso porque apareció un ejemplar del libro de Thomas Mann dentro de un armatoste lleno de hormas. ¿Quién lo habrá leído? Fíjate qué cosa. Hay un sanatorio de tuberculosos cerca, que no hemos explorado aún. Le hablaré al reeducador para que nos lleve a verlo.

Es muy extraño vivir en una casa ajena. Es como vivir (¿cómo puedo explicártelo?) en un nido abandonado. Un nido de perra, para decirte la verdad. Talmente parece que por aquí pasó un ciclón, el desbarajuste es indescriptible. Por otro lado, siento que violo un secreto cada vez que miro las fotografías en las paredes, debajo de los cristales de las cómodas o encima de los escaparates.

Francamente, no pude contenerme y registré las gavetas de un chifforobe. Lo que encontré (por favor, te lo suplico, no lo divulgues por nada del mundo) es un gran misterio: las cartas de un tal Saulo Kámara, que según creo, fue el marido de Rosa (Blanca, la que dormía en mi cuarto). La historia es espeluznante. Algún día escribiré algún relato o cuento detectivesco que incorpore esas epístolas. Hay una foto preciosa de Blanca Rosa vestida de novia, con una corona de azahares (cuando llegamos, en marzo, la mata de isora estaba cargada y arranqué unas puchas y se las puse delante del retrato). Es una foto coloreada (las *tinted photographs* que menciona Hemingway en *El viejo y el mar*), firmada por el fotógrafo, o por el artista que la coloreó, un tal Charles.

Me entretengo inventándoles historias, porque la gente del pueblo no los mencionan: o esquivan la conversación o cambian de tema. Parece que tuvieron un hijo (hay un retrato con cinco caritas, también coloreadas, flotando en un fondo azul celeste). Los cabellos son amarillo cadmio, y los labios de un rojo alizarina rebajado con blanco. Reconozco la técnica. He visto cómo se hacen estos retratos. Cuando era niña, un pintor de mi pueblo usaba algodones mojados en linaza para lograr los tonos de la carne y el brillo del pelo. Humberto detesta esa manera de (según él) «deformar» la fotografía. La considera bárbara y cursi. Cuenta que nunca permitió a su madre embarrar así una foto suya. Para mí, es arte popular, y pienso dedicarle un ensayito, «Sobre las viejas fotografías coloreadas» o algo por el estilo.

Lo más extraño: la mezuzá en la puerta. Por los apellidos, imaginábamos que fueran hebreos (hay un cementerio de sirios en Santa Clara), pero no conocíamos judíos practicantes en la provincia. ¿Será que clavar mezuzás, como nosotros ponemos cruces de guano bendito en las jambas, es ser devoto para ellos? En fin, que este caserón cayéndose, como la mansión de Usher (¡te acuerdas!), está lleno de fantasmas. Para qué hablar de la zapatería colindante: por momentos me parece que vivimos en un crematorio. ¡El olor insoportable del cuero, que no se va! ¿Tendré que decirte los trastornos que me provoca ese olor tristísimo? Vine leyendo el *Diario* de Ana Frank (¡nada menos!) durante el trayecto. El libro estaba enterrado entre dos asientos del yipe que nos trajo (¿sincronismo?) de La Habana.

Queremos atar cabos, reconstruir las vidas de esos seres irreales que nos miran desde los portarretratos. Pero, mientras más nos acercamos a (lo que parece ser) la verdad, más nos arrepentimos de husmear en sus asuntos. A veces pienso que el G2 nos mandó aquí adrede. Nuestro verdadero castigo ha sido cargar con estos muertos. Aunque Humberto no cree, y yo me he vuelto un poco agnóstica al lado suyo. Esto tuvo que haberlo planeado quién tú sabes, «el-de-la-mente-sucia».

Mejor no miento su nombre, no vaya a ser. En las noches de lluvia el viento de agua estremece la mata de mango. Nos despertamos asustados por el impacto de las frutas que caen al suelo, como el ahorcado al que le cortan la soga. (Esto es algo que Humberto jamás diría, pero que a mí, que soy la que tengo que ir a las colas y hablar con las viejas, ya se me pegó).

Cumanayagua, enero de 1972

Mi Juana:
Las cartas, atadas con cintas, se encontraban en el fondo
de una gaveta del chifforobe. Las cartas (¿para qué mentirte?)
hoy en día me parecen (y cada día más) las hijas ilegítimas
de los remordimientos. Por favor, no te rías. Hay amor, ale-
gría, dolor y esperanza trenzados con el implacable olvido
en todas ellas. Pero ahora, releyendo estas páginas confusas
debidas a la pluma del Capitán Kámara, comprendo que
únicamente el remordimiento puede hacernos tomar el lápiz
y confesarnos a un trozo indiferente de papel en blanco.

El remordimiento nos obliga también a embalsamar
epístolas. La culpa, amiga mía, que viene y va a través del
éter. Estas letras no son inocentes palomas mensajeras. ¡No!
¡Son aves de mal agüero! Y al final, terminaron enterradas
en cajitas de seda, adornadas con cintas y flores, como los
muertos en sus tumbas.

Las tomé entre mis manos y me dieron un corrientazo
que me traspasó todo el cuerpo, como cuando (raras veces)
he tropezado, por azar, con una buena metáfora. Las cartas
del Capitán esclarecerán la historia de los moradores de la
casona y le darán sentido también a mi existencia.

¡Qué suerte que fuese precisamente el Capitán quien
hablara primero! Están escritas en trazo diminuto sobre
papel cebolla. Debe haber más de cincuenta, y no ocupan
mucho espacio, aunque algunas están hechas boronilla. En
la cajita había, además, una peineta de plástico gris, una
alianza hecha con una moneda martillada y un cintico tejido
con curricán. Humberto lo ha descartado todo, en bloque,

y no le ha dado la menor importancia. Dice que se trata de simple artesanía carcelaria.

La letra, te digo, es mesurada, pequeña, casi una miniatura. Algunos trozos son de apenas dos pulgadas. Imagino que sus dimensiones ínfimas facilitarían el contrabando, pero en estas circunstancias realzan su calidad artística. Son mis iluminaciones. ¡Un verdadero hallazgo!

¿Qué haré con ellas? Tengo entre las manos las pruebas de un crimen... ¡de un delito *contrarrevolucionario*! ¡Figúrate! Las escondo y las saco de noche, ocultándome para leerlas. Nadie debe saber de su existencia, te lo suplico.

Nuestra caída en este pueblo fue tan inusitada que parece que a los milicianos no les dio tiempo ni de limpiar. Tenían que meternos en alguna parte, escondernos de los amigos, que ya empezaban a interesarse por nuestra suerte. Pero los guajiros (y más si son policías) son negligentes con los detalles. ¿Valieron la pena todos los trabajos que hemos pasado? ¡Sí y mil veces sí! ¡Las cartas, las cartas son mi premio!

Te prometo que las publicaré algún día en el extranjero, si por fin logramos salir de este infierno. Cuando llegue el momento. Por supuesto, amiga mía, que me las arreglaré para hacerte llegar un ejemplar de mi libro.

P.S.: Debajo del cristal de la cómoda: fotos tipo carnet de desaparecidos, hombres y mujeres de diferentes edades. Uno tiene una gorra de chofer de alquiler. Otro, espejuelos Calobar antiguos. Hay un niño montado en un caballito de palo y una muchacha rubia en traje de primera comunión.

El Pardes, 25 de diciembre, 1971

Queridísima Juanita,
Efectivamente, aquí hubo una granja. La foto de un álbum que encontré enterrada en el patio recoge la instantánea. Al pasarle el buldózer, la casa se fue al infierno (diríamos que se la tragó la tierra).

Halé la punta de la foto con cuidado (todavía tenía los esquineros), pues sobresalía, cubierta de fango. En el traspatio hubo un naranjal. Esta era la casa de campo, con su mata de toronjas y la cerca blanqueada de que habla Saulo. Aquí pasaban los veranos. Lo insinuó el reeducador, el hombre de pocas palabras (y menos luces) que nos asignaron.

Pero se fue de lengua y contó algunas cosillas, de ellos, de los otros. Datos no muy concretos o fidedignos. Es una imagen borrosa la que nos dio, pero nos conformamos. Ya creo todo lo que me digan. Para Humberto me he convertido en una «creyente». ¿Qué remedio me queda? Si donde el hombre del Partido afirma que hubo un naranjal, una talanquera, un chalet con cinco cuartos, una cocina-comedor y hasta un molino de viento, solo vemos un solar yermo, un potrero vacante, unos arcos derrumbados y nada más.

Le pasaron buldózer. Imagino el largo terraplén que venía desde la carretera, cómo sería, qué alto tendrían los pinos españoles, un kilómetro de pinos a ambos lados, según me cuentan. Imagínate, arrancados de cuajo. ¡Cuánta maldad! La vaquería, los establos, los cuartones, hasta la yerba, todo arrasado, durante una campaña, hace unos años, de aniquilación de lugares. De lugares «malditos», borrados del mapa. Humberto me dijo: «Estamos parados encima de un montón de historia».

Quedaron debajo de la tierra, jarros, quinqués, cence-rros, una botija, herraduras, un pedazo de almanaque. Está (estaba) situada en el tope de una loma, no sé a qué altura. Hay un promontorio boscoso con una piscina vacía. Que-dan los eucaliptos de testigos, puedo hacerme la idea de los pinos que talaron a la entrada. ¡Qué espectáculo cuando les daba el sol a esas copas! Los troncos oscuros, el follaje verde, las cabezas doradas. El práctico señaló el sendero que dejábamos atrás. ¿Mirar abajo? ¿Para qué? Aquí arriba, encima del gran túmulo, es una experiencia única, el más bello de los lugares sepultados. («Condenados», me espetó Humberto). La hiedra crece alta en la piscina, dentro del cuenco. El miliciano dijo que hubo una casa de tabaco, pero decorativa, porque el tabaco no se da a estas alturas. Las franjas de cemento que parecen pistas de aterrizaje, eran secaderos. Los cafetales no fueron atendidos nunca más.

Lección difícil de interiorizar, amiga, porque sabemos que nos depositaron («deportaron», aclara mi marido) aquí para enseñarnos que ellos, si les da la gana, pueden borrar cualquier dirección, cualquier coordenada de cualquier lugar que una persona ocupó en la Tierra. Entendemos lo que quieren decirnos, y eso ya es un gran paso de avance.

¡Dios, qué horror, qué terror y que soberbia! ¡Qué será de nosotros! Nada queda. Todo acaba. Es duro contemplar lo frágil, lo que no existe ya. ¿Hasta qué punto podremos con-fiarnos de la memoria? ¿Y los detalles? ¿Pasarán a otro plano?, me preguntas, hermana mía. ¿Qué plano?[36] No entiendo cómo pudieron suceder estas cosas entre nosotros; los cuba-

---

36   El plano «akásico». Véase Ervin Laszlo, *Introduction to Systems Philosophy*, 1972; Alicia Juarrero, *Dynamics in Action: Intentional Beha-viour as a Complex System*, MIT Press, 1999.

nos somos generosos y muy apegados. Arrancarnos de cuajo requería mucha saña, y un alma fría y negadora. Negar que El Pardes existió, negar que estas personas jamás vivieron.

Después de las deportaciones, el viejo fue a parar a Pinar del Río, con un grupo enorme de reubicados. Date cuenta que eran poblaciones completas. Los llevaron en trenes, y todavía les tienen prohibido regresar sin previa autorización. Morirán en el exilio de Pinar del Río. ¡Si pudieran ver esto! ¿No era en Guanahacabibes donde los taínos reconcentraron a los naboríes? Es lo que nos enseñaron en la primaria, y yo digo que hay lugares que no cambian.

Humberto estuvo callado todo el tiempo, mirándolo todo, pero sin decir nada. Encendió un tabaco, echó una bocanada y se cruzó de brazos (ese gesto tan suyo). Caminó fumando por el borde de la piscina, yo iba detrás. «Pero, Humberto», le dije, «¿cómo pudo suceder esto aquí, en Escombray?». El reeducador nos observaba. Bajé la voz para que no me oyera. «¿Como pudimos estar tan ciegos?» Entonces Humberto me miró con sorna, y me dijo: «La Historia se repite», después escupió en la tierra (solo le faltaba añadir su clásico: «Como te dije»).

Le puse un dedo en el pecho y le grité: «¡No Humberto! Es muy fácil, demasiado fácil. La Historia no se repite, es algo peor. No avanza, no va a ninguna parte...» Él replicó: «Hablas como una sonámbula, como una cosmonauta o algo así. ¡No eres Valentina Tereshkova, Magali, y yo no soy Yuri Gagarin! Estamos aquí, en este planeta, en este tiempo, en este sistema, donde estas cosas pasan, y pasan a menudo. Y sí, se repiten, ¡se repiten constantemente!»

«No», le dije, «la Historia no avanza, todo es lo mismo, no hay nada nuevo...», y él se echó a reír, como si yo fuera una analfabeta o una fanática. Siempre yo, la furibunda.

«Pero es imposible no verlo, Humberto. No nos movemos, en absoluto», insistí. (Él estaba escarbando con el pie algo que brilló en el piso). «Nos movemos, pero sin movernos. El tiempo pasa, pero no pasa, ¿entiendes? Es una ilusión». Entonces, él exclamó: «¡Ah, la ilusión!», burlándose, naturalmente, de mi pasión por la metafísica. «¿Lo dice Borges?», me preguntó, irónico. Y yo: «No, Humberto, fue Bioy Casares, el de la isla donde todo era una proyección. ¡Estamos atrapados en una película!»[37]

La sensación de claustrofobia, de no poder salir de estas dos dimensiones, es lo que los hombres llaman Historia. La disfrutan, es su droga. «Pero no hay Historia», le grité, «lo único que no existe, me oyes, lo único que no existió nunca, es tu cabrona Historia. Todo lo demás puede que sea real. Tú y yo, y esta finca, que para colmo se llama El Pardes». «Y que tampoco existe…», respondió él, «…no existe ya, Magali, ¿acaso no lo ves?»

III

Miami Dade, febrero, 1984

Dear Juana:
Me hablas de cementerios, a propósito de mis comentarios de hace tres lustros, cuando lo de nuestro «insilio» en

---

[37] «En un momento la película se repetía, obsesiva, y Eloy Santos murmuró: "Aquí llegamos", y se levantó como si fuera el fin de la tanda. No entendíamos mi hermano y yo. "Es una función continua", explicó Eloy Santos. "Hay que irse". "¿Por qué?", preguntó mi hermano casi fresco. "Porque la película se repite"». Guillermo Cabrera Infante, *La Habana para un Infante difunto*, 1979. Citado por Magali Perdomo, en la octava edición de las *Epístolas*, Ed. Universalis, 1989.

Escombray. Pero, ¡quién iba a acordarse! Conservo una idea vaga de la finca, de la casona y de sus fantasmas mirándonos desde los retratos coloreados.

Tienes mucha razón, parece que me persiguen los cementerios. Pero en este punto no hay comparación, digo yo, con aquellos de Cuba. Estaba el de Colón (¡considerado la octava maravilla del mundo!), y el de Reina, en Cienfuegos, lleno de estatuas italianas preciosas, obras clásicas, no cabe duda. Deberían declararlos patrimonio de la humanidad, y aplaudo que te hayas incorporado al Comité de Rescate y Conservación Histórica. Yo pertenezco al grupo *Beso tu Tumba*, que luego te explico.

Ya sabes que cuando éramos estudiantes en la Universidad de La Habana íbamos al cementerio de Colón a leer a Lezama. *Una oscura pradera me convida...*, no entendíamos nada, pero nos encantaba el sonido de esas oscuridades retumbando entre los mármoles. ¡Claro que existe una tradición nuestra de profanar tumbas! Y, ¿a qué cosa íbamos nosotras al cementerio?

A mí misma vino a pasarme algo realmente maravilloso nada menos que en el cementerio de Flagra. No te puedes imaginar lo prácticos que son estos americanos. Aquí te abren un hueco, te lo repellan con cemento y encima te le colocan una tarja y un búcaro de bronce amarrado con una cadenita para que no se lo lleven. Las flores son de plástico.

Me río sola cada vez que recuerdo el anuncio que oí hace años en un programa de radio. El anunciante era alguien que parodiaba a Alfredito Durán. Ni te hagas idea de aquel Freddy Durán que conocimos en la Corte Suprema del Arte, el «galán de Cuba». De ese no queda ni la sombra. En Miami, Freddy se dedicaba a timar a los viejos, a quienes les ha dado por las «finquitas» de las Carolinas. Unos truhanes les venden parcelas en esos parajes remotos. (¡No, si no tenemos gandinga! Por eso estamos como estamos). Convencían a los ancianos recién nacionalizados de que reservaran su terrenito a tiempo para que pudieran decir orgullosamente, con el bribón de Alfredito: *¡Esta tierra es mía!* Bueno, el imitador de que te hablo vendía parcelas a destajo, pero no en las Carolinas, sino en el cementerio de Flagra, y su lema era: *¡Este hueco es mío!*

De tan macabro me daba ataques de risa: *¡Este hueco es mío!* Tendrías que vivir en el destierro para entenderlo, y saber cuánta gente ha muerto aquí añorando estar enterrada allá. ¡Tantos cubanos y cubanas que murieron esperando regresar al terruño!

Hace un par de años supe de un caso espeluznante. Era una buena amiga mía a la que últimamente le había perdido el rastro. Una célebre poetisa, santiaguera como yo, que hasta José Ángel Buesa cortejó en su época. Me cuentan que, al final, la pobre perdió la cabeza y creía recibir mensajes de Fidel Castro, cartas de amor, declaraciones, poemas. Nada más de sentarse en el butacón ortopédico del cuarto que le había otorgado el Plan Ocho, las cucarachas, juntando los cuerpecitos, formaban letras, palabrotas y oraciones obscenas sobre las paredes. Mi amiga, temiendo que esos mensajes pudieran trastornarla, dormía con una lata de insecticida debajo de la almohada.

Pues quién te dice a ti que esa gran mujer, antes de fallecer en la Pequeña Habana, dejó dicho, por escrito, que su última voluntad era ser devuelta a «su tierra». Lo dejó especificado en el testamento, que no soportaba la idea de residir para la eternidad en un cementerio americano. Cuando la muerte la sorprendió, estaba pesando más de cuatrocientas libras, y hubo que meterla en un frigorífico hasta que al gobierno cubano le diera la realísima gana de autorizar su entrada a la isla. Una vecina fue a verla a la morgue y ayudó con los trámites de salida. Allí se enteró de que esa pobre señora no era la única: compartía el purgatorio con varios ancianos que hacían cola desde hacía años.

Tal vez no sepas que en el cementerio de Flagra hay enterrados dos presidentes, varios ministros y no sé cuántos senadores de la república; más actrices, doctores, magistrados, profesores, tribunos y poetas. Me dirás que da lo mismo, que todo es igual. Conozco tan bien como tú el versículo que citas (Jeremías 8:19), y te puedo atestiguar que no, que no es lo mismo. Recuérdalo: aquí uno está muerto en vida.

Será por esa costumbre de acercarme a los cementerios cada vez que se presentaba la oportunidad que Humberto empezó a acusarme de necrofilia. (Es gracioso: ahora le ha dado por llamarme *la nigromante*.) Cualquier cosa, ya sabes, con tal de zaherirme. Pues, ese día pasaba en mi carro por delante del cementerio de Flagra y, casi sin notarlo, como hago siempre, por una costumbre muy arraigada, me puse la mano en la cabeza y dije «Aché pamí», pero bajito. No sé por qué me puse fría, y muy triste. Sentí un latigazo en la espalda y me invadió una acuciante melancolía. Quizás fuese un presentimiento o una simple depresión. Me pareció, te lo juro, que llevaba a la Pelona sentada en el asiento del pasajero.

Decidí dar la vuelta y parquear debajo del roble de la entrada. Leí un rato, sentada en uno de los bancos de piedra que hay junto a la fuente. El chorrito es tan reconfortante que muchas veces me he quedado dormida con el libro en las piernas.

No se veía a nadie por ninguna parte, a pesar de que era lunes, a la hora en que la gente sale del trabajo. A lo lejos, en medio de los campos cuidados, divisé a un enterrador vestido de relampagueante naranja. Manejaba una excavadora y preparaba un hueco (que pronto sería la «parcela» de algún viejito) debajo de un toldo de lona, y no creo que advirtiera mi presencia.

Junto a la fuente hay un caserón de piedra en estilo gótico flamígero, que sirve de oficina y de comedor obrero. Si te asomas al patio, detrás de una cerca de cipreses, ves los tractores y las carpas, los aperos y las carretillas, y por ese costado el castillito pierde todo el encanto y entiendes que es solo un almacén como otro cualquiera. Pero por delante te engaña y te hace pensar que estás en el valle del Loira.

Así que estaba sentada en el banco de piedra, de espaldas a la puerta del castillo, leyendo *Urnas funerarias*, de Thomas Browne, y alzaba la vista de vez en cuando para admirar los campos verdeantes y los bellos monumentos esparcidos entre los sauces llorones. De pronto, sucedió la cosa más rara del mundo: sentí una ventolera, como si alguien me eructara en la oreja. Por supuesto que me volví, aterrorizada, y dispuesta a meterle un piñazo al que fuera.

Pero no había nadie. Después ocurrió algo más curioso aún: vi que la puerta del castillo estaba entrejunta, y pude oír los pasos del supuesto maleante alejándose por el interior del edificio. Podrás imaginarte la indignación y, al mismo tiempo, el terror que sentí. Quise convencerme de que eran ideas mías. De todas maneras, por aquella puerta tenía que salir el que estaba jugándome la mala pasada y, entonces, lo confrontaría.

Para distraerme, y para calmarme, me puse a observar la dichosa puerta: tenía unas exquisitas bisagras seudo medievales, pero el picaporte era un Yale moderno. En esta ciudad todo es así: heterogéneo, anacrónico, cursi. Es el estilo de Miami, y entiendo por qué Humberto insiste en que regresemos al norte, donde espera, según él, recuperar «el sentido de la Historia».

Me acerqué al comedor obrero, de estilo gótico, a fin de comprobar si realmente estaba hecho de piedra o si se trataba de una pátina aplicada al repello, que es lo común aquí. Entonces, paralizada de miedo, volví a sentir los pasos, justo al otro lado de la puerta, aproximándose, pero muy campantes. Los escuché detenerse y chocar los talones a escasas pulgadas de donde me encontraba, como si alguien, desde el interior, estuviera espiándome.

Apenas nos separaban unas lascas de plywood y cartón podrido, cuando sucedió lo más sorprendente de aquella tarde extraordinaria. Fue un susurro, un lamento cantado, un gemido lejano que me trajo siete notas clarísimas a través de la puerta: pam-pam-pam-*ta-ra-rá-ra*. Eran las notas de una canción famosa, aunque no podía identificarla. Te preguntarás por qué me quedé plantada como una boba, con la oreja pegada a las tablas, en lugar de empujar el portón, entrar al castillo y descubrir de una buena vez al sinvergüenza. Pues te lo diré: era la voz de alguien conocido, de un timbre tan dulce que me hipnotizaba. Ta-ra-rá-ra-*pum-pum-pum*.

Cuando por fin le di un puntapié al portón –que chirrió sobre los goznes como el de un auténtico castillo– y miré hacia adentro, vi sillas de tijera arrimadas a las mesas del comedor. Sobre los muebles angulosos (hechos del mismo arce con que se fabrican los bancos de iglesia), caía la luz chillona de un vitral que representaba una Última Cena. Cegada momentáneamente, avancé, tropezando con los muebles y armando tremendo escándalo.

Sentí a mis espaldas lo que parecía ser el traqueteo de una silla arrastrada por el piso, y salté como una fiera, dispuesta a coger por el cuello al primero que asomara la cabeza. Intuí que alguien (o *algo*) gateaba debajo de las mesas. Recuerdo los gules moteándome la piel y el rubí incandescente del copón divino que me cayó en un ojo, y sé que terminé dándole vueltas a una mesa y luego a otra, zigzagueante y cegata, guiándome por el traqueteo. Lo oía en una punta y, enseguida, en la otra punta del salón. Corría a mirar allá y sonaba por acá. Estaba completamente agotada cuando una negrura luminosa, como si fuese una sombra viva salida del vidrio, se incorporó –tendría un metro setenta, más o menos–, abrió la puerta, y echó a correr en dirección del patio del almacén.

Creo que solo entonces me di por vencida, ya sin ánimos para continuar la persecución. Después Humberto diría que una sombra no puede tener brillo, que es imposible, que no puede percibirse la radiación emitida por un cuerpo opaco. Por suerte, yo había hojeado hacía poco *Breve historia del tiempo* y sabía que a esas sombras lumínicas les dicen los «huecos blancos», y que emiten una luminosidad muy tenue. De todas maneras, no hubiera podido explicárselo. Lo que vi (a ti puedo contártelo) fue un brillo tenebroso, un reflejo muerto[38].

Un poco más tarde, ya sola en el comedor, pude constatar el miserable estado del cartón piedra con que estaba hecha la engañosa estructura. (La ciudad entera es un enorme *trompe l'oeil*, como dice Humber). Me escurrí por un corredor estre-

---

[38] *No light, but rather darkness visible.* John Milton, *Paradise Lost*, Libro I, v. 61. Magali Perdomo ha definido el castrismo –en su *Balada de la Prisión de Princeton*– como «oscuridad visible». Véase *Nocte media vidi solem*, Apuleyo, *El asno de oro*, Libro II, capítulo 23. Por su parte, Isaac Kámara –en las *Hojas de Rábano*– habla de «tenebrismo incarnado»; o sea: *Tenebris incarnatum*.

cho, cuyas paredes estaban recubiertas de taquillas. Cada taquilla tenía un nombre en la puertecita, escrito con esas pistolas que marcan letreros en una cinta: me fijé en ellos como si repasara lomos de libros. ¡Cuántos apellidos ilustres apareados a los nombres más vulgares, y viceversa! Había un Nicanor Flogar, una Virginia Lobo, un Jesús Castro y un Elvis Crespo. Las taquillas eran nichos; el taquillero, un cementerio... el cementerio, una biblioteca... Me sobrevino un ataque de ansiedad, de los que ya no me daban hacía tiempo. Sudaba y temblaba, la angustia me mataba, y salí de allí a todo lo que me daban las piernas.

Para más inri, *Urnas funerarias* había desaparecido del banco. Esperé debajo del roble, loca porque pasara alguien. Tenía los ojos clavados en el castillo, y así estuve largo rato, repasando lo sucedido, asándome de calor, y asomándome de vez en cuando al patiecito.

Cuando empezó a caer la noche, me di cuenta de que llevaba horas en el mismo sitio, petrificada, como si una fuerza superior me obligara a quedarme atrás e indagar lo sucedido. Tanto que critiqué a Humberto y ahora era yo la que necesitaba una explicación, una prueba. Si todo esto hubiera pasado en un cuento de Edgar Allan Poe, me lo habría creído, sin más ni más.

Es verdad que el enterrador miró un par de veces para donde yo estaba, pero continuó su faena y ni se molestó en acercarse. Traté de conducirme con la mayor naturalidad posible, para no darle a entender lo que sucedía. De algo estaba segura: no iba a abandonar mi puesto de observación, ni por lo más grande del mundo. Estaba convencida de haber experimentado algún tipo de encuentro cercano y me daba lo mismo si eran los extraterrestres, las figuras del vitral o los fieles difuntos quienes deseaban comunicarse conmigo: lo que fuera, me encontraría esa misma noche.

Creo que te dije que «Flagra traza en la tierra el mismo curso / que el Auriga dorado en las alturas» (es decir: este-oeste, es de un soneto mío), y que las puestas de sol sobre los Everglades son, de verdad, mil veces más hermosas que las de las postales de Woolworth que te he enviado (aunque no me dices si te llegan). Hazte la idea: el calor del atardecer es tan intenso que no te animas a regresar manejando a la hora del tráfico, con el indio de frente. Por fin, la única alma viva de aquel cementerio gótico da señas de haber concluido sus faenas: cubre con un hule el hueco cortado en la tierra, y comienza a aproximársete...

110

Princeton, N.J., 28th September, 1985

Hermana lejana:

Conque regresé al cementerio al otro día, y me senté a esperar no sé ni por qué. Quizás a que me cayera la noche arriba, en el mismo banco, bajo el mismo roble. Los queru-bines de la fuente me miraban escandalizados. La necesidad que siento ahora de desahogarme (perdóname) de hablar con alguien que me entienda, me obliga a referirte otra vez cómo conocí a Humberto en la Casa de Nuestra América (un martes trece) durante la entrega de premios.

Me enamoré de él perdidamente. Mi amor a primera vista (sería miope, pero era una lumbrera, como decías tú) recitaba en ruso, rumano, alemán e inglés: Heine, Celan, Pound, Mandelstam. También era bastante mayor que yo, y de veras, no me importó. Además, quería cobrárselas a la vida por no haber ganado aquel premio Marta Abreu de poesía novel.

Humberto tenía treinta y cinco años, y era el ganador. ¡Ganador él, qué clase de ironía! Comencé a vivir a su sombra allí mismo, ese día premiado. ¡También mi suerte cayó bajo la jurisdicción del Ministerio del Libro! Humberto me abrió los ojos a la vida y a muchas otras cosas. No era como los otros, ni compartía sus rigideces, los dogmatismos de moda por entonces; pero en ese punto todos estaban cortados por la misma tijera: querían ganar, trepar, engancharse al tren, echarse el país en el bolsillo. No lo digo por disculparlo, aunque bastantes veces tuve que defenderlo. ¿Qué habría sido de Manzanita de haber sobrevivido el ataque, la masacre, el tiroteo?, nos preguntábamos entonces, cuando aún compartíamos nuestras inquietudes. Tú lo sabes, Juana, es más fácil derrocar al dictador que ponerle fin a la dictadura. Se lo advertí, pues ya mi sexto sentido me avisaba lo que venía.

No hace mucho, un fotógrafo joven que llegó de Cuba se disfrazó de mártir y se tiró unas fotos, tinto en sangre, acostado en las escalinatas de Cielito Lindo. A Humberto lo impresionó ver esos retratos –tanto, que dejó el trago en el marco de un cuadro y salió pitando de la galería. ¿Estaremos *redy* [sic] alguna vez para enfrentarnos a nuestro simulacro? Extrañamiento, vieja, extrañamiento del bueno, que mucha falta nos hace (aunque sea al cabo de tantísimos años). Pues así nos enamoramos la noche de la Casa de Nuestra América, «perdidamente», aunque ya la gente no sepa lo que significa ese concepto. Se divorció de la primera esposa, con tres hijos (una profesora de piano que daba lecciones a domicilio) y enseguida nos casamos. Lo demás es Historia, como diría él.

En el extranjero no éramos nadie. Comenzó entonces nuestro peregrinaje por colegios, los *colleges* de tercera categoría que te decía. Al menos en Cuba uno tenía claro quién era el canalla y quién el amigo, pero un *college* es una cosa siniestra, amiga, un honesto malentendido, como dicen aquí. Un centro de enseñanza donde, en vez de educarte, te embruteces. Y él tampoco lograba ponerse de parte del Exilio, con mayúscula. A partir del lanzamiento de la revista *Humming Boar* comenzaron las discrepancias. Hasta Fernando de Call se apareció en mi casa, en mi propia casa, haciéndose el patriota, hablándome de principios. ¡Para principios estábamos nosotros! El exilio, como le dije, era más bien el final, sobre todo de la carrera de un escritor.

Adelita Goedel era una austriaca vecina nuestra que había enviudado hacía unos años. Cantaba, acompañándose al piano, las canciones que solían gustarle a su marido —*Nachtfalter* y los valses vieneses de su época. Tocábamos algo de Lecuona, a cuatro manos, cuando se apareció Fernando, sin previo aviso. Tuve que levantarme del piano e ir a sacarlo a patadas de la casa. ¿Puedes creerlo? La escritura de Fernando es pura ponzoña, lo decía mi marido y lo sabe cualquiera. A Humberto no dejaba de asombrarlo que la Cuba de hoy se pareciera tanto a esas líneas escabrosas. No es que él haya tenido nada contra los homosexuales. Nuestro propósito no era denostar a nadie. Pero a Humberto se le acusó de haber traicionado a sus compañeros, y hasta a su primera esposa, lo cual no es cierto.

Me levanté con toda mi calma y fui hasta él. Le dije, «¡Fernando!». Estaba de espaldas. Con la misma le di una patada en el culo. Sí en el *culo*[39]. No pude contenerme, lo

---

[39] El énfasis es mío [N. de la E.].

siento. El puntapié lo cogió fuera de base y cayó contra la puerta, rompió el *screen* de telametálica, y salió disparado por el hueco. Con el impulso que llevaba, siguió rodando por la nieve, hecho una bola, como las que él gusta de echar a rodar. Era cómico, y patético, verlo derrumbarse así, tan fácil. No pudimos aguantarnos y nos echamos a reír, Adelita y yo, ¡a carcajadas! Se lo soltó todo a los periódicos, y escribió un opúsculo sobre nuestra bronca. Así empezamos a batallar en este país.

¿Por qué ha de extrañarte entonces que apareciéramos en los titulares, y que poco a poco la promesa blanca de las letras cubanas, «el que dio voz a nuestra mala conciencia», el «último republicano», como dijiste tú tan acertadamente, en aquella reseña, se suicidara frente a la botella de whiskey? Casi a diario, al regresar de la calle, me lo encontraba tendido en la alfombra, delirante, ojeroso, y cagado de miedo. Yo soy creyente, él es agnóstico. Y, aparte, uno no escapa al mal de ojo de ese hechicero (que se cruzó en nuestro camino hace tantos años) si no hace algo. Algo espiritual, quiero decir. ¿Cuántas veces no lo he recogido del piso, lo he bañado y le he dejado un cubo de agua con flores blancas junto a la bañadera? ¡Para nada! Es mandatorio (como decimos aquí) creer; no existe otra alternativa que *creer*, pero hace tiempo que él sucumbió a la fascinación del derrotismo.

Para una mujer es terrible llegar a casa y encontrarse a un hombre acabado. Me sacrifiqué por él y (está mal que lo diga), sacrifiqué mi carrera también por él. Desistí de mi vocación, renuncié a mis sueños y a mis creencias, lo dejé todo, por él. Cuestiona hasta mis supersticiones, y eso, tú sabes, es lo más sagrado que una tiene. Me costó casi treinta años reconocerlo, y ya ni siquiera recuerdo cuándo fue la primera vez que busqué refugio en el cementerio de Flagra. Por muy cursi que pueda sonarte, en el cementerio conocí la felicidad.

Todo lo que deseaba al principio era estar lejos de casa el mayor tiempo posible. Hubo momentos en que me taponeé los oídos para que no me penetrara con sus dudas. Leyendo a Paolo Coelho entendí que cuando una está al borde de la demencia se abre una puerta, un portal. No sé cuántos libros de ocultismo me bebí, sentada debajo de aquel roble. Confundo la *Urania* de Flammarion con *La luz nueva*, de Sendivogio. El murmullo de la fuentecita se mezcla en mi memoria con los borbotones de una cumbia que salía a todo volumen por los altoparlantes del negocio de gomas que quedaba al cruzar la calle, *El rey de las llantas*. ¡Qué ciudad más alucinante!

Abandonaba el cementerio al anochecer, cuando Elvis Crespo salía del castillo, bañadito y vestidito de limpio: era la señal de que había llegado la hora de largarme. Hasta el día de hoy, ni rastro de «la sombra». Parece que era alguien que iba a dormir allí. Pero tú sabes que nada sucede por gusto. En varias ocasiones creí escuchar las hojas secas crujiendo bajo una pisada furtiva, pero, al voltearme, era Grenaud, el viejo haitiano que corta el césped; o Mr. Heisen, el director de un grupo de oración, y el último americano, por cierto, que queda en este barrio tomado las hordas latinas. Los brillos que se ofrecen a mi vista, si es que la levanto del libro, son los de las viudas cubanas, que hasta para enterrar a sus muertos se cargan de bisutería. ¡Las patriotas ridículas!

Elvis comenzó a acompañarme al carro este otoño, cuando se hacía de noche temprano. Se expresa en una mezcla rara de inglés y castellano, y para eso, en monosílabos: *yes, no, sure, right, ven*. Con mucha cortesía, eso sí, que nos falta a nosotros. Trata de seguir el hilo de mis conversaciones, que, por lo común, giran en torno a la transmigración de las almas o a la métrica de un soneto lezamiano. ¡Figúrate! Solo una vez se refirió a su familia, que creo vive en Memphis, por lo que me luce que deben ser mejicanos o salvadoreños. Esto es muy extraño, sobre todo porque, cuando se habla por hablar, uno siempre inventa cosas sobre los orígenes, algo que a Elvis no parece importarle. Vive confiado en el ahora, y aunque sea enterrador, tampoco parece preocuparle «el Fin». Está siempre muy atento a mis estados de ánimo, a mis necesidades. Deja la excavadora y viene a darme una vueltecita, a brindarme café de un termo y dejarme pasar al baño del castillo. Una tarde que hizo mucho frío me ofreció su chamarra enguatada, color naranja, con el logo del Flagra Memorial en la espalda (una corona de laurel y una lápida negra con un pico y una pala cruzados), y salí a la calle disfrazada de sepulturera, sin sentir la menor vergüenza.

¿Qué hubiera dicho Humberto? Bueno, para empezar, se hubiera reído de la clase de elemento con que me mezclo. Poco a poco voy dándome cuenta de que ya no me interesa lo que piense Humberto. ¡Quién iba a decírmelo! Antes de las Christmas del año X, sentada junto a la fuente, revisando las galeradas del último número de *Humming Boar* (de la que Humberto tampoco se ocupa: pero bueno, éste es el número 948, Volumen XXVIII, para que te hagas una idea), comprendí que estaba llevando una doble vida: Cenicienta en casa, y cazafantasmas en el castillo de Flagra. Por no decir que es una vida falsa, contagiada de la falsedad que afecta a esta ciudad tramposa.

¿Qué espero? No lo sé. Pero esa fue la tarde que Elvis me invitó a cenar. Emergió del castillo en atuendo tejano:

camisa de ginga con abotonadura de plata, pantalones de mezclilla, chaleco flecudo, sombrero Stetson en combinación. Por debajo de las alas del sombrero asomaban las coletas de su cabello negro, recogido en la nuca. Creí que tomaríamos el carro y, cuál no sería mi sorpresa cuando me pidió que camináramos.

¡Caminar yo por Flagra, con él! ¡Ni loca me dejaba ver con él! Me inculcaron desde niña una serie de prejuicios y me era muy difícil olvidarme de todo y echar a andar. Traté de explicárselo, pero Elvis se limitó a sonreír, muy cortés pero –evidentemente– muy decepcionado. Como en su caso lo cortés tampoco quita lo vanidoso, me dio miedo defraudarlo. Las decisiones pequeñas son las que afectan toda una vida, lo dice Sebastián Gaviota en *Ilusiones* (¡no puedo creer que también ese libro esté prohibido en Cuba!).

Eché a andar por la acera, bordeando el muro de piedra, muy pegada a la verja, buscando amparo de las miradas en la sombra de las acacias que extienden sus ramas hacia la calle. Casi sin fijarme, caminé en dirección de Douglas Road: Elvis me alcanzó antes que pudiera llegar a la esquina. Me tomó del brazo, pero me zafé, y seguí andando. Yo iba delante y él detrás, en dirección al Versailles. Apenas divisé el lumínico con la flor de lis, se me aflojaron las piernas. Sabía que estaba moviéndome como una autómata, pero no podía hacer nada, cada paso me costaba un enorme esfuerzo, como si anduviera encadenada a una bola de hierro. Supongo que le sucederá lo mismo a un fugitivo de la justicia, y me sentí prisionera de aquellos interminables minutos.

Versailles es el restaurante de Humberto, allí va dos veces por semana a comer ajiaco y a comprar sus puros, evitando las horas en que pudiera encontrarse con los antiguos colegas del Servicio Exterior, o con los arrepentidos del Ministerio del Libro. Cuando salimos juntos a almorzar me exige que esté lista desde muy temprano: «Vamos, anda, antes que se levanten los lechones», dice, y ordenamos almuerzo a la hora en que todavía están sirviendo el desayuno. El capitán nos conoce. Los profesores universitarios van allí a hablar de política con las camareras. Dicen que ese lugar es como la luna: lo que se pierde en Cuba aparece en el Versailles. Hubiese podido, sencillamente, desviarme y entrar a La Carreta, que es la misma mierda y está en el camino, pero seguí de largo, como una sonámbula, y no paré hasta ver mi reflejo en el cristal nevado de la puerta automática.

Nada de extraordinario podrá suceder jamás en ese comedor popular, y nuestra velada tampoco guardaba grandes sorpresas. El capitán es un caballero dominicano muy discreto. Vino a recibirnos y fingió no reconocerme: *¿Mesa for two?*; y con un ademán que me pareció intencionalmente descortés, nos condujo a una mesa del fondo.

Mientras atravesaba el salón, sentía que todos los ojos estaban fijos en mí. Abriéndome paso por una jungla de azogue y muñequitas biseladas, llegué al asiento que me ofrecían, como si alcanzara la meta después de correr un maratón. Caí desplomada. A mi lado, en unos cañaverales de plexiglás, había dos pastoras dándole de beber a un cervatillo, pero la gente que pasaba se me confundía en una mancha. (Algún día escribiré algo sobre la luz indirecta de los restaurantes cubanos del exilio).

Al cabo de un rato ordené un té de menta y conseguí calmarme. Comencé a distinguir familias alegres que disfrutaban, si no de la vida, por lo menos de la comida, cosa que yo, en esos momentos, me sentía incapaz de hacer.

Nunca entenderé por qué la cocina del Versailles goza de una reputación tan desproporcionada con sus méritos gastronómicos reales. Humberto mismo la detesta, aunque no se le ocurriría ir a ningún otro sitio. Y yo venía a recalar de nuevo a ese miserable merendero, por pura indolencia, aunque la vulgaridad del ambiente nunca deja de ofenderme (por lo menos, al principio) para, después de aclimatada, empezar a gustarme...

109

Fort Hueco, Tejas. 25/XI/1998

Estimado(a) Editor(a):
Mi nombre es Juana Bruguera, soy periodista, ensayista, reconocida mentalista y musicóloga de origen cubano.
Os ruego consideren el relato *El escarabajo* (adjunto, en documento PDF) para posible publicación en vuestra prestigiosa revista.
Cordialmente,
JB

108

El escarabajo

¡Pracatán...!
Adalberto cayó de espaldas, con las piernas en el aire y el mentón hundido en el pecho. Se miró las lejanas pantuflas, las zapatillas con iniciales bordadas, cubiertas de vómito. *La penúltima cena* (pensó), la de anoche. Sí, tuvo que reírse con risa de beodo semejante al llanto, y esquivar la imagen trillada, la imagen del escarabajo. ¡Ese escarabajo era él!

Sonrió amargamente. Con los labios en pértiga –su mueca– recorrió en puntillas el contorno del bicho. «¡Oh, las ideas peligrosas que era mejor no *entretener*!», pensó el profesor de Berlitz, traductor de Roethke y de Riding. Hizo un esfuerzo sobrehumano por voltearse, pero solo consiguió que las tenazas de la hielera (imitación china de un antiguo motivo de Sears) se le incrustaran aún más en las costillas.

Después de pasar muchas horas en posición supina podía interpretar los adornos del objeto cromado: *Cro-mado...* *Cro-magnon...* Descubría así, por carambola, el maravilloso mundo del hogar, un mundo que había descartado sin saber cómo... ni cuándo...

Movió la cabeza, buscando objetos que desentrañar. Debajo de un escritorio con patas cónicas terminadas en casquillos había un triciclo que seguramente pertenecía a su hijo. *¿Cuántos tenía?* Había cubos de plástico estampados con letras, una fauna de cuerda, una flora de poliuretano. Goma, lata, plástico, hule, hyle, materia prima que se insinuaba a los sentidos mucho antes que conociéramos la carne.

¡Ah, la piel grasosa! Dedalus encontró un miserable *oil-cloth* a la entrada del laberinto, no un vellocino. El balón a rayas que deambulaba por la sala, arrastrado por la brisa marítima, vino a chocar contra su calva. *Miami Gardens*. Un balón de vinil hinchado de aliento materno. Hule, *oily*, olé...

Tanteó la alfombra peluda, rastreando las gafas de aumento que habían caído por detrás, por encima o más allá... Y en la repisa (donde Magaly había montado un altarcito) vislumbró pequeñas estatuas.

Esta era, reflexionó, no tanto la perspectiva de su caída (individual, privada, a la que iba acostumbrándose poco a poco) como el punto de fuga de quien yace sobre la espalda para contemplar mejor el espectáculo del mundo. Patas arriba, *yes siree*. Y escribir, ¿no era adoptar precisamente ese Standpunkt? Creyó entender las miradas de confusión, de compasión, con que lo contemplaron siempre (desde la altura) sus mujeres e hijos. Lo sabían todos, ¡y él había sido el último en enterarse! Yacía –¡y yacía desde hacía décadas!– como una alimaña, un gusano, una cochinilla que circun-valaban, extrañados, los miembros de sus dos familias. Lo habían atendido como se asiste a un convaleciente, mientras que él (el-es-cara-*abajo*) pasaba horas, meses, años, tirado, tendido, apelotonado en los pisos de mármol, parqué, alfom-bra, linóleo, concreto y granito, debajo del piano o de una mesa, en todos los albergues de paso y en todas las residen-cias permanentes que había ocupado en su vida.

Tenía sed. ¿Era una hielera lo que el Santo Niño llevaba en el brazo? ¿Una cesta? ¿De frutas? Santo yeso, ajeno a la carne y al hueso. Un niño, con los piececitos enfundados en sandalias… Un brochazo de añil en los pliegues de la tela. Había viajado con ellos grandes distancias, peregrinajes enormes. *Lo trajeron de Cuba.* Los había acompañado en las buenas y en las malas. Una cesta, un racimo, un bordón, una calabaza: signos arcaicos, también signos vitales, que antecedían (¿*predated*?) la vida y sus metáforas.

¿Y acaso no podía leerse la pinza en el flanco? Las cosas, las cosas lo acosaban… Lamentó haber hecho caso omiso de las cosas, ocupado en las falsas doctrinas de sabios germanos cuyos sistemas degradaban el mundo real, como mismo él había repudiado el mundo irreal de la pobre Magaly, redu-ciéndolo a una sola sílaba: *zilch, filth, trash, dreck, kitsch*… Lo había barrido todo a su paso, arrinconándolo en la *kitschen*. Allí la empujó también a ella, *the witch*, donde no la vieran. Pero ahora encontraba este otro mundo acá abajo, en su caída, el mundo de los adornos. ¡Y pensar que existía allá arriba, en las alturas de la Kultura… *jemands benannte Adorno…* alguien llamado Adorno! ¡La risa! ¡La risa lo mataba!

Esa mañana comenzó por servirse un whiskey doble en un vaso de vidrio, los vasos que ella siempre creyó que eran para la cerveza. Devolvió la botella a la mesilla y estiró una mano convulsa para alcanzar el trago. Entones sonó el teléfono. Quiso contestarlo, tropezó con la alfombra greñuda y fue a caer (el estertor se oyó en toda la casa vacía) contra la licorera. Quedó paralizado. Al cabo de un rato desistió de moverse y se estuvo tranquilo. La paz lo embargaba. Sentía un dolor en las rodillas, en las costillas, en la rabadilla. Y no se sentía las piernas. Una mancha húmeda ganaba terreno en la alfombra: pudo verla, color arena, a un palmo de su cuerpo, el charco que lo rodeaba, isla y náufrago de una pieza. *No man is a…* ¡malditas circunstancias! Arrojó, doblado sobre su propio pecho. Se le escaparon pedos. Se ensució y se orinó, incontinente y aislado. Se dejó llevar por la marea. El teléfono seguía. Vió caer la lluvia. Un diluvio de nieve, lava y granizo tras las persianas.

Comenzó a detallar el salón. Fotos de familia en la pared opuesta, directamente sobre su cabeza. *Cara abajo, patas arriba, cara abajo…* Tenía ojos débiles, sin las gafas. Los espejuelos de armadura gris, el modelo básico de Medicaid: los escogió, o ellos lo escogieron a él, y los señaló, «esos». Solo entonces se dio cuenta de que todo le daba lo mismo. Ahora cabalgaban sobre su nariz, espejuelos de paciencia.

Rió, y recordó que tenía algo clavado en las costillas. Magaly había salido temprano y el teléfono seguía sonando, no paraba de *riiiinnng*. La esperaba para comer, para pelear, para reír, para gritar, para *pam-pín*… para *pan-pán*. ¿Sería posible que ya fuera Halloween, la fiesta de las brujas? Cami-

225

lito pasaba la Semana Santa con sus hermanastras. *La radio.* ¿Cómo la apagaba? Hace tiempo. *Riiiinnng.* El tiempo. *Zeitung.* Se empujó con los codos. *Cara abajo, patas arriba, cara abajo...* La puerta. *Ding-dong-an-sich.* La radio. *Witch.* Mal tiempo. Hace tiempo, que muero. Tiempo que *Traum.* Hace, cun-cun-chú, tiempo que ella. Lorelei. Sueño, cun-cún, con ella, con ella, ella, con con con ella ella ella cun-cun-chú *y en el silencio yo yo gritooooooooooooooooooooooooooooooooooooooo*

Juana Bruguera
Anales de Literatura Feminista Latina
Volumen XXXV, Verano y 1999

107

Isla Negra, Circular No. 4
3 Mayo, 1962

Rosa mía:
En setiembre de nuevo (otra vez) el Negro me habló de alzarnos. Oí callado lo que quería decirme, pero calculé que no sería fácil. Las segundas partes, como tú dices, nunca fueron ni regulares. Después también el viejo vino a verme al precinto y me llevó aparte para recomendarme que me fuera, que a lo mejor [era mejor] que subiera a las lomas con el Negro. Lo que dijo tocó una fibra muy honda, la fiebre patriótica que padecimos y que tanto daño nos hizo. Volví asentir [sic] lo mismo, lo que se siente cuando está en juego algo (*ilegible*). Saqué la pistola y la puse encima del mostrador. Por ahí ya puedes imaginarte lo delicado de la cuestión. Estaba dispuesto a meterle un tiro en la cien [sic] a tu propio padre. ¡Qué me decía! ¡Que volviera a esas montañas, a esas lomas embrujadas, ahora, en contra de todo lo

que habíamos (*ilegible*)! Pero mira Saulo, la revolución no triunfó, me explicó Abrantes. Sácate las escamas de los ojos, Saulito. ¡No ganó!, me gritó. Somos pocos, casi ninguno, los que estamos [de acuerdo] con *esto*, ya no estábamos de acuerdo. Lo que te hicieron creer, es falso. Y fíjate, dijo, en realidad todo fue fantasía. Nos engañaron...

No pude batirme con el (*ilegible*) de ideas que me cayó encima. Me vi al pie de una cascada, de los saltos que abundan allá arriba, y me sentí entripado por dentro. Bueno, no hay que andarse con rodeos, simplemente te digo que me cayó un chorro de agua fría encima, pero que no era un cubo, era un torrente. Era miedo. Cuando ves lo que tienes delante, ya no miras a otra cosa. Sabes de antemano que el destino te llama y que te toca morir. Lo entiendes. Pero esto era la muerte segura. Le estreché la mano al hombre [el Zurdo] que me traía la desgracia, y él me haló con fuerza, no sabía que Tellería tenía esa fuerza guardada en alguna parte, y me tocó con el hombro mi hombro y después con el otro, me estremeció y me miró fijo a la cara. Nos vamos, dijo el Jimagua. Y entonces ya no podía echarme atrás.

Alzado (*ilegible*). El resto lo conoces. Me han arrastrado. Me han arrancado los grados, me han arrojado a un pozo, a la mojonera, me han humillado, me han hundido, mean (*ilegible*)... *Por eso yo*, en plena posesión de mis facultades mentales declaro aquí, en esta miserable celda, la verdad. Que aquel amanecer de mayo de 1960, después de dejar la zapatería, sin mirar atrás, ni volver a verte nunca, me interné en las montañas de Escombray, y que, entrando por el entronque de Cardín, intenté unirme a las tropas del Mono Zulueta.

O sea, que éste es mi testamento y mi declaración, mi mensaje al exterior, ahora que me veo rodeado de Circulares. Aquella noche sin luna, al llegar a la finca, como habíamos convenido, Tellería y los compañeros de la instrucción no sospechaban que nadie nos esperaba. Salimos a un patio apisonado y apagamos una fogata: seguimos las huellas de mulos, los rastros de animales de una brigada. Andrés Tellería y yo, Kámara el Loco, que me decían, decididos a seguirles los pasos por matorrales, marabuzales, avanzamos a tientas, guiándonos por una cerca de púas. Cruzábamos las corrientes de los ríos dobles, el Caonao y el Hanabanilla.

La primera señal nos dio en la cara, los pies de un ahorcado. Tanteamos a ciegas, iba calzado. Tellería reconoció al tacto un par de botas La Ideal. ¡Uno de los nuestros! Bajó el cadáver con mucho respeto, como se baja la bandera. Era Baldomero. Tenía un cartel en el pecho: ¡Brigadista! ¡Comemierda! ¡Comunista! Lo dejamos descansando en la tierra que había velado tantos años, el buen (*ilegible*) de la finca.

Encontramos una vaca herida llorando en la sombra. Le faltaba el rabo, un flanco. Luego los mondongos de un chivo sacrificado, la cabeza por allá. Aplastamos las cáscaras de huevos de una cena campestre abandonada a toda prisa. Desde la última vez que lo vi, el monte se había vuelto un basurero, regado (¿regalo?) de (*ilegible*). Los comunistas iban dejando despojos, sobras, advertencias. Algo que movió el viento resonó como una hoja y nos dividimos para reconocerlo. Era una cartilla *Venceremos* con nociones elementales, un peine y un escapulario marcando las páginas.

La mañana nos sorprendió al borde de un barranco sembrado de berro. Nos lavamos las caras y subimos la cuesta, atravesando las fincas de Crucecitas y el patio del hospital de encartonados. Abrimos fuego contra una jutía. Caminamos de espalda, en silencio, digiriendo la carne estropeada. Topamos con la carretera. Vimos una división al otro lado del camino, gente que pasaba en camuflaje hacia un cañaveral en llamas. Al fondo de la cañada encendida encontramos a los nuestros. Les dimos de beber y volvimos a dividirnos en bandos de a nueve. Partí con Tellería hacia un punto que identificó el guía.

Al anochecer encontramos la tropa de la Niña de Placetas, que había visto pasar al grupo que buscábamos. Una alzada joven que asolaba las lomas nos indicó el rastro de los hombres. Huían de los tribunales (*ilegible*) que nos habían embarrado. Continuamos juntos, y al amanecer alcanzamos las inmediaciones del central Las Delicias. Engrasaban fusiles. Entre las panzas de los hornos apareció el Jimagua. El otro esperaba parado al lado mío. Allí comenzó la batalla.

Tellería disparó contra la Niña, y la Niña, sabiendo que había caído, que habíamos caído en una trampa, disparó contra nosotros. Del otro lado llegaban ráfagas de Garand capaces de cercenar en dos a un hombre. Adivinamos que eran compañeros vestidos de maestros los que disparaban. Ordené un alto al fuego. Pero los guajiros parapetados detrás de las ruedas del tándem no se confiaban. Vimos a un segundo Jimagua subir como una sombra por las almenas y remontar los trapiches, y creímos que escapaba. Pero era Andrés, y no el otro, que lo seguía.

Vadeamos un tanque de melaza. Fuimos a dar a un pasillo de émbolos. Los brazos largos se hundían en las entrañas del central y regresaban caldeados, cubiertos de miel, arrastrando a los caídos. Tellería apareció entre las poleas, subió a un tacho, agarrándose de las escalerillas, corriendo y disparando a tientas. Andrés tomó puntería, apoyó el cañón en la baranda del molino. Tiró tiró tiró. Las balas le entraron (*ilegible*). Fue dando tumbos por los engranajes (*ilegible*) y las trancas hasta caer reventado en la pesa.

Después de matar a Tellería, el Jimagua giró el rifle hacia mí, y sin saber yo en ese instante quién era [quién] abrió fuego. Supe que me quedaba… era (?) poco. No sabes lo que es poco hasta que lo ves contra lo que no [queda]. Cuando va a liquidarme me veo indefenso, como un niño. No es que la vida te pase por delante, es que ya va [¡adelante!]: la culata de la metralleta atascada en la biela y el brazo partido me cuelga y no me responden. Trato de destrabarla, de zafarme y de salir empujando, pateando con toda mi alma. Veo una caña larga como una lanza y, en mi situación, creo [que] pienso «Esto no es una lanza». El suelo está trillado de rejillas, y la recojo. Más bien espulgo la confusión de rayas hacia el infinito. El último venablo, como dices tú, el proyectil de mi única batalla por [¿Cuba?]. La caña le da en el pecho. Pierde el tino y cae. Empecé a reírme, a carcajadas. Disparó una ráfaga loca al aire, también riéndose. Revolcándose. Después se levantó, riéndose, y se me acercó sin prisa, y vi que venía (*ilegible*). Los dos riéndonos…[40]

---

[40] El documento original de esta epístola, preservado debajo de un vidrio de aumento [10x] en la Sala Artistilandia del Museo de Artefactos, está escrito en un trozo de papel cebolla de 25.4 x 12.7 mm.

Addenda y corrigenda

Cuando se acabó la piedra y no quedó nada más que empeñar, nos acostamos en la alfombra a pasar la nota. El enano Guevara regresó a su colchoneta y los demás nos tiramos en el piso, uno al lado del otro, hasta cubrir todo el cuarto regado de cabos, estropajos y esquirlas, como los esclavos que viajan encadenados hacia una isla de la que no tienen ni la más remota idea.

Durante las largas entrevistas con su tío Federico, Isaac se entera de que Joan Hernán, el académico, era un mirahue-cos; que el zurdo Tellería también había llevado a Pilar al Callejón de los Talabarteros y que le había bajado los pantalones; que Esther le robó el marido a la Testigo de Jehová, el dueño del taller de reparaciones de bicicletas; que un día Cordobero llegó borracho y le partió la boca a Adah. «¡Ah, esa era la cicatriz que mamá dice que le hicieron los esbirros de Castro!» «No, fíjate que eran dos, una encima de la otra». Consigue una descripción aceptable de su padre: «Era un pescador de Cienfuegos. Dejó la escuela en el sexto grado. Después ingresó en la academia nocturna y se hizo radiotécnico». Isaac lo idealizaba.

Esa noche, en el cementerio (o la biblioteca), soñó que lo llevaban al fondo de un astillero. Se vió entre grandes yates de recreo montados encima de burros. Hay pilas de nasas, arpones y tarrayas. Entonces, los otros le bajan los pantalones y lo obligan a perjudicar al Padre:

«De hecho, le bajé los pantalones a causa de los golpes y las patadas que me propinaban aquellos que había seguido ciegamente hasta la discoteca. Veía por fin lo declarado por Mayorca: que de noche, las joyas, las pulseras, las cadenas de oro que la gente lleva al baile, caen por su propio peso y se pierden en el bajo mundo; joyas extraviadas en el plano inferior (si reaparecen, los ladrones de la cuadrilla las recogen y se las guardan), pero sabía que no me quedaba más remedio que obedecer y bajarle también los calzoncillos, y sacando fuerzas de dónde no había (y más que fuerzas, lujuria) encontrar en la memoria algún elemento lúbrico que me permitiera ensartarlo y terminar pronto, moverme bajo amenaza dentro de mi padre[41], descargar en él la roña de una noche tibia de South River Drive a mediados de los ochenta, y correr hacia la puerta chapisteada del automóvil, abrirla, y arrojarme en el asiento del pasajero, después de haber perjudicado, de haber desgraciado, de haber poseído y haber sido poseído por un muerto, después de preñar a un cadáver que se me apareció en sueños, después de empujar hasta el fondo contra la reticencia y el *rigor mortis*, metiéndomele dentro, como la famosa aguja por el ojo del camello...

---

[41] Isaac aparece aquí como el *Anti-Edipo*, aunque es probable que en 1984 todavía no hubiera leído a Deleuze & Guattari.

Lo hice, completé mi tarea, que duró el tiempo que tarda en esfumarse el rubor de la aurora en los parabrisas.

–Terminé –dije, y me fregué la frente con la manga.

–¿Que terminaste? –me preguntaron ellos.

–Sí –repetí, y me puse de rodillas.

Después fui incorporándome, como un santo, me apoyé en el guardafango de un carro, me sacudí la basura, me limpié el barro, la sangre.

–Terminé… –volví a decir, con la camisa por fuera.

–Ven estúpido, límpiate aquí…

–Coño, fuera de juego, ¡de pinga!

Reírse era mierda. Aullaban, se viraban al revés, jugaban de manos, se daban trompadas de asco, de júbilo, de satisfacción, de vergüenza.

–¡No se me acerquen, por favor! –les pedí.

Pero me daban vueltas, midiéndome, puyándome.

–¡Conchó, cochino! –golpeábanse las rodillas.

–¿Le sacaste la sortija? –rieron.

En la cara interior, el aro tenía escrito: *Malo Mori Quam Foedari*, Primero muerto que sucio.

–¡Qué estúpido! ¿Será masón? –preguntó Sidonia.

–Era abakuá…

–Yo nunca he hecho esto. Soy inocente. Me declaro culpable. Si fuera por mí, no hubiera venido…

–¡Pues no hubieras venido! –exclamaron a coro.

–Ahora tendré que negarlo toda mi vida… No sé… la manera en que sucedieron las cosas esta noche. En realidad, antes de quedarme dormido en la lectura de Fernando…»

Entonces despertó.

Fernando caminaba en cuatro patas por el piso del Cuarto Oscuro. Aparecía y desaparecía bajo los fogonazos de los postigos, por donde entraban las franjas de la aurora (llamémosle así). A veces la cabeza y los hombros quedaban sumidos en la penumbra, y las nalgas y las pantorrillas bañadas en la sal matinal (*azulenca*, de la que ya he hablado), y enseguida la cabeza entraba otra vez en el azufre y el resto del cuerpo quedaba borrado. Gateó un rato aún, unas veces en círculo y otras en línea recta, sin rumbo fijo, hasta que fue a chocar con las botas de los juerguistas congregados en un rincón de la catacumba. Sus detractores se burlaban de él, lo meaban y lo montaban sin la menor consideración para su gloria de escritor. De todas formas, no tenían por qué saber quién era Efe, ni el que le cagaba en la boca, ni el que le zurraba las nalgas. Parecía que aquel era el único lugar donde podía eclipsarse y desaparecer. Aquí era Nadie. Noté que detrás de una pilastra pintada de oro había un negro con saya y peto corto que lo perseguía con una fusta de trenzas. Tuve que encarármele, arrebatarle el latiguillo y cubrir a Fernando con mi propio cuerpo. Viéndose privado del esclavo, el señor se enfureció, y su insolencia dio un giro peligroso en la negrura, a causa de lo remoto del pasadizo, y por no existir la menor posibilidad de que alguien nos auxiliara a esa hora. Debes saber, Isis, que el Cuarto Oscuro estaba situado en los confines del mundo; que no existía, ni podía existir, relación alguna entre el aquí afuera y el allá adentro.

Dejamos la ropa en la orilla. Nos mojamos los cuellos y las axilas, chapaleamos en el agua poco profunda. Después fuimos adentrándonos en la negrura húmeda, caminando sobre trozos de yeso que el líquen y el plancton habían recubierto. Las algas crecían en los paños pintados con aerógrafo, en tonos bizantinos, opacos, ondeaban quedamente en los cálices redorados, hundidos en la arena movediza del fondo. Rostros de santos ahogados, vueltos a martirizar, abandonados por los creyentes, que les daban la espalda al convertirse a la religión de los norteamericanos y abrazar el nuevo evangelismo, que extendía sus iglesias gigantes, parecidas a almacenes, por los bajos fondos, y exigía del converso la destrucción de las imágenes, una revolución iconoclasta que, no obstante, evidenciaba trazas de creencias paganas, pues venían al mar, después de todo, a arrojar los trozos partidos, los fragmentos de un catolicismo amancebado con brujería, al mar, *das leere Meer*, que era el gran poder divino, la potencia abarcadora que acepta detritos, recoge delitos, y que, en su inconmensurabilidad, es capaz de tragarse todas las traiciones, todos los crímenes, todos los errores, todas las envidias y los engaños. Un naufragio antiguo, a juzgar por las gorgueras plisadas, por las clavijas y las sotanas, por los sombreros emplumados de los Niños de Atocha y los sayones carmesíes de los Niños de Praga, encajes, crespones, mangas y túnicas, entre cuyos amplios vuelos desentonaban el simple traje negro del doctor milagroso José Gregorio Hernández, las plumas de un indio apache, las torres medievales donde sufrieran suplicio tantas vírgenes locas, las polainas romanas y las cofias de caolín y pasta. Caminamos sobre los fragmentos, aplastando erizos, hasta que el agua nos dio a la cintura. A lo lejos, los penachos de un pinar ardían sordamente contra el más tópico de los crepúsculos. Entonces alzamos los brazos (el billete de veinte que conmemora el Desembarco) y continuamos internándonos en el fango, yo a la zaga, Adán nadando desnudo hacia el borde del sayón rosáceo que ceñía las islas.

101

—¡Tráeme esa caja! ¡Échate pacá! —me pidió Blanca Rosa.

Va manoseando y pasándome cada foto: el cine Luisa, el Prado, el Teatro Terry, Cienfuegos, Covadonga, Playa Fría… Rosa habla, su voz de madre provee los comentarios. Le pido que cante las canciones que escuchaba en aquel entonces: *No tengo edad, para amarte, y no está bien que salgamos solos los dos*, por Luisa María Güell. Tiene que hacer un gran esfuerzo para afinar. Por fin lo logra. Canta y habla con voz ronca, sentada en el borde de la cama, rodeada de perritos de peluche. Describe la calidad de los paños, la suavidad de la seda de que estaban hechos los lazos, los pespuntes, cada detalle. Se ve que le encanta decir «crepé».

Encuentro en las fotos de dos generaciones atrás los dientes picados, evidencias de una higiene bucal primitiva, mientras mantuvieran las bocas cerradas se asemejaban a nosotros, podían (fingían) ser nuestros iguales. Otra instantánea, con los labios ligeramente separados, y una hilera de muelas torcidas ponía al descubierto el abismo insalvable que mediaba entre ellos y nosotros.

Aparté la vista…

Somos tan vanos que hasta las impertinencias de una moribunda llegan a incomodarnos. ¡Que tenga el descaro de aparecerse con deseos de última hora!

Pone un disco.

–Bueno, ¿y ahora qué?

–Yo ago de mujel…

–No lo tomes a mal. ¡Tiener uno homblo tan ancho!

–Aber. Yo guío, tú mesigue… Malquel paso. *Un, do, tre…*

–Un bolero…

–Una guaracha…

–Ponme la mano aquí…

–Macorina…

Pilar se apretó más contra él.

Aquel le metió los dedos en la boca, le forzó las mandíbulas; el otro le plantó una bota a cada lado de la cara, aplastó los rizos que le caían por detrás de las orejas, en el pasillo del remoto mingitorio. Se levantó el mandil, se acuclilló. Fernando trató de incorporarse, aruñó el suelo, sacudió la cabeza, pero lo tenían pisado. Había desaparecido desde temprano, y mientras los otros juergueaban, él recorría cubículos, lamiendo aquí una linga que asomaba por un hueco, dando allá el siete a la abertura de una letrina. Combatió la sífilis y la gonorrea con penicilina y estreptomicina en numerosos episodios. Tuvo sangramientos, tifus, tres cruces, ladillas, herpes, ronchas, salpullido. Vagó, afiebrado, por las profundidades de las catacumbas, preguntándose cómo había ido a caer allí, y si la libertad no era más que vulgar libertinaje, y qué hubiera sido de él de no haber contraído la enfermedad mortal del exilio… La incapacidad para advertir lo obvio fue su desgracia. Estaba condenado a seguir aruñando el bagazo, aun después de salido el sol, cuando ya todos dormían, delante de colgajos sin sentido, les daba la lengua, sorbía las últimas gotas y escupía, y volvía a sorber, y a soplar, pasando en un segundo de la euforia a la desesperación. Extraviado en su laberinto, adivinó la Presencia desplazándose tras los delgados biombos; la Presencia desnuda, hiperbólica, viniéndose o siempre a punto de venirse... El Cuarto Oscuro era la cárcel barroca, y el Otro permanecía mudo, tras bambalinas, no respondía, se hacía el duro. El mismo que le había trocado la lengua en los simposios, se la enredaba en los baños... Donde menos te lo esperabas, *estaba*.

98

Quienquiera que fuera el que lo tenía en un puño debía ser un mito, un bruto, un ángel, el Verbo o un pleonasmo. El que lo empuñaba y él eran lo mismo; Orexis y Aesthesis, lo mismo lo que buscaban, lo que ignoraban, lo que encontraban: su entendimiento llegaba en el momento en que perdía el conocimiento.

97

El sodomita compra el éxtasis y termina por repudiar al que se lo vendió. A patadas lo sacaría de su presencia si no fuera porque algunos canallas se entregan por el menudo que puedan recoger debajo de los cojines. Si mendigan, si solicitan bañarse o ver cualquier programa, o si piden pasar la noche, sus peticiones son recibidas con indiferencia. Urge levantarlos, pero es una cuestión de honor despacharlos lo más discreta y expeditivamente posible.

La fetidez crónica, lo malo del pelo, la grasa del cutis, las feas cicatrices, los tatuajes ingenuos, delatan al indigente. El contraste entre el anfitrión y el intruso (en los pasillos del condo, en los elevadores del motel, en el asiento del pasajero, cuando entran camuflados a los repartos con garita) denuncia el negocio sucio.

«Para los que compramos placer», lamentó Federico Pilar Cordobero, «la prostitución no es un crimen, ¡es un karma!»

Gasiel el Gris permaneció arrodillado. Pilar lo levantó, agarrándolo por las axilas. Pero el pájaro no conseguía abandonarse ni aún después de viejo. Siempre faltaba algo, un detallito. Quizás ese detalle, ¡ni siquiera existía! Era muy duro, muy difícil admitir… que no sabía, que no podía, que no…

Gasiel abrió los ojos.

—Dime qué hircite conmigo, que no te puedo orbidar…

Pilar escuchó (masticaba un chicle) la canción que el Triste tarareaba. Era el bolero de moda en la Pequeña Habana, ¡cómo si no hubiese tenido que oírlo a cada instante, colándose por las rendijas, metiéndosele por los poros!

—¿Qué dices? —preguntó, ahogada.

Suavemente, rodeándole la cintura con un brazo y las corvas con el otro, el Triste lo levantó en peso y lo tiró en el sofá. Le zafó los cordones de los zapatos ortopédicos. Metió la cabeza dentro de una de sus medias de nailon y, por un rasgón, jodiendo, sacó la lengua. Vaciló con ella como no había vacilado nadie.

Entonces, en un arranque, Federico se soltó los tirantes de la casulla, le desabotonó la camisa safari. El negro era un demonio. Comprobó al tacto que tenía glándulas del tamaño de garbanzos en las verijas. Consideró lo difícil que era convivir con la belleza bruta, indiferente, ajena.

Enseguida rodaron por la alfombra burguesa, tostenemos. Olfateó el calzoncillo de orlón estampado con un diseño de piel de cebra: Brut de Fabergé. Se dio cuenta de lo grotesco, de lo embarazoso de su situación. Pero, sobre todo, de su *posición*.

En Francis Bacon aparecen por primera vez los lavabos y los servicios de los apartamentos modernos, así como las bujías, los obturadores y los *blinds* (los interiores miamenses son aberraciones de Bacon), y todos esos ambientes sórdidos salían de un cuadro magnífico que Francis había pintado al principio de su carrera: el famoso lienzo en que un hombre *coge* a otro –igualmente, podría decirse que lo *cubre*, o que lo *tacha*.

Desde la posición a que lo había reducido el intruso, estiró la mano y tanteó la pared (quería contemplarlo completo en el espejo) buscando el interruptor. Un interruptor de plástico básico, como todos los de la casa, como todos los de Miami. El marco de la puerta era un rectángulo de listones. Del techo bajo, salpicado con un compuesto resinoso para aplacar el eco que llamaban *popcorn*, pendía un foco amarillo de un cable pelado.

Los pisos cuadriculados eran de losas italianas. La industria de la losa italiana floreció en los setenta, aunque no llegó a su apogeo hasta bien entrados los ochenta. Esos pisos barrocos, en perspectiva, estaban siempre limpios, y los seres humanos, al reflejarse en ellos, se empañaban.

96

Cuando La Gorda llega a la Emisora ya *La edad de piedra* es un programa de ancianos: «el corruptor de la senectud», me llamaban mis detractores. Debido a que conservaba el estilo de un programa de niños, algo de su infantilismo se fue corriendo hacia las doce de la noche, después del postrer noticiero y el último himno. Se anunciaba como una hora para los «afligidos de desvelos patrios», para aquellos que «dan mala noche». Una escala de marimba eléctrica punteaba cada afirmación, que Isis llamaba a veces «asersión» (*golpe de platillo*). Hablábamos en ladino, el argot subterráneo.

95

El horno que teníamos en la casa de crack era un fogoncito de resistencia que robamos en Kmart, un infiernillo para tostar el pan que a pesar de su tamaño representaba una fuente localizable de calor (un *hogar*, podría decirse), disponible, confiable, arrinconado en la cocina, acumulando boronillas. El hornillo era el símbolo del elemento fuego, la morada del viejo espíritu de la fragua: hasta allí bajaban resplandecientes salamandras[42]. Lo dejábamos encendido para que nos calentara, ¡y cómo lo teníamos abandonado, solo por ser un aparato doméstico, producido en masa!

Los miré con compasión, un plano general del cuarto, de la Enfermera, presa del pánico, del Enano, víctima de su

_____

[42] «Cuando yo tenía alrededor de cinco años, sucedió que mi anciano padre se encontraba en el sótano de nuestra casa, donde estaban lavando la ropa, mientras en el fogón ardía un fuego de troncos de roble. [...] Mirando distraídamente al fuego, descubrió en medio de las llamas una pequeña criatura parecida a un lagarto que se regodeaba en el mismo centro de los candentes tizones. [...] Entonces papá dijo: "Mi querido niñito, ese lagarto que ves en el fuego es una salamandra, una criatura que jamás ha sido vista antes por alguien digno de crédito"». *La autobiografía de Benvenuto Cellini*, 1562.

delirio, del Filtro, que fumaba ibuprofeno, y los compadecí, aunque con compasión cobarde, un remordimiento mordaz, un ardor momentáneo que, como la ceniza de un cigarro, no tardó en desvanecerse y dispersarse.

—*It sure is cold in here, boy!* —exclamó, desconsolada, la Enfermera.

Lo había atendido, y un día probó con él la piedra. En un frasco de pastillas color naranja, un tris de papel aluminio, una aguja de jeringuilla para abrir huecos en el *foil*, el cañete del suero era la boquilla, la ceniza de mil cigarros apilada sobre los orificios. Así se fumaba. Humo.

—*Where'r you fro?*

—*At'lonta, hon'* —tosía la Enfermera—. *At'lonta...*

—*Whar'yer fukin doin'hiar?*

El Enano reía. Tenía un candado, la cicatriz, y un hueso salido en la quijada. Lo envolvía una bruma azul.

—Seguro mató al marido con el culón ese...

Reían. Manoteaban el humo.

Entonces, pedían permiso.

—*Ercus us, y'all* —decía ella.

Y se retiraban al baño. Alquilarlo por una hora costaba dos piedras. Dejaban la puerta abierta y cogíamos un filo del talle grueso, las nalgas grandes, los brazos rollizos, las tetas como dos sacos de papas, los pezonsotes violáceos, el muslo varicoso, la rodilla con una operación, apoyada en el cesto de la ropa sucia, que se hundía, para rebajarse, resbalando hacia el Enano, que se mandaba tremendo tolete y la penetraba, empavesado con crema Ponds para las manos, y ella se reía y se tapaba la cara, todavía con las medias, las ligas y los zapatos puestos, blancos, mirándonos.

El Enano decía:

—Esto es mío...

Y le daba nalgadas.

Porque la Enfermera había sido mujer de *El Negro*, o la querida, o la empleada, porque estaba casada con alguien que trabajaba en el departamento de recolección de basura, porque se tocaba los muslos para reírse, de sesentipico de años, y le cogía la cosa al Enano y volvía a introducírsela con la mano, porque se caía. La piedra, era el efecto de la piedra, dijo, riéndose, y le daba a beber cerveza tibia para contrarrestar el efecto, con las cortinas descorridas. ¡Mientras pagaran! El Enano trabajaba en los nísperos, o en las tomateras, para buscarse unos pesos y costearse el alquiler del baño donde nadie dormía, su uso exclusivo como lupanar, estaba bien arreglado con cortinas floreadas, condones multicolores y cosas de *El Negro*, que siempre había vivido en piezas sin cualto, en estudios y maleficios, pero el baño le pelmitía hacerse de unos dolaritos y mirar desde la silla.

94

comentó *El Negro* chupando el tuétano, continuó royendo los tendones prendidos de la coyuntura, porque las alas, con los cañones ablandados por el agua turbia donde flotaba la enjundia, servían para reponer la energía perdida tras cuatro días seguidos de fumadera. Herviduras de ají, ajo, laurel y comino, el encuentro del muslo magro y la pechuga blanca. El corazón, el hígado y la molleja. No les dio vergüenza devorarlo con las manos, el pollo desnudo, sin aderezos, por aquello de «el muerto al hoyo», pero este pollo venía en una caja transparente, con un sellito que decía PAGADO, cortesía de aquel que llegó sin tocar, fumando un cigarro serio que le calcinaba la segunda y la tercera falange, macerado de nicotina, su marca imborrable.

El excedente de artistas creó rencillas en los maleficios de la Pequeña Habana entre los que acudían a oír recitar a *El Negro*, y los que venían a sufrir la furia de Rosales o las crónicas amarillas del Chino, o cualquier otra cosa recién salida de sus bolígrafos. Rosales vivía en un manicomio, no lejos de allí, situado en la zona baja, más allá de Flagra, donde los números se internan en el signo negativo del Northwest. De uno y otro lado, antiguas residencias convertidas en hospicios, en mazmorras, donde los desterrados apuran la sopa fría del delirio [del *exilio*, parece haber querido decir].

Una vez *El Negro* le había entregado mi ejemplar del libro de Miller, *El tiempo de los asesinos*, el ensayo sobre Rimbaud, que veríamos reaparecer en un cuaderno de poemas sentimentales y, luego, idealizado, en una escena clave de la obra premiada.

El traspaso del libro, su salto de estado, ocurrió entonces. Lo verdaderamente perturbador del encierro (Isaac encorvado, en cuclillas, metido con la Borracha en el estante de la cocina), lo sensacional de una tarde vacía de Saigón, es que «dio la fatalidad» que ese día era el cumpleaños de *El Negro*.

Un dato inconsecuente que es, por lo demás, un hecho histórico.

Los crackeros le desearon un cumpleaños feliz: estábamos a 6 de julio de 1993[43]. El loco le obsequió el pollo frío en caja de muerto. Eran muchos. Tendrían que chupar los huesos, comentó. Andaba de prisa, como siempre. ¿Tenía algo para él? ¿En qué habían quedado? Pararon las orejas.

---

[43] Fecha de cumpleaños de *El Negro*, el Dalai Lama y el presidente George W. Bush.

El Negro tenía una cosita guardada en la gaveta: «Por treinta pesos no se puede pedil má, brode», y oímos el cartucho de papel crujir y abrirse para mostrar sus entrañas arrugadas. Rosales le había dicho que tenía un enemigo oculto, pero *El Negro* sabía que los locos crean a sus propios perseguidores. Debía estar delirando, pero, por si acaso, le cogió el dinero. El manojo de dólares cayó en la mano lisiada y se retorció un instante, como poseído de vida propia. Consiguió la pistola esa misma tarde, a cambio de un *tibor*. Se quedó con el vuelto y, claro, tuvo que habérselo fumado solo.

—Métela en el cartucho, hermano, no te la lleves así... —le aconsejó *El Negro*.

Rosales agarró el cartucho vacío, lo infló, lo explotó de un manotazo.

—No lo necesito...

¡Paf!

Se metió la pistola en la faja y la cubrió con la camisa.

—¡Esto es un cañón! —exclamó, sintiendo el peso del hierro en la cintura. Los pantalones se le cayeron. Tuvo que subírselos, apretarse el cinto, cerrarlo en el último hueco.

Rieron.

Se dirigió a la puerta.

—¡Se acabó! Un cañón —repitió.

—Me da miedo que te haga daño... —dijo entonces *El Negro*.

Rosales lo miró.

—¡No jodas! —dijo, y partió.

—¡Vaya con dios! —contestó *El Negro*.

Hacía años le había prestado mi pequeño tomo de Alianza Editorial, el que compré en Libros Españoles, esto pudo haber sido en 1984: me lo saqué de la faja y se lo puse en las manos. Lo leí caminando en el trayecto que va de la Ocho y la Diecinueve, donde estaba la antigua Librería Española, al maleficio de Flagra y la Ocho Avenida. Era uno de esos libros que te cambian la vida.

93

El Triste se empavesó de Violetas Africanas. Después se puso la ropa interior que Pilar le había dejado sobre el tocador.

Salió a la antesala en camiseta. Pilar lo esperaba, en kimono.

—Toma, para una cervecita.

Le entregó un manojito de dólares.

El hombre regresó al espejo del baño.

—¡Tómalo, por favor te lo suplico! —gritó Pilar, exasperada.

El Triste se volvió: lo golpéo en la mandíbula, lenta, cariñosamente.

—A ver, enséñame tu careta.

—¿El qué?

—¡Tú *cartera*, perdón!

—Orvídese derso.

—¿Qué vas a lonchar?

—Asunto mío.

Volvió a guardarse el dinero.

—¿Nos vemos mañana? —le suplicó Pilar—. Hoy regreso tarde. Esta noche tengo reunión de los paracaidistas.

—¿Qué palacaidirta? —preguntó el otro.

—Los Paracaidistas Martianos. ¿No has oído hablar de ellos? Son los que salvan a los infelices que se lanzan a la mar. Los paracaidistas saltan, se los amarran a la cintura y los sacan. Los ayudo con las campañas de donaciones.

El Triste se pasó el cepillo de dientes por las cejas.

−¿Ah, sí? Te acorpaño. ¿Cómo puedo ayudal? −preguntó.

−¿De veras? −suspiró el transformista.

−¡Si cadaver que me acueldo de lorgorpe…!

Se refería a las golpizas. Le había contado a Pilar cómo lo molían a palos cuando iba a las embajadas a entregar sus famosos informes sobre derechos humanos.

−Quizás, quizás… −comentó Pilar, besuqueándole el cuello.

−¿No necesitan a un negrito fuelte palimpial avione? −tenía los ojos fijos en el azogue.

−Quizás… −repitió Pilar, turbada.

El Triste le rodeó la cintura con los brazos.

−Te amo…

−Ah, caballero, cuidado con lo que dice… −replicó, embarazada.

−Nurca marrepentiré dero dicho −afirmó el otro.

−¡Después no le vaya a pesar! −Pilar tiró la cabeza hacia atrás, y se le vieron los empastes.

−¿No?

Cerró la puerta del botiquín. Se miraron.

−¿Sabe? −exclamó el Triste, mordiéndose los labios−. Hace tiempo que quiero confesalte una cosa…

92

Dentro de la panza de caolín de una lámpara de bayú decorada con espigas de esparto encontraron una pipa (la policía tumba la puerta: ahora los crackeros yacen en el piso, bocabajo, las manos esposadas a la espalda), y ellos, que venían detrás (*Especial: $15 All Day*, decía el cartel pegado con teipe a la reja), metieron la mano por los barrotes y colocaron un pescado grande, una monja y un carnet. Encontraron la pipa cargada de sarro, abandonada a la carrera, en la barriga de la lámpara. Hirde Lisa bailó en el medio del cualto, meciendo las nalgas.

91

—¡Atención, Isaac! No me gusta que me contradigan.

—¡Sabía yo!

—¿Te has fijado?

—¿Quién es la señora? ¿La nueva? —preguntó la productora de *Aforismos*.

—No es ninguna señora. Son ideas suyas.

—No, no son ideas mías... —repitió el administrador, un antiguo galán de radionovelas que mordía con saña el cabo de la cachimba.

—Isis no será permanentemente una niña.

—Prematuramente una gorda, querrás decir...

Risas.

—Precisamente...

—La seguridad que ofrece este empleo.

—Cuando le llegue la inevitable edad del retiro...

—También a ella, también a ella... Debe andar frisando los cuarenta... —observó el de la pipa.

—¡Mi libretista, mi libretista! —imploré, arrodillado frente al gran vidrio.

Les sorprendió verme hincado dentro de la cabina.

—¡Hablaré de otra cosa! —grité a todo pulmón—. ¡Dejaré de mencionar a El Niño! ¡Dramatizaremos la historia del Calvario de Madres Cubanas, y de su presidenta, Rosita de Ginzburg!

—¡Música maestro!

—¡Nos arrepentimos!

–¡Ni hablar! Recuerden quién paga los anuncios! –insistió, fríamente, el viejo galán.

–Tómense unas vacaciones, Kámara –insistió el Locutor en Jefe–. El Efemérides es tuyo, llévatelo…

–¡Lo que sea, señores! ¡Pero no nos dejen fuera! ¡Ahora no!

–¡Abran esos micrófonos!

90

Recojo la bolsa de *Toys R'Us* que alguien arrojó al lago; recorto la *R* al revés, símbolo de mi contrarrevolución. La pego a la boina: *Rebis*.

89

[*El suplicio de los Hernández, radionovela, capítulo CXXXVII*]

El cura, vestido de púrpura, tomó asiento en el sofacito, se agarró de los brazos de terciopelo raído, abrió la boca…

Se le vieron los puentes, la campanilla…

Gritó.

Después se arregló el escapulario, se pasó un dedo por la frente, tomó un sorbo de refrescante Ironbeer.

De entrada, no creía, dijo. No, no creía en *nada*. Las circunstancias lo habían obligado a volverse ateo, o agnóstico, daba igual. Lo cual no implicaba… Sí, claro, se imaginaba a Jesucristo (a veces) y aspiraba a ser como él. Pero, ¿quién no? Conocía a Jesuses y Jesusas en el círculo inmediato de amistades, que tal vez fueran santos, empleados de su diócesis. Como era natural, la simplicidad de Cristo hacía las cosas fáciles. ¡Pero a él le gustaban las cosas difíciles!

–Ahí lo tienen, señores –suspiró el Padre, aliviándose de un hipo–. El cristianismo es la enfermedad infantil del judaísmo...

Mientras desbarraba sobre estos y otros graves asuntos, notó que delante, o como quien dice, frente por frente, tenía una cara de facciones caballunas, en la que sobresalían un vistoso bigotón negro y una mata de cabellos nocturnos aplacados con brillantina Tres Flores. Era la cara de un hombre sencillo, honesto, enfrentado a los desmanes de la Historia.

[El carón ensombrece y en la radio suena *La tarde está llorando y es por ti*, de Sonia Silvestre].

El hombre y su hija encaraban al cura, separados apenas por una mesita de vidrio donde había un caballo negro de porcelana parado en dos patas sobre un tapete de crochet. Se quedaron mirándose por entre las oquedades que dejaban las crines y el rabo del rampante muñeco.

El cura estaba ahí para explicarles. El arzobispo Ramón le había encargado que les expusiera sin tapujos lo que pasaba *realmente*. Entre las cuatro paredes de aquel corral inmundo tenía lugar nada menos que el misterio de la Encarnación. Había nacido, *les había nacido* a los cubanos, un Niño. Los datos fidedignos, las fechas, coincidían. Todo venía a ponerle el cuño: la madre muerta, el Día de Acción de Gracia, los delfines providenciales, todo... Y ahora, en Semana Santa, el momento en que, desgraciadamente, parecía que iba a ocurrir el fatal desenlace.

Les leyó la Biblia, el salmo 129, a ver si lo entendían.

–*Como la yerba de los tejados, que se seca...* –citó.

–Esta es palabra de dios... –respondieron, a dúo, padre e hija.

Después, la muchacha miró al techo, como diciendo: «¡Ay, pero este cura!»

—Los cubanos… ¡somos desechables! Claro, reverendo…
—protestó.

El cura encendió un cigarro, sopló el fósforo, sacudió la ceniza en el cenicero de cristal que la muchacha le alcanzó.

—Ya había dejado esto –dijo, y apuntó al cigarro.

Después volvió a mirarlos.

—Voy a serles franco –continuó, seriamente–. Parece que El Niñito tiene una connotación escatológica que va más allá…

—Con su permiso, padre –lo interpeló Lázaro–. Explique lo de…

—Son los signos de los últimos días, Lázaro… el hecho de que los funcionarios federales no entiendan nada, y que, sin embargo, insistan en entregarlo… Nos hemos sentado a cotejar los datos. Este es un drama cósmico que se presenta en el formato de una radionovela…

—¡No me venga usted también con lo de la radionovela, padre! –exclamó Lázaro, y se levantó de la silla.

¡Qué difícil resultaba adentrarse en las minucias de un misterio! ¿Cómo explicarles? Los protagonistas de la Anunciación son ajenos a lo que sucede. El que mira de afuera se la lleva, pero los que están adentro, metidos en la obra, no. Es imposible. Se requería romper una barrera, una especie de cuarta pared, reventarles la crisma… ¡para que vieran! Que ellos… no eran… sencillamente, unos exiliados cualesquieras. Que ellos… no eran… *¡ellos!*

88

Fernando. Cuando apareció en la terraza pude detallarlo a la luz de la Cápsula. Largo, flaco. El pelo ensortijado le emboscaba el rostro. Los pómulos altos (atavismos de la región montañosa de donde provenía) encuevaban unos ojos lentos, erráticos, insaciables. Su famoso ceceo recordaba el silbido de la mocha al caer sobre las cañas. Andaba crispado interiormente, como alguien que hace mucho tiempo, quizás en el mismo vientre de su madre, recibió una salvaje pateadura.

87

Isis. Tenía el pelo rubio, crespo, y la frente chata, tachonada de barros. Cara de medallón (le decían) y ojos verdes como esmeraldas. Baches de acné, tez incolora, bozo que sombreaba el labio, dientes apretados. Llevaba casi siempre un broche en el moño, que le daba un toque coqueto, aunque vetusto. Estudió en Cuba una carrera que no se correspondía con su temperamento, pues su verdadero llamado era el espiritualismo.

Hijastra de un coronel inspector de Cárceles y Prisiones, e hija única de una administradora de tienda (consolidada), se graduó de la Brezhnev y matriculó en la Facultad de Letras. Fue a caer en un grupo antipático y despiadado – los Espejistas. Un error administrativo, y el doble estigma hereditario, lograron que sus prejuicios se convirtieran, de la noche a la mañana, en los fundamentos de una de logia literaria. En 1985 leyó su primer ensayo en la saleta de una consagrada colaboracionista.

Entonces su fama llega a oídos del ICRT (en el 89), y la radio estatal le ofrece, para neutralizarla, la dirección del programa *Volúmenes*, que la policía cancela en siete semanas. Sale para Austria, confiando en que regresará curada del viaje. En Graz da conferencias sobre el Padre Gaztelu. Se aprovecha, a sabiendas, de esta confusión: en la Hochschule la toman por posestructuralista, solo porque llevaba puesta una boina. Las astucias de la excepción (título de su único *plaquette*) obraban, por una vez, a su favor.

Tal es el motivo por el que, mientras escribía un diálogo para el show *La edad de piedra*, le hace decir a Lázaro –conversando con el teólogo– que era «imposible meterse en el pellejo ajeno» (citaba con retraso el ensayo de Nagel, *What Is It Like to Be a Bat?*, 1974).

La caída del muro la sorprende en Budapest. Viaja a París con pasaporte español (su padre biológico era «pichón de canario»), y desde allí, cargando una valija de litografías falsas, a Miami.

86

admiraba en él lo mismo que admiré siempre en mi padre, la capacidad de trabajo, me conmovía verlo empaparse la camisa, su disposición para hacerse cargo de los problemas de la casa, de las reparaciones, ¡esto estaba cayéndose a pedazos!, es alquilado, pero qué importa, cuántas cosas tiene que aprender una en este condenado país, a andar con llaves, con barrenas, que yo por lo menos no había tenido que tocar nunca en mi vida, eso de convertir el garaje en una especie de cuchitril no va conmigo, las paredes cubiertas de cuanto artefacto venden en las ferreterías, las gaveticas, las zapatillas, las presillas, los tornillos, fornicar, para ellos, ya sabes, es *screw*, pero Gasiel se encargaba de todo, y todo estaba aquí bastante estropeado, no te niego que a veces me ponía histérica con sus arreglitos y con la decoración, cuando descubrió que existían las cortinitas, lo llenó todo de *valances*, velillos y encajes y, por supuesto, le puso una boinita a la tapa del servicio, la boinita rosada de peluche, como esa que tú traes puesta, pero de pelos largos, y el forro de la tapa del tanque, y la estolita que va al pie del servicio, y la otra alfrombrita de frente al lavabo, una profusión de cositas de acrílico, de cositas atornilladas que para qué contarte; en las esquinas, esquineros, macramés con helechos y bromelias de plástico. Yo lo dejaba, aunque ya conoces mis preferencias, soy austera, soy clínica, me gusta la luz fría, la limpieza, el Pinaroma, todo sin adorno, aunque sí, me agradaba que alguien reparara por fin las persianas del cuarto, que se habían caído; estaba aquella, allí, tapada desde hacía años con una plancha de plywood, cogió mojo, feísima, pero la repisa con tacitas, el juego de cucharitas con escudos de distintos países, no, no paraba, siempre encontraba algo que hacer, se aprenden infinidad de cosas útiles en este país, parece que no, pero todo el mundo, menos yo, sabe cambiar una resistencia, o la zapatilla de una pluma, o el filtro de un aire; aprendió rápido el uso del bicarbonato de soda para rociar la alfombra antes de pasar la aspiradora, con olor a violetas, a canela y a coco, colocó una canasta de popurrí encima del forro de peluche de la tapa del inodoro, que por algo, le dije, se llama in-*odoro*, trocitos de palo, cáscara de eucalipto, pétalos de rosa, botones de alelí, teñidos de fucsia, no sé por qué de ese color; de tan fumigada, la sala trinaba, ¡cómo empalagan las esencias sintéticas!, atomizadores de manzana, de lirio, de pachulí, ¡no descansaba!, era una obsesión, y después, te lo juro, se iba a limpiar también los aviones, no sé de dónde sacaba la energía, primero las avionetas de los Paracaidistas Martianos, empleo que, dicho sea de paso, le consiguió esta imbécil que está aquí, y más tarde los *jets* privados de gente rica que lo contrataba, tenía más trabajo de la cuenta, no daba abasto, me traía a esos amigotes que habían venido con él de Cuba, se los llevó a trabajar a todos en los aviones, formaron una cuadrilla, les decían los Cinco Latinos, y los Paracaidistas los homenajearon con un placa por el esfuerzo realizado, para ellos no había sábado ni domingo, trabajaban hasta de madrugada, era el mejor equipo de limpieza de aviones de Miami, ellos habían sufrido aquello, tú sabes, en carne propia, el horror de aquel sistema, llevaban reportes a las embajadas, denunciaban las atrocidades, y después de meterlos un tiempo en los calabozos, soportar los continuos actos de repudio y demás, los mandaban para acá, pero de aquí no se sale, ¿adónde vas a ir?, aquí una, limpiando avionetas, baños de aeroplanos de por vida… fuimos a desgalillarnos a las manifestaciones cuando se nos pidió que apoyáramos la causa de ese pobre Niño, pero el entusiasmo se acaba, entonces te plantas frente al televisor a ver los mismos programas, siempre lo mismo, y el asunto es que no estás en Cuba y se te olvida, la ilusión de Miami, de *Maya*-mi, que diría Prabhupada, es creerte que estás allá cuando estás aquí, el cubano se acuesta en Hialeah y se ve en sueños en La Habana, la gente recupera las cosas, los muebles, los libros, las marcas de refrescos, las galleticas, el champú, hasta la pizza, el espagueti y los espantosos helados, todo lleva la marca de lo que se perdió, cada quien lo vive a su manera, aunque no haya nada menos parecido a aquello que esto, porque Miami está hecho a retazos, nunca se completa, así pasan los días y los años, y Miami susurra *quizás, quizás, quizás*… bailamos tantas veces sobre esta alfombra *quizás, quizás, quizás*… estas salas alfombradas que ponen zancadillas al libre movimiento, aquí mismo bailamos con el CD de Osvaldo Farrés que me regaló por el cumpleaños, y aquí me lo confesó, ¡me dio la gran sorpresa!, me había dicho que tenía algo que decirme, y yo, de ilusa, pensé que sería

algo agradable, porque él tenía una veta romántica, defini-
tivamente, era desinteresado, tampoco se le puede quitar
eso, pero nunca supe quién era realmente, me confié de él,
¿por qué?, no sabría explicártelo, porque me hablaba, creí
que se franqueaba conmigo, conversábamos de cosas muy
íntimas, y yo le creía, tenía sus creencias, y yo las mías, sin
embargo, nos complementábamos, aunque no vine a descubrir lo mío hasta muy tarde, aquel día infausto en que
entré a la sinagoga de la Diecisiete y Washington creyendo
que era el templo de San Lázaro, y de alguna manera lo es,
y allí me puse a desahogarme con unos viejitos judíos, aunque yo no me veía como judía, sino como budista, y se
rieron de mí cuando les dije mi apellido, porque Cordobero
no tiene nada que ver con la ciudad de Córdoba, sino con
un rabino veneradísimo entre ellos, y llamarse así era como
llevar un sello en la frente, y les dije que, efectivamente, yo
llevaba el sello de la intervención de nuestra fábrica de calzado, el día que la cerraron, y que todavía me daba jaqueca
pensar en eso, que jamás la olvidaría, a lo que respondieron
que a cualquiera se le muere un tío, que esas cosas son el
pan cotidiano de un judío, es decir, perder, llorar por lo
perdido, sellos en las puertas o en la frente, los tefilín, la
mezuzá y todo lo demás, que pensara en la fábrica de calzado como si fuera una libra de carne que me hubiesen
sacado del cuerpo, un peso muerto, de cualquier manera,
que el dolor y el tormento de cuando te tasajean te prepara
para lo que vendrá, para la gran tribulación, y allí mismo
me propusieron pasar al interior del templo y someterme a
la breve operación, que no duraría ni cinco segundos, pero
que resultó ser lo más espantoso y liberador que puedas
imaginarte, y que sí, me preparó (¡cómo lo supieron los
rabinos!) para lo que venía, para la desgracia que ya me había

caído encima, verdaderamente, el asunto del prepucio me preparó, era cierto lo que decían, para cosas peores, duró unos segundos, fue un relámpago, *saz*, adiós prepucio, adios pellejo sucio, *goodbye*... el rabino más viejo, llamado Kashani, o Chozer, me condujo al fondo del establecimiento, la Gran Sinagoga, que da a la esquina de Washington, la que tiene la cúpula plateada como una central nuclear, pero no era allí, sino en la del fondo, me informaron, en el tabernáculo judeocubano Beth Shmuel, donde tendría lugar la ceremonia, así miré el cuello blanco del rabino que caminaba al frente, los pelos sudados de la nuca, los pantalones desteñidos en las nalgas, ¿cuál era el misterio?, ¿acaso dios estaba en lo tiñoso, en lo puerco?, pues, oye, me paré en el trono de Elías, el taburete que me ofrecieron, y permanecí quieto, sufriendo lo indecible, por suerte los rabinos salieron de la sacristía, o como se llame ese cuarto, y me dejaron solo, en una pared había un almanaque con imágenes sacras, estábamos a mayo once, exactamente ocho días de la fecha de mi nacimiento, que es la cuenta, después lo supe, que hay que sacar, ocho días para la circuncisión, ¡qué milagro!, y allí estaba dios, en la pared, un dios de almanaque, El Shaday del Sedano, pero, ¿y la idolatría?, ¿debía ponerle una vela al almanaque?, me bajé del taburete, me arrodillé, apoyé la cara en la piel del asiento, una piel de ternero manchada, un símbolo que era mi signo, el toro, me escarranché encima del toro y le di vuelta al calendario, que habían virado para que no se viera la imagen de un Cristo apuntándose al corazón, entre cortinajes de lino, las llamas alumbraban los rizos de la barba, tenía chispas en los ojos, ¿qué querría decirme dios con todo esto?, en letras doradas estaba escrito *Supermercados Varadero*, me quedé solo en el lugar santo, preguntándome si habría algún misterio en la piel del ternero, en la superchería de Varadero, precisamente aquí, en otra playa cubana, en la palabra jueves, en el calendario volteado, en mi descendimiento del trono, ese tipo de preguntas me agobiaba cuando el rabino Chozer regresó a la habitación con un tal Baroja, que cerró la puerta y me ordenó que volviera a treparme al taburete, el rabí Baroja me colocó un paño en los muslos, tomó mi miembro entre sus dedos, yo esperaba la aparición de un escalpelo o navaja, y aparté la vista, pero tuve que mirar cuando sentí la boca caliente que succionaba, entonces los dientes cayeron en la cabeza de la serpiente inmunda que muda de pellejo, y el dolor me hizo engarrotarme y agarrarme de la cabeza del mohel y caerle a piñazos para que soltara, pero ya la breve ceremonia había concluido y el rabí escupía el prepucio en una tinaja, te digo que estaba arrebatada de dolor, me puse las manos en la cosa, cubriéndome con el paño, a veces Gasiel decía: «Conogco el paño», pero, ¿qué paño?, el paño con que yo lo apañaba, será, ¿por qué no entendí?, es difícil descifrar a las personas, aunque bueno, aquel día, en la Gran Sinagoga, dejé que me doliera todo, descubrí dolores que no había entendido nunca, dejé que el dolor me enseñara, me dominara, y fijándome, como siempre, en los menores detalles, noté que me habían separado de un pellejo que tenía la forma de un salvavidas, ¡una balsa!, asomado a la tinaja vi el redondel, y me puse a empatar cabos sobre la forma extraña que tomó el pellejo, que tomó mi destino, claro que no valía la pena malgastar un pensamiento en todo aquello, saber no adelanta nada, Krishna enseña que da igual que te enfrentes a tu hermano, como yo me enfrenté a la mía, que el mundo es una pantalla, y la verdad es que ese día había huído lejos de casa después de una bronca con Gasiel, me engañaba, creí que era una mujer, otra mujer, de pronto se trocaron los papeles, porque normalmente no soy celoso, pero esa mañana entré al baño y me lo encontré con un radio en las piernas, un aparato radiotransmisor, quedamos metidos en el mismo espacio, entre el mueble del botiquín y el obsceno instrumento de espionaje, que hablaba y hablaba como un autómata, no se callaba, aunque Gasiel intentaba amordazarlo, pero era yo, obviamente, la que tendría que callarse la boca, me lo decía por señas, cállate o te mato, pero, ¿por qué?, ¿por qué yo? «Lor abione», susurró, y ahí mismo mi mundo se vino abajo, ¡los aviones!, mi cerebro cayó en picada, todo se precipitó hacia la mierda que está allá abajo, y yo cayendo y gritando, porque en el centro de la tierra hay un excusado, Isaac, y un frío que pela, me encogí por dentro, estaba invadida, los auriculares en el cuello, la nuez de borracho, y un vaho de alcohol que mataba el popurrí con olor a traición, maricón, ya no cabía dudas de que hablaba en serio, pero aún no podía creerlo, era como para echarse a reír, qué importaba ya reír o llorar, me tenía en sus manos, me desplomé en la ducha, cerré los ojos para no ver el baño dando vueltas, el foco amarillo como un remolino, ¡en qué no pensé!, abrí la llave, metí la cabeza en el agua, le entré a trompadas al agua, y él plantado ahí, mientras que el ruido de la planta no cesaba, la maldita estática me taladraba los tímpanos, había que hacer algo, rápido, ¿por qué no se movía?, hacer algo conmigo, urgentemente, porque ahora yo era su esclavo, unidos en cadenas y oprobio… unidos… sumidos… ¿ves?, me rondaba la cabeza un himno, esto me pasaba por todas las veces que me burlé de tu madre, y Gasiel se metió en el cuarto, se trepó encima de la cama, el foco le daba en la cara, y gesticulaba sin parar, súplicas, amenazas, no entendía lo que decía, pero yo aullaba debajo del agua, un grito de terror contra el esmalte blanco, lo oyeron en el infierno, los vecinos de abajo, pero qué me importaba nada, probablemente me oyeron a través de las tuberías a veinte cuadras, los cuadros traquearon, las copas tintinearon en las vitrinas, se estremeció todo el edificio, después me callé, salí de la tina y me fui a caminar, y creo que caminé sin parar dos o tres días seguidos, por todo Miami y más allá, me metí en los bares, en los antros, llegué al mar, a la arena, pero no podía seguir, y regresé por el mismo camino, todavía Gasiel estaba allí, pero sin vida, hecho un bulto en la cama, era un fardo, tenía el mismo cigarro apagado en la boca, el radiotransmisor todavía hacía ruido, entonces fui hasta la cama, me acosté a su lado, en silencio, serenamente le tomé el pulso, con la vista puesta en el foco, retracé mis pasos hasta el aquel instante, pasaron tantas cosas, Isaac, pero solo una impensable, una sola inconcebible, entonces parece que entendí, no sé cómo, pero créeme que de pronto me iluminé, llamé al Nueve Once, y cuando vino, él reaccionó, hizo una escena, y yo partí, busqué una iglesia, cualquier santuario me daba igual, fue entonces que entré en la sinagoga de la Diecisiete y Washington creyendo que era el templo de San Lázaro...

85

El delirio de Blanca Rosa. «¡Tráiganme lámparas! ¡Pónganmelas aquí! ¡A la derecha! ¡No, a la izquierda! ¡Cuidado con ese elefantico, que da mala suerte! ¿De espaldas? ¡Dándole el culo a la puerta! ¿Quién va? ¿Quién anda ahí? ¡Es mi hijo! Esta casa parece un bazar. Yo quiero arrancar los lagrimones, Federico, dejar esto limpio de adornos, dos butacones allí, una silla allá, todo pintado de beis, neutral, hasta que podamos, eso sí... ¡Son cuarenta años guardados! Modernas. Vamos a volverons un refugio anti-aéreo... ¡Hazte una bola, rueda debajo de la cama! ¡Yo no tuve nada que ver con ese hombre! ¡Te lo juro, Saulo, te lo juro por lo más sagrado!».

84

«¡Los cuartos de hotel donde has dormido, Isaac! Las cucarachas escalaban los muros del castillo normando en una reproducción barata. Nevaban huevos de comején sobre las sábanas. El hotel de Batabanó era del tiempo de los bucaneros, y se llamaba como el famoso cuarteto. ¡Marchábamos encadenados a las jabas! ¡No sé como pudieron ocultarnos tanto tiempo! Cargábamos gofio y leche en polvo hacia las Circulares, para tu padre y sus compañeros. ¿Quién iba a abarrotar un hotel en el culo del mundo? Lanzarse de madrugada a las calles de un pueblo marítimo para alcanzar el maldito ferry con rumbo a Isla Negra. En sus largas cartas (escritas en papel cebolla) Saulo me decía que levantaría un monumento al gofio, una estatua al guanche en la Plaza Cívica. Dibujó los planos y todo...»

83

Pasamos por el frente de una iglesia en los páramos. Peladero de cemento y luz fría. Indios rezándole al Niño, techos bajos de cartón corrugado. La verdad cayó en lo evangélico, como decía Pilar, y parió un micrófono, una pianola y dos amplificadores. Música incaica eléctrica. Bajo el influjo del enemigo, se agarran al Espíritu Santo:
—¡Mi amigo el Espíritu Santo de dios!
Clap-clap-clap-clap... Clap-clap-clap-clap...

–Cuando usted dijo que había una hermana aquí que había sido violada, era yo...

–¡Nada se esconde de dios!

–El Señor acaba de sanarle el colon...

–Desde los nueve años.

–¡Fuego de dios!

Clap-clap-clap-clap.

82

Goteando mocos por la nariz quemada, el Puro, con un Partagás Regalías El Cuño en los labios, engurruña los ojos para escamotear el sol que penetra por las rejillas del puente levadizo.

81

Delgadas estrías de tabaco en el esmalte, difíciles de ver, a no ser que dijera algo, o que se riera, entonces aparecían las marcas de la negligencia, el rencor y la equivocación.

80

Gente de labios secos que vivía en la calle, el morado visceral de sus almas embarradas de NyQuil y benzodiazepina, roídas por la sarna de constantes mentiras, tupes, maldiciones y cabos de cigarros, los ojos supuraban el pus de la corrupción, del vuelo de los párpados expuestos a los resplandores del nuevo día manaba una sustancia turbia, las órbitas rojizas, la ojeriza, las córneas cariadas, como la carátula de un libro en vidriera, estropeadas por el sol del mundo amoral, lo miraron, lo enfocaron, buscando, ofreciendo algo, suplicando, juzgando, tratando desesperadamente de llamar su atención:

—¡Papi, papi, sortijita, sortijita…!

A pesar de que en aquel estado deplorable hubiera sido mejor esconderse, escamotearse de la vista pública, se mostraban… De todas las cosas (eczema, flema, sarna, sabañones, legañas, ñomas, moquillo), fue el descaro lo que más lo impresionó.

Pero éste era un simposio, un desayuno sobre las sábanas. Las mujeres estaban allí para contarnos, y para contarse el cuento, si es que se trataba de un cuento, no tan simple. No era, en todo caso, un cuento lineal, tomaba miles de caminos, Isaac lo decía con las palabras de los Físicos, y los presentes intuían su capacidad para dar forma a lo que era un embrollo de testimonios y anécdotas, rejas y sugerencias. Todos juntos. *¡Come together!* Un pueblo vencido jamás será escribido. ¿Pero era posible que existiera «el pueblo», que existiera después de todo? Entendió que los conceptos mínimos, de poca monta, acababan siendo (*¿acabarían siendo?*) sancionados por la experiencia. Que si se negaba la existencia de los bárbaros, la existencia de los comunistas, la existencia de los castristas, estábamos perdidos. Aceptó, sin mucho entusiasmo, la necesidad de consignas. La comida del hospital llegó en un carrito: gelatina, compota, vegetales, papilla, sopa de pollo. Comieron encima de la cama, con la muerta aún caliente.

Tirado allí, el Triste sufre un infarto. Inmediatamente, Pilar lo levanta, saca fuerzas de donde no hay, lo lleva a un banco forrado de pana (color *bleu du roi*, en el catálogo), el banco capitoné que yace debajo de la ventana, y le echa fresco abanicándolo con *La Cana*, el órgano oficial del Partido de los Presos Políticos en el Exilio. El sol da fortísimo en los paneles, entra por las cortinas de encaje y pinta festones de crochet en la piel broncínea del agonizante. Pilar le toma una mano: está frío. Son como el paciente y el doctor en el cuadro alegórico de las consultas médicas. Sudor congelado le corre por los brazos, le rodea los codos, gotea en el forro del banco. (El azul es ahora «prusia»). Está cenizo. Los pies son tizones apagados. Pilar corre al teléfono y llama al Nueve Once. Luego de unos breves minutos, el Rescate aparece. (Pilar ha manifestado su renuencia a vivir en países donde no exista servicio de emergencias). Cuando lo sacan en la camilla colapsable, con sus barras brillantes y su forro de hule verde, el Triste le pide que se acerque, con la mano le hace así, que se aproxime, y cuando Pilar se acerca, le planta un beso en la mejilla (*quererte a ti es conjugar el verbo amar en soledad...*) delante de los bomberos, de los policías y los paramédicos. Queda sellado un compromiso público, sellado en la vergüenza y en la pérdida.

Si los amigos se avergüenzan, el uno del otro, no obstante, han supurado allí de las heridas una substancia astringente, como la savia de los árboles y la leche de algunas plantas. Así quedaron pegados a aquel instante, en la hiel de secretos padecimientos, en la sangre de crucifixiones muy masculinas, donde no figuran las Marías sino los Marios, santos varones y soldados de a pie, y los bomberos, claro, con sus cascos rojos, un sacrificio abacuá y una Pasión latina expurgada de mujeres («¡Qué tengo yo que ver contigo!»), en el Monte Calvario, enfrentados y solos, Padre e Hijo, en un instante vitalicio.

Esa pena, en el sentido de reserva, confusión y dolor, es la que únicamente puede sentir un hombre desnudo en presencia de otro. La tristeza de un Padre que, desenvainando el cuchillo, lo presenta, ya a punto de hundirlo, lo levanta, y, sin clavarlo, penetra al inocente. El sentimiento que los embarga en ese último instante, antes de la entrega, es la *pena máxima*. Porque dos enemigos que comparten un secreto inconfesable caen en la intimidad, se aceptan o se rechazan, pero no hay delito.

Se abrazaron, pues, delante de todos, y Pilar desaprovechó la ocasión de perdonarlo, de arrodillarse delante de él, de abofetearlo, de increparlo, de acabar de arrojarse de cabeza al abismo, y no por falta de coraje, sino por regodearse demasiado en su propia indolencia, en lugar de enfrentar el agujero del otro, ese mierda, ese delator y charlatán en quien ya no confiaba, en quien no confiaría nunca, porque hacía mucho tiempo que no confiaba en nadie. Queda paralizada, entonces, atenazada por la duda… Tal vez más adelante, se dice, y siente un revoloteo de urracas en el vientre. Ahora ella es como aquel pintor que perdió el barco y quedó varado en la orilla, mirando al horizonte, mientras sus cuadros, sus santos y sus vírgenes, sus ángeles y sus apóstoles, partían sin él y se alejaban para siempre. Así se sentía ahora, exactamente…

77

¡Las costumbres del Triste le eran tan ajenas! Verlo ahí, convalesciente en el sofá, le provocaba el mismo asco que produce ver a un perro lamiéndose las llagas. El olor de su colonia barata le producía arqueadas. Era una fuerza superior, explicaba Federico, refiriéndose a su fuerza *inferior*, a su fuerza débil. Había deseado a un compañero toda su vida, y ese compañero ideal no era otro que aquel timador que conociera en el Callejón de los Talabarteros, siendo niño, escondido detrás del chinchal, fingiendo ignorancia y so pretexto de comparar los miembros púberes, el hombre que le enseñó sus «granos» (que Abrantes llamaba *pilpul*). Federico amasó con las memorias secretas del Jimagua la figura de un gólem que cincuenta años más tarde había conseguido modelar por fin. Fragmentos de ese ente imaginario asomaron en distintas personas, perfectamente ajenas, a lo largo de los años de exilio, pero ninguna le provocaba el mismo desprecio. La falta era suya, se reprochaba, por culpa de su escaso poder de evocación, de invocación, de humillación. Durante mucho tiempo, aunque sin reconocerlo, se dedicó al entrenamiento de los poderes mágicos, en busca del ente perdido, hasta que un día, un acontecimiento fortuito proveyó la energía requerida para la creación de su homúnculo: la explosión de una turba, de una tribu enloquecida, un baño de chusma, el fuego fatuo de un hecho histórico. Que Gasiel Ribero era su creatura era algo que le aterraba confesarse a sí misma.

76

—¡Nos han salvado, las madres!
—Las *mothers saved us!*
—¡Al carajo las madres! —estalló Fernando.
—Nos sacaron las castañas del fuego…
—¡Pero si se habían pegado candela! Incendiaron las sábanas, prendieron las cortinas. De ahí las llamas saltaron a los manteles, a los forros de encaje, a las vigas y los caballetes…
—¡Tú y tu barroco flamígero!
—¡El fuego uterino!

Pregunta de La Gorda: «¿Por qué escribir algo en vez de nada?»

Kámara se arroja a sus pies para anudarle los cordones; ella calza zapaticos *García* de cuero blanco y mece una pierna, delatando nerviosismo crónico. A sus espaldas hay un hombre de confianza de la emisora: cubano de unos treinta años, posiblemente nacido en Miami, nieto de vascos o gallegos, un hombre de complexión clásica y pelo castaño. Apoya un codo en la mesa y se empina una botella de cerveza Hatuey. Es la imagen de la salud, la virilidad y el optimismo. Por cada poro de su pecho asoma un vello oscuro. Las muñecas son anchas, con manillas repujadas, y la forma de sus hombros, la soltura de sus caderas, delatan completo desarrollo. Kámara está en el suelo, y mira la escena desde abajo, como si se tratara de la aparición de un semidiós: el sol se posa detrás de la cabeza del joven cazador, que tiene un rifle Winchester cruzado en las piernas. Kámara se echa a lo largo en el cemento, delante de La Gorda, y juega cabeza para evitar los cegadores rayos que atraviesan las ramas y le dan en los ojos con popperiana intermitencia. El hombre los mira cautelosamente. Ha llegado el camión del pastel, y el Carnaval de Iniciación está a punto de comenzar, a continuación de la ceremonia de entrega de los Micrófonos de Oro, que antecede a la Danza Pírrica. La Gorda habla por encima del hombro, saluda al muchacho. Se habrán cruzado dos o tres veces en los pasillos de la emisora.

—Pensé que usted hablaba sola… —comentó el joven.

—No, hablo con mi sombra.

74

Victrola trae de Angola un virus de monos: destapa la caja y reluce la joya, ortiga de carne (de *antimateria*, porque las células no están hechas de cosa humana sino de humores extraterrenales), pequeña esfera geodésica, espora espinosa o guisazo enmarañado en los vasos capilares, que prendió en el tejido esponjoso de Stragnavacca, en su tierra fértil, en las calles empedradas del colon y el esófago. Soldado de luchas intestinas, ¡salve! ¡Oh, Capitán Araña, has dejado un regalo en las entrañas de nuestro pintor conceptualista! Será cuestión de seguirlo para ver de qué lado cae, hasta cuándo le dura la cuerda, gorila de juguete, dos chapas soldadas por el centro, foquitos en los ojos y sombras pilosas estampadas en la hojalata. También de esta manera descendemos del mono.

73

Las ratas pululan en el buque. Ellos entran y salen del ferry donde estaban los camarotes de la pestilencia, las alcobas de la perdición, en *El Bayú Latino*, el de pasillos estrechos. La mancha de aceite arrió un arco iris en el lodo. Zarparon. Lo de arriba era como lo de abajo. Las luces se apagan y se encienden. El ferry surca el río Miami, suena una música escandalosa, el olor a podrido se les mete dentro. La putrefacción de la carne, sentados en banquetas de goma en forma de hongos lascivos. Las puertas abiertas dejaban entrever. Husmeaban. Los juerguistas clavan los ojos en el que pasa, lo invitan a mancharse. De cieno, de hielo, de goma, de grasa. A penetrar.

La rueda de velocípedos daba vueltas por la pista. Enanos pedaleando sin ver lo que tenían enfrente, porque en cada manubrio había sentado un Príapo rubio que les gozaba las bocas mientras ellos ocupaban las manos en sonar fotutos. Colas de zorra cuelgan de los manubrios. Los pequeños calzaban zapatos de tacones. Estaba prohibida la entrada de mujeres, y las pocas que había eran hombres y realizaban labores de aseo, pero no podían deambular [por el bar]. También quedaba prohibido perfumarse, llevar cartera o ropa de salir: solo el uniforme (de vaquero, de fascista, de policía). La seda, el chifón y el poplín estaban vedados. Los remilgos, proscritos. El que quiera entrar aquí debe ser duro y, por lo menos en apariencia, saludable. No se admiten pájaros, y si descubren alguno, lo tiran al agua.

Adán tiene en su casa un arte nuevo hecho de trizas que les abre los ojos a todos. A los que pueden ver, dice, mostrando sus dientes encaramillados. En realidad, están todos recién llegados de alguna parte.

—¡Esta es la casa más espléndida que ojos humanos hayan visto!

Recién desembarcados, tocan las costas en oleadas. Constantemente acabados de llegar, se superponen. Un asombro, un engaño, otro asombro, otro engaño, y así sucesivamente. Tocar tierra, todas las generaciones, poniendo nombre a lo que ya lo tenía, plantando estandartes, tomando una cosa por otra. Pensaron que estaban en Cuba.

—La policía…

–¿Qué? ¿Adónde?

–La policía. La canción es de La Policía.

–*The Police*…

Adán les descubría una sensibilidad nueva.

70

Hija de la noche, compañera del hambre, collar de verrugas, vírgula enferma, entre marielitas, una rata muerta, gorgueras de hongos, un chancro, un charco, pequeños cráteres. Por las venas corrían penicilina, estreptomicina, venenos y antibióticos. La promiscuidad del excremento, bacilos barruecos de Ducrey-Unna, virus emigrados en lo endocrino de la soldadesca cubana que regresaba de Angola, bacterias de escrotos mutantes sorprendidos entre dos mundos, potenciados por la acción de las luces estróbicas, absorbiendo rayos de sodio en fotosíntesis y expulsando crepúsculos catódicos en el invernadero de los baños de discotecas, en la oscuridad pútrida del caldo de cultivo, un brebaje de brujas, pócima de invasores camuflados en el cuerpo esponjoso como trajes de Mickey, Fernando en los parques de flete, en los barcos tapaculos, en el Palacio de la Leche, el terreno fértil de la desgracia, su hábitat, su capilla, su caja negra, una misa del Ramus, tragaba, escupía, intercambiaba saliva, trazas de heces, cieno diluido en lubricantes, debajo de las uñas, en el vinil fosfatado del mango del látigo, en la lengua y los dientes, humores y sudores, lamidos y tragados en digestión fagocitosa. El bacilo de extremidades redondeadas sangra evacuaciones biliosas y hemorragias pestilentes, carece de flagelo, descubierto por Yersin y Kitasato. El flagelo en el ano toma colores de anilina polaroide que se decolora en tintura de Gram. No coagula la leche y resiste bien el medio, manteca, agua, queso, lechada de cal, el fenol sublimado y hasta la ebullición. La cobaya y la rata son sensibles a él. Pústulas, escaras, esputos, bubónicas ambulantes, fulminantes, con hipotermia, delirio en fase dinámica, adenitis, carbunclos, candidiasis, disnea intensa, hemoptisis y los símbolos clásicos de la esplenización. Perro traga perras, *mus decumanus, mus alexandrina* de los puertos de mar, cadáveres de sus congéneres, comen de los estibadores las deyecciones del doctor Falopio. Aglomeraciones foliculares en el bálano recubiertas de un delicado epitelio blanquecino, de cada nudo folicular procede una eflorescencia que después se hace erosiva, del tamaño de una lenteja, limitada por un anillo bien circunscrito, estas erosiones crecen y se reúnen con otras formando geografías limitadas por el correspondiente anillo de color fucsia rabioso.

69

Extrañaba el armario donde permaneció encerrado cuarentiocho horas con la Borracha cuando lo del incendio, y donde tuvo que esconderse todavía otras tantas porque afuera estaba Sancocho, el marido engañado, que había venido a sabiendas de *El Negro* (sin decirle nada, sin alertarlo del mortal peligro) y que al entrar en la habitación arrojó una luz sobrenatural sobre la identidad de la alcahueta, que el calor agriaba dentro del estante y que sin previo aviso se transmutó en la bella crackera que una década atrás lo había iniciado en el *amor lapis*, el amor a la piedra. ¿Podía ser que la frustración y la impotencia de toda una vida hubiese tomado la forma de una venganza gratuita inflingida en quienes lo acompañamos en la más larga travesía de la literatura contemporánea durante un triple quinquenio desde aquella mañana en que entramos en los pantanales de Panhokee con rumbo a las arenas movedizas de Tohope-kalinga a fin de embarcarnos en un yate prestado hacia las profundidades del gran desagüe dejando atrás las modernas nociones geográficas y todas las demás comodidades solo por creer ciegamente en la idea que nos había vendido? ¿Un pasito más, compañeros, un pasito atrás si aún quieren conocer la contrarrevolución? La conclusión lógica requería que nos entregáramos a un destino atroz, que Isaac quiso presentarnos como ineluctable. ¿Era el martirologio, verda-deramente, la única salida de nuestro conato?

68

Solo hace falta desvestir a una orate callejera para com-prender el misterio del que no tiene techo ni una piedra donde apoyar la cabeza, los que se amparan de la incerti-dumbre entre los pilones de un puente o en los nichos que la ciudad va dejando a sabiendas, en los ángulos y travesaños de sus superestructuras. Escondidas allí, las Madres de la churre, que guardan bajo las blusas unas tetas paupérrimas de rústicos pezones encogidos en el baño con lata al aire libre, y que solo un aventurero llegará a contemplar, un santo o un adepto, o un conquistador —en la más amplia acepción del término—, uno que merodee lo recóndito de la urbe como si circunvalara un embudo, empecinado en seguir cayendo y cayendo hacia el fondo.

67

Rosa dijo: De niños jugábamos a los escondidos, nos perdíamos en los cuartos. Oíamos pasos. El crujido de una hoja del escaparate, caja torácica de espejos, pulmones que aireaban las sábanas dobladas, con fotografías metidas entre los pliegues del lienzo. Surjo de la oscuridad. Me asomo a la puerta del armario. Vivo entre la ropa. ¡Estoy almidonada! El foco del techo arroja una larga sombra que llega del salón. Mi sombra interseca la sombra.

66

[*El suplicio de los Hernández, capítulo CXVIII*] ...y fue la segunda vez, montada a caballo, que volvió al punto marcado con un cero. Un bocel de goma, redondel redondeado, ¡valga la redundancia! El caballo entró por el aro, que no ardía, sino que tragaba como un embudo ondulante. Sin esfuerzo, dejóse llevar, saltó al lomo, una pierna primero, la otra después, montó desnuda. Los soldados la ayudaron a subir, y nada más de caer escarranchada en la montura, el caballo dio un brinco, se hundió en el agua, buceó hacia lo que debía ser otro cielo abocado al fondo, desde donde podía observar el lejano círculo, el malhadado neumático en la superficie. Lo de arriba era horizonte y alrededor no había límite, tampoco podía decirse que hubiera norte. Cuando salió de aquel lado, allí estaba, tal y como lo había dejado hacía veinticuatro horas, antes de ir en busca de auxilio. El caballo le preguntó, «¿Ertes er Niño?» Y ella se limitó a sacudir la cabeza. Entonces el animal dijo: «Está salao», y *salao* era la peor de todas las desgracias. «¿Cómo te llamas?», le preguntó el caballo. El Niño levantó la mano, con dos deditos en *Ve* de victrola: «Santiago», contestó. Y el caballo: «Pero, ¿no era Ismael?» Detrás de ellos, en arco: hipocampos, morrocoyos, peces voladores, un pez espada de espuma de goma al que los tiburones habían roído los flancos, un esqueleto rumbero, nueve piratas y nueve bucaneros, un pulpo que en cada tentáculo sostenía un cofre repleto de doblones de azúcar, peters y africanas. Pusieron el cofre en el suelo tapizado de algas. El caballo negro se transformó en un negro joven con cara de caballo. Meó un chorro amarillo, enfilado hacia el pecho de Yezabel: *¡Golden shower!* Por los pezones blancos corrió el baño de óxido. El Niño caminó hacia el trono, como el que camina unos Quince, dando un pasito adelante y otro en el lugar, y así llegó a la tribuna levantada a las puertas del cementerio marino. Un bosque de velas negras anunciaba el arribo de otra flotilla. Una legión de ahogados color mármol, pero de un mármol gris, levantó la voz, miles y miles de vocecitas unidas en un bolero, «Cuando en Cayo Hueso encalléee…», que sonaba como cuando alguien canta en la ducha. Era un coro altisonante y submarino, y después de aquello no dudaron que el caballo fuera el monarca de las profundidades. Sumidos en tales cavilaciones, madre e hijo vieron llegar, de pronto, nada menos que a Palinuro con su timón al cuello, y vieron cómo se lo colocaba detrás de la testa, a manera de halo, y también oyeron cómo decía el secreto saludo: «¡Oh, Hippíos!» Las ceremonias de agua dulce en los Kaneyes no eran nada comparadas con las salaciones de las profundidades, pensó Yezabel. Notó que las velas de la fragata estaban hechas de saco. «Están salaos», repitió el caballo, llevándose un puñado de clavos a la boca y escupiéndolo después en los espacios provistos convenientemente en la herradura de su casco izquierdo, que no era un casco, propiamente, sino un pie cansado, calloso, llagado por los siglos, un pie deforme de esclavo. El caballo escupía clavos y, ¿qué otra cosa necesitaba Yezabel en esos momentos para abatir los brazos y recibir por fin una escarpia en cada extremidad, trepada como estaba al palo mayor de un galeón varado bajo un puentecito chino sito en un lecho blando de sargazos gomíferos? No por eso los ahogados dejaron de cantar, sino que enredaron los pies en cien áncoras que bajaron de pronto desde las alturas, dando inicio al gran espectáculo intitulado REVELACIÓN, una especie de abordaje que los puso a saltar de ancla en ancla. Para entonces, Yezabel y El Niño estaban cómodamente instalados en unos barrilitos que un batallón de jaibas había arrastrado hasta la arena. El caballo les concedió una pregunta («una sola preguntica, cualquier cosa que se les ocurra»), como regalo del Día de Acción de Gracias, y enseguida madre e hijo juntaron las cabeças: «Esta es una pregunta para Palinuro». Pausa. «Palinuro, ¿cuál es la traducción correcta de *The Unquiet Grave* a nuestro bello idioma?» El desgraciado piloto venía de un mundo clásico donde este tipo de cubanada no tenía sentido y, sin embargo, con el mayor respeto, el Pali respondió: «Me cuesta la traducción del título, debo admitirlo, quizás por estar yo mismo implicado en la trama. Lo de "tumba inquieta" no está nada mal, concuerdo. En cambio, "tumba sin sosiego" subraya el hecho de que estamos hablando del Estrecho de la Florida. *The pang, the curse, with which they died, has never passed away...*[44] Sí, precioso, hondo, *deep...* ¡*De profundis!* A ver, no sé si tengan ustedes alguna sugerencia...»

65

[*El suplicio de los Hernández, capítulo LXV*] Desde la cámara divisó un barco, la nao, o lo que parecía *per-japs*, a

---

44   Samuel Taylor Coleridge, *Rima del Antiguo Marinero*, 1798.

su vista cansada, quemada por los rayos solares, un yate de recreo. La quilla cortaba las olas, levantando a trechos y a ambos lados de la proa un encaje de espuma entreverado de algas y bulbos acuáticos. La barcaza se desplazaba a gran velocidad, aproximándose mágicamente al lugar donde Yezabel, decúbito prono, pataleaba y remaba con las manos. El bocel de goma [esa figura que da un vuelco y regresa al origen] la ceñía, enroscada en sí misma, mordiéndose la cola, mientras que ella propinaba piñazos a las ondas. Y así como Duchamp atrapó el aire de París en un frasquito, en la llanta neumática estaba concentrado el aliento de todas las madres cubanas que alguna vez intentaron la travesía por amor a sus hijos. *Aire de Cuba*: una fragancia de ese nombre, pensó la fugitiva. Porque un último aliento, nunca mejor dicho, la separaba de la negrura, donde (con la cabeza sumergida en las olas y los ojos fríos, fijos en el yate lejano, lejanísimo, pero que avanzaba en lontananza, queridos amiguitos, aumentaba peligrosamente de tamaño, se inflaba, saltaba a la tercera dimensión, y de allí a la cuarta, adquiriendo, además de contorno, la silueta marítima, la siluetica tan conocida internacionalmente) ella rezaba el rosario con un collar de macaos. El yate cabeceó, enfiló, ya la proa, ya la popa, hacia la naufragada cubanita, y ahora las ondas redoblaron su zumbido letárgico, tan característico, y se precipitaron contra la balsa [o *pneuma*], que cimbreó con leves sacudidas. Las crestas avanzaban hacia el neumático por el camino blanco de una luna nueva, nevada, burilada en el cielo: un anillo de bodas, un aro completo que parecía corresponder a aquel neumático como un cero a la izquierda y otro a la derecha. En cubierta, Yezabel vio a unos pescadores barbados que le tendían las manos, echando sogas, y alcanzó a leer también, en el espejo del yate, la palabra *Salación*. Porque agua eres y al agua volverás, y del agua salada no beberás… Un joven imberbe, con una boinita vasca terciada sobre el ceño, le tomó la mano, se la besó, y la haló con fuerza hacia el puente del presente, por sobre la borda. *¡Podría aprender el viento tus engañosas artes y el desleal Océano a sonreír, para engañar!*[45] El barco arrastraba una estela de armas largas, artillería semiautomática, carabinas mojadas, húmedas ametralladoras. ¡El yate se hundía, y los ochenta (y *ellos* dos) tripulantes arrojaban la carga letal al desleal océano! Yezabel abrió los ojos, separó a la fuerza los engurruñados párpados, sacó la lengua para decir algo, algo importante. En ese momento el soldadito le estampó un beso, allí mismo. La alzó en peso, arrebatándola al líquido elemento. Hecha un nudo, acoquinada y movida, presa de irrefrenables convulsiones y echando espuma por la boca, Yezabel se dejó llevar.

64

La historia del manatí empalma con la leyenda de las Ondinas. Atracado en el embarcadero, el trirreme titila. Las nereidas arrastran paños amarillos, largos retazos de muselina y muaré. (El agua conoce el paño). Desnudos cuya carne tumefacta seduce al observador o, en cualquier caso, al conocedor de la pintura romántica que repasa obedientemente la paleta (la carne en el líquido). Queda el rosa, el bronce, el gris y el diamante azul de la onda. Se deslizan arrastrando trapos anudados a la proa, la luna en lo alto, detrás de un biombo de papel, el castillo en lontananza, los bosques umbríos donde viven el lobo, el topo y el racún, y donde crece la armillaria en la madera caída… Este lago es

---

[45] Coleridge, *A Lover's Complaint to His Mistress*, 1792.

una ventana abierta a la saleta de la casa de su imaginación: un día llegará a sentir el fresco finlandés o noruego batiendo en los cabellos revueltos, y el murmullo del fiordo, como ahora siente el ronroneo del aire acondicionado hospitalario, e imaginará que un manatí circunda el sueño de las mujeres, sumergido y sereno, entre sirenas. Y por muy absurdo que parezca, se tratará otra vez de la Historia de Cuba.

63

«La extraordinaria acogida en la terraza de la Galería Novoa contó con la participación de Blanca Rosa Guinver [sic], Presidenta de Consejo Pro Óleos, y una de las más agresivas [sic] coleccionistas de arte académico en el sur de la Florida. Entre las piezas presentadas: la espléndida obra maestra *Retrato de familia cubana exiliada*, debida al pincel de nuestro egregio neoclásico, Carlos Trigo de Abravanel. Blanca Rosa ofreció invaluables consejos a los empresarios interesados en iniciar una colección...» *El Cumanayagüense Libre*, enero 14 y 2000.

62

«La Madre de Dios reivindica para sí cada nombre y cada forma posible...», escribía la críptica Rita Lorca, en un artículo educativo del *Aguinaldo de Hialeah*, «aunque, en realidad, es una y la misma».

«El culto a la Virgen, que comparten todos los Latinos, está muy arraigado en esta zona», filosofaba, desde la Sagüe-sera, la famosa periodista.

«Los grandes portentos que acaecieron por entonces en la Pequeña Habana culminaban en la epifanía del día de Acción de Gracias».

«…el vulgo lo llamó simplemente *San Givin*», comentaba la columnista, en otra de sus sabrosas digresiones.

En el tronco de una mata de nísperos apareció la imagen de María. Los fieles depositaron ofrendas al pie del árbol, y el patiecito, atestado de automóviles rotos, se convirtió en un centro de peregrinación. (En un aparte, Rita examinaba la obsesión de los aborígenes con los carros averiados, y la extraña costumbre de momificarlos: «¿Para qué los conservan tapados con lonas en los jardines?»).

Convencidas de que la llegada de El Niño era un augurio de la Purísima, las beatas desfilaron por debajo de una ventana en la planta baja de un edificio de apartamentos de la Pequeña Tegucigalpa: un chorro de Windex había revelado, también allí, el holograma de la Virgen. Y en la mancha de un Kotex abandonado en la acera, y en un pañal desechable lanzado desde un autobús en marcha…

Un negro cubano, inclinado sobre el bebedero del Sedano's reconstruyó los hechos para los lectores del *Aguinaldo*: el fiñe, encarnación de Elegua, es rescatado por los delfines. «La madre es Olocum», explicó, mientras el chorro frío le daba en las bembas.

El negro se secó con un pañuelo almidonado, le hizo un guiño a una vieja vestida de saco –¡*hata los locutore de radio hablan ya del Herode der Caribe, señola!*– y armó un retablo que fue completándose a medida que los babalawos, reunidos en la fuente, evocaban nuevas alegorías: Lázaro Hernández era Babalú. *El sábado salieron las muletas.* La fiscal era Poncio Pilatos, *que no ertiende el drama de estre ersilio.*

¡Luir Miguel, traidol, Judas Iscariote! ¡Bendirte tu arma al diablo!, coreaba la enardecida muchedumbre.

[LEDP, *CXCV*]

La Guardia Nacional apuntaba a la casita con sus armas largas.

—No, nunca podremos describir la trayectoria de la bala una vez que ha dado en el blanco… —continuó diciendo el cura.

—O en la negra… —bromeó el balsero.

—¿Qué? —preguntó Lázaro indignado—. ¿Por qué no? ¡Usted, padre, se burla de nosotros!

Agarró al párroco por el cuello de la sotana.

—¡No, que no me burlo, Lázaro…! —le aseguró el cura, sacudiéndose las solapas—. ¡Por dios! No es momento de jaranas, hombre. El cadáver, por llamarlo de alguna manera, detecta la entrada del proyectil. El cuerpo recibe el impacto, y toma una medida. Pero, recuerden que las trayectorias posibles permanecen en estado de potencialidad objetiva. Digamos que se trata de un tiempo *perdido*…

—Que nos deja vencidos… —tarareó el balsero.

—Pero, bueno… —rezongó Marieleusis— …si usted dice que el pasado es indecidible, entonces… eso quiere decir… que nunca sabremos… ¿nada?

—Todo esto quedará en el aire… —concedió el cura, resignadamente.

—¡En el aire! —exclamaron todos, desinflándose.

La trabajadora social, la monja protestante y el tío procastrista se abrazaron, mientras que El Niño corría a meterse en el escaparate.

—La indeterminación obra en el intervalo, en tanto la cosa no adquiere forma definitiva —explicó, el cura, atropellando las palabras–. Sepan, señoras y señores, que el pasado es tan indefinido…

Afuera, los oscuros pisicorres de la Guardia Nacional llegaban a las puertas.

–¡Vamos, rápido! ¡Cómo qué! –aulló Lázaro, sin poder dar crédito a sus oídos.

–¡Como el futuro, Papi, cojones, como el futuro![46] – reventó la hija.

60

Quemarse los dedos con la pipa. Comprar otra en el 7Eleven. El paquistaní vende tubos de cristal refractario con una rosita de papel dentro: *a rose is a rose is a rose…* dice una cinta enroscada [como una sierpe] a la flor. Botan la rosa y toman el tubo. Toman la piedra y arrojan la rosa, pero, después de tantas fogueadas, el cristal no resiste y se raja. Entonces queda una mitad y luego un cuarto, hasta que va quedando apenas media pulgada (1.27 cm) y el fuego de la fosforera asciende en espirales y les quema las lenguas. Ampolladas papilas, humillación de la quemadura, ardor del trasiego, terror mudo: el escarnio. *El Negro* se enoja, herido en su amor propio, por la tesis que Isaac le expone. No le gusta verse como «*El Negro*», aunque juegue a serlo. El blanco puede contrapuntear todo lo que quiera con la religión del bantú, el ñáñigo y el yoruba, y afectar que comprende sus endemoniadas cosmogonías. Pero el negro no tiene nada más que ese profundo sintético, su vademé-

---

46   «It is wrong to think of the past as "already existing" in all details. The "past" is theory. The past has no existence except as it is recorded in the present». John Archibald Wheeler, *Law without Law*, 1983.

cum del desarraigo, oráculo del extrañamiento, rémora de traiciones y traspasos, llave de la diáspora, su Torá oral, su alquimia y su espagírica… Todo lo que tiene el negro es su *situación*. «Si le discutes eso, te hace la cruz», le cuchicheó el Chino al Rábano.

59

[LEDP, *MDCCCX*]

Con el sudor de la marcha todavía pegado a la blusa, Pilar pone a Isaac al corriente de ciertos pormenores:

—No estoy enamorada de él —le había dicho Blanca Rosa a su hermano, reclinada en el techo de tejas.

—Sí, lo quiero mucho, verdad. Pero no lo amo… Amar, lo que se dice amar, amo a otro.

Las tejas rotas manchadas de verdín. Era un musgo frío, prolífico y extremadamente sensual. Tenían historia esas viejas tejas, toda una historia meteorológica [carente de personajes, pero rica en sugestiones] que cobró vida de pronto…

Abajo corría la populosa calle Menéndez Peláez. La gente paseaba a caballo por el Prado. En los años cincuenta aún convivían allí el caballo y el Impala.

—¿A quién? —indagó Federico, que llevaba puesto un vestido de ella.

—En el techo… ¿lo reconoces?

—Pues, claro, mijita. Subimos a este techo desde que somos niños. Miramos desde arriba el campanario de la iglesia de la Santa Cruz. Encontré el aro volador de una pistolita de goma, los güines quemados de fuegos artificiales de antiguas parrandas, un par de tenis viejos, yakis, una pelota, cosas que creí extraviadas desde hacía muchísisisí…

–Leí en *Selecciones*, yo creo que fue en la *Selecciones*, aunque quizás fuera umm… –Blanca Rosa titubeó, enjugándose el mentón sudado –…bueno, leí en alguna parte que las Tullerías habían sido grandes depósitos de barro…

–Y yo leí *María Antonieta* de Stephan Zwei…

Entonces, Friedrich cayó. ¡Oh no! ¡Nooo!

–¡Es él! ¡Qué estás diciendo, idiota! ¡Tullerías, el mandadero! ¿Cuál? ¿El ezquerra? ¡El tejar! –le puso la mano en el vientre.

–El zurdo es ambidiestro… –dijo ella, picardiosa.

–¡Cuál, cuál!

En La Playa, Isaac asiste a la Academia Hebrea. Hay un *jai* pintado en el muro del patio. Un niño le habla del Notaricón y la Gematría (libreta negra de mayo de 1972). Temura anagramática, jalacá y jagadá… Es un Pushkin cubano, se ha dejado crecer unos peyots larguísimos. Lo oscuro le sale por debajo de lo rubio, de lo rojo, rebasa lo amarillo. Pasa por blanco.

58

Rosa y Federico juegan con fango. Toman lodo virgen de la montaña (donde los albañiles tapizan la pileta) y lo argamasan con agua del manantial. Primero hacen un dique. El Padre los observa y le viene la idea de crear una piscina. La piscina de Adah. Después ve a los muchachos modelando un niño, un muñeco de barro, y los deja.

57

Tierra virgen quiere decir «no arada».

Toma tierra de debajo de los cascos de los animales de la Merkaba (el toro mira a la izquierda) y recítale los Nombres encima. Así Micah hizo un becerro de oro.

—Me refiero a Ricky...

—*My name is Aliusha*. Permiso, ¿cofi?

—Y ¿qué hubo con él? —pregunté, abalanzándome contra la mesa.

Habíamos atracado en el Café Artemisa del tercer lago Iktospoga.

—El club nocturno, donde cantaba...

—Estoy muerta...

—*The Babalú*. Anímate, ordena las frituras de seso.

—¿No hay manera de postergar ese asunto?

—¿Cómo? —volví a preguntarle.

—¿Cofi?

—Babalú, el dios que deben esconder porque desentona en el ambiente puritano del programa.

—¿Había que esconderlo?

—Volverlo aceptable —precisó papá.

—Palomilla —sugirió la camarera.

—Babalú es lo que aquí se llama *a household name*, un nombre de pila —sostuvo Isaac.

—Eso no lo había conseguido ni Wotan, ni Odín, ni Tláloc, ni siquiera Apolo.

—¡Ni Jesucristo! —pité yo.

—¿Y qué tiene que ver Babalú con los niños? ¿Con El Niño? —preguntó Manolo.

–Es el ñáñigo. El santo vestido de yute comúnmente asociado a las pesadillas, las enfermedades y las pestilencias. Es el dios de la plaga. Los norteamericanos lo adoptan. Es la primera deidad yoruba del tubo...

–De acuerdo... –replicó mi padre, masticando mecánicamente– ...pero aún así...

–A los lingüistas del primer exilio –interrumpió Kámara– el anegramiento del cubano moderno debe sonar como el antiguo yoruba...

–Como el ucposo...

–¿Han oído cómo hablan? –preguntó Manolo.

–*¡Salamalecun!* –me santigüé.

La camarera volvió a salir.

–Colocaremos a Babalú –sugirió Isaac –en el epicentro de la casa de los Hernández...

–¡San Lázaro Hernández! –se burló papá.

Mojó el cuchillo en la sopa y dibujó un círculo en la mesa. Luego, fue cruzándolo con flechas y signos de caldo.

–Es el dios de la vida familiar, aun más que en casa de los Ricardo...

Isaac chupó el cigarro hasta dejarlo trémolo y flojo.

–Allá permanecía escondido... –exhaló un largo chorro– ...tapiñado.

Tosió. Sacudió las cenizas. El humo subió hasta la [falsa] lámpara Chippendale.

–Ricardo –continuó Isaac– no podía sacar a sus dioses negros a la luz. Pero tuvo que fingir veneración al dios de los judíos...

–Al dios de los creadores del programa... –puntualizó el Hombre Rana–. Pero San Lázaro era judío, es el gran santo judío...

—Una cortina de humo —observé, apuntándola.

—Fue un marrano al revés, un cerdo a la izquierda... —comentó Isaac, visiblemente hastiado.

—Sí, efectivamente, Ricky sacó al Viejo —explicó el Musicalizador— a hacer monerías sobre el escenario. Ricky permitió que trajinaran al Viejo en la televisión americana.

—¡Como un oso de circo! —lamentó Isaac.

—¡Como una foca! —rectificó papá.

—La foca que bailó el mambo —dijo Kámara, alzando la voz.

—Pero muy pronto, señoras y señores... los televidentes vieron... horrorizaadooos... cómo el Viejo... obligaba a una pelirroja... a parirle en pantalla un pichón de oriental —hablé por un menú enrollado.

—El primer niño cubanoamericano, el gólem...

—*Little Ricky*... —precisó mi padre.

—El Niño... —anunció Isaac.

Los choferes de rastras se volvieron para mirarnos.

Aliusha dejó caer la bandeja.

—¡Enfrente de todo el mundo!

54

Un día pasé a pedirle dinero prestado y me lo encontré en el piso, con la boca chorreando sangre. En el espejo del baño estaba escrito «Me cago en tu madre» con creyón de labios. Le pedí diez dólares para seguir fumando. Me los dio. En el acto llegó la fiana.

53

—Son como algo de Kienholz...

—Son *objets trouvés*...

—Cámaras, recámaras...

—No, son cámaras de gas...

—Vivir es un olvido. Se olvidarán estas cámaras también...

—Estás hablando mierda. Límpiate esa boca.

—*Perchán tudrín...*

Le pasó el tabaco a la muchacha.

—Se apagó...

Lo tenía pellizcado con los dedos.

Pilar y el Triste escucharon lo que decían los turistas que visitaban el Museo de la Balsa. Los vieron enrollar. Después continuaron el periplo por el Patio de Naos, hasta llegar a la pista de aterrizaje.

—Te juro que van a ponerte a barrer aquí, o algo. En los Estados Unidos lo que sobra es trabajo...

Era un decir, como otro cualquiera.

—Despué, pocapoc... hablo lemisora... —soñó el Triste.

—Seguro —respondió Pilar, sin convicción.

—Estuve en Camagüey, en los campos, es decir, en las Unidades de Producción. En la agricultura, ¿entiendes? No pude ir cuando se llevaron a mami y papi a Sandino, en los vagones —continuó, sin saber por qué traía a cuento esa historia—. Papá era muy bueno... y estaba enfermo, no soportó Pinar del Río...

—Tecompaderco... —gruñó el Triste.

—No los vi más. Nunca más. Jamás y nunc...

—Er trirte...

Pero, en realidad, el Triste no podía imaginárselo.

52

El Triste no sabía escribir (literalmente) y le daba las cartas a Pilar para que se las escribiera. *Mar sin embalgo...* mientras que el joven tenía una relación singular con la idea de la escritura, Pilar consideraba que enseñarlo a «majoral la letra» y a «expresal sus sentimiento» era un crimen. Creía que lo traicionaba, y sentía vergüenza de enseñarle un truco.

Era como enseñarle a robar, me explicó.

El Triste había leído *Thérèse Raquin* en las ediciones Huracán.

—¿Recuelda cómo lojas se…?

—Se desprendían y se caían… ¡oh, sí!

Oh, yes, se acordaba de un libro que no había leído, y hasta lo evocaba con nostalgia. ¡Toma! ¡La famosa educación socialista! Probablemente, alguien se lo había contado. Era mentira, todo mentira. La mentira no parecía molestarlo. Decía mentiritas para redondear las cosas. La mentira era para él como lo que la gravedad es para nosotros. Sin mentiras, su mundo se caía.

Tocante a la libertad —arguyó Gasiel, cigarro en boca, toalla anudada a la estrecha cintura —todo era relativo.

Botaba el humo por la nariz.

Pilar lo escuchaba sin prestarle atención. ¿Para qué disimular? Le miró las venas de los antebrazos, por donde corría sangre de dioses desterrados, se fijó en las hermosas muñecas sufridas. Después bajó la vista hasta sus propias manazas. ¡Zapatero a tus zapatos! Estaba humillada delante de un disidente.

—Dices… que denunciabas los atropellos, que llamabas a Radio KNEY…

—Sí, lor llamaba y dunciaba loratro pello. Soy dirsidente..

—Qué bien…

Entendía a duras penas lo que decía el disidente.

—Y, ¿tién pareja?

—¿Cómo?

Despertó del letargo.

–Que si bibe solo… –el hombre bajó la voz.

–¡Oh, con mi sobrino! –mintió Pilar.

51

Protocolos de las comadronas de Sión

1. MUERTO, sí. NACÍ MUERTO y malenvuelto,
enredado en la tripa del ombligo
(cordón umbilical). Si me atosigo
al contar mi vivir, no es menos cielto
que grandísima culpa se merece…
¡ay, mi Madre! (le llegará el momento),
de mí mismo colgante monumento.
Como todo lo que por fin fenece,
reviví cuando el mundo parecía
terminar *en la terminal de trenes,*
el cáncer terminal, nieve en las sienes…
Mi comadrona: la Antipoesía.
Ahogado en amniótico de foso,
hebras del pubis cierran mi garganta,
un feto de escaleras se levanta,
sube una pata al líquido viscoso.
Nací negro, ya muerto. Era precioso.
Rubio africano, cuarterón judío,
agarrado a las márgenes del río:
nací enredado. Cúspide de un pozo.
Pasó como cometa saludable
la comadrona al frente de mi casa:
«Ya estamos en el día de la raza»,
comentó, simplemente, razonable.

«No me siento este niño», se quejaba
la madre mía, procrastinadora.
«No ha llegado la hora del *ahora*,
aquella que en lo físico se clava
con la sustancia de su mediodía,
la que atrae hacia el polo de lo cierto
dos palabras sencillas, *Niño muerto*,
que son tu augurio, Antipoesía».
Avisada del mal, la presocrática[47]
auscultó con espéculos la aurora:
«La madre de Zenón serás, eleata
de vis geométrica y coz demoledora».
Y dijo más: «Con dolor *paribamus*
filiis tuus, niño inclinado al verso
y frotado en la estela del reverso,
proyección del león y el paramecio».
«No me lo siento», insistió la esclava,
requintada a las patas de la cama.
Aplicaron los fórceps a la trama:
provocaron un *fiat lux* de baba.
Salió un negro silente, delincuente
del presente; acróbata morado;
ahorcado tibio y desconsiderado;
culpable absuelto; Judas inocente.
Era de fuerza y sangre su abolengo,
(el azul de las venas se pervierte
en el primer contacto con la suerte)

---

47 «SÓCRATES: Pues bien, pobre inocente, ¿no has oído decir que
soy hijo de Fenárete, comadrona muy hábil y de mucha nombradía?
TEETETES: Sí, lo he oído. SÓCRATES: ¿Y no has oído también que yo
ejerzo la misma profesión?».

era viscoso y entripado y luengo.
Nací yo: al palparme con palabra
y dejar la constancia de mi sino
suena lo absurdo a carne de destino,
a mentira, a *faux pas*, a abracadabra.
En un cubo de aguas congeladas
y otro cubo de leche bien caliente
me sumergieron, negación viviente
que a la fosa escapó de dos nalgadas.
Dice Beckett en su *Godot* que el semen
del ahorcado al caer por tierra
hace nacer mandrágoras, y encierra
lo que los hombres dudarán y temen
de la impura metáfora. Supongo
que el semen del nonato en el entorno
de la barriga preña con un chorro,
la propia madre generando un hongo
y un soto de mandrágoras que corre
como bosque de Birnam[48]. Una selva
de ramaje engomado donde cuelga
ejército guindado. Si una torre
fue mi madre –y no hay generador:
alzado de Escombray cumple condena,
primero de los dos que entró en escena
en un mundo o período anterior–
¿quién es mi Padre? Esa es la pregunta,
to be or not to be, hula de noria
que gira en la carreta de la Historia
(y hay una edad donde el *to be* se ayunta

---

[48] «A childe calde Ericthonius, whome never woman bare», Ovidio, *Metamorphoses*, libro 2, línea 562. Traducción de Arthur Golding, 1567.

con el *or not be*). A Isla de Pinos
va encadenado como vil bandido:
el calabozo aguardará al marido
de la Patria y de mi madre. Nidos
las Circulares. Cinco asilos, silos,
engranajes, establos y origamis,
descuadrados juguetes, *double whammies*:
deus, que es *machina*, cuelga de los hilos.
Cuando Nietzsche afirmó que «Dios ha muerto«
quiso decir más bien (pensando en Richard
Wagner) «el Arte ha muerto». Muerto Richard,
como Cristo murió de un desconcierto
en Bayreuth, moría lo antiguo griego,
–lo griego mismo– en su poesía,
la patraña del dios que abrogaría
las sagradas entrañas del borrego.
Así que en la caverna presocrática
mi fenecer se redondeó en un aria
que saliendo de esperma carcelaria,
de la viudez en vida y la gramática,
de las revoluciones informáticas,
de las dodecadencias de la espera,
de las cruces de plástico y madera,
de las grandes visiones numismáticas,
llegas a oír, lector, porque, salvado
–no en el sentido clásico y cristiano
sino en *strictu senso* culterano,
en el sentido de «reinterpretado»–
esa mañana de mi nacimiento
volví a nacer en cubas bautismales,
emirato de címbalos vitales,
para ti, para el mundo y para el cuento.

LA MADRE DE MI MADRE no sabía
de dónde había salido exactamente,
si de Palmira o Rodas: la inocente
era ignorante de su judería.
La *Gestalt* de mi historia preconiza
un judaísmo siempre conmutado
y elevado al cuadrado, que es al hado
lo que el bosque quemado a la ceniza.
Es decir, no hay manera de escaparse:
la norma de lo vivo necesita
canales que la voluntad evita
y un ombligo por donde agujerearse.
Esa señora que salió de Rodas
a Palmira (Las Villas) fertiliza
terrenos de la madre que agoniza.
La llevan a enterrar entre las olas
como había exigido. Pero antes,
el Padre, que tejía curricanes
y sogas de henequenes (en los clanes
había tribus de cíngaros rodantes).
La madre de la madre de mi madre
padecía de cáncer fulminante:
en el seno derecho palpitante
una Rosa de moscas que la madre
de mi madre, blandiendo una revista,
abanicaba. Creo que cualquiera
apostaría a que yo dijera
que era *Orígenes*. Una origenista
abanicando rosas mosqueädas
—metafórica flor en el sudario,

la hinchazón de la teta es un ovario—
y tres cruces de yodo, numeradas.
Cierran la casa y salen al camino
empujados por cosas del destino:
que si la Depresión, que si el pepino
en el polvo. Les falta pan y vino.
Pernoctaron en casas de tabaco
(avanza por el mapa de Las Villas
una línea encarnada) de sencillas
provincias. Hacen batas con un saco
de azúcar, «las baticas de las niñas».
Harina de maíz (¡no me carezcas!),
calabazas robadas, chaplinescas,
consumen suela y cáscaras de piñas.
Cruzan parques y bustos y glorietas.
El portal de un teatro da refugio
a una luna rellena de artilugio.
Para matar el hambre, de las grietas
un muro da a comer cal arañada.
Han bajado hasta El Hoyo los varones
y se quedan (quedados solterones
de una muerta bañada y perfumada).
Las mujeres nadando en la cañada,
no perciben la sombra de un gallego
que ebúrneas las observa, desde luego.
El nombre de mi abuela será: *Adah.*
Y no he dicho mi nombre. Soy Isaac
Kámara. Y mi madre es Blanca Rosa
Cordobero de Kámara, la esposa
del Capitán Rebelde. En la Mac
donde escribo esta historia indecorosa
en dialecto arameo, cada raya

corre al margen ab-zurdo de la playa.
¡Los traductores trocan cada cosa!
El tinte de las piernas de mi abuela
es de un mojado arena. Los cabellos
son color de azafrán, y los destellos
que la luna acarrea tras la estela
de un bote a la deriva. Las hermanas
quedaron separadas de lo suyo:
Adah nada; Esther fuma un soruyo;
Rebeca empina lánguidas catanas.
Después de sepultada la occisa
en el fondo del mar de Rancho Luna,
el viejo se colgó de una cornisa
con curricán. Un gaito en la laguna
observa absorto básicas bañistas:
es boticario; viene a la piscina
en busca universal de medicina,
alma de dios, hispano y anarquista.
Lo llaman Sixto Caldo de Gallina.
Se casará después con la Rebeca
−con la coja Rebeca. Una muñeca
es Adah. Esthercita es una Ondina,
de aquellas que en los cuadros deshojaban
magnolias, margaritas y gladiolos.
Rebeca y Esthercita son los polos
opuestos que a la niña mangoneaban.
Esclava de la noche pueblerina
la muchacha recita de memoria
oraciones ladinas, y en la euforia
del sueño o del ayuno, ya se orina
y ya dice: *Adonai, esclavas fuimos
de Paró en Ayifto…* Tabernáculo,

cubierto firmamento. Con un báculo
va el gaito agitador de los racimos.
El pueblo debe ser Cumanayagua.
Las entra allí y el tiempo se detiene.
En un arco está escrito: *Mene, Mene
Tekel, Fares.* Judías son de Sagua
o Palmira o de Rodas, nadie sabe.
Sixto lleva a Rebeca hasta la alcoba.
Esthercita se vale de una escoba
para limpiar su dignidad, y es suave
su vida de empleada contestona.
Si los dueños de *El Nilo*, etcétera...

49

EN EL MOMENTO EN QUE los dos buscaban,
dieron los dos, el uno contra el otro.
Rosita en la barriga te llevaba,
y tres concibió en Uno, el Loco.
De las pocas batallas que ganamos
ninguna tan perdida o abortada.
En engaño cruel nos embarcamos,
en la nave que vuelve del Letargo.
Después tu padre se adelantó glorioso
tocado con el casco de los tarros
de una ópera bufa precursora
del Teatro Escombray, del trago amargo.
«No me desprecien porque soy moreno:
el pan que quedó atrabancado
a las puertas del horno, de la vista
del panadero escapó sin alas».
Mirad el rostro del Eterno: el fuego

que no quema y, sin embargo, aviva,
rezagado en el vientre de la madre.
El Padre ordena: «Sirvan la comida…»
En el momento en que, prescindible,
el viejo orate quiso congraciarse,
mandó sus mulos a la región del cielo:
un Paraíso-Circular, la isla.
Levantado con álamos el techo
–tabernáculo, trancas y orificios–
por una causa justa y reaccionaria.
Rosa emboscó su vientre de seis meses.
Vano, cruel, tardío descubrimiento,
lo conduce a la Cueva de la Mona
para intentar romper lo que ha creado.
Dar marcha atrás al gólem, matar al deseado.
Y desde el monte libre o clandestino
recibe la misiva del soldado.
Dice: «…que junten fuerzas». Tellería
es el hombre más negro y más buscado.

48

Isis Mitre, para Radio KNEY: *«Las Últimas Horas»*, ensayo *narrativo.*

Se acercó a la ventana. La lluvia corría por el cristal en delgados riachuelos, pero la calle era otra. Los médicos anunciaron que había perdido el sentido de orientación. Pegó la cara al vidrio, se asomó a mirar. Abajo, los letreros chorreados y alguien que recogía latas, las aplastaba y las echaba en un saco, acapararon momentáneamente su atención.

¡Estaba acabada! Entró otra ambulancia, en la curva bajaron a un herido. Dos mujeres de luto se abalanzaron sobre la camilla. Blanca Rosa se volvió hacia ellos, les preguntó si no sería a Cristo a quien bajaban. Las reyertas que había provocado el dichoso Niñito. La división de la familia, hermana contra hermano, padre contra hijo, amiga contra amigo. Pero no se arrepentía. ¡De nada! No se arrepentía absolutamente de…

La voz del hijo volvió a retumbar en la habitación.

¿Era su corazón de piedra el que hablaba? No le haría caso. Fingió juguetear con el ratón de la computadora portátil que le había prestado el cura. Su mueca de dolor quedó fijada en la cámara, que se disparó sola. *¡Selfish!* Lo sabía injusto, cruel, capaz de todo. ¿Cuántas horas llevaba callada? El embrollo de gasa no le permitía maniobrar con los dedos.

Pareció que Rosa iba a responderle, pero, después de titubear, decidió cortar por lo sano. A ella no la engañaba.

Isaac volvió a la carga, garabateaba en un trozo de papel con el membrete del hospital: *God is dead-alus…*

Ella se persignó, en jarana. «Si no hay más allá, bueno, ¿y qué?», parecía querer decirle. Encendió otro cigarrillo. Agitó el fósforo, que dejó un rastro. Su cabeza quemada era ese fósforo. Iba a recordarle que «no recordamos el pasado sino, más bien, la teoría del pasado», pero se quedó callada, con el cerillo en el aire.

Él la miraba.

Prosiguió.

Pero ella, esta vez, no pudo, no quiso…

—Decías que el tiempo, según tú… el tiempo absoluto… corrompe… absolutamente…

Después de desaparecer en el baño por tercera vez, Isaac ya no fue capaz de poner en orden su cabeza.. Una pisada, una alarma, una página pasada velozmente en el índice de la memoria… algo, no se sabía qué, vino a espantarlo…

Ella sonrió, limpiándose los dientes con la lengua, se miró en el espejito. Se tocó el pelo, tomó un buche de jarabe. El vaso transparente con la calcomanía de Chewbacca. El lema era de la Guerra de las Galaxias, en letras mayúsculas, *May the forz…*

—Al santo hay que cortarle la cabeza de una santa vez, ¡borrarlo de la faz de la tierra! Digo que si alguien se embarra las manos de esa porquería, será porque todavía hay quien cree en el futuro.

Isaac repitió: «El futuro…»

De pronto, fue hasta la mesa, cogió un papel y lo acercó a la llama:

—*Oda a Juliano el Apóstata*, fragmento —leyó imperioso, consciente de su propia importancia. Era un poema enfático, heroico y, por lo mismo, bastante flojo. Ella creyó captar al vuelo una alusión velada a lo que estaba pasando allí.

La madre se le aproximó. Le manoseó la cara, modelando sus facciones con las yemas de los dedos vendados, como posiblemente hubiera hecho si la vida llega a darle la oportunidad tomar otra clase de cerámica. Era un gesto piadoso. Le besó la mejilla; él la de ella.

Terminaron llorando; él la apartó de un codazo. Hizo un ademán brusco, se quedó arrodillado, con los brazos flojos, colgando.

Ella se echó a reír. Su risa rebotó como un pájaro trillado contra el panel de vidrio. Él le dio la espalda. El cura los observaba. Las viudas del Calvario Cubano en el Exilio, que venían a visitarla, entraban en ese momento[49].

—Descuartizarlos...

Las mujeres recularon.

Ella fue al botiquín. Se vio allí: tenía una tic en la cara. Una odiosa *carita*. Citar por citar, cualquiera sabía cuál era su objetivo. La mesa barnizada relampagueó con el último rayo fluorescente que caía en ramilletes desde unos tubos. Y en la punta de la bomba, de una cinta de seda roja, colgaba el dragón de papel que las enfermeras le habían regalado por el año nuevo chino.

—¡Así tampoco! —advirtió ella.

—Así es, así fue y así será. ¿Qué pretendes ocultar? —aulló Isaac, haciendo bocina con las manos.

—Ay, sí, sí, pero, pero, pero... —berreó ella, ya despatarrada sobre la mesa, hincada sobre tachuelas. De espaldas, con las piernas en alto, mirando al techo, vio al revés el retrato de Martí que le había traído no se sabía quién. Habló para todos desde aquella posición.

El adorno centelleó bajo la rígida luz de la lámpara. El dragón osciló: *¡Feliz Año 2000!*

—¡Acostúmbrate! ¡La revolución culmina en mí! —chilló él.

Las mujeres del Calvario habían ido a sentarse en el sofá de vinil. Tejían una mortaja de cinta falla en los colores de la bandera. No decían que era una mortaja, pero se veía que poco a poco iba adquiriendo la forma del cuerpo de la patriota. Ella yacía en la cama como una momia, envuelta

---

[49] Las viudas del CAMACUEX eran: Mari Trini González-Pando, Clara Molinari Ojito, Beba Suárez del Villar, Aniceta del Río Pérez Pérez y Masiel Vargas Echemendía.

en esparadrapo. Por la coronilla asomaba un buche de pelo azafrán; sobre las vendas de gasa le habían calado ahora los espejuelos oscuros de graduación. Era la imagen de la Cuba invisible que no querían que viera el mundo: la imagen de la desesperación, el dolor y la solución final. Convenía retratarlos satisfechos, contentos en su maravilloso balneario. Y aquí estaban: las Madres; el Locutor en Jefe, que había venido al Monte para estar al lado de su compañera de lucha; el cura de la Ermita, que debía administrar los últimos óleos. Le dijeron que afuera la situación era «impeorable», y la opinión pública, «adversa».

–Los adultos han comenzado a sintonizar el programa –anunció, solemnemente, el Locutor en Jefe–. El porcentaje de adultos radioescuchas es, ahora, ¡mayor que el de niños!

–Pero, este programa es infantil…

–Los cubanos son infantiles…

–Somos como somos… –replicó ella.

Isaac se sentía vindicado; incluso, entendido. Ya podía morirse tranquilo (y en ese momento dejó de importarle la muerte de su madre).

Ella, que era la agudeza personificada, la egresada de Eliza Bowman, la coleccionista de arte, la de lengua viperina, llevaba siempre dos o tres citas en la manga. Hablaba, dijo, «con conocimiento de causa».

Eran exiliados. Habían hecho una revolución. Se consideraban sabios, dueños del mundo, adelantados a su tiempo. La enfermedad, la miseria, la cercanía de la muerte, todo lo profundo, lo extraño, lo terrible, lo cruel, lo inhumano, lo que podía considerarse *in extremis*, les era natural. El exilio no fue para ellos, para ninguno de ellos –recalcó– una mera noción, sino una punzante realidad. Se llenó la boca para decir *punzante*.

Isaac seguía comentándola, argumentándola, atormentándola. Aun por encima de sus propios comentarios, la subrayó, la anotó y la tachó. En la biblioteca pública, la Rama Hispánica, podía vérsele inclinado, al mismo tiempo, sobre un grueso tomo de Física y otro del *Sefer Yetzirá*, absorbiendo las fórmulas clásicas y las mágicas. La madre entendió que había parido a un puñetero mago. La boina roja de Saulo atravesaba historias, de cabeza en cabeza, hasta venir a posarse en la testa de este meshuga insólito. La estrella apuntaba hacia lo alto y hacia lo bajo.

Ella entendía perfectamente lo que sabía el hijo.

Concedió:

—Toda revolución viene a ser, por fuerza, contrarrevolución...

Eso ya era *lo bastante*. Isaac torció una antigua cuerda de su pensamiento, que había empezado a trenzar tal vez en las discotecas, esos antros del pensamiento oscuro; o tal vez en un cine, o en un baño, o quién sabe dónde.

—¿Así le dicen ahora? —preguntó la madre, impresionada, levantando los ojos azules del paño bordado que las viejas medían contra su talle.

—Vaya, todo está dicho ya, entonces... todo está explicado. ¿Qué pretendemos probarle a los extraños, si ya todo está inventado? ¡Todito! *Yes*. Son siglos, viejo, ¡siglos de decepciones!

Y añadió:

—¡Qué cosa más mierdera es ponerse a dar explicaciones!

Isaac continuó su disertación. Se veía que las Madres hacían esfuerzos mentales para seguirlo. También él traía citas, grandes citas que quería regalarles.

—«El tipo de atomicidad de la acción expresada por la constante hache implica...» —leyó de un libro que cargaba en la mochila– «...la existencia de una interdependencia entre el marco del espaciotiempo y los fenómenos dinámicos que pretendemos localizar en él».

Escribió en la pared con un palillo mojado en yodo: «Príncipe de Broglie, *Revolución en la Física*». Eran símbolos chorreados, conos invertidos, parecidos a coladores de café ligeramente chanfleados. Lo que a nosotros, simples neófitos, se nos había presentado desde el principio como un universo esencialmente político, cubano y, tal vez, hasta demasiado cubano, aparecía ahora, explicado por él, en los términos de una Teoría de Todas las Cosas: TETOCÓ.

–Izquierda, derecha, orientabilidad de los conos de luz, divididos en conos pasados y presentes. Existe un separatismo categórico. Se avecina el gran momento, mamita. El *momentum momentorum*...

Y todo esto, como bien sabíamos –afirmó– dependía del azar, del más bello desorden. De que los pensamientos se agruparan o se desparramaran sobre el tablero. De que pudieran retenerse algunos signos, muy pocos, en desbandada. Un universo en fuga.

–Pero, ¿y la gran novela? ¿El novelón? ¿Quedará algo de todo esto? –se atrevió a preguntarle ella, consciente de que si Isaac continuaba por ese camino, nunca escribiría nada.

Las viejas también le preguntaron si era verdad que escribía una novela «anexionista». Después de encender otro cigarro (por el corcho), Isaac nos dio la respuesta.

El Locutor se retorcía, incómodo, en la butaca. La soberanía –esa falacia– era la base coja de sus endebles argumentos, y representaba todo el alcance de su acción y de su trayectoria cívica. Ahora Isaac se bajaba con aquello, la augusta conjetura, defendida por las mentes abstractas: la de Villaverde, el novelista decimonónico, la de Teurbe Tolón, el mago patricio, y sobre todo, la de Narciso. ¿Podían haber estado equivocados *ellos*?

–La bandera cubana debió llevar un ojo abierto donde está la estrella solitaria –respondió Isaac –. Las dificultades del bordado obligaron a alterar el diseño.

Todos callaron.

–¡Me basta! –concluyó, indignado.

Acto seguido recitó el último fragmento de su *Oda a Juliano*:

> *El eunuco Mardonius le ha cagado en la boca*
> *ocultando la mano en la sotana*
> *lo machaca en silencio detrás del peristilo*
> *enchumbada de leche la mano del soldado*
> *reconoce el besado edredón helenístico*
> *enfundados en besos de almohadones forrados*
> *la sandalia que besa su terrible pisada*
> *la bajará diez veces del retablo a la mesa*
> *darán las nalgas flacas o pedirán al diablo*
> *que se lleve al pequeño cuyo nombre es Apóstata.*

Apenas terminó de recitar, cuando las empleadas de la limpieza entraron al cuarto: el Pino-Aroma, la Pinacoteca de Leipzig, la pinotea de los pilones patrios, Pinochet, Pinocho, Pynchon, Pacho Alonso y Alonzo Church entraron con ellas en la conciencia colectiva, a la manera en que se propagan las esencias.

Isaac aspiró profundo y levantó los pies[50].

---

[50] «"Encogió sus pies en la cama y espiró" (B'reshlt, 49:33). "La cama" es, como dices, "He aquí la litera de Salomón" (Shir Hashirim 3:7), que es Maljut». *Sefer ha Zohar*, tratado Beshalaj, 97.

«Los Efeméridos», una semblanza crítica

Por sus restos literarios conocemos las opiniones de Isaac Kámara y de sus compañeros de viaje con respecto a muchos temas. Así nos enteramos de que también ellos pretendían poseer la verdad en cuestiones de Bien y Mal.

La papelería del yate exhibe esta extraña sinergia: los balbuceos de una incipiente metafísica doblan las regurgitaciones del caimán sacrificado; los fragmentos dispersos se confunden con el fermento de materia molida (papel, engrudo, tela) y los apergaminados pellejos de tres aspirantes a la inmortalidad.

Isaac era el hijo ilegítimo de Rosa Cordobero, líder comunitaria, subdirectora de la Liga Contra la Ceguera Castrista, amante de las artes visuales y periodista lírica. Rosa se había unido en segundas nupcias a Nathan «No-estés-tan-seguro» Ginzburg, el fundador de Sabbat Gigante. A la muerte de Mr. Ginzburg, Blanca Rosa pasa a ser la heredera de lo que su hijo califica (en *Hojas de Rábano*) de «infausta fortuna». Anteriormente, Rosita hubo de desposar a Saulo Kámara, el misterioso capitán del Ejército Rebelde que, cual jinete sin cabeza, transita las páginas de las *Epístolas*.

Saulo –según se desprende de las anotaciones mitraicas– cumplió una larga condena en las Circulares de Isla Negra y, consecutivamente, en las granjas concéntricas ubicadas en las localidades de Manacas, Ahuica y Los Arabos. De los padres de Rosa se conoce muy poco: que fueron «relocalizados» y que «perecieron en Sandino». Blanca Rosa salió al exilio, con el niño, en 1970, y es probable que el futuro autor de las *Hojas* se criara, efectivamente, en el callejón de Praga, en el antiguo barrio judío de La Playa.

A los veinte años Isaac abandona el hogar –o es «expulsado», según alardeaba, en su perpetuo afán por redondear la propia leyenda– y a los cuarenta zarpa en el Efemérides: internándose en el gran marasmo, penetra en lo recóndito de la península. El *The End* lo escribieron los buzos en las fórmulas mágicas del reporte forense.

Isaac intentó reproducir en su "Sabbat" las palabras y los hechos de a bordo, aunque no siempre con éxito. Permitió que Isis editara segmentos (como había hecho antes en Radio KNEY) y que Manolito sugiriera acompañamientos (i.e.: *Addenda* y *Corrigenda*). Existen, por lo menos, tres tipos distintos de caligrafía en los sucesivos estratos del segundo folio: coligamiento en guirnalda progresiva, una versión tardía de Garnier, y la típica Palmer de la primaria precastrista.

Manuel de la Caridad Mitre (Manolito) sabía de música, aunque no pueda decirse que poseyera entrenamiento formal. De los tres, fingió ser el más «bruto», o al menos consta que así fue tratado por los otros: compete al lector retocar esa imagen de archivo. Filosofaba de «lo Lindo», y siempre «a la Ligera» (Juicio Estético y Teoría del Relajo con Orden), aunque con un ingenio criollo que ha desconcertado a más de un crítico. Fue, por poner un ejemplo, de los que auguraron un porvenir tenebroso a la América del Norte. Tomando el sentido contrario al de la bifurcación martiana, anunció [en su *Discurso a los veteranos*] que «el águila del nopal se cernirá sobre el cerezo caído», motivo por el cual se le acusó de racista, aunque es justo aclarar que se trata de las imputaciones de académicos latinos pagados por *La Raza*. Sus admiradores, en cambio, lo defienden a capa y espada, y una vez al año se reúnen a orillas del lago Topehegu para arrojar flores de conmemoración al más insignificante de los «eféméridos».

A instancias de Isaac, Manolito intentó construir un discurso radial basado en el modelo clavelístico[51], idea peregrina sugerida, en parte, por la escuela miamense de «micrófono abierto» y, en parte, por la experiencia de Isis en el campo de las deconstrucciones karaoke («con las que venía trabajando desde Cuba»). De los tres, podría considerarse a Manolo como el auténtico cabalista, aunque solo fuese porque jugaba la lotería religiosamente. El Libro II, donde gana por fin un *Fantasy 5* –y que reconcilia el motivo clásico del «hallazgo literario» con la prueba de inconsistencia para un sistema numérico arbitrariamente elegido– transcurre en la Botánica de Umócali, al fondo de una de las regiones más atrasadas del pantano.

Entre los *Encabezamientos*, del párroco Agustín de Santa Cruz, y el *Aprende novicia*, de Lydia Cabrera, en tortuosa versión braille, los compañeros descubrieron un número antiguo de *Tom-Tom McUtterson* adosado a la solapa de un *TV Guide* y, al intentar extraerlo, defenestraron accidentalmente la edición (1998, anotada) de las susodichas *Epístolas*, única fuente de datos confiables (si descontamos los reportajes orales de Blanca Rosa) sobre el «caserón-cayéndose» donde nació Isaac Kámara. En esas páginas feroces, Magali Perdomo describe el ambiente del Escombray durante el quinquenio de terror que siguió al II Congreso de Educación y Cultura.

---

[51] «Pon tu pensamiento en mí / verás que en ese momento / mi fuerza de pensamiento / ejerce el bien sobre ti». Invocación radial del poeta y cabalista villareño Miguel Alfonso Pozo, *Clavelito* [1908-1975].

Todo parece indicar que en el instante aciago de su insensata inmolación, los redactores del Sabbat eran ¡virtuales millonarios! Por tal motivo se ha dicho que la trama –si es que existe alguna en este autoproclamado «nido de perra»– gira, insistente, en torno a la minerva del más torvo, aunque, a todas luces, menos ignorante de los tripulantes.

Manolo, como es sabido, no poseía entrenamiento formal. En la conversación en El Mother, la discoteca goy del Acto III, confluyen los tableteos de maquinitas audiovisuales (la explosión de naves aéreas alcanzadas por el rayo de una pistola láser que empuña Isaac drogado); seis pistas de bulla sintética; un campo magnético de musak mezclado con los bonos de la primera invasión inglesa, y las reminiscencias de un tal Renato Carosone cierta tarde pluviosa de 1958: al *Materialismus* de Kámara –al picapica de orlón para muebles tapizados que nos impone su prosa arcaica– Manolo añade la pianola eléctrica, el organillo y el Moog. Apuntalando las incómodas revelaciones del texto, su música inculta proporciona la perfecta experiencia dolby.

En cuanto a Isis Mitre, «era gorda, achinada, peluda en el labio superior, de cabellos rebeldes y ojos apiñados. No quedan fotografías, etcétera […] aunque sí varios fragmentos donde sus compañeros la describen. Llegó a Miami en la resaca de los balseros, con la última barca de la invasión de artistas... enredada en los pliegues del orgulloso Exilio de Terciopelo. Estudió en la Stalin, filosofía y matemáticas marxistas», según reza en su currículo, mecanografiado en la Valentine [de Olivetti] que portaba la noche en que se personó en la emisora buscando empleo.

Isis Mitre, obese, half chinesse, hairy on the lip, kinky in the hair, woolly in the eye. No photogenic record of her survive, but her peers depict her in their Work... Miss Mitre washed up in the undertow of the balsero flush... perched on the last of the itinerant artists' bark, stuck to the seams of the proud «Velvet» Exile. She attended the Stalin Academy, taking mostly Marxism and Meth.

«Your English is insane!», le habría señalado Isaac al entrevistarla para la posición de libretista del programa (provisionalmente) matutino del que ya era productor y animador, según concuerda Cunita Meléndez, en la edición especial de *Álbum de Cuna*, donde inmortaliza su desempeño como jefa de personal de Radio KNEY. Isis habría respondido entonces, (si confiamos en la memoria de esa empleada mediocre que contempló impotente cómo unos advenedizos invadían los puestos clave de su centro de trabajo) «que siempre se imaginó hablando inglés en alguna película que rodaba en su propia cabeza». Isaac le advirtió entonces que la experiencia en matemáticas y marxismo no la llevaría muy lejos, por lo menos en el Exilio, y que para engañar al Locutor en Jefe de una emisora cubanoamericana anticastrista –¡y poder contratarla!– necesitaría rellenar la planilla diciendo que había sido productora de Radio Enciclopedia o cualquier otro canal apolítico no comprometido con las falacias del régimen, o que su experiencia se limitaba a «las artes visuales y los *children*».

«Así», afirma Cunita en el breve capítulo que dedica a *La edad de piedra*, «llegaron a confundirse muchos espías en la agitada marea institucional de la radiodifusión cubana de la Diáspora. En el caso de Isis, su preparación académica la inclinaba al formalismo».

(Véase *Sobre la Perestroika de Isis*; «Tenía una mancha horrorosa en la frente...», comenta otra vez Cunita, «...al estilo Gorbachoff [sic]. Pero de eso no se habla. La mancha presagiaba desgracia...»).

46

«El Jonás de los Everglades»: la escritura fluvial de Isaac Kámara

Entre los papeles que Isaac Kámara dejó atrás se encontraron treinta y cinco cuadernos de notas que contenían una *Vida* de la corredora de seguros y coleccionista de arte Rosita de Ginzburg. Los detalles del hallazgo, comercializados hasta la náusea, merecen rememorarse una vez más en ocasión del vigésimosexto aniversario del siniestro.

Nuestros antiguos oyentes recordarán sin dudas la noticia de los cuerpos recobrados en la barriga de un caimán, no lejos del canal Conehegu. El resto del contenido de la «preciosa carterita» no había sido revelado antes: se trataba de los códices (o los libretos) del mal llamado *Sabbat* de Kámara.

Se sabe que durante la jornada anual de clausura de los actos de iniciación en los Kaneyes, Isaac tomó el bote de la emisora –el infausto Efemérides– para dar un «inocente» paseo[52] por el estuario de Crong, paseo del que nunca regresaría. Le acompañaban La Gorda, en quien no es difícil identificar a Isis Mitre, y un tal «Mecánico, Músico y Marinero», que no puede ser otro que Manuel de la Caridad Mitre, el ex Hombre Rana que en los años sesenta trabajara

---

[52] «Inocencia de la que nunca regresaría...» (Véase Prefacio de la segunda edición). El viaje se inició el primero de abril del año 2000, una quincena después de la Semana Negra, fecha en que El Niño fue arrebatado de su pesebre (*Passover*) por los agentes de la Guardia Pretoriana. Se presume aquí (incorrectamente) que el Efemérides zarpó el Día de los Inocentes, y no el Día de la Masacre del Inocente.

de luminotécnico del Salón Cristal y, esporádicamente, de ingeniero de sonido en Radio KNEY. Manolito conocía el laberinto líquido como la palma de su mano, y Kámara, según atestiguaron sus colegas, resultaba elegido Empleado del Mes en ocasión del cuadragésimo carnaval victorioso.

La doctora Zonia Montero, de la Universidad del Aire, comentaba recientemente, en su programa *Aforismo*, el hecho de que los fragmentos sáficos (*...ahí viene el Novio, más alto que Ares*[53]) hubieran sido descubiertos por casualidad en el papiro que servía de relleno a un caimán momificado. El *Alligator mississippiensis* (subclase *Diapsido*; orden *Crocodilia*) donde se encontró el cuerpo de Isis, fue disecado por el taxidermista de la Orden y estuvo expuesto en el Salón de los Mártires hasta fechas recientes. En cuanto al bohío de cristal que guarda los despojos del Efemérides, aún permanece abierto al público y continúa siendo una de las atracciones turísticas más visitadas de la Florida.

Del paradero de Kámara, sin embargo, nada se supo. Aunque las páginas culminantes del códice narren su mitológico arribo a Epcot Center, es razonable suponer que Isaac navegó hacia el *Fin* en el mismo sarcófago donde reposaban sus compañeros de viaje. El improbable alzamiento de nuestros libretistas desmentiría el trayecto que con tanto tesón reconstruyeron los cartógrafos forenses.

La narración biográfica adopta aquí, indistintamente, el tono de la entrevista, la confesión y el anticipo astrológico, típicos de los primeros periodiquitos del destierro: *Playita*, *Artistilandia*, *Vanidades*, o *El Cumanayagüense Libre*. (De algunos trozos, reescritos mil veces, ofrecemos apenas las

---

[53] «...más alto que el Carajo», o «que el *coño* de su Madre», en la transcripción privada del programa radial [N. de la E.].

analectas). El conjunto adelanta la hipótesis de que Isaac Kámara era el hijo de Rosa Ginzburg, algo que ya muchos porfiaban o admitían.

Los secretos que Isaac revela en su *misná* miamense alarmarán a los agnósticos, mas no a quienes se convirtieron en masa a la superstición de nuestros protagonistas. ¿Son apócrifas las cartas de Saulo? Y las fotos de los rebeldes de la Sierra, ¿las adquirió Isaac en algún almacén de antigüedades? ¿Se trata de la misma banda de alzados que se reunía en la zapatería La Ideal, o será otra broma de nuestro «corruptor de la senectud«? Y, ¿cómo cayeron en manos del hijo las cartas de su fantasmagórico padre? Magali no las cita en el epistolario que ha dado a la luz –*sans* Humberto Perdomo–, donde rememora su tormentosa estancia en Cumanayagua.

SOBRE EL AUTOR

Salió del gueto (¿de Rodas, de Palmira?) y a la edad de diez años lo encontramos en la judería de La Playa. De pequeño vive en las hermosas ruinas de una civilización que abandonó la ciudad al paso de los invasores cubanos. (Recordemos que años más tarde Manolito compuso en la ciénaga, por encargo de la Brigada, su inofensivo *Himno Invasor*).

«En los territorios abandonados floreció una cultura parásita…» –señala Isaac en su reseña a la antinovela *Vivir encadena* (*El Mosquito*, tercera época, invierno de 1984). «El idioma en que se expresa [esa cultura] no se habla más allá de los límites de Flagra. Innumerables cuadernos ven la luz allí cada año: ninguno sobrevive; nada llega a oídos del mundo exterior [...] A pesar de haber sido una ciudad menor, y acaso insignificante, a menudo Miami fue comparada a Sodoma y destruida con la imaginación. Bertolt Brech jugó con la idea de escribir una pieza radiofónica sobre la *Apoteosis y caída de la ciudad paradisíaca Miami*. El boceto de su Mohagonny está basado en reportes de prensa sobre el paso del ciclón del 26 por la Florida».

En la misma cuerda, Isaac relaciona los destinos de Coaibai y Eretz Yisrael («¡CUBA es mi Tetragrámaton!», proclama, amarrado al mástil del yate[54]), un tema que engarza dos grandes mitos fundacionales, sin que ningún otro sabio, que yo sepa, tuviera la audacia de enunciarlo tan tajantemente.

Por último, Kámara hecha mano de la cábala fonética: el hebreo, insiste, es la lengua en que los aborígenes escucharon, de boca de Yosef ben HaLevi Haivri, el hiperbólico elogio de la tierra: *Dize que es aquella ysla la más hermosa que ojos ayan visto*[55].

---

[54] *Kof-Vav-Bet-Het* [sic].

[55] Yosef ben HaLevi Haivri, también conocido como Luis de Torres, uno de los traductores que Cristobal Colón trajo en el Primer Viaje. Fue el primero en desembarcar en la isla, el 2 de noviembre de 1492, y en adentrarse en ella (avanzó 100 kilómetros y llegó a un batey de 50 bohíos y 1000 habitantes). De acuerdo a Rab Kámara, *ysla más hermosa que ojos ayan visto*, significa: ysla = (tierra) = Adán = *gólem*. Compárese: *No man is an island entire of itself* (John Donne, Meditation XVII), donde el hemingwayano «no» aparece como interpolación tardía. [N. de la E.].

La Gran Jota

¿Acaso no comprendes que disparar un rifle es mucho más difícil que descifrar tabletas antiguas?

Karl May, *Winnetou*

El lumínico en lucumí chisporroteaba bajo el diagonal aguacero. Era de neón rosado, en una letra corrida nada especial: *La-Gran-Jota-La-Gran-Jota-La-Gran-Jota...*

Pestañeó diez veces, después se apagó.

¡Oh, el tiempo desleído! Un pestañazo. ¿Eran diez, quince o veinte años de travesía? Comiendo comida barata de 7Elevens, recogiendo cabos, machacando en prosa, pálidos, peludos, enmarañados, consabidos, espolvoreados, famélicos, flemáticos, fantasmagóricos y deconstruidos (¡pero más cubanos que nunca!) arribábamos en regla a nuestro destino.

La hostelera nos echó una mirada frígida.

Era una campesina de la región. Blusa a cuadros, caquis fundamentales, fumaba un cigarro extra fino. Dos gatos dominaban un diván, tapados con una colcha. Melancólicas malanguitas desbordaban pomos de conserva. Los ojos de la mujer habían sido azules.

Tomamos tres habitaciones.

—¡Hey, quey seleis ofreicey! —preguntó la madama y escupió en el piso.

—¡Tres cuartos, mi dueña, con comidas diarias! *No dairy.* El cheque del desempleo debe alcanzarnos hasta el fin de siglo —habló Isaac, mirando de reojo al reloj parado y luego en derredor.

—Sin embargo —aclaró, receloso— pensamos quedarnos aquí solo lo necesario. Lo necesario para cumplir nuestra misión...

Nos guiñó un ojo. Reímos con sonrisitas culpables.

La mujer acercó la arrugada careta a la ventanilla. Vimos una carabina de dos bocas arrimada a una silla.

—Urtiede —inquirió entonces, con un ladrido— no serán de esos *crazy Cubans* que vienen a hoderle la *existence* a los pacífic moradores de estes parts, ¿uh? Les dirgo argo: si puediera, si las leyes de este gland país me permitieran, pondría *right there*, debajo de ese lumínic, otro cartel *more* pequeño pintado a mano a mano que dijiera *¡NO CUBANS!*

La mujer se nos quedó mirando. Sus pupilas eran como trompos cansados, como catalinas, como estrellas carnavaleras, como platillos voladores, como hornillas eléctricas, como...

—¡Venimos en son de paz! —estalló Isaac, y dio un manotazo en el vidrio.

La mujer continuó:

—¡*Sorry*, no enténder naid-da! Su lengua raro tampoco *is il Castiliano*... ¡Quei vida tan rica bibida aquí ante que urtieden yeguaran!

—Lo sentimos, señorita... —replicó mi padre.

La mujer le echó el ojo.

—¿Quel le pasar a este hombre in buca? —preguntó, imprudentemente, después de observarlo un buen rato.

—Un balazo —contestó mi padre.

Papá fue hasta la ventana, separó el visillo.

—Lo recibí no lejos de aquí —añadió, suavemente, mirando hacia afuera. En lontananza se abría un paisaje boscoso y un camino serpenteante y agrícola.

Después se volvió hacia la recepcionista.

–Y digo que lo recibí, seño, porque el guerrero acoge el plomo de la mesma manera que la tierra, supongo, acepta el meteorito. Quiero decir, fatalmente… Como usted sabe, esta zona donde estamos parados recibió el impacto de un proyectil que apareció, como nosotros, *out of the blue*…

–Sí, la historia del Gran Chalco y todo esa… –bostezó la mujer, hojeando un catálogo.

Detrás de ella, en la pared, había una trucha barnizada y enmarcada, con una placa de bronce al pie. Observé, por encima del mostrador, que la mujer llevaba una cincha con la cara de Elvis Crespo en la hebilla [en rubíes falsos].

–Efectivamente –ripostó mi padre–, eso mismo. Me cazaron, dos infantes del régimen castrista. Puede imaginárselos como los caciques de un rancho rival, o simplemente como enviados plenipotenciarios de alguna galaxia enemiga. Da lo mismo. Lo que quiero decir es que están programados para matar, y que su objetivo no soy yo, *milady*, ninguno de nosotros, los cubanos bárbaros que usted dice, sino ustedes…

Y la apuntó con la torcida boca.

–Gente como usted, *missus*…

La mujer levantó la vista del libro.

–¿Nojotro? –dijo, agrandando la jota, y se adelantó, rampante–. ¿Por qué cohones nojotro?

Echó mano al rifle. Isaac se interpretó entre mi padre y la encargada.

–Déjalos Manolo, esta gentuza no va a entender nada… ¡nunca! –prorrumpió Isaac, alargando las *u*–. Ten las habitaciones listas, mujer. Y asegúrate de traernos un desayuno fuerte, a las seis en punto…

–Continental –dije yo, poniendo el acento en la *e*.

—Así lo jaré —contestó la campesina, y bajó la guardia. Tenía un botín apoyado en el travesaño de la banqueta.

—¡Vayan con di-oz! —añadió, en español astillado.

—*¡Go to Él!* —fue la despedida de Isaac al atormentar la recepción.

44

Claroscuro. Conjugación de opuestos. Moblaje poscolonial. Todo eso define el interior del cuarto (con radio mal sintonizado) donde caemos de pronto.

El cuarto es una contrapción vacía, con dos camastros. Por la ventana se ve la línea del tren (muerta), árboles, yerbas, un camino; el mismo por donde habíamos arribado. Charcos y la presencia del lago [una amenaza] como un cuchillo envainado. [La ventaja de estos años de escribir en equipo es que puedo prescindir del estilo. *Existo luego escribo*, solía decir Isaac Kámara. Soy su fantasma, y me da lo mismo: cualquiera pone la pluma sobre el bloc y dispensa sentencias]. Esta es mi deposición de aquel cuarto:

Carpetas, ventanas. Un baño con ducha frívola, improvisada. Era de noche. Caminamos en puntillas. Abrimos un clóset: un clóset vacío con unos percheros vacíos. Si había algo que encontrar, algo que descubrir, nos movíamos por instinto en la dirección contraria. El no pedir, el no buscar, el no juzgar: en pocos segundos sabíamos de la habitación todo lo que había que saber. Todo estaba perfectamente allí, y nada sobraba ni faltaba.

Encendimos cigarrillos. La mujer seguramente nos espiaba por alguna rendija. En el foco del techo había una cámara. Lo sabíamos. Tosimos, nos metimos las manos en las axilas, después en los bolsillos. En alguna parte, en algún verso, en algún folleto, en algún prospecto, en algún discurso, había una palabra, una frase que íbamos a necesitar para seguir creyendo.

43

Nos lavamos. Encendimos la televisión [Isacc adoraba el ruido de la televisión en la mañana]. Sentados sobre las cajas de municiones hablamos de cosas intrascendentes. Estábamos aquí para las prácticas de tiro. Diversos grupos de americanos, batallones de sobrevivientes y survivalistas practicaban en las inmediaciones, a la espera de la gran conflagración. ¡Cómo si la guerra no hubiera comenzado... hacía rato! ¡Nosotros íbamos por la sexta década de hostilidades! El entrenamiento duraría seis meses. La Práctica. Abrimos fuego sobre unos libros colocados en una cerca. Cosas fáciles. Fósiles. Gatear por la yerba, caminar con los codos.

42

Comprendimos que habíamos estado escribiendo por gusto, que sobraba la mitad de lo que habíamos anotado. La explicación de la dictadura requeriría diez tomos, tal vez toda una biblioteca, una enciclopedia con las páginas de papel encebollado arrancadas, engurruñadas y metidas de relleno por la boca de un mártir tendido en una caja de cristal en el gran Salón de Exposiciones; o en caso contrario, comenzó a decir Isaac...

—En caso contrario, un asalto...

—A saltos es más rápido —concedió mi padre.

—Pero, ¿cómo? —dije yo.

A lo que el gran artista respondió abriendo los maletines Louis Vuiton donde cargaba un gran surtido de pistolas, revólveres y rifles automáticos, esas dos bolsas de cuero que él llamaba «mis berocos», o «pilpul», o «el rosal de Rosales», y también, Rosendo & Rosell. Todo esto se nos hizo patente de improviso, pues en ningún momento supimos a qué atenernos. Lo juro. Habíamos sido engañados. Bajo protesta miramos el profuso armamento.

–¿No querían barroco? ¡Tomen!

Agarró un rifle, lo rastrilló, un Kriss de nueve milímetros, y el rifle, al ser rastrillado, emitió, efectivamente, un sonido muy parecido al de la palabra «brr-rooc-cccc». A partir de entonces los objetos inanimados, los animales estofados, hablaron; el corderito conversó con el lobo, los pinos podados cantaron en español; los perros épagneul[56], los casquillos, las piedras, que eran el asiento del mundo, todo tenía algo que decir, y se expresó en un coro democrático: la Mayoría de (todas) las cosas. ¿Nunca has fumado mariguana, lector, y te has puesto a mirar en el suelo el mensaje oculto en el diseño de las losas de un motel?

41

–Somos un ruido. En una novela estructurada, el orden que prescribe, ¡nos parecerá requetefalso! Nostalgia, sí, pero de desastre...

---

56   Isaac dijo: «El perro de Amis es un perro *épagneul*, y Cuba es la perra de España». «La perra andaluza», lo corrigió el Hombre Rana. Entonces, Isis leyó: «Sucia y con la carita mansa, la perra solo quería jugar, retozar, fraternizar, y cada vez que lo intentaba, topaba con la soga. La extensión de la cuerda mugrienta –seis o siete pies– consternó a Guy más de lo que la crueldad o la dejadez española lo habían irritado antes. Aquí abajo, en el patio, en un trozo de litoral vacío barrido por el viento, donde lo único que había en abundancia y sin costo alguno era espacio y distancia, a la perra le negaban ambos». Martin Amis, *London Fields*, 1989 [N. de la E.].

–Para saber dónde estamos, tendríamos que calcular el *zitterbewegung*, la jiribilla cuántica, y si llegamos a conocer el lugar exacto, no sabríamos a qué velocidad avanzamos, desconoceríamos la energía de la trama, ignoraríamos su momento, su volumen libraico, su espesor trágico, etc... Einstein compaginó energía y masa, pero después ellas solas se separaron...

–La masa –suspiró papá, y acarició el gatillo del revólver.

–Estamos aquí –dijo Isaac, hundiendo suavemente la yema de su índice en la frente de mí. De Isis.

–Yo en ti –añadió, lascívico.

Y después:

–Desciendo de mí –una verdad incontrovertible, si las hubo.

–Acostumbrémonos a residir puramente en lo irremediable...

Hubo una de esas pausas que ejemplifican una vida.

–Quisiera apodarme Ramberto Malatesta, por ejemplo –dijo, por matar el tiempo.

Hubo (sí, *hubo*) otra pausa de cansancio vital. El mediodía nos aplastaba con sus cargantes chicharras. Disparábamos, sin tomar puntería, a unas latas de cerveza Hatuey colocadas en los palos de las cercas: *¡pum! ¡pan! ¡poing!*

–Esto podría haberlo dicho Miami –comentó, cerrando un ojo y acercando el otro a la mirilla– si Miami pudiera hablar: «Cargar piedras, virar concreto, rajar la leña y atender la piara, mi fuerza no es una fuerza alegre...»

–Y, sin embargo, esa frase –comenté, festivamente– es de Saul Bellow, en *The Rain King*.

–Miami, *not happy strenght*... –bostezó papá.

–*Not happy at all*... –volví a decir yo.

Aburridos en *La Gran Jota*.

—Cuando escribo, la aceleración me tira hacia adelante, es como una fuerza que me arrastra. Mi sombra va al frente, el carretón delante de los bueyes, como quien dice... Y si no, no escribiría, y sería lo mismo. Hadlík descubrió en su breve agonía que lo que percibimos como cacofonía es solo una superstición visual. De la misma manera, lo que consideramos faltas, el no haber escrito un libro o construido una pagoda, tampoco se echará de ver en la gran escala ctónica. Todo quedará siempre resuelto, absuelto, disuelto... Hay un sinnúm...

[Aquí, poner una ráfaga de esas páginas huecas que la copiadora laser dispara a veces, sin previo aviso].

—Esa energía y esa violencia del conocimiento —continuó Isaac— esa impaciencia, señoras y señores, hace daño. Quédate como estás, Isis, no te metas conmigo. Consíguete un esteta, un atleta, un *voleur*, un *auteur*, o mejor aún, un *souteneur*. ¡Ah, pero ya has probado el elixir del Exilio! ¿Cómo trocarlo por cualquier otra bebida? ¡Revientas de ganas! Estás gorda, pero de deseos. Hay una marca de sangre en tu frente…

—Es la mancha de la luna —saltó Manolito—. Su madre se puso una mano encima del vientre, aquel 13 de marzo de 1961. No es una exageración, es una manchita, una sombra chinesca.

—¡Pues bien! En ese precioso instante estábamos enfrentados a los chinos —explotó Isaac—. Tú, Manolo, habitabas por entonces en el Monte de Venus, el famoso Escombray, donde viven las brujas que vuelan por delante de la luna en sus escobas de palmiche, llevan dientes de ajo debajo del brazo, el sobaco huele exquisito, los pelos negros en salmuera… ¡Oh, el olor de un sobaco de bruja! Podría penetrar ahora mismo uno de esos sobaquillos…

Levantó los brazos y se olió ambas axilas, alternativamente.

—La fijeza prácticamente no existe. Es, precisamente, lo que no existe. La fijeza ha sido negada por la Física y la Química, y solo la retienen la Política y la Poética. Entonces, ¿qué es a la fijeza, Manolito?

Y después, en el colmo de la excitación, se respondió:

—Una vieja idea inexpresada, la arrugada Madre de toda idea, estaba allí antes que la pintura, la escritura y todas las artes. Vivía en la caverna, la Malidea, revolviendo el potaje con el caso. ¡La olla podrida! Hay ratones, sapos y dientes de muertos en el caldo que ella atesora. ¡Todas las cosas!

Hippy, hippy, hippy, jo!
Lavando la ropa está!
Revuelve la lejía del mundo!
Con un palo el agua cortá...
Con un palo de guamá...
Revuelve y hierve los trapos
Revuelve y prueba los sapos
Revuelve los calzoncillos
Restriega los canutillos
Ropa vieja y ropa verde
Hippy, hippy, jipijapa!

Ingredientes: catorce murciélagos; veinticuatro ratones; mantequilla; miel; vino; azúcar; incienso; pimienta; mandrágora; ramas; palitos; plomo; azufre; oro; el cerebro de un conejo; sangre de perro; orine de burro; mierda de leopardo. Los testículos de un gallo debajo de la almohada, para separar lo unido. Revuelve. Revuelve. Revuelve.

39

Acampados en una dacha no muy apartada del almacén donde guardaban los aparatos del desfile eléctrico. Un desfile eléctrico que era –¡todo hay que decirlo!– otro desfile patriótico. Era una casita de desahogo, un taller donde había un trencito roto, una taza de lado, una casita roja, medias de enanos tendidas en cordeles, una vela de esperma de tres pisos de altura, allí acampamos. Por las rendijas del establo (el suelo cubierto de aserrín) observamos el ensayo de la procesión, ¡y nos lo aprendimos de memoria! Después, como otros se visten de Judas y de sargentos amarillos y lucen disfraces de arlequines para introducirse en el carnaval, nosotros vestimos los trajes de Migue, Minnie y Tribilín –respectivamente– para ingresar al parque y hacernos pasar por petimetres y fiñes retozones, pero con la secreta intención de volar los cimientos del Castillón.

–Hay una relación directa entre mi Padre y la literatura, pues es mi Padre quien me permite escribir y el que me da el tiempo necesario para expresarme...

Hablaba muy rápido, con los ojos en blanco. Manolo dijo:

–Queda poco tiempo...

–La literatura es un encargo o un préstamo –continuó Isaac–. A mayor conciencia del desastre, mayor falencia de la lengua. A mayor abuso, máximo rejuego. Por eso, el poeta debe ser un enfermo, un tuberculoso, un ciego, un sifilítico, un masoquista, o un caso.

–Tu escritura como precaución, como manía de persecusión –riposté, herida.

–Exacto, Ixis –confirmó Isaac.

–*The crack (that's cork) by a smoker from the gods* –leí, al azar, del Fwake. Para que vieran que todo...

–*Oh yeah*, la profecía. *Toujours la pierre...* –prosiguió Isaac, inspirado –que es la consecuencia lógica del destierro, la cantera, el grillete y todo lo demás...

–Quieres decir que la disyuntiva es la piedra o la locura –preguntó papá, retórico.

–No, la piedra de toque, *la pierre brûlée...* –improvisó Isaac.

–Entonces –resumí, inspiradísima– tu poesía es locuacidad de empedrado, la exaltación mental que produce la sobredosis miamense. Lo que consideramos bello en sí, es, en realidad, lo confianzudo, las libertades que te tomas con las circunstancias, solo por estar ebrio, ahíto de agua sucia. Este pantano es la tortura submarina... ¡Tu borrachera asiática, Isaac! La confusión te hace escribir poemas imperdonables.

–Mira –respondió Kámara–, yo no he hecho más que seguir sirviendo a todo aquello en lo que había dejado de creer, llámese el hogar, la patria o la revolución.

–*¡Rejoyce!* –canté, entre dientes–. *¡Reyoyo!*

38

Los muñecos ensayan la marcha: del otro lado de la pared de tablas, los imitamos.

–El pie derecho, papá, luego el izquierdo…

–Uno, dos, tres, cuatro… Mira como lo hace aquella hipopótama.

No sé por qué pensé que se refería a mí.

–Es muy importante confundirnos entre ellos. Lo que hagan, haremos. Debajo del disfraz marcharemos, como ratones de Troya, siempre hacia adelante, hacia el interior…

Después dijo:

–El ratón, que era súper Ratón, se coló en el gabinete del mago y aprendió las artes de animación. Se vistió con la muceta del doctor. Puso a barrer a la escoba y a cargar agua al balde, que iban y venían, como está dicho de los animales de la Merkaba, esos seres vivos llamados sencillamente *jayots*, que se disparan y regresan al lugar de donde salieron. La iteración produce la ilusión de movimiento, *kiné*… Es pura Fantasia judía, la mecánica disneyesca. Aquí el tiempo es una abstracción, una distracción, la raíz cuadrada de menos uno… ¡Manolo, mueve esos pies! ¡Un, dos, tres… un, dos… menos tres!

Papá doblaba las rodillas y dejaba caer los pies planos en el polvoriento piso del establo, entre cabezones de títeres y antiguas veletas, elefantes de yeso parados en dos patas y dragones de fleje del tamaño de una carreta.

Isaac había elegido el motel *La Gran Jota* precisamente por su situación estratégica en las inmediaciones del campo de entrenamiento de los animales. Allí los grandes personajes históricos coordinaban sus coreografías y las espléndidas carrozas esperaban desnudas por los toques finales. Espiábamos por las rendijas y, al cabo de un mes, éramos capaces de repetir cada segmento a la perfección. A mediados de julio, estábamos listos para colarnos. Desde adentro inflingiríamos el mayor estrago. *El gran golpe bajo.* Pero los detalles del caos aún no se nos revelaban.

—Nos repetimos —comenté un día, aburrida.

—Sí, pero no —respondió Isaac—. Somos ellos, pero somos otros. Lo crucial es el disfraz. Llegaremos en automóviles. Uno, un Chrysler del 59, deberá atascarse a la entrada, justo a la entrada del Castillón, donde el puente, con sus dobles cadenas de eslabón cubano, se tiende, lujurioso, sobre el foso. Allí estará el automóvil averiado, punto focal de nuestra batalla.

—¿Y los animales? —quiso saber papá.

—¡Ah, sí, se me ocurre —expresé yo— …que el recorrido, el ir y venir de los *jayots*, debe ser un intervalo! O, como dirían en Cumanayagua, un intérvalo…

—Podría ser… —fue su vacilante respuesta.

—Miren —dije— del punto A al D, y después al B, mientras A se desplaza a lo largo del segmento BC a velocidad constante… idas y venidas, a trescientos mil kilómetros por segundo…

—Lo jodido será frenar a la velocidad de la luz —rezongó papá.

—¡Pase lo que pase, no nos disgreguemos! —ordenó Isaac.

—Sí, por supuesto. Pasamos continuamente a través de ranuras invisibles y salimos del otro lado. Nuestros ojos se disgregan al mirar por el hueco, caen del lado de allá en menudos pedazos, bombardeando a nuestros modelos —abundó Isaac—. Realidad es disgregación, fantasía es desigualdad…

—La fatiga me impide seguir pensando —dije—. Hay un embotamiento que debería ser parte de cualquier literatura.

—¡He ahí tu revolución, Isis! —gritó Isaac, entusiasmado—. ¡Exigir los derechos de los embotados!

—Todo sucumbe… —insistió Manolo, secándose la frente.

—Sucumbir, lo que se dice sucumbir —cantinfleó Kámara— …no, no creo… Pero todo se transforma. Magnetismo convertido en materia es lo que sale por la punta del bolígrafo…

—Materia negra… —precisó papá.

—¡*Kapaszkodás!* —grité yo[57].

37

Waldweben

Los murmullos del bosque. En la distancia (que es *el olvido*) un senderito. Luz en la ventana de una cabaña. Algo pasa adentro.

Manolito empuña una Glock 33 y apunta a la cabeza de Isaac. Mientras este apunta a mi cerebro con una pistola Uzi, yo apunto a la jeta de mi padre con una Makarov PM. La luna llena en lo alto, entra por la ventana. Un allanamiento. En lo bajo, el círculo de apuntadores que se piden las cabezas. Circulan y dan vueltas en una danza macabra. ¡He aprendido a contar! ¡Qué has hecho, Isaac Kámara!

—¡Eres hombre muerto!

---

[57]   «*¡Agarra!*», en húngaro en el original.

–¡Tú me traicionaste!

–¡No, tú me acostumbraste!

–¡No, asere, yo te advertí a lo que veníamos!

–¡No Isaac, no y mil veces nooo!

–¡Ojalá te partas una pata!

–¡Señores, prepárense a morir con dignidad!

–¡Diez años dando tumbos, Isaac! ¡Diez años, para esto!

–¡En qué nos has metido, canalla!

–¡Yo se lo dije! ¡Yo se lo dije!

–No, no nos lo dijiste. Al menos, no con todas sus letras...

–¡Quité algunas! –confesó Isaac–. ¡Permuté otras!

Se acotejó la boina roja en la cabeza, que el cañón de la Glock había movido, exponiendo la boina negra que cubría la boina dentro de boina, en la boina...

–¡Te mato, coño, te matoooo!

–¡Dispárame, Manolo, no tengas pena!

Pero en ese momento papá bajó la guardia, y allí mismo cambió el destino de Cuba. ¡Ay, si lo hubiésemos m_ _ _ _ _ entonces, urogallos cantarían!

–¡Ah, cojones, están detenidos! –gritó el muy canalla.

Inmediatamente, nos condujo a un armario y nos encerró bajo llave.

–¡Ahí permanecerán hasta nuevo aviso! –dijo.

Escuchamos sus risotadas.

–¿Y el asalto? –quiso saber el Hombre Rana.

–Primero tomaremos el trencito –nos informó nuestro bello Hombre Araña.

36

Isaac sentado al escritorio del motel; nosotros encerrados en el clóset, teipe eléctrico de tapabocas. Miramos por las rendijas: Isaac escribe y habla en voz alta, como si le dictara a alguien, a su demonio. Por si acaso, tomo notas mentales.

«Escribo un manifiesto en el motel *La Gran Jota*, luego de diez años de lucha. Incapaz de derrotar por las malas a nuestra contrarrevolución, el régimen ha comenzado a difundir los más abyectos infundios. Que nuestra fuerza expedicionaria ha sido exterminada, que etcétera, etcétera...»

Pausa.

«Me toca interpretarme a mí mismo. Esperar que otros lo hagan, sería, bueno, no sé... ¡entregar la parte más entrañable de mí a los extraños! Seré el autor de menda, en esta hazaña quedaré grabado para siempre». [Declamó todo esto delante de una bandera rojinegra con un ocho (2+6) en el centro: signo del huracán, del remolino, del infinito, y del ciclón que es, fue y será. Por el visor de la videocámara pasaban versos jaláquicos, mientras el profeta se despachaba].

–Yo soy ella. Isaac Kámara, *c'est moi! Duo si idem dicunt non est idem...*

Pausa.

Después, pedagógico, con el índice en ristre:

«Volivia, tierra tenebrosa que saltó de la cabeza del Líder... Mayami móvil, patria postiza cargada en hombros por las calles del Ercilio. Volivia es tierra santa, sí, pero por este medio... Madre putativa, la Voluntad como representación en la cabeza de un pistolero. Nosotros en la mente de Bola de Churre, ¡eso es Volivia! Hágase tu voluntad es Volivia, pero dicho por obligación, amarrados a la proa, encadenados al remo... ¡El látigo de la nostalgia es Volivia! El deseo de crear, de procrear, de traer un tiranuelo al mundo, es pura Volivia. América enamorada de sus sangrientos caprichos, la muerte violenta de Juan Sierra, el atracón del barroco, lanzando proclamas desde el balcón del parlamento, *hoc est Volivium*. Feas tierras de mierda... ¡Calibania es Volivia! ¡Adiós, adiós, patria donde nací, Caribe amado, mundo de mis antepasados! Si es posible amputarse y torcerse y ser algo más que un árbol que echa raíces en la Rueda, plantado en el antiguo ingenio de La Demagogia. ¡Oh, Volivia, Volivia, es como decir Cuba bajo el horizonte, en el más allá, en la Fantasia sin acento, porque el acento es el clavo en la lengua española! *Stigmata est Volivia*. *¡Good bye*, Volivia, tierra soñada por mí! Mi cantar se vuelve gitano cuando es para ti. ¡Adiós España, adiós reyezuelos católicos, expedicionarios, colonos, siquitrillados, republicanos, expulsados, súbditos trasplantados! ¡Al carajo, conquistadores, anarquistas, inquisidores, mercenarios, heréticos, voluntarios, adiós, *adieu*!»

Diario de Isaac en Volivia,
p. 299. *Fragmentos recogidos.*

35

—Pues sí, como os iba diciendo. ¡Anjá! Si no están de acuerdo en seguirme se quedarán ahí, ratones inmundos, encerrados en el armario. Quedan presos, reducidos al espacio de una miserable gaveta.

Rió con una risa cavernosa.

—Kámara, ¡escucha! —intervino papá—. Sabes perfectamente que pasé años en calzoncillos, plantado en las gavetas de castigo de las miserables ergástulas castristas. ¡No te rías! ¿Cómo puedes hacerme esto? Nuestros compañeros resistieron honrosamente en la prisión tapiada, pero sus sacrificios no han sido reconocidos... ¡aún no! El heroísmo de nuestros hombres, su desnudo denuedo... ¡Todo un holocausto tirado a mierda! Y ahora nos encierras, solo porque nos negamos a acompañarte en una empresa condenada de antemano al fracaso.

–Sí, Isaac –grité yo, con el teipe todavía en la boca, fatigando mis sahumados pulmones –…papá tiene razón. ¿Qué te crees? ¿Acaso pretendes enfrentarnos a la potencia más grande del universo, a la fábrica de mitos, de Mickeys, de sublimes estrellatos? ¿Estarás loco? Los americanos se cagarán en tu madre con una sonrisa en la boca. Cuando vengas a ver, estarás embarcado. Te prevengo…

–¡Basta ya! –gritó K.

Y luego:

–Revolución, esa palabrota que debía causar terror, pone una sonrisa en los labios del latino. La chusma se calienta al oírla, se siente reconfortada. ¡La revolución les devuelve la paz! Y cuando digo contrarrevolución, me miran con asco, creen que estoy loco, me escupen la cara, como a un hereje o a un fumador… He ahí la verdadera transvaloración de todos los valores operada en la mente de los seres humanos… He ahí la famosa fritura de sesos…

Dibujó enfáticamente en el muro.

–¡Asómense! (traza una esvástica) Miren. Una hélice, un ciclón, las patas del Zyclon C, ¿recuerdan? El huracán. Un aspa gira en contrasentido, y la otra, ¡ojo! (batuquea la segunda) es un molino de viento español, los molinillos de agua lorentzianos, el campo de concentración de Weyler, que es un campo concéntrico, un campo caótico de atractores fatales… *¡O Attraction, que de crimes on commet en ton nom!* Orbitan, una en torno al otro, a la otra, gamadas, brechtianas, dobles, movientes, renacidas, reincidentes… revolución, contrarrevolución, revolución, contrarrevolución… Sus rayos gamma…

Creía que se las sabía todas. Desgraciadamente, nadie le hizo caso. La centrífuga se había transformado en un bonito signo de la paz.

34

También los animales nos espiaban por las ranuras. Terminaron imitándonos. Una imitación doble, de aquí para allá, de allá para acá...

La americana de la carpeta vio entrar a una hipopótama en tutú y a un perro vestido de traje y corbata que caminaba hojeando *Aurora*, de Nietzsche. Entrambos sostenían por los sobacos a un Liborio joven, seguramente algún borracho [se trataba, en realidad, de un hebrio, o hébero, que había descubierto la refutación del castrismo, lo que es decir, de la Eternidad, en su *Antídoto*, con comentarios del *Sefer Ha'Ot* de Abulafia, y alguna otra pejiguera de principiante basada en el *Libro del Esplendor*]. Estaba herido[58].

–Quiero tumbar a Castro... –clamó, desmadejado, sabiéndose símbolo.

---

[58] Narciso López le confía a Pedro Gabriel Sánchez el secreto de la conspiración, y Sánchez lo denuncia: «¡Ha seducido a mi hijo!». Después lo delata: «Hay un barco que debe atracar en Cienfuegos el día 24 de junio». Narciso López elige esa fecha por ser día de fiesta. «Los insurgentes disfrazados atacarían el cuartel mientras el grueso de las tropas españolas estaba ocupado en patrullar el carnaval», escribe Herminio Portell-Vilá. También Batista aprovecha el carnaval habanero para deponer a Prío; y Fidel escoge la época del carnaval santiaguero para asaltar el cuartel Moncada y sorprender a Cuba en plena borrachera. *He ordered his followers to disperse, to pass the Alps in small parties and various disguises, and to assemble at Rome during the licentious tumult of the festival of Cybele*, apunta Gibbon, evocando a Maternus. *Carnaval en permanence* podría ser el nombre alternativo de la Revolución.

La mujer de la carpeta lo miró de reojo. Ordenó el buró, dándole de largo.

–En carnaval todo es posible –empezó diciendo el Liborio herido–. Las cicatrices resplandecen en la oscuridad. La navaja se viste de seda, pasa directamente por el trasero, como una sevillana, y lo corta. Las vergas se restriegan contra los culitos inocentes, empujan por detrás de la gabardina. La masa se calienta, empastillada, ebria, ahíta de aguardiente y mercurio. Una mujer tira los brazos hacia atrás para cazar al que la clava, le toma la cabeza, como si fuera a remangarla, a pasarla por el aro, pero no, no la lanza, sino que retuerce el pescuezo, se empina en la punta de los pies, y le muerde la lengua. Esta es la unión alquímica, el caduceo. La tonga de gente que arrolla por la calle del medio y la leche abriéndose paso en el polvo. Los pantalones hablan. La piel entra en la refriega, dispuesta a caer en desgracia. No hay paroxismo como el de la noche turbulenta de carnaval, y dentro de esa noche, la lumbre del urinario, la madrugada póstuma, la pestilencia. ¡Ayayay, periódicos meados, vaho de vómitos y mierda seca! Allí todos se creen sabios, dialécticos, aficionados a las ideas polémicas. Hay alguien singando en un rincón, debe ser uno de tus famosos revolucionarios. Porque si eso que está ahí no es la revolución permanente, damas y caballeros, entonces que baje dios a verlo...

Hay un cartel en la puerta del mingitorio: IKRI, *Isaac Kamara Regina Iudaeorum*. Se burlan de él. Lo llaman la Reina de las Discotecas, se limpian el culo con sus papeles, lo ensucian, lo humillan. Lo llevan arrastrado de *El Carol* al *Second Landing*, del *Double R* al *Roxie*, del *Leprechaun* a *El Hueco*, y de allí al antiguo *Uncle Charlus*, como si cada bar fuera otra estación de su Vía Cruising.

Las últimas razones del Musicalizador

—La mierdera y absolutamente vulgar música cubana
es responsable de nuestra pachanga, y la pachanga, como
ya sabemos, es la primicia de la rebambaramba, su primer
latido. El descaro de la música, ¡oh, *shit*, el pito de la charanga…! El toqueteo, el traqueteo, la frescura, el roce social,
el recholateo, las malas letras de canciones canonizadas por
la canalla, todo eso causó el advenimiento de un hombre
fácil, fatal, fatídico, fallido, fatuo, falto de ritmo, el flautista
de Aragón. Cuando aparece el traganíquel, cuando el filisteo
puede adquirir por fin un tocadiscos y una colección de
elepés, comienza la debacle. Nosotros no oíamos música
cubana en mi época, oíamos música americana. No sé de
dónde pinga sacaron toda esa veneración por unas melodías
que considerábamos venéreas…

—¿Venéreas? ¡De la nostalgia! —repliqué yo.

—Entonces la nostalgia para nosotros es un poco, digamos, lo que la piedad era para Nietzsche, ¿no? ¡Tremenda
mierda! —prorrumpió Isaac, el eterno vulgarizante.

—La música típica te va saliendo por los poros con el
tiempo, como un ardor frío, como lágrimas negras. Por
los ojos, por la boca, por los oídos, entonces… —advirtió
Manolo.

Kámara encaramado en la cama, toma la batuta:

—En marcado contraste con la robusta salud lúbrica del
cubano, con su choteo, su ligereza y su *joie de vivre*, aparece
lo fáustico, eso que Franqui llama, en su *Retrato de familia*,

«ácida ironía argentina»[59], el elemento árido, andino, la depresión meridional, el gorrión y la neurastenia rioplatenses, el túnel porteño, la llovizna gris de la prosa luminosa y triste del enfermo onettiano que saca fuerzas de su malestar y aliento de su asma.

Prendió la pipa de tusa, tomó dos cachadas de un tabaco oloroso a campanas. La luz le daba de chanfle, una luz botulínica, o prerrafaelística.

–Advertid el portentoso traspaso, o conversión, de Guevara, desde el falso humanismo guatemalteco de 1954 al fidelismo puro de 1956, y desde el leninismo libresco de su adolescencia cordobesa[60] a la praxis castrense expresada en la célebre epístola de despedida y en una escena clave de sus evangelios. Allí la ironía deliberada, liberadora e higiénica ya está contagiada de choteo. Ved cómo la seriedad mortal de lo argentino se acopla a la ramera de nuestro conocimiento trascendental, la gaya ciencia, y produce un híbrido. Es el choteo profundo de que hablara Mañach, que tiene algo de sagrado y de profano, como en la escena que narra el filósofo, ocurrida durante el paseo de unos cubanos por el

---

[59]   Guevara exhibe aquí los síntomas clásicos de la enfermedad del argentino, «the sick [sic] man of America».

[60]   «El médico español doctor Juan González Aguilar fue uno de los amigos personales del presidente Azaña […] Había mandado a su familia a Buenos Aires y ésta se radicó en Alta Gracia […] Nosotros habíamos intimado con los González Aguilar y Ernesto se hizo muy amigo de sus hijos mayores. En su casa pudo tomar contacto con muchos combatientes republicanos y así fue que siendo niño Ernesto apoyó con todo entusiasmo a la República española […] Mi hijo Ernesto iba creciendo en aquel ambiente y no solo se pudo enterar de los incidentes de la guerra civil, sino también de la nueva literatura que nacía en las trincheras». Ernesto Guevara Lynch, *Mi hijo el Che*, Planeta, 1981.

Crematorio de París...[61] También el Che se burla del lugar sacrosanto, el foso de los fusilamientos, chotea la muerte en vida de Huber Matos, toma a la ligera el destino de un pueblo que le es ajeno, aunque su sonrisa macabra supere en profundidad los remilgos de los pequeños comandantes. Esa sonrisa es la del Cristo que acababa de escuchar un chiste, en Virgilio[62]. Che es Judas, el judío motorista recién arribado a nuestras playas, justo a tiempo para presenciar el misterio de la Transfiguración. Que el Che se robe la misa, que se adelante y tome el lugar del Crucificado, empalma con una idea borgiana que aparece en un tratado de 1944... sí, o puede que de enero de 1944. La parábola del traidor y del héroe se escenifica entre nosotros con intercambio de papeles. La imposibilidad de que Fidel llegue a ausentarse hace concebir al Che la necesidad de su propia ausencia definitiva...

–Que es la otra cara de la ideología, *das falsche Bewußtsein* –insistí, rozando con los dedos la perilla de su boinita.

–Sí, el elemento de la muerte, de la consumación, del que carece Castro... –concurrió Isaac–. El Che se inmola, pues desea regalar al castrismo ese elemento metafísico, ultramundano. El Che le obsequia al castrismo el gran tesoro espiritual de la ausencia eterna. Aunque el régimen sucumbiera mañana, su ausencia no morirá, será un reino milenario de nostalgia...

Alguien tosió en el cuarto contiguo. Sonó un gong. Se oyó la risotada de un caballo, un balido, un relincho y un kikirikí...

---

61 «El choteo no respeta ni la presencia sagrada de la muerte». Jorge Mañach, *Indagación del choteo*, 1928.

62 Virgilio, *Égloga IV*, traducción Miguel Antonio Caro, Revista Ideas y Valores, Bogotá, 1963. [N. de la E.]

—Se ensayó con Camilo, derribaron su avioneta para crear la ausencia y excitar la nostalgia floral de su querida presencia. Presencia y ausencia. La presencia absoluta, cósmica, de lo cubano solar en el reino de las formas apolíneas. ¡El mediodía revolucionario! Y después, la ausencia argentina, que es pura metafísica borgiana, el mundo de los sueños adonde nos conduce Cuba, la señora de los Infantes difuntos, a través de un puente de madera sobre un arroyo que murmura. El agua corre a contracorriente, es el sur guevarista, el allá-abajo absoluto...

31

Pasándole por encima con una aplanadora, para alante y para atrás, a unos discos compactos de agrupaciones musicales típicas.

—La música típica es atroz. ¿Cómo fue posible que nos resignáramos a lo tropical, a la estupefaciente charanga? —preguntó papá.

—No lo sé —contesté sin pensar, arrojando compactos bajo el rodillo de la carroza.

—¿Cuánto tuvieron que ver Olga y Tony con las desgracias que nos cayeron? —preguntó luego Isaac—. La música deformó la conciencia del lumpenproletariado. Pienso en Cabrera Infante y en el melodrama de su novela. Se ha tomado por un panegírico lo que a todas luces es el anatema de la bachata, las barras y los garitos...

30

En la gaveta de la cómoda del motel *La Gran Jota*, una biblia Gideon. Isaac pasa las páginas llevándose el pulgar

quemado a la lengua. Le gusta ver su nombre en el Géne-
sis, releer el pasaje en que su padre (su abuelo) lo llevaba al
Monte, en la escena del sacrificio. Primero, Isaac no sabe qué
pasa, es ignorante de su suerte, cree que Abrantes sacrifica
un cordero y no ve el cordero por ninguna parte. Aun así,
confía. Pero lo importante en la biblia en inglés que hojeaba
ahora, es que Abrantes carga, además del cuchillo amolado,
un atado de *faggots*, una palabra atroz que significa *palo,
flauta, rama* y *ramus*[63]. La palabreja le retumbó en el cerebro
todos los días de su vida, desde la noche que se la lanzaron
como una botella en la discoteca[64].

29

LAS CERCAS CAMINAN (POEMA)
«Caminamos en cuatro. / Tenemos espinas. / Nuestras
púas vaticinan / los campos de trabajo / ya rodeamos, cer-
camos… // el Padre movió las cercas / el Hijo las hizo
marchar / en círculo, rodear la América. / La circuló./ Las
cercas caminan / van a pasear en coche… / de noche…»

28

La floresta de la Sierra, nombres y tropos que reaparecen
en la obra de *f*: Curial de Vicana, Arroyo del Infierno y hasta
un lugar llamado Purgatorio. Cuando Efe Fecal regresa al

---

63 *Ramus ad ianuam appensus corpus vendibile significat*. Isidoro
de Sevilla, *Ethymologiae*, Cambridge, 2006.

64 Henry Fagot era el nombre secreto del espía británico Giordano
Bruno. «*Bruno a Londra entra bien presto al servizio di Sir Francis
Walsingham, sotto il falso nome di Henry Fagot*», Matteo D'Amico,
Giordano Bruno, 2000.

bosque Engels, se pierde en la floresta por donde circula el Padre perdido. Hay un destacamento allí. El bosque se mueve, se erotiza. El novelista sabe que el fin último de la tropa, su razón de ser, es el orgasmo, precisamente porque busca el *triunfo*. Muchos se unen en el último minuto, bajan con las huestes victoriosas, participan de la gran «venida». Este era el motivo secreto de la guerra, aunque solo el poeta lo intuya. El verde del traje se hace *uniforme* [se formaliza]. Fernando y las Últimas Mohicanas regresan al parque y organizan una tropa de alzados. Cuando un día el Padre vuelve y le regala «dos pesos», el encuentro dura apenas un instante, es la evacuación prematura que duplica la fugaz estadía de Matthews en el Monte.

27

Lo establecido por la literatura deberá ser acatado como un hecho. Si un acontecimiento literario predijo el hundimiento de la Isla y su desintegración, si estipuló que sus habitantes habrían de roer la plataforma insular, separándola de sus vinculaciones terrenales para devolverla, hecha fragmentos, a las aguas (su «maldita circunstancia»), entonces nosotros, los narradores de la actualidad, estamos en la obligación de advertir esa ausencia, notar ese hueco y actuar [es decir, *narrar*] en consecuencia, como si no existiera, como si no estuviera allí. Seguir diciendo lo mismo, seguir tomando un accidente geográfico dado, de acuerdo a una situación geofísica y bibliográfica superada, resulta moralmente insostenible.

tres héroes: narciso, fulgencio, gerardo

Río negro, tinto en sangre,
bañado de sufrimientos,
esplendor, odio en el fondo,
un clavicordio de largo
alcance, son esperados
echando machetazos
convencidos a las huestes,
por los codos hablando
antes de reconocerse:
Narciso, Fulgencio, Gerardo.

(Na)
El desarraigado aviva troncos quemados
en el albergue druídico del Nuevo Mediterráneo
que el trópico formó en la boca de América
enciende sus ramas con tabaco escogido
en un barco pasa de Maracaibo a Baracoa
con las velas izadas, las amarras cumplidas
el buque traza el colapso en el agua fría
refleja su caparazón el maderamen rudo
sigue la navegación de los astros aquí abajo
pero los astros deciden la cuerda que tomarán
las cosas, según se lo mire el velero es
raudo, espacioso, callado o subrepticio
porque en sus entrañas transporta a Narciso.

(Fu)
Un avión de aspas metafísicas, de alas victoriosas
comienza el alto trajín metropolitano

entre nubes de humo carcomidas de tientos
un ojo brillante manda sus rayos rectilíneos
hacia la cosmogonía que casi desenfunda
las almohaditas duras de los viajes aéreos
cubiertos de colchas presidenciales, roncan
los conjurados de la libertad que huye
en la madrugada secuestrada, respinga
su ojo en el desvelo que no conoce rumbos
y descree de lo creado, pues el tiempo es profundo
en la negra cocina de los hechos ocultos
donde viven los peces del cielo y el derrumbe.

        (Ge)
Perecer en Coral Gables es como entrar a Matanzas
por la puerta de los cocineros, bajo lámparas de oro
construidas en el silencio de los tintoreros
recogidos de noche antes del pan con mantequilla
cargados de regalos para las niñas viejas
que vinieron contigo, los negros terminantes
cuelgan de los postes del alumbrado público
buscando otra manera de instaurar un negrismo.

25

Solo en este sentido nuestra revolución fue jacobina: la noche del asalto a Epcot comienza el gran año gallego, nuestro Movimiento 25 de Julio (M-25-7), basado en diversos pasajes de *La leyenda áurea*.

24

Pregunta a los historiadores: ¿Debemos conformarnos con la Historia?

En el animatrón de Abraham Lincoln, Isaac intoxicado vio a Fidel Castro. Descargó la culata en la cabeza del muñeco: *¡Estás preso!*, y como a un vulgar bandido lo esposó a las barandas del escenario. Distorsionada figura patética de atuendo funerario. Barba negra desencajada. El sombrero de castor rodó por las baldosas. Alarma general. Gritería. Niños aplastados bajo las sandalias de los turistas, todo esto era la metáfora de lo que había pasado en el Parque de Diversiones de Cuba, *the* [–former–] *Happiest Place on Earth*. Ahora los americanos tendrían la medida y el punto de referencia del Mal. Sabrían lo que era una estampida desde la felicidad y el automatismo hacia las extensiones inhóspitas de una vida perdida en el llano. Tomaron tres barquitos que, por tratarse de un lugar falso y feliz, no conducían a ningún lado. Montaron aviones color chicle, bombarderos de goma guindados por cadenetas a un toldo de latón que daba vueltas en su sitio. Los ríos eran canales sin salida. Los vagones del tren juguetón penetraban las entrañas de una Sierra Maestra que en sus minas albergaba el cuarto de máquinas (el organismo del *Pequeño mundo*). Abraham se miró las manos aherrojadas y se vio a sí mismo como un esclavo. ¡Vaya! ¡Por fin el mundo de cabeza! Las Moiras tomaban rehenes, los conducían a las cabañas del *Tiki Room* para interrogarlos, maniatarlos y atosigarlos de agua. Los dejaban atados a los troncos de los cocoteros. Mientras tanto, un combo de papagayos entonaba la misma balada durante cuatro noches consecutivas: *Tetragramatón Tricontinental*.

Así como nosotros sufrimos la dispersión y la diáspora, así como vimos familias destruidas y hogares desbaratados, así como padecimos persecuciones, exilios y limpiezas, los cernícalos de los Everglades, por la misma época, padecieron la llegada de otra tiranía. También ellos habían vivido en el pantano durante eones, pero una buena mañana una camioneta se detuvo en un camino apartado y dos hombres arrojaron un motor de combustión interna en el fango. Acto seguido, la camioneta se perdió en el horizonte, dejando atrás una nube de polvo. Más tarde llegó un tráiler con residuos de máquinas, que también fueron zumbados a la cuneta. Dentro de los motores y las bobinas había una sustancia nueva, más espesa que la melaza y más resistente al calor, usada como aglutinante en la condensación de plásticos y pinturas, y a veces como componente de la tinta de copiadoras. Su nombre era PCB, *bifenilo policlorado*. El PCB provocó una revolución en el medio ambiente de las cotorras, los ibis, los cernícalos y los pinzones. Los huevos mostraban ahora altos niveles de hidrocarburos clorinados y sus cáscaras se volvían frágiles, se jorobaban y se partían bajo el peso de las avecillas. Mientras atravesábamos los Everglades en nuestro Efemérides, contemplamos las revoluciones secretas que tenían lugar en las entrañas de la Naturaleza. El PCB era el PCC del complejo natural-ambiental, el diablo disfrazado de Ministro de Industria. Había un Viet Nam en cada mitocondria y en cada gónada, la destrucción del orden establecido mataba especies completas. Industrializados, los bogotazos ocurrían ahora con harta frecuencia, ¡y ocurrían a nivel microscópico! Las aves estaban siendo borradas de la faz de la tierra. Dentro de poco, debido a los altos niveles de DDT, la ciénaga sería un embalse envenenado, *el lugar sin pájaros*, el célebre Averno… Ellos, nosotros, corríamos despavoridos en busca de amparo, aunque nuestras respectivas especies no pudieran hacer otra cosa que esperar resignadas por la muerte segura. «La revolución es un desarrollo», habló Isaac, »…parte integral del progreso del Sistema, una deformación del status quo, una ruptura y un cambio de formas más allá de todo lo imaginado por Lezama, Tzará o Picabia». Ahora el arte invadía los núcleos; el dadá deliberaba en las yemas. ¡Sería cuestión de eliminar el arte y declararlo degenerado!, opinó el Hombre Rana. El arte malo y la ciencia nueva, conjurados, tocaban el mundo con su corona fúnebre.

21

Hay una variante de la mentira que se expresa únicamente en cubano.

20

Todos los cubanos son mentirosos.

19

Por el momento: definir, difundir, infundir. Ya habrá tiempo de explicar.

18

En TTT, la llama extinguida de la [no]vela *es* la novela, la narrativa en negro o la materia oscura de La Habana «nocturna», mientras que el ojo solo puede registrar las variaciones de la luz sobre la página. En TTT existe una protonovela tachada y una antinovela apagada. Es el territorio de Proserpina, el ámbito del error y el terror. Ese espacio es relevante por haber sido el resultado de un proceso de rectificación y retractación: de hecho, las viñetas «desaparecidas» son el primer movimiento de un *Mea Cuba* que no llegará a hacerse público hasta 1992 (cuando el autor pida disculpas por sus faltas, por lo que falta, aunque solo a medias). Existe una zona oculta de indeterminación, que es (ha de ser) el espacio propio de la Revolución: no un siglo de las luces sino de las sombras, la radiación de un cuerpo negro. La oscuridad y la ruptura de comunicaciones definen el hecho histórico. La historia oculta de la Revolución es su *más allá*, y es el mensaje implícito en los retruécanos de TTT: *revolución es retruécano*. Las declaraciones directas, como «Vista del amanecer en el trópico», que aparecen al pie de un paisaje de postalita, pierden significancia, pues solo el trabalenguas cobra sentido en el discurso anárquico. Y esto, debido a que la revolución no se explica, a causa de ser lo inexplicable en sí, o lo *contrario* de cualquier explicación. De hecho, la revolución aparece solo cuando se han agotado las explicaciones. Quien trate de explicarla se equivocará: una revolución se somete únicamente al análisis de la contrarrevolución, es decir, de otra crisis de lo aclarativo (Valdés Buchaca). ¿Qué hay en el medio? *Lacunae*. Un vacío atravesado por un yate. Las revoluciones ocurren por saltos (semánticos, cuánticos, éticos, peripatéticos) que empalman proposiciones de signo arbitrario.

Selma O'Flatter entrevista a Isaac Kámara para el semanario *Estudios contemporáneos de poética marrana*, Albuquerque, No. 57, Año CXVIII:

SOF: Considero que su obra es carnavalesca, siguiendo a Bajtín...

IK: ¡No, *niet*! Lo carnavalesco es cristiano, y a los judíos nos estaba vedado... Mi narrativa es vodevilesca, en la mejor tradición del *chutzpah*. Dos rabinos entran a un maleficio, etc.

El batistato es un monumento funerario: tumba y mausoleo metafísico. Es un Capitolio vacío, un Palacio invadido por la yerba, es el asfalto cuarteado por donde irrumpen el cardo y la ortiga martianos. Penetrar en él requiere una contraseña, un ritual propiciatorio, y no todos están autorizados, porque no todos *entienden*. Se necesita un pasaporte, un tipo especial de inteligencia, un llamado y una inspiración. El pasado completo y la consumación de la Historia designaron a Batista como su personero. No hay nada de racional en esa apoteosis, nada volitivo en la exaltación de B a vocero de los últimos tiempos. Más bien, lo irracional preside sobre su epístrofe, que se presenta [ante nos] como una Caída. Nada indicaba que todos los acontecimientos conducirían irrevocablemente a Batista.

Batista es el Rey Sol –con Batista se pone el sol: B es Helios Fulgentius, el padre de la claridad, de la escena brillante, la luz fría, el neón de la ciudad y el parpadeo televisivo. Con Castro llega la noche española, la noche *escura*, el apagón. El negro total. Se funden todas las bujías, cae el astro Rey, termina Tebas y comienza Menfis. Es la Edad del Asno, *Nam et somniastis caput asininum esse Deum nostrum*, que anunciaron Bruno, Lezama y Apuleyo. Restaurar los antiguos dioses, encender las antorchas, regresar al Festival de diciembre, condenar a Enero, hacer que el Sol Invicto se detenga en el firmamento.

14

El castrismo sale del cuerpo político, se separa de la unidad nacional para adquirir potestad propia. Por un mecanismo de ontogenia, se deslinda como ente *diferenciado*. Esta es la «diferencia» castrista, su radical alteridad. El castrismo asume una identidad separada, reflejada y sintética. El proceso por el que asume ese ID (léase *ai-di*) es el mismo que llevó a Narciso a transformarse en *reflejo*, un proceso de absorción y emisión, de caída [en sí mismo][65].

13

En Guillermo Cabrera Infante ocurre el traspaso de un territorio a otro, la coordinación del viejo espacio espectacular y el espacio heroico-político, su simbiosis y yuxtaposición. La estructura de *Tres tristes tigres* es el elemento central, protagónico, de la novela. Una vez creada, la estructura acaparó el interés, secuestró el efecto novelístico, hasta

---

[65] «Gravity may be described as "falling back in" at 180 degrees. An agreggate of "falling ins" is a body». Buckminster Fuller, *Synergetics*, 1975.

hacerse indistinguible de él. En otras palabras: la forma, como queda indicado desde el mismo título, es la esencia, el fondo. Nos enfrentamos a una novela que habla desde la organización espacial de sus partes, desde una lógica geométrica [Gematría], o desde la «interacomodación ordenada» de Buckminster Fuller.

12

Aparecen las famosa viñetas de la vida nocturna habanera yuxtapuestas a los episodios revolucionarios: la novela es un *revue*, un espectáculo de mártires y meretrices, de lumpens y gángsteres, de *guys and dolls* proyectados en pantallas simultáneas. TTT es un libreto político publicado indiscretamente por un reportero de la farándula. Es de indiscreción de lo que la Revolución acusa a Caín: de haber destapado las estructuras elementales del espectáculo y haber demostrado que aquella se desprende de este, necesariamente.

11

Si existen los medios de difusión para propagar la acción, esta «vendrá-a-ser», ya que su existencia depende enteramente del medio que la difunde. *El medio es el mensaje* significa que el medio crea [a su medida] el hecho espectacular, y también que el héroe, el actor del evento, es un artista de los medios, pues su acción queda circunscrita a la praxis mediática. A fin de producir hechos espectaculares, o hechos comunes que por su crueldad y virulencia alcancen el escalafón de lo político, la sociedad deberá haber agotado sus reservas de farándula, deberá haber alcanzado la saturación espectacular, como fue el caso de Cuba en la última década del Antiguo Régimen [donde lo espectacular en sí llegó a ser lo fenomenológico para nosotros]. La vía de escape para la expresión de las fuerzas productivas [como excedente] es el asalto, el atentado y la revolución.

10

Pero nuestra música era popular precisamente por provenir de un estamento delictuoso, de las clases inferiores, de los barrios bajos, por ser la música de la vida criminal, aclaró finalmente Manolito. La expresión romántica de una clandestinidad que devino folclor. Este aspecto folclórico del hampa, y su romanticismo, pasaron a formar parte del espectáculo político.

9

La eliminación de las viñetas revolucionarias de TTT equivale a una traición a la forma. La forma antecede las particularidades del contenido, es un *a priori* situado siempre en antelación a lo narrado: es la *narrativa en sí*. La forma, y únicamente la forma, revela el estado de cosas del Antiguo Régimen, unas relaciones objetivas imposibles de concretar por los medios tradicionales de la descripción. Por estar afincada en valores primitivos, la forma confiere actualidad a lo ficticio. La forma revela la estructura significativa oriunda de lo real, aquello que sucede a espaldas de lo meramente fenomenológico. La forma no es creación del autor, sino de las condiciones concretas de lo actual, de las [así llamadas] condiciones «objetivas». Al eliminar la conformación natural [y alterar el orden formal] GCI traiciona a los dioses del formalismo, aunque su obra continúe enmarcada y, por así decirlo, identificada, con lo formal, precisamente por haber conservado el fósil de una estructura ambivalente (viñetas de la farándula / viñetas castristas).

8

Si no se reconoce su queja, su podredumbre y su odio, tampoco se entenderá al cubano completo y se lo verá desde afuera, por arribita, sin entrar en detalles ni penetrar en sus interioridades, en su cuarto de máquinas, en el fragor de émbolos y poleas embarradas de mierda y sangre que lo anima. Ese gran mecanismo subterráneo es el sostén de una existencia fallida. Tal es su secreto y el misterio de su «narrativa», que yo expongo aquí con total elocuencia.

7

Esta es la formación de Isaac Kámara, en el hogar y en la discoteca. La calle es su maestra, Rajov Moráh.

–El hueco es *c*... –explicó Manolito.

Isaac babeó el cigarro. La boca entreabierta, debido a la nota. Los dedos borrachos. Recostado a la cama. Habían hecho cocimiento de campana en la cocinilla del yate. La nicotina mojada y el corcho insumergible...

–C^{-1}... igual a la velocidad de la oscuridad... menos uno. Círculo, pozo, huraco, bazuco... –enumeró.

a). En nuestra América, la verdad no solo *no es el valor supremo*, abrió Isaac, sino todo lo contrario: el valor supremo es la mentira, que ha suplantado la verdad, una verdad que ha entregado su cuartel y sus armas y se ha rendido. [La mentira gobierna ahora en los palacios –*formas*– de la verdad].

b). A la caída de Batista, la mentira usurpa el lugar [*locus*, locación] de la verdad: una contrarrevolución de valores. Los

intelectuales no lograron entender el asunto como un problema de transferencia, aunque era allí donde se operaba la
auténtica reversión epistémica. «Nos casaron con la mentira
y nos obligaron a vivir con ella», es la expresión jurídica de
la *gnosis* castrista. Vengan y escuchen: ¡Considerad aquí el
engaño como un matrimonio!

6

Con Batista no se dio el extremo de la tiranía, y aunque
era plebeyo, tampoco instauró una dictadura del proleta-
riado. (El totalitarismo no es una idea que se le ocurra a
un hombre de pueblo: es la reacción de la *intelligentsia*). En
contraste con los excesos del castrismo, Batista y su régimen pueden definirse por lo que *no llegaron a ser*. Batista
se abstuvo, se quedó corto, sus inhibiciones lo definen.
No erradicó la guerrilla, no fue suficientemente cruel, ni
suficientemente osado, ni suficientemente autoritario. Esas
carencias determinaron el rumbo que tomaría el país en
mayor medida que los pretendidos crímenes de su régimen.
Las carencias arrojan luz, no sombras, sobre el batistato,
y ayudan a entenderlo y a amarlo. La situación requería
medidas extremas, pero Batista se quedó atascado en la
moderación filistea. Con el mito de los «veinte mil muertos»
(lo mismo que, años más tarde, con el de los «diez millones»)
los rebeldes pretendían subsanar una carencia.

5

Así la República llegó a ser mucho más de lo que realmente era, llegó a considerársela una satrapía oriental. Al
batistato se le adjudicaron cifras que no le correspondían,
o que correspondían a un ámbito mayor de números ima-

ginarios, propio de sociedades criminalmente avanzadas.
El falso derramamiento de sangre nos situó a la cabeza de
las naciones. Porque solo las grandes masacres (lo enseña el
castrismo) catapultan a un primer plano.

4

Rasgamos estas u otras vestiduras
enganchados por los cuellos almidonados
al algodón de la bata de casa
acomodamos un cojín en el suelo
creemos en el cojín en el suelo
fuente de espiritualidad, lo bueno
velas encendidas, el marco
de una ventana aúpa el cielo y un cerdo
lejos de la piara se separa
recortado así por lo emancipado
conmemoramos el rincón de cualquier cosa
calzamos sandalias, como aquellos que ayer
en la celosía, entre el palmiche y el yodo
besaron el libro y el pecho del carnicero
antes de enterarse de que eran los últimos:
el genitivo de nueva pelambre.

3

¿Seguro que no quieres un poquito de agua?
Tener mucho cuidado en no meter la pata
y comenzar a hablar de poesía, así porque sí
encontrar el más mínimo apretón lírico
hurgarse la roncha, poniendo el dedo en el ojo
para indicar un «ojo» sin decirlo con palabras

sacadas del tesauro, abrirse la camisa
y enseñar el pecho, donde un fuego rosado
aviva en entreseñas el curso de la pena
rehuir la ballena, bañarse en la laguna
es decir, el invierno y sus mínimas dunas
empañadas de blanco, los poemas sinceros
que se saben robados y esperan al ladrón
pues todos son lo mismo, no confiarse de ellos…

2

Un beso, y a partir del beso, un queso
sus hoyos profundos, su requesón oloroso
meter la mano en el hoyo, sacarla
temblando, cubierta de vellos y kétchup
como un poeta en una botella amarrado
sus liliputienses amarras admiran
y botan libros, que sacan sus adversarios
de cada sentencia y dictan otra cosa, ese himno
resulta eterno solo porque se pregunta
si es cierto lo que dijo hace dos mil años
y tú repones, como si supieras: «Es cierto»,
preguntas y respuestas con la pistola a mano
eso es el poema, la sed de poder elevada
a la aquiescencia, eso y nada más
es la mentira del labio.

I

Isaac se bailó a la vieja debajo del fregadero. Pilar y el
Triste se metieron en una balsa del museo y arriaron las
velas para no ser vistos. Una explosión tibia fue el resultado

de la libación desesperada y la reconciliación diferida. La proa recibió el cuajarón. El barco rebautizado fue a navegar por un proceloso océano de *Incertidumbre*. El desasosiego marítimo, ese vahído que llega tras consumarse el acto, requirió una fuerte dosis de Dramamina. Adentro, entre latas de Lysol, Ajax y Mr.Clean, los drogadictos fumaron también, solo por ver la esperma correr. El aspecto lamentable de la señora repelía al pensador, habituado a darle demasiadas vueltas al asunto, pero aún así, la caída en la normalidad, luego de veinticuatro horas de intoxicación, el retorno de las funciones endocrinas, el renacimiento del cuerpo encajonado, provocaron tales deseos carnales que, una vez envarado, sobrevino la pérdida de la vergüenza. La mujer adoptó la única posición permitida por la pertinaz estrechez del cuadrilátero, la posición de la misionera, y él extrajo su estrujado miembro, cuya cabeza cuadrada, bañada de tegumento grumoso expelía un olor acre. La entrepierna de la vieja se había apelotonado en estratos de cebo, y de cada poro salía un vello grueso y rebelde. La rebeldía los perseguía también allí, en el Monte de la Vieja. Su madre había hecho una revolución burguesa, ciertamente, pero esta era una contrarrevolución de lumpens inyectados en el tejido social del Imperio. La decepción y el desencanto que produjo la rebelión materna en el hijastro unigénito le impedía ahora insertarse en el cuerpo de la tumefacta pordiosera, contrariando las más elementales reglas de conducta. Ese conductismo, o ese travestismo, quedaba debidamente plasmado en la escena barroca que tenía lugar en la penumbra interior de la alacena. Empujó, y una parte de sí entró abruptamente en la gandofia de ella. Se menearon como pudieron. Era el momento en que, afuera, alguien tocaba a la puerta. *El Negro* le había pedido que se quedara

(¡qué raro!) que no se moviera, porque ese alguien quería verlo, y él se había quedado, trocado, drogado. Hacía quince años (al adelantar su miembro en el cuerpo de la ratera tuvo un *flashback*), quince largos años... que Isaac había entrado en la tienda de campaña de un campamento de covachas en el parqueo municipal, debajo de la carretera I-95. Casuchas desecho, el respaldar del banco de una parada de ómnibus era el flanco, una plancha y losas marmóreas de mansiones demolidas, una barda caída, con cenefas de acantos, un pedazo de nailon, un anuncio y una puerta de carro taponada con fango, cajas de leche, cartones de huevos, todo remendado, empegotado, a la Rauschenberg, con papel de brea, cinc, bayetas, cortinas de encaje y sobrecamas de hule y láminas turísticas, lo abandonado (las cosas exigen participios) caía en exilio por su propio peso. Allí entró Sancocho. Ella tenía su nombre desleído en un muslo. Por su culpa, a mucha insistencia, el bruto le adelantó cien pesos de piedra. Entonces las cosas tomaron su curso y nunca más volvió a verla. Se fue a bolina, salió del aire, subió a la sierra con la piedra a cuestas, se perdió en el laberinto de Saigón, en la resaca de sus conflagraciones y conflictos, de sus fuelles y rejillas, de sus puentes rotos, de sus pantagruélicas favelas, de sus arquitrabes, enchufes, polvorines y celosías. Cayó por los tragantes del libertinaje y la autodestrucción. Isaac, por su parte, se alejó apenas unos pasos en dirección suroeste, hacia la alameda de las Emisoras, e inmediatamente un buen amigo de la familia lo recogió en una esquina. Era un viejo con el pelo teñido, pañuelo protuberante en el bolsillo del saco, corbata estampada con la reproducción de un cuadro de Juan Gris. Locutor de la vieja guardia, le dijo, con voz tremulante, naturalmente afectada. La Corte Suprema del Arte y todo lo demás... Estaba impresionado con el número cero de *El Mosquito*, que traía la elegía *Kamarioka*. Necesitaba escritores, le ofreció un salario. Reconoció su nombre. ¡Había sido muy amigo de su padre! Isaac montó en el Cadillac y fue con el Locutor hasta los ensimismados estudios de Radio KNEY. Trabajó de noche antes de estabilizarse y lanzar al aire su matutino infantil, *La edad de piedra*. Explicó lo que quería decir con aquello: lo contrario, dijo, de lo que soñó Martí. El Locutor soltó una carcajada. Los niños como él, arrancados y traídos a Egipto, eran – explicó en coña, reprimiendo una mueca– la *desesperanza del mundo*. Pero lo que no dijo era que vivían ocultos para ser libres. Deformar las consignas, añadirles o quitarles una sílaba, alterar su esencia, la secuencia lógica del discurso nacionalista, para desahogarse. Lo que no dijo era lo más importante, porque no podía expresarse con palabras. Pero el tiempo que mediaba entre la noche de las covachas y la apoteosis de su programa no fue, para el traficante trajinado, más que un suspiro en la letanía del devenir. Cien pesos de piedra. Cien años de esperma. Había confiado. Entonces apareció Sancocho, el Acreedor.

FIN

Tria Jvncta in Uno
[Aquí reposan los restos/
mortales de tres amigos]

El Locutor en Jefe y Cunita Meléndez, Jefa de Personal, reunidos en la Villa Verde, en compañía de Federico Israel Cordobero y Gasiel el Triste.

El Locutor abrió con el verso:

—Miren a ver si quieren llevarse algo. ¡Aquí hay de todo, como en botica!

Pilar, tristísima, pasando una mano por los empolvados lomos:

—De alguna manera, sí... esto... se me parece... a una farmacia. De veras... son como... remedios. Antídotos...

Se asomó al baño. Vió una cuchilla encima de un espejo de mano y un pisapapeles de baquelita que representaba un cráneo sobre un libro cerrado. Estaban tirados como quiera en la tapa del tanque.

—¡Yo no quiero nada! —sollozó entonces Pilar, apartando la vista detrás del velo, que retiraba de vez en cuando para secarse una lágrima—. Tengo libros de sobra. Además, el pobre, me dió los suyos, dedicados y autografiados, y he sido tan vaga que no los he leído...

Gasiel entró al retrete. Se demoró una barbaridad. Cuando salió, dijo:

—Hay una cosa ahí que parece un árbun...

Pilar permaneció recostada al marco de la puerta.

—A ver... —dijo Cunita, apartándola de un empujón.

Tomó el fardo de páginas cogido con tachuelas. Lo examinó, haciendo pucheros.

—*Ocultos para ser libres*, uhmm... ¡vaya usted a saber! —exclamó.

—¿Quién se ocupará de esto? —preguntó el Locutor, atusándose el bigote.

–¡Por el amor de dios, señores, hagamos una ponina! –propuso Pilar, el rostro desencajado por el sufrimiento–. Hay que publicarlo…

Gasiel sacó un delgado tomo del estante.

–¡Mira, *Confesiones del violador de Flagra Street*! ¡Ete debetar güeno!

Pilar, leyendo por encima del hombro del Triste:

–También está firmado por el autor, un tal Diago de Villena, alias Villo Negro. ¿Les suena? ¿No sería uno de sus compañeros de drogadicción?

Después, agachada, para recoger un arete que se le había caído al piso:

–Dale, Gasiel, llévatelo si quieres. Pero, vamos, métdelo todo en cajas. Dónenlo, por favor, al Ejército de Salvación.

Dio media vuelta, con la intención de pirarse.

–No, espéreseme ahí, señora… –intervino Cunita–. ¡Calma pueblo! Seguramente él hubiera querido que hiciéramos una selección cuidadosa. Habrá que botar algunos, no todos, claro, y entregar otros a organizaciones filantrópicas judías…

El Locutor en Jefe balcuceó, fuera de base:

–¿Judía? ¿Filantrópica? No sé, ¿cuál?

Pilar tomó la palabra:

–Hay una, *Beso tu Tumba*, que se encarga de blanquear los sepulcros de judíos indeseables, como el de Lansky, en Monte Nebo, el de Trotsky, en la Ciudad de México, el de Lesnik, en el Cementerio Israelita de Guanabacoa…

–¡Ah, bien, esa misma! –exclamó el Locutor y autoproclamado albacea–. ¡Que se queden con todo! ¡Adornos, cuadros, muebles, discos, todo! ¡Pero yo me llevo los libretos!

Cunita lo miró de reojo. Dijo:

–¡Un momento!

Se paró en puntillas para alcanzar el último entrepaño.

–Me pregunto para qué querría un libraco como éste, *Synergetics*, de Buckminster Fuller –exclamó, acercándoselo a los ojos.

–¿Lo habrá leído? –preguntó el Locutor, receloso.

–Era uno de sus predilectos… –afirmó Pilar, recostada a la escalerilla.

–¿Y éste? –dijo Cunita.

–*Twenty Years and Plenty Days*, de George Volls. Y, ¿por qué en inglés, si existe la edición original? –preguntó Pilar.

–¿Ese? Porque la traducción lo limpia de idiosincracias castizas. Conozco ambos, y el original es horroroso –afirmó la Jefa de Personal.

Después, ajustándose el collarito de cuentas.

–Nuestras desgracias suenan mejor traducidas. Escuchen bien lo que dice aquí, en la página nueve: *Several times the interrogator insinuated that they knew something shameful about my private life, my sexual life, to be specific…*

–¡Qué kafkiano! –cacareó Pilar.

–Déjeme leer, Cunita. Por cualquier página –le rogó el Locutor–. Permiso.

Cunita le abrió paso. El Locutor leyó con la voz engolada, en el medio del cuarto, sosteniendo el volumen en una mano y gesticulando con la otra. El acento era espeso:

–*Conical zinc roof… The openings in the grilled windows looked like holes in a rotten cheese…*

–Está describiendo las Circulares de Isla Negra… –Pilar le susurró en la oreja al Triste.

–Alcánzame aquel, el de Uma Clavija –le pidió Cunita.

–¿Uma Clavija? ¿No era la urraca que cantaba con Reutilio? –inquirió Pilar.

–Aquel otro, pues, el que dice Oswaldo Roserdo.

—Gasiel, tómalo… —Pilar le puso el libro en las manos a Ribero.

—A ese muchacho, Oswaldo, lo conocí en la travesía del Covadonga, hace muchos años —afirmó el Locutor—. No sabía que era poeta.

—*Numquam factum est*[66] —declaró Cunita—. Fue un simple pasante. Volls tampoco, ni Valladares, ninguno de ellos llegó a nada. La literatura carcelaria no tiene autores de nota en Cuba, si exceptuamos a Montenegro. ¡Ni qué decir de la mortadella académica, todos esos tratadillos insulsos del tercer entrepaño! Pongan los libruchos en una jaba para llevarlos al Pulguero.

—Pero, ¿no dijiste que iban a ser donados a una institución hebraica? —inquirió Pilar.

—El Pulguero de la Cuarenta, por supuesto. Allí Isaac tuvo visiones… —explicó Cunita.

—¿Algo más? —preguntó el Locutor en Jefe—. Veo allí arriba un ejemplar de *Tantos somos culpables*, de William de Zángani, un libro clásico que no debería faltar en ningún hogar cubano. Aunque, déjenme decirles que mi estimado profesor Zángani opinaba, erróneamente, que Fidel no era traidor. ¡Vaya ocurrencia!

—Peldón, a mí también me ergañaron —sollozó el Triste.

—Isaac no creía en engaños, y mucho menos en la traición —intervino Pilar, iracunda—. ¡Ustedes se lo buscaron! Por cierto, yo nunca creí… Para Isaac, el traicionado había sido él, que, como bien saben, también era el fruto de la perfidia. ¡Pero, bueno, ese es un tema para otro coloquio! La traición de ustedes, ¡esa sí que no tuvo nombre! Revolución es un eufemismo… Ustedes vendieron a Cuba, señores… y

---

66 Plauto, *Anfitrión*, ln. 700.

la historia los condenó a vagar por el mundo como almas en pena. ¡En fin! Las cábalas de mi sobrino eran muy complejas… Iba al pulguero a pensar. Caminaba entre las carpas de los anticuarios, y a veces se detenía a dialogar con los buhoneros. ¡Pobre infeliz!

–¡Mire, señora, no le permito… hablar así de mi patria! –estalló el Locutor–. ¡Cuba no ha muerto, ni morirá jamás! ¡Óigame, yo conocí a su padre! El noble Abrantes Cordobero, benefactor de la causa, y puedo asegurarle que no era un usurero. Léase *Como cayó la noche*, del Comandante Tito Gómez, para que nos entienda. Ahí está…

–¡Si ese monstruo de Tito Gómez no llega a traer un avión cargado de metralla no estuviéramos aquí hoy! –gruñó Pilar.

–¡Señora, han pasado cuarenta y cuatro largos años, y usted continúa con la matraquilla! ¡Hasta cuando, amiga mía, hasta cuándo! –gritó el Locutor.

Cunita intervino:

–Bueno, señores, ¡basta ya de politiquería! Hablemos de tauromaquia, de apicultura, de fútbol, de barroco… Por cierto, el profesor Zángani tiene al menos un pasaje memorable en su librito. Es aquel en que compara a los fidelistas con un borracho que ve doble y confunde al Fidel real con el ente imaginario.

–Aceptaría esa metáfora del autoengaño… –concedió Pilar, más aplacada.

–¡Usted mismo! ¡Arriba! –le ordenó Cuna al Triste, que se admiraba un bíceps en el espejo del botiquín– ¡Lea este pasaje en voz alta! ¡Y pronuncie correctamente!

Gasiel salió del letargo.

–Cambié de idea –dijo Pilar, agarrando la cartera–. Me llevo de recuerdo el *Museo Hermético*. Y este otro, *Materia y luz*, del príncipe Louis de Broglie… son los libros que él siempre cargaba en la mochila. ¿Se me olvida algo? ¡Ah, sí! *La guía del perplejo, Gödel Escher Bach*, y *El mono caído*…

Y Ribero:

—«En cualquier caso, el que así nos engañaba era el otro Fidel Castro, el que no existió nunca en verdad más allá de nuestra imaginación. En analogía con esa duplicidad de personajes y situaciones que nos plantea la tesis de la revolución traicionada, viene a mi memoria una anécdota que, aunque festiva, vale la pena traerla a colación atenidos a que en tono de broma pueden darse también mensajes serios. Se cuenta que hallándose un curro mal herido de una cornada dio por toda justificación del percance el siguiente reporte: "Pues vea usted, señor gendarme, yo venía de regreso de una romería, con unas copas de más cuando acerté a divisar por la dehesa a un toro que venía hacia mí con no sé qué intenciones y, por si las moscas, corrí a ponerme a salvo en el primer árbol que encontrase, pero como dado mi estado veía doble, alcanzaba a ver dos toros y dos árboles, todo con muy mala suerte pues me trepé al árbol que no era y me ensartó el toro que era"».

—¡Hay que salvar ese libro del fuego! —exclamó Cunita—. ¡Hacer la exégesis del castrismo con un chiste de curros, es sencillamente genial! ¡Y la fraseología, señores! ¡El léxico! ¡Siga leyendo, Ribero!

—«La pasión llevada a límites de exceso tiene efectos más deteriorantes que el alcohol ya que no se limita a los sentidos sino que nos intoxica la mente haciéndonos incapaces de discernir el bien del mal, lo justo de lo injusto, lo prudente y lo sensato de lo inconsecuente y temerario. Seguramente que no estaban sobrios los que no alcanzaron a ver por transparencia de los hechos los riesgos que corríamos ni de qué lado estaba la razón, y lo que es más, prefirieron seguir abrazados a la falsa causa, aún después de haber experimentado las primeras embestidas de la realidad».

—¡Qué graves verdades! —suspiró el Locutor.

—¡La falsa causa! ¡Será cacofónico, pero yo lo dije primero! —gritó Pilar.

Ribero cerró el libro.

—Recojan, que nos marchamos… —anunció Cunita.

—Las embestida de la realidad… —releyó el Triste, como si le costara digerirlo.

De salida, Federico tocó las jambas con la esquinita del velo.

—¡Toquen mezuzá!

Todos:

—¡Baruj Ja'shem! ¡Baruj Isaac!

OCULTOS PARA SER LIBRES

Imprenta Urraca y Cía.
11235 Ali Baba Avenue
Opa-locka

(1) «¿Qué son estas iglesias hoy sino las tumbas y los sepulcros de Dios?», pregunta Nietzsche en *La gaya ciencia*. Y, ¿qué es Cuba hoy –pregunta Isaac Kámara– sino la fosa y el sepulcro de la Revolución? (2) «Cuba es una tumba muy grande que guarda un cadáver más grande que ella», le confía José Martí al colombiano Román Vélez, durante un inocente paseo por los Palisades. (3) Considerad que, si bien José Martí no fue pederasta en vida, tal vez lo fuera después de muerto: corrompió el alma de cada niño. El efecto maligno de esa totalidad corruptora es el principio de nuestro totalitarismo. (4) La Niña de Guatemala fue su primera víctima, la mató de amor para usar su alma en la liberación de Cuba: «Se hace mención de la muerte violenta de un niño», escribe Moshé Idel, en *El gólem*, «y es probable que existiera una conexión entre la muerte violenta y los usos mágicos del alma». (5) «Había una vez un cierto Simón el Mago que por sus poderes trocó el aire en agua (*theiai tropai*) y otra vez el agua en sangre, y solidificando la sangre en carne, formó una criatura humana nueva, un Niño, y produjo una obra mucho más perfecta que la de Dios, nuestro Creador. Simón no creó al hombre del barro sino del aire, ¡cuánto más difícil! Y otra vez lo deshizo y lo devolvió al aire, pero no sin antes haber colocado el retrato o imagen del Niño en su dormitorio, como prueba y memoria de su obra. Entonces todos entendieron que se trataba

de un Niño asesinado cuya alma Simón usó después para sus cuestiones». *Clementine Recognitiones*, Libro II. (6) *¡Llámame Ismael!* Lo llamé Ismaelillo. *¡Llámame Ismael!*, gritó mi pequeño gigante al levantarse del suelo, dos metros por encima de mí, una raspadura sin forma todavía, todavía no... La columna se le abultaba debajo del pellejo, buscando lugar, el esqueleto de cabillas debajo del muro. Un grandulón lleno de ángulos obtusos, nódulos, vertebras. *¡Llámame Ismael!* Y a pesar de su tamaño lo llamé Ismaelillo, porque, después de todo, era mi reyezuelo... ¡Mi príncipe enano! Le serví de caballo... y de yegua. Me montó y lo monté... cabalgamos juntos por los pasillos de la sinagoga. Lo llevé a cuestas, y me hacía crujir el costillar. Apoyaba sus piecesotes en la arena fina para no doblegarme... Tampoco convenía hacer ruido. Cubrimos las losas con arena de Varadero para mitigar el paso del Niño por el templo. Le escribí en la frente la palabra «Verdad» [escribe con el dedo en el aire] *alef, mum, dalet...* y mi Niño cerró los ojos para dejarse marcar. [Le traza en la frente las tres letras, que ya debe traer esbozadas para que salgan al pasarles el dedo]. (7) Lo que pasó en Cuba se lo debemos a la brujería. Los talismanes andaban sueltos, la anarquía de los fetiches, collares en los tobillos de las putas, filacterias en la frente de los asesinos, tierra de cementerio y menstruo de brujas en las soperas. Pagamos por nuestra idolatría con la sujeción a un ídolo. (8) Al principio no me acostumbraba, pero después me fue gustando (se lleva un puñado de tierra a la nariz). ¡Huele a sales! ¡A azufre! Primero olía a rosas, claveles, lirios y azucenas... Cuando se va la luz, pierdes el habla... Aunque, en verdad os digo, que la edad oscura no fue tan larga, ni tan negra, ni conoció tantos apagones. De hecho, no hubo apagones en la edad oscura. Y parió luminarias, ¡Dios bendiga sus nombres! (9) Rosas, claveles, mirtos y violetas… ¡españolas! ¡Había algo español en mi hombrecillo de tierra! Y es que cualquier tierra tiene algo de español, sobre todo las tierras prometidas. Baste decir tierra para pensar en los españoles. ¡Tierra! ¡Tierra! ¿Y cómo llegaron los españoles a apoderarse de toda la Tierra? ¡Nada menos que los españoles! (10) Cuando dice: «El arroyo de la sierra me complace más que el mar», está hablando de la *tierra* (por transliteración) y de la Vía Seca por oposición a la Vía Húmeda, o marítima. Del arroyo de Yesod que desemboca en el mar de Shejináh. Este arroyo es la corriente de agua mercurial del espagirita: «Yo he visto el oro hecho tierra / barbullendo en la redoma«[67]. (11) La calle de Paula fue su escuela: allí trabó conocimiento de las siete potencias, los siete metales, los siete colores y los siete planetas del firmamento alquímico. Martí va a morir al Monte, que es el santuario de su Ciencia, donde hay una catedral más profunda que la del obispo de España. (12) Para Martí, la revolución es el tránsito de la rueda: la Rueda de La Demagogia trabada en la raíz de la Historia. Bajan los *ofanim* del carro de Ezequiel[68]. (13) Mendive: Maestro; Bocanegra: Padre; Metalurgia: El cuento del tenedor y el cuchillo;

---

[67] José Martí, *Versos sencillos*, Louis Weiss and Co., Impresores, New York, 1891.

[68] «La rueda de La Demagogia es una rueda griega, o *makaná*», escribe el Rábano en su diario secreto. Roberto Calasso explica [en un libro que Kámara adquiere por un dólar en *La Segunda Mano*, de Kissimmee, Florida] que en la «[…] rueda se dejan atrapar incluso los pensamientos de los dioses […] De los techos del templo de Apolo en Delfos se veían colgar ruedecillas que se unían al cuerpo de un pájaro torcecuellos, se decía que emitían una voz, un reclamo seductor. Eran las Encantadoras».

Fuego: La bailarina española; Monte: La Catedral; Leopardo: El Alma; Venado: El Espíritu; Catedral: La ciudadela alquímica; Niña/Niño: *Ludus puerorum*; Los siete estudiantes: La sangre de los inocentes; El arroyo: Mercurio; El álamo: Árbol oculto. (14) Versiones del *famuli* de Baal Shem, según Christop Arnold (1676), sirvieron de fundamento al cuento de Jacob Grimm; y si los cuentos de Grimm son, a su vez, los *Grundrisse* de Disneylandia, entonces la fantasía judaica vive en los sótanos de la nueva religión. Disney se ve a sí mismo como un Baal Shem que pinta su autorretrato en *Fantasia*: un ratón aprendiz de las artes rabínicas. Pero el ratón y el rabino no pertenecen al mismo orden de criaturas: aquél es un espíritu hogareño que habita la casa del maestro, donde por fuerza aprende sus trucos. El rabino *anima* a los ratones y los transforma en lacayos [en *La bella durmiente*]. Las artes [*shemhamphorash*] del Nombre de Dios le enseñan cómo hacerse servir por los habitantes de la despensa. En *Fantasia*, el ratón animado (*super-ratón*) llega a dominar las artes de magia. Este episodio ilustra la situación subordinada del hijo de Illinois o Kansas City (un roedor de las praderas) con respecto a la jerarquía rabínica hollywoodense, y la posición subalterna del arte de la animación (re-*animación*) con respecto a la Ciencia judía (*Wissenschaft des Judentums*) del cine. Debe entenderse que representar al gólem cinematográficamente resultaba tautológico, ya que la «animación» de una imagen [*tselem*] es *gólem*. Gólem en pantalla es doble gólem, o super-gólem. Walt Disney estaba obligado a honrar la Tradición: con respecto a Jacob [Grimm], es un mero comentarista, y su obra, *midrashim*, acotaciones de epígono. La representación de la bruja es el retrato americanizado de la *affreuse Juive*, y se sigue, lógicamente, de la noción de

Jüdin o extranjera (*noires tresses* vs. *goldie locks*). Por último, el comentario midrásico disneyano sobre las artes de magia alude a los peligros de la Práctica: se trata, otra vez, de *Entartete Kunst*, un arte degenerado. Mickey es el Prometeo que roba el fuego perpetuo (*ner-tamid*) de los Gold-Selwyn-Mayer, por lo que «animación» viene a ser allí sinécdoque de «transgresión». El balde y la escoba aluden a los elementos agua y tierra de Abulafia. (15) Una araña enorme en el centro de una tela de ídem se mece, perlada de rocío, entre los troncos rugosos de las magnolias. Tiene una escuadra y un compás de plata en el lomo de ónice, y pegado a las patas astracán más oscuro que el hollín de Nueva York. En la cara: el famoso bigotón y la perilla de azabache. Las sienes profundas descubren la bóveda craneomartiana. Baja, colgada de un hilo, y todo tintinea: *¿No es el alma la araña que teje nuestro cuerpo?*, pregunta Fulcanelli. Bambi mordizquea yerbitas. Libélulas revololtean entre las flores de boniato silvestre. Las abejas liban campánulas. La uva cimarrona se enreda en los gajos del álamo gordo. El leopardo asoma el hociquillo y el leviatán reluce bajo la flor de agua… El reflejo apostólico temblequea y vibra. Si nuestras dimensiones fueran… ¡Bandera soy! ¡Franja, longitud de onda! Ondeo. Me transmito. Partícula fui, onda seré. Dice: un ramo de flores y una bandera. ¿Desplegada, doblada? Doblaje, *duparzufin*… Sin embargo, no aclara qué bandera, ni qué flores. ¡Qué raro! No lleva banderas ni flores a la muerte, sino un tomito de filosofía barata y un talismán. Un niño… Era más fácil conseguir una bandera y una flor que un niño, un Ángel, en tales circunstancias, en plena manigua. Amor platónico, o griego, que corresponde a lo helénico del paisaje. Los jóvenes alzados se mueven en un friso: son héroes en edad de ser poseídos. Púberes, «barbija«... *Viris sumum*. Lo viril aparece bajo el pabellón de la gaya ciencia, la estola de la Naturaleza, bordada con arcoiris y granadas. Cicerón en el bolso es la *res* pública, no la publicana. Polis de ancianos varones, inocentes como niños. *Ludus puerorum*: es lo que hace en su último día, juega a los caballitos. La muerte como travesura infantil, juego de guerra que el niño ensaya en anticipación de la batalla de la vida. *Theatros*. El Apóstol va a su último acto vestido de actor principal. Saco de paño, pantuflas, sombrero de castor. El populacho lo beatificó, como a un actor. Muerte griega, es decir, evangélica. Parusía y metamorfosis. (16) «Hasta en el entierro de su hijo el actor estará pendiente de sí mismo», advierte Nietzsche. Y Dos Ríos es, para Martí, el entierro de su hijo; del *otro*. Del gólem que había creado, su hipóstasis[69]. (17) Carta de Enrique Collazo a José Martí, aparecida en el diario *La Lucha*, La Habana, el 6 de enero de 1892: «*Por eso no es posible que usted comprenda lo que es, en toda su fuerza, el cumplimiento del deber, pues en el momento preciso en que todo le obligaba a cumplirlo, pudo más en usted el amor a sí propio...*» (18) *Hijo soy de mi hijo*, significa: ¡hijo soy de mí mismo![70] (19) En Dos Ríos muere el *otro*, para el que había preparado una salida espectacular.

---

[69]   «DE CÓMO LA APARIENCIA SE VUELVE REALIDAD. – El actor alcanza finalmente un punto en el que, aun en medio del más profundo dolor, no puede dejar de pensar en la impresión que causan su propia persona y el efecto escénico general; por ejemplo, aun en el funeral de su hijo llorará por su propio dolor y por la expresión de éste, como si fuera parte del público». Friedrich Nietzsche, *Humano, demasiado humano*, 1878.

[70]   «Mon livre m'a créé. C'est moi qui fus son œuvre. Ce fils a fait son père». Jules Michelet, prefacio de 1869, *Histoire de France*, primer tomo, Flammarion.

Va a verlo morir como quien va a la zarzuela, como el que va a aplaudir a una bailarina española. (20) Oriental es *Narciso* como oriental es *Ismaelillo*: de Ismael a Narciso la imagen de lo cubano pierde carne y hueso. La niña de Guatemala, muerta por agua, es Narcisa. (21) Dos curros armados de carabinas entran a una vega. Un mariposón viene y se le posa a uno en el pecho. Este se apunta, el otro le dispara: «¡Lo maté, lo maté!» Así los españoles mataron a Cuba; así Martí se autoseñaló, se inmoló y apuntó a su propia Psique. (22) Morir en el campo de batalla es una deslealtad. Se prueba a sí mismo la validez de su prédica, pero deja atrás un embrollo, un equívoco y un oscurantismo. (23) ¡Supremo egoísmo, rendirse al «sí mismo»! En Dos Ríos, Martí es Narciso. (24) Cuando el espíritu de la nación se expresa por la boca del Poeta, el interés personal se erige en razón de Estado. (25) Allí está el banderón, que es la enseña a las puertas del alma. Un alma femenina, «trémula y sola«: Martí se prohíbe la entrada. (26) Juan Ramón Jiménez ve en Martí a las «dos Españas», la de Gracián y la de Niño de Guevara: «un clavel almidonado con gargajo»[71]. (27) «Con su lengua hablamos» significa salvar las distancias entre las dos Españas. Pero, ¿cómo? Por un acto de modernismo. Y, ¿hay algo más moderno que una revolución? (28) Martí es wagneriano, por su tono operático; nietzscheano, por su creencia en el advenimiento del *homagno* o superhombre. (29) Martí es un *self-made*

---

[71] La España de «aquí» y la España de «allá», según la formulación del Martí expatriado. Cuando hablo de «España» me refiero, contrafactualmente, a la primera, es decir, la del espacio mítico-consanguíneo que perdura en el castrismo, y no a la de «allá», la España moderna, capaz de renovación. Hablo de la antigua escisión de las «dos Españas», y de cómo a nosotros nos tocó siempre la peor.

man al estilo newyorkino. También *unmade*, pues lo suyo fue *his own undoing*. (30) Como Pascal, Martí solo aspiraba a conocer su Nada[72]. (31) Una lámpara brilla hasta altas horas de la noche en el ventanuco de un edificio de oficinas en la calle Front. El gólem nació en Nueva York: *Ismaelillo*. (32) *Ismaelillo*, o el segundón de la Revolución. Cuando Martí entra en escena, la gesta ha concluido. Los héroes habían agotado nuestras reservas míticas, lo que equivale a decir: nuestra capacidad de «gestar». De los broncíneos testículos al sarcocele ritual. (33) Martí vino a interpretar la Revolución, no a cambiar su letra. La Ley nos había sido dada por los Padres de la Patria. Como Saulo, Martí es converso: hijo de Bocanegra (es decir, de España, que es nuestra Sión), aunque más tarde, por su pasión y muerte, por su entrega y sacrificio, llegue a ser el Mesías que suplanta al Padre y transforma en epifanía la rigidez veterotestamentaria de Gómez y Maceo. (34) ¿Por qué cambiamos la imagen del Maestro (Darío: «¡Qué has hecho, Maestro!», es decir, *rabí*), por la de simple Apóstol? Si ofreció la otra mejilla, si le pidieron la camisa y dio la capa (en su muerte en Dos Ríos), si habló en parábolas: entonces, ¿por qué seguir llamándolo Apóstol? Por pudor, por temor a llamarlo Mesías. Porque, al preguntársele, contestó que era apenas un hombre sencillo, *el hijo del Hombre*. (35) La urgencia de su «guerra necesaria» se ha vuelto cada vez más discutible: precisamente, por haber sido innecesaria se prolongó cien años y se propagó como un cáncer por toda la América hispana. Fue mala imitación de la guerra «grande», una *apropiación* artística. El Apóstol cumple allí una función vicaria: él es la segunda venida, la segunda vuelta de la

---

[72] «*Je ne tends qu'à connaître mon néant*», Pascal, *Pensées*, 1670.

Rueda, el fantasma del segundo Templo −el primero se quemó en La Demagogia. (36) La presencia del Ángel no es fortuita. Está puesto por la Fortuna en el pasaje de la muerte en Dos Ríos [lugar doble: *duparzufin*]. El ángel ha sido enviado para añadir una letra, reafirmar una dirección y poner un cuño. Confirma la Presencia ante la que Martí se postró y a la que rindió su vida y sus actos, e indica el rumbo del Alma y el Guía: Ángel de la Guardia revela el sentido de la muerte *como regreso*. Martí y su *malak* retornan al Jardín, que en Be'reshit 2:10 es el lugar de los ríos que se bifurcan [cuatro ríos que son dos: otros dos reflejados en el cielo]. El ángel y su acompañante toman un atajo que los devuelve a la fuente. La Historia ya no conduce a ninguna otra parte, no hay más lugares adónde ir. Sus pasos en la Tierra no pueden llevarlos más lejos. Martí llega al límite: es él y es *el otro*. El hielo de las horas terrenales se funde y mana Mercurio, el húmedo radical. (37) *Elogio del apóstata*. ¡Cuanto genio hizo falta para descreer de Fidel en la Sierra y de Martí en Dos Ríos! (38) *Raum und Zeit*. Nadie es profeta en su tierra quiere decir: en su *tiempo*. (39) La travesía martiana es el anuncio de la nuestra: «Salió por España». (40) ¿Por qué a los cubanos les gusta la luz fría? Porque la consideran *higiénica*. (41) *Antiquitas seculi iuventus mundi*. El pasado, lo dijo Bacon, es la esperanza del mundo. (42) Como Mickey [en *Fantasia*], Cristo suplanta a YHVH, aprovechándose de su ausencia. Se borra de la frente el *alef* y deja el Meth de *Emeth*: ¡*Dios ha muerto!* Saulo, el Mago, transmutó su nombre en Paulo, como había hecho antes Abraham, pero al revés. Cristo repite la liturgia mosaica de atrás hacia adelante y *des*-hace el hechizo del judaísmo. «La Historia se repite como si dijéramos, dos veces...», enseñaba el rabino Karl Marx. (43) Fenomenología de lo oculto: una vez revelado adquirirá *ser*. Lo oculto es la etapa embrionaria de lo que será: *Ego sum qui sum*. (44) El conocimiento secreto solo se confía a quienes lo conocen de antemano: su expresión antecede la existencia. (45) Jonathan ben Uziel, Talmud de Balilonia, Tratado Nida 30: *Adam yasen Kan / v'roe halom be' Ispania*: «Un hombre duerme en Nueva York, pero en sueños ve a Cuba». (46) El segundo apellido de Ángel de la Guardia era Bello: querubín. (47) Lo pensado nos fuerza a escondernos y a huir del lugar donde ocurrió el pensamiento. ¡A huír de nosotros mismos! (48) ¡Espantado de todo me refugio *en mí!* (49) Cuba tiene dos noches: la noche de la Nada (que es la muerte) y la noche de la revolución. Por eso se habla de «cómo llegó la noche», de «Cuba y la noche» y de la «noche cubana del alma». La noche es el reino de Proserpina, adonde nos condujo Martí, el muerto que *no-debió-de-morir*. Muerte doble, siempre pendiente, que amenaza constantemente la luz del mundo: Dos Ríos es doble oscuridad. (50) Nuestra edad oscura: Socialismo *menos* electricidad. (51) ¿Quién es el segundón? *Ismael*. El motivo de su angustia es saberse hijastro de la Revolución. Para Martí, no se trata de Esaú ni de Jacob, sino del hijo ilegítimo de la criada [Fidel]. En la división de los reinos, al segundón le toca la peor parte. Así irrumpe en escena el bastardo, vástago del mercenario hispano: por la misma razón Cabrera Infante adopta el nombre de Caín. Martí establece el mito fundacional, de donde arranca nuestra genealogía hermética. (52) El hijo bastardo de la concubina Haggar [Ishmael] era un demonio, una creación del «otro lado», un gólem. A esos se les conoce por el nombre de *shovarim*, los malnacidos. Existe un rito para purificarlos: *Tikkun shovarim*. (53) La palabra ocurre en el salmo 139, «Tus ojos vieron mi gólem». La tradición atribuye el salmo a Adán, que era un gólem antes de que dios le insuflara el aliento divino. Amorfo y oscuro: *tohu va bohu*. (54) Dios castigó al Imperio [fulminando LAS TORRES] por haber entregado a EL NIÑO. Un hecho está escatológicamente vinculado al otro, y ambos pertenecen a la historia imperial oculta.

Catálogo Bokeh

Abreu, Juan (2017): *El pájaro*. Leiden: Bokeh.

Aguilera, Carlos A. (2016): *Asia Menor*. Leiden: Bokeh.

— (2017): *Teoría del alma china*. Leiden: Bokeh

Aguilera, Carlos A. & Morejón Arnaiz, Idalia (eds.) (2017): *Escenas del yo flotante. Cuba: escrituras autobiográficas*. Leiden: Bokeh.

Alabau, Magali (2017): *Ir y venir. Poesía reunida 1986-2016*. Leiden: Bokeh.

Alcides, Rafael (2016): *Nadie*. Leiden: Bokeh.

Andrade, Orlando (2015): *La diáspora (2984)*. Leiden: Bokeh.

Armand, Octavio (2016): *Concierto para delinquir*. Leiden: Bokeh.

— (2016): *Horizontes de juguete*. Leiden: Bokeh.

— (2016): *origami*. Leiden: Bokeh.

Aroche, Rito Ramón (2016): *Límites de alcanía*. Leiden: Bokeh.

Barquet, Jesús J. (2018): *Aguja de diversos*. Leiden: Bokeh.

Blanco, María Elena (2016): *Botín. Antología personal 1986-2016*. Leiden: Bokeh.

Caballero, Atilio (2016): *Rosso lombardo*. Leiden: Bokeh.

— (2018): *Luz de gas*. Leiden: Bokeh.

Calderón, Damaris (2017): *Entresijo*. Leiden: Bokeh.

Díaz de Villegas, Néstor (2015): *Buscar la lengua. Poesía reunida 1975-2015*. Leiden: Bokeh.

— (2015): *Cubano, demasiado cubano. Escritos de transvaloración cultural*. Leiden: Bokeh.

— (2017): *Sabbat Gigante. Libro primero: Hojas de Rábano*. Leiden: Bokeh.

— (2018): *Sabbat Gigante. Libro segundo: Saigón*. Leiden: Bokeh.

Díaz Mantilla, Daniel (2016): *El salvaje placer de explorar*. Leiden: Bokeh.

Fernández Fe, Gerardo (2015): *La falacia*. Leiden: Bokeh.

— (2015): *Notas al total*. Leiden: Bokeh.

FERNÁNDEZ LARREA, Abel (2015): *Buenos días, Sarajevo*. Leiden: Bokeh.

— (2015): *El fin de la inocencia*. Leiden: Bokeh.

FERRER, Jorge (2016): *Minimal Bildung. Veintinueve escenas para una novela sobre la inercia y el olvido*. Leiden: Bokeh.

GALA, Marcial (2017): *Un extraño pájaro de ala azul*. Leiden: Bokeh.

GARBATZKY, Irina (2016): *Casa en el agua*. Leiden: Bokeh.

GARCÍA, Gelsys (2016): *La Revolución y sus perros*. Leiden: Bokeh.

GARCÍA, Gelsys (ed.) (2017): *Anuncia Freud a María. Cartografía bíblica del teatro cubano*. Leiden: Bokeh.

GARRANDÉS, Alberto (2015): *Las nubes en el agua*. Leiden: Bokeh.

GINORIS, Gino (2018): *Yale*. Leiden: Bokeh.

GÓMEZ CASTELLANO, Irene (2015): *Natación*. Leiden: Bokeh.

GUERRA, Germán (2017): *Nadie ante el espejo*. Leiden: Bokeh.

GUTIÉRREZ COTO, Amauri (2017): *A las puertas de Esmirna*. Leiden: Bokeh.

HERNÁNDEZ BUSTO, Ernesto (2016): *La sombra en el espejo. Versiones japonesas*. Leiden: Bokeh.

— (2016): *Muda*. Leiden: Bokeh.

— (2017): *Inventario de saldos. Ensayos cubanos*. Leiden: Bokeh.

HURTADO, Orestes (2016): *El placer y el sereno*. Leiden: Bokeh.

JESÚS, Pedro de (2017): *La vida apenas*. Leiden: Bokeh.

INGUANZO, Rosie (2018): *La Habana sentimental*. Leiden: Bokeh.

KOZER, José (2015): *Bajo este cien*. Leiden: Bokeh.

— (2015): *Principio de realidad*. Leiden: Bokeh.

LAGE, Jorge Enrique (2015): *Vultureffect*. Leiden: Bokeh.

LAMAR SCHWEYER, Alberto (2018): *Ensayos sobre poética y política. Edición y prólogo de Gerardo Muñoz*. Leiden: Bokeh, Colección Mal de archivo.

MARQUÉS DE ARMAS, Pedro (2015): *Óbitos*. Leiden: Bokeh.

MÉNDEZ ALPÍZAR, L. Santiago (2016): *Punto negro*. Leiden: Bokeh.

MIRANDA, Michael H. (2017): *Asilo en Brazos Valley*. Leiden: Bokeh.

Morales, Osdany (2015): *El pasado es un pueblo solitario*. Leiden: Bokeh.

— (2018): *Zozobra*. Leiden: Bokeh.

Morejón Arnaiz, Idalia (2018): *Una artista del hombre*. Leiden: Bokeh.

Padilla, Damián (2016): *Phana*. Leiden: Bokeh.

Parra, Yoan Miguel (2018): *Burdeos*. Leiden: Bokeh.

Pereira, Manuel (2015): *Insolación*. Leiden: Bokeh.

Pérez Cino, Waldo (2015): *Aledaños de partida*. Leiden: Bokeh.

— (2015): *El amolador*. Leiden: Bokeh.

— (2015): *La isla y la tribu*. Leiden: Bokeh.

— (2016): *Dinámica del medio*. Leiden: Bokeh.

Ponte, Antonio José (2017): *Cuentos de todas partes del Imperio*. Leiden: Bokeh.

— (2018): *Contrabando de sombras*. Leiden: Bokeh.

Portela, Ena Lucía (2016): *El pájaro: pincel y tinta china*. Leiden: Bokeh.

— (2016): *La sombra del caminante*. Leiden: Bokeh.

Quintero Herencia, Juan Carlos (2016): *El cuerpo del milagro*. Leiden: Bokeh.

Rodríguez Iglesias, Legna (2015): *Hilo + Hilo*. Leiden: Bokeh.

— (2015): *Las analfabetas*. Leiden: Bokeh.

Rodríguez, Reina María (2016): *El piano*. Leiden: Bokeh.

Sánchez Mejías, Rolando (2016): *Mecánica celeste. Cálculo de lindes 1986-2015*. Leiden: Bokeh.

Saunders, Rogelio (2016): *Crónica del decimotercero*. Leiden: Bokeh.

Starke, Úrsula (2016): *Prótesis. Escrituras 2007-2015*. Leiden: Bokeh.

Timmer, Nanne (2018): *Logopedia*. Leiden: Bokeh.

Valdés Zamora, Armando (2016): *La siesta de los dioses*. Leiden: Bokeh.

Villaverde, Fernando (2016): *Los labios pintados de Diderot*. Leiden: Bokeh.

www.ingramcontent.com/pod-product-compliance
Lightning Source LLC
Chambersburg PA
CBHW020418030726
47495CB00006B/1557